U0164987

巴金小说的生命体系

巴金研究丛书

策划：巴金故居　巴金研究会

顾问：李小林

主编：陈思和　周立民

编委：孙　晶　李　辉　李存光　李国煣
　　　陈子善　陈思和　周立民　臧建民

巴金小说的生命体系

张民权 著

復旦大學 出版社

目 录

上编 巴金小说的"生命"体系

下编 巴金创作纵横谈

上编　巴金小说的"生命"体系

第一章　『生命』体系的行列式

自《灭亡》的杜大心开始,巴金小说创造了无数计的人物形象,其中活脱风神,不但当时震动了无数读者的心,庶几可以传布后世的,也不在少数。巴金创作这些形象,无疑是从生活出发的,因而它们都是一个个活泼泼的独特存在,可谓"各自有其胸襟,各自有其心地,各自有其形状,各自有其装束"。但另一方面,从创作主体,从巴金的审美意识、审美情感看,他笔下的形象又是稳定的、大致有序的。巴金以独特的审美理想、情感和方式勘验生活,创造了一个主要是由封建家长和旧家庭青年男女组成的独立、完整的形象体系——"生命"体系。

那么,这一体系是由哪些行列式构成的呢?我以为,由三个行列式构成,它们是:充实的生命,委顿的生命,腐朽的生命。

为说明这一点,有必要对巴金的小说创作作一比较全面的考察。

一、《激流三部曲》的形象创造

按作品里故事发生的年代顺序,《激流三部曲》先于《灭亡》、《爱情的三部曲》等小说,我们不妨从它考察起。

在巴金小说里,《激流三部曲》是轴心作品。如此说,不但因为它卷帙浩繁,几乎占到整个小说创作量的三分之一,而且它集中、鲜明地体现了巴金的创作个性,显示着作家的艺术成就。在《激流三部曲》里,人物形象明显可以分为三个系列。第一系列是追求充实生命的形象,如觉慧、觉民、琴、淑英、淑华等。这一系列形象的具体个性虽然各各不同,但他们某些重要的性格特征却是相近的。其中之一是对正常人生活的大胆、勇敢的追求。他们不是觉新那样唯唯诺诺、听任别人支配自己生活的弱者,而是敢于反抗命运,跟环境奋斗的强者。觉慧是这一系列形象的代表。他在日记中写道:"寂寞啊!我们的家庭好像是一个沙漠,又像是一个'狭的笼'。我需要的是活动,我需要的是生命。"为着追求丰富、充实的生命,他最先起来同自己家里的长辈作对,以后又离家远走,成为高家的第一个叛逆者。《春》和《秋》虽然不再出现觉慧的形象,但他的思想影响一直存在,他给淑英的信是那样猛烈地叩击着这个处在三岔路口的少女的心房:"现在不同了,今天的中国青年渐渐地站起来了,他们也要像欧洲的年轻人那样支配自己的生活,决定自己的婚姻,创造自己的前程了……"在他的影响、鼓舞下,不只觉民、琴成了"过激派",而且淑英那样原先比较懦弱的女性也终于坚强起来,挺起身子争得了幸福。

这一系列形象的又一重要性格特征是纯洁、善良,有着优美高尚的道德情操。这突出表现在他们不满足于一己的幸福,甘愿为被压迫群众、为人类的幸福抛洒热血,发散生命。这也可以在觉慧身上见出。《家》固然用主要篇幅描写觉慧对旧家庭的反叛,但也花不少笔墨写他参加社会运动,通过办周报等活动发散他的热情,他与周报社的一群青年夸大地把改革社会、解放人群的责任放在自己肩上;他之放弃鸣凤,除了小资产阶级的自尊心和潜意识里的等级观念作怪,主要就是青年人的献身热忱起了作用。觉民、琴等后来也都加入了进步青年组织的社团,他们"怀着过多的活力,要在这个黑暗的夜里散布生命"。

在《秋》的尾声里,巴金明确说觉慧、觉民、琴等是"有着丰富的(充实的)生命力的人",我们就称这一系列的形象为"充实生命"。

《激流三部曲》里第二系列的形象是一些"委顿生命"。贯穿三部曲的主要人物觉新是这类生命的代表,作家说觉新虽然在作品里得着一个侥幸的安排,但他自然不能算是"有着充实的生命力的人"①。剑云、枚、梅、瑞珏、蕙、淑贞等也属于这一系列。这些形象都是旧家庭出身,都过着没有青春、活力、自由、幸福、爱情的生活。他们是旧制度庙堂倒坍时的不必要的牺牲品。这一系列形象的一个重要性格特征与觉慧等相通,那就是善良、正直,只是没有上升到为被压迫群众、为人类的幸福散布生命。另一特征是柔弱、懦怯,缺乏斗争和反抗的足够勇气,不能支配自己的生活。他们或者像觉新那样奉行"作揖哲学"和"无抵抗主义",默默吞饮生活的苦果,或者像剑云那样蜷曲着生存,不敢有半点非分之想,或者像枚那样生机索然,心灵里生不出一点反抗的火花,或者像梅那样看花落泪,见月伤怀,徒然感叹"一切都是无可奈何的了"……

上述形象虽然有相近的性格特征,但具体个性却颇有差别。如觉新、剑云、枚这三个形象,他们的个性差别不仅在于就人物性格整体而言是独立的创造,而且从他们共同的性格特征——忍耐、不反抗看,也是同中有异、既同又异。这异,首先表现在促成性格现象的心理动机不一:对于觉新说,他之不反抗主要出于现实利害的考虑,是感到反抗无用而放弃反抗的;对于剑云说,他之不反抗主要是不想反抗,他的特殊身世使他养成了本分、自暴自弃的性格;对于枚说,他之不反抗主要是因为不明事理,不知道对什么该反抗,怎么反抗,反抗怎样,不反抗又怎样。上述心理动机的不同,必然造成性格特征本身的差别:与觉新的不反抗联系着的是练达;与剑云的不反抗联系着的是谦卑;与枚的不反抗联系

---

① 巴金:《秋·尾声》。

着的是无能、智力上的病态。

在主要描写旧家庭青年男女的同时,巴金心怀悒怏和深挚的同情创造了鸣凤、婉儿、翠环、倩儿等下层女性形象。她们也是些"委顿生命"。这些形象除鸣凤外,大都谦顺软弱,她们的阶级地位和实际处境使之只能蜷曲着生活,逆来顺受。即如鸣凤,对其性格中反抗的一面也不应估计过高:作者同时表现着她平时的温顺、谨依来命,从总体描写看,强调的是其不能支配自己生活的命运。

在《激流三部曲》里,第三系列的形象是一些"腐朽生命"。他们是高老太爷、克明、克安、克定、周伯涛、冯乐山等。巴金《谈〈秋〉》的文章说:"高家好比一棵落叶树,到秋天叶子开始变黄变枯,一片一片地从枝上落下来,最后只剩下光秃的树枝和树身。……树叶落尽以后,树也就渐渐地死亡。"高老太爷等正是附在这棵落叶树上几乎褪尽了生命光彩的枯枝朽叶。这一系列形象的具体个性也是各具特点的:不但高老太爷、冯乐山不同于克明、克安、克定、周伯涛,而且高老太爷不同于冯乐山,克明不同于克安、克定、周伯涛,克安、克定、周伯涛也各有自己的性格定性,毫不相混。但即使如此,他们仍有大致相近的性格特征。

第一,他们几乎都是顽固分子,独断专行,说一不二。《大雷雨》的作者奥斯特罗夫斯基曾经给顽固分子——俄国的专制家长下过一个定义:"一个人,要是谁的话也不肯听,就叫做顽固分子;哪怕天塌了下来,他还是干他自己的一套。他顿足一叫:你知道老子是谁?那么全家大小都得伏在他的脚下,不然就要倒霉……这是一种野蛮的、专横的、铁石心肠的人。"①高老太爷等就是这样的顽固分子。"我说是对的,哪个敢说不对?我要说怎样做,就要怎样做!"——高老太爷这话,其实也是其他一些家长的共同信条。作为旧家庭的末代君主,他们都只关心自己的权威不受损害,只知道子辈、下人应当绝对服从,至于别人的意志、愿望、欲求,他们不屑一顾,一概蔑视。他们的专制统治,造成了无数忧怨无奈、郁郁寡欢的"委顿生命",但也造就了他们的不肖子孙——"充实生命"。

第二,他们几乎都比较虚伪,是道貌岸然的伪君子。在这一系列形象里,冯

---

① 引自布罗茨基主编《俄国文学史》中册,作家出版社1958年版。

乐山、克安、克定自然是伪君子中极端的例子,但高老太爷、周伯涛、克明的性格里又何尝没有虚伪的因素。高老太爷一面竭力卫道,要觉慧读《刘芷唐先生教孝戒淫浅训》等书,一面却供养着浓妆艳抹的姨太太,具着赏玩书画的心情与她共朝夕,更不待说他年轻时代的风流韵事。周伯涛也是言必称诗书、礼仪、纲常的,但他居然用"男女居室,人之大伦"为冯乐山闹小旦、讨姨太太辩护,自己后来也将丫头收房。即使是较为正派的克明,内心也藏有不少庸俗卑下的东西,他不信鬼却偏跟着闹捉鬼的把戏,对陈姨太妄说的"血光之灾"也默默顺之,如此等等。

小说里的陈姨太、王氏、沈氏,虽然性格、行径与她们的男人有所不同,但也应该认为是一些"腐朽生命"。

读者不难从笔者上面的叙述见出,《激流三部曲》确实存有三个系列的"生命"。这三个系列"生命"的性格差别,从根本上说是生活内容、生活目的、价值观念的差别。但虽然如此,他们又几乎都在同一历史背景——一个急剧瓦解的封建旧家庭里活动,所以又相互联系,其观念、意识也相互影响、渗透。

二、其他带连续性质的小说

《激流三部曲》如此,巴金其他小说的情况如何呢?为叙述方便,我接着将考察作家其他一些带连续性质的小说,然后论及旁的作品。

《灭亡》、《新生》是巴金早年的两部中篇小说,是作家拟写的《革命的三部曲》的头两部(第三部《黎明》后付阙如)。《灭亡》的主人公是杜大心,作品写他背叛自己出身的阶级以后,为了至爱的被压迫同胞的利益放弃爱情,甘愿灭亡。《新生》的主人公是李冷,作品写他从个人主义到集体主义的转变,及转变后"把自己的生命连系在人类底生命上面",用鲜血灌溉人类的幸福。这两部作品的另一重要人物是李冷的妹妹——李静淑。她在与杜大心的交往中认识到自己所出身的那个阶级的罪恶,决心牺牲一切幸福和享乐,以赎前愆。杜大心牺牲后,她投身工人中

间从事工作,成为一个"有充实的生活"的革命者。《灭亡》、《新生》还有其他一些
人物形象,但都处在比较次要的地位。在杜大心、李冷、李静淑身上,我们很容易
见出《激流三部曲》里"充实生命"的影子。如果撇开这两个三部曲里人物经历和
性格的具体差异,仅从他们的教养,他们立志为人类牺牲一切的献身精神考察,我
们完全可以将杜大心等看作是从旧家庭叛逆出来的觉慧们。《革命的三部曲》没
有像《激流三部曲》那样全面描写旧家庭的三类"生命",但是,它描写的"充实生
命"是与《激流三部曲》里的觉慧等形象声气相通的。

　　巴金的又一著名三部曲是《爱情的三部曲》。这部由《雾》、《雨》、《电》(包括
短篇小说《雷》)组成的连续作品写于1931年至1934年,反映大革命时期青年
人的思想和生活历程。它主要塑造起两类人物形象:周如水那样的"委顿生命"
和陈真、吴仁民、德、敏、亚丹、陈清、李佩珠、慧那样的"充实生命"。在周如水身
上,人们可以见到觉新等的性格特点:懦弱、犹豫,不能从思想的范围进入行动
领域。他一生过着委琐、窝囊的生活,最后以自杀了结。作品里的熊志君和玉
雯则是两个女性懦弱者。在陈真、吴仁民、李佩珠身上,可以见到觉慧等的性格
特点:他们体内"潜伏着过多的生命力",需要用来为别人放散;他们的具体经
历、个性虽有差别,有些人还有病态心理,但是都对旧制度充满了憎恨,愿意为
人类的幸福牺牲自己。与《革命的三部曲》一样,《爱情的三部曲》与《激流三部
曲》有内在的承续关系。

　　《抗战的三部曲》写于1938年至1943年。作者以商人家庭出身的女青年
冯文淑贯穿全书,前两部表现青年人的抗战热忱和抗日救亡活动,后一部写爱
国宗教者——田惠世的生活道路。在《抗战的三部曲》里,冯文淑、朱素贞、周
欣、方群文、杨文木、刘波等与巴金以往作品里的"充实生命"不尽相同,他们主
要作为爱国热血青年出现在作品里,"英雄"色彩也有所减退。但是,他们都将
民族的利益看得比个人重要,自觉地"把个人的命运联系在民族的命运上面"。
刘波、朱素贞、周欣都先后为抗战献出了生命[①]。就这一点言,他们又确实是"充

――――――――――――――

① 据《火》第三部的初版本。

实生命"。

《火》第三部里的田惠世也许是容易引起争议的。从表面看,田惠世似乎是有充实生活的人,他像巴金许多小说里的"充实生命"一样,常常感觉到内部的膨胀——生命力的满溢,抗战中他韧性地办《北辰》,热情地"散播生命的种子"……但实际上,他是"委顿生命"。这不但因为他性格里软弱、屈从的因素更多,而且因为他的力量、工作热情都建筑在上帝这一虚幻的信仰上面,儿子世清被炸死后,他的信仰动摇了,生命力也自然枯竭。

以上叙述表明,巴金《激流三部曲》以外的其他连续性小说,着重表现旧家庭青年男女在社会上的活动、生活。依其基本性格和生活内容的差别,可分为"充实生命"和"委顿生命"两大系列,他们与《激流三部曲》里的人物形象有明显的赓续关系。

三、旁的中长篇小说

除了上述带连续性质的三部曲作品,我们没有论到的中、长篇小说还有《死去的太阳》、《海的梦》、《春天里的秋天》、《砂丁》、《雪》、《利娜》、《憩园》、《第四病室》、《寒夜》。这些小说前六部写于三十年代,是巴金的前期作品,后三部写于四十年代中叶,是后期作品,现在分别谈谈。

在巴金前期的六部小说中,《春天里的秋天》的主题与《激流三部曲》相通,它通过一对青年男女的恋爱悲剧向吃人的家族制度和旧礼教发出愤激的抗议。不同的是,这一小说的主人公郑佩瑢所处的时代比梅与蕙的时代稍为幸运:封建礼教的罗网相对松弛了,她可以外出求知识,也有胆量向她所爱的男性进攻。但是,她毕竟又太多地感受了旧时代的气息,终于被封建势力窒息了生命。她与小说里的另一主人公"我"——林先生都是"委顿生命"。《死去的太阳》的主题则与《革命的三部曲》、《爱情的三部曲》有相通之处,主人公是吴养清,作品写他在五卅事件中"多少有点盲目的活动,以及由活动而幻灭,由幻灭而觉悟的一段故事"①。吴养清的性格自然不能认为是健全的,但他有当时一般进步青年的献身热忱,积极参与工人运动、学生运动,经受过幻灭后终于又觉悟,他属于"充实生命"。小说中痴情爱着吴养清,最后郁郁以殁的程庆芬,则是"委顿生命"。《海的梦》和《利娜》都取材异域,前一篇作品在一定程度上是童话。但即使在这样一些作品里,巴金的感情投影中心仍然是一些旧家庭出身的青年男女:前者的主人公是里娜,她自觉背叛贵族阶级,献身于解放奴隶的事业。她的信仰是:"我把自己献给事业,我从事业那里又得到了丰富的生命"。后者的主人公利娜也是一个放弃了优裕的贵族家庭生活,心心念念把"我的美丽,我的韵致,甚至我的生命都献给那个理想,献给革命"的"充实生命"。

在巴金小说里,《砂丁》、《雪》是两部较为特殊的作品。它们以矿工生活为题材,主要塑造一些工人形象。前者的主人公升义是一个由农村招来锡矿的青年,他受人蛊惑,想到矿上挣笔大钱后赎出银姐。但矿主的残酷榨取使其夙愿化为泡影,最后自己葬身矿井。他与婢女银姐,颇像《激流三部曲》里那些不能支配自己生活的下人。《雪》里的小刘则敢于反抗、斗争,正在走向觉醒,他和巴金以往作品中的工人形象——张为群、王学礼等都是积极、敢于行动的"充实生命"。《砂丁》、《雪》的创作表明,这两部小说虽然并不主要描写旧家庭男女青年,但内中人物仍可分别归属"充实生命"和"委顿生命",它们是巴金整个创作的有机构成环节。

诚然,《砂丁》、《雪》的艺术成就不及其他作品,巴金其他作品的质地也有高下。这中间的差别及造成差别的原因,我们将在后面论及。

《憩园》、《第四病室》、《寒夜》是巴金后期的几部主要小说。对于这几部小说,许多评论者认为它们主要描写了一些小人物;巴金自己也那样说。这样的说法是有道理的,但我又觉得失之笼统。其实,《憩园》等与巴金以往的作品是一个有机整体,人物形象同样有三系列的轨迹。

上述小说中,《憩园》与过去作品的联系最为明晰。这一小说在一定程度上

---

① 巴金:《死去的太阳·序》。

可以看作是《激流三部曲》的续作或尾声。主人公杨老三的落魄潦倒,他最后的可悲下场可以看作是克安、克定等旧家庭子弟在《秋》以后的必然命运。这一小说着力描绘的另一形象——姚太太万昭华,则会使人想到《激流三部曲》里许多倩美、善良、富于同情心,但又郁郁寡欢的女性形象。巴金曾这样谈万昭华:"我写《憩园》的时候,对这些好心女人的命运的确惋惜,我甚至痛苦地想,倘使她们生在另一种社会里,活在另一种制度下,她们的青春可能开放出美丽的花朵,她们的智慧和才能也有机会得到发展和发挥。"①万昭华正是一个与梅、蕙、瑞珏等旧家庭妇女异中有同的"委顿生命"。

"至于《第四病室》,它是在重庆沙坪坝写成的。小说的背景在贵阳。这是我自己的亲身经历。我1944年6月在贵阳中央医院一个三等病房'第三病室'里住了十几天,第二年我用日记体裁把我的见闻如实地写了出来。"——这是巴金为《第四病室》写的"后记"中的一段话②。从这些话可以见出,这一小说与《憩园》等作品的风格不尽相同。《第四病室》的一个突出特点,是不像巴金别的小说那样围绕一个或几个人物的经历,完整地、波澜迭起地展开情节,它几乎没有故事,而且除女医生杨木华外,其余的人物虽然写有不少,但都用墨简括,近乎人物速写。对于巴金这一小说先后描写的那些在死亡线上挣扎的悲苦无告的病员,我以为只须看作是一个相互补充、映衬的群体形象——当时国民党统治下的下层人民:他们连生命都没有保障,当然谈不上青春、爱情、自由、幸福,这是些"委顿生命"。在《第四病室》里,寄托了作家热望的是杨木华大夫。关于这一形象,巴金曾说:这是"一个善良的、热情的年轻女医生,她随时都在努力帮助别人减轻痛苦,鼓舞别人的生活的勇气,要别人'变得善良些,纯洁些,对人有用些'"③。她后来为抢救别人遇难④。在巴金创造的全部具积极意义的人物形象中,杨木华也许是最普通、平凡的了,她既不像冯文淑、朱素贞那样在轰轰烈烈

---

① 巴金:《谈〈憩园〉》。

② 《〈巴金文集〉第13卷后记》。

③ 巴金为《第四病室》写的说明,见《第四病室·后记》。

④ 据《第四病室》初版本。

的抗日救亡潮流中奔走,更不像李静淑、李佩珠那样投身社会运动,只是在后方一个医院里职司平常的医疗工作。但是,就其生活态度和实际生活内容看,杨木华确实是"充实生命"。

最后,我们看《寒夜》。这一小说描写抗战后期重庆一对青年知识分子的婚姻、生活悲剧;主人公汪文宣、曾树生都是"委顿生命"。说汪文宣是"委顿生命"人们不难接受,在他身上很容易发见觉新等形象的性格特点。问题是曾树生。早在《寒夜》发表不久就有人在书评里将曾树生的出走看作是对理想、幸福和自由的追求,认为《寒夜》通过汪文宣和曾树生的不同性格和结局说明:"在寒夜——黑暗,寂寞,冷静——里挣扎反抗的人们,退却妥协的就会自己毁灭,勇敢坚定的可以生活到明天去。"①近年对《寒夜》的研究文章有持相近看法的,如有人把曾树生看作是一个要求个性解放的资产阶级女性,把她飞去兰州后写给文宣的信看作是妇女追求个性解放的宣言。我们以为,这样的看法是失之偏颇的。初看起来,曾树生的性格与汪文宣有很大不同,她常说"我还年轻,我的生命力还很旺盛",似乎在追求丰富、充实的人生。但实际上,与文宣一样。她也是一个让污浊的现实生活磨去了锐气,差不多抛却了理想和事业的知识女性。曾树生给文宣的信说:"不要跟我谈过去那些理想,我们已经没有资格谈教育,谈理想了。"她之终于跟陈主任去兰州,并向文宣提出离异的要求,说明她把追求一己的幸福看得更要紧些,这已经不是早年满怀热情和理想的树生。诚然,在具体性格方面,曾树生与汪文宣有许多差异,如果说生活的磐石留给文宣的印记主要是懦弱、萎琐,那么留给曾树生的印记当是庸俗、浅薄(这不是说树生灵魂里作为一个人的亮点已经泯灭,她所以常常自责、陷于极端痛苦的境地,始终未就陈主任,抗战一胜利就回家看望文宣,说明在总体上仍是一个善良的值得同情的女性)。对于曾树生所说的"自由",巴金曾有一个透析的意见:"她除了那有限度的享乐以外,究竟有什么'痛快'呢?她又有过什么'自由'呢?她有时也知道自己的缺点,有时也会感到苦闷和空虚。她或许以为这是无名的惆

---

① 康永年:《"寒夜"》,《文艺工作》1948 年第 1 期。

怅,绝不会想到,也不肯承认,这是没有出路的苦闷和她无法解决的矛盾,因为她从来就不曾为着改变生活进行过斗争。她那些追求也不过是一种逃避。"①是的,曾树生的"追求"与淑英、琴以及她自己当年的追求是性质不同的两码事,将她视为"充实生命"是一种肤浅的观察。

上述三部作品,《憩园》明显是写旧家庭生活的,《第四病室》、《寒夜》不曾明确交代杨木华、汪文宣、曾树生的出身,但他们的气质、教养与巴金以往小说里大量旧家庭出身的形象脉络相承,我们完全可以把他们看作来自同样营垒的青年男女。

四、短篇创作及结语

以上对巴金中、长篇小说走马灯似的冗长考察也许使读者感觉疲劳。但在打住之前,还请读者随同笔者浏览一下作家解放前的短篇创作。

巴金的小说创作以中、长篇居多,艺术成就也主要显示于中、长篇小说。但解放前也写有不少短篇,计七十余篇,七十万字。巴金的短篇小说反映的生活面要广些,塑造的人物形象也丰富多样(也有不以刻画人物为主,只抒发某种情绪,记录某些生活片断的),因而我们不应当削足适履,生硬地将一切形象划归到某一系列里去。但虽然如此,短篇中的许多形象确与中、长篇小说有对应关系,从系列形象的角度看问题,他们只是中、长篇小说人物的复现、补充。对于巴金短篇创作的这一特点,自珍在解放前的一篇评论里就指出过:"巴金先生的小说向我们展开了三种不同的生活之世界。在这三种世界中,我们见着了:有的人在那里亟亟抱'今朝有酒今朝醉'的醉生梦死之态度,有的人在那里悲痛呻吟,长叹生活像一条鞭子在后急打;有的人却超然而抱乐观的态度,以生活为手段,以理想为目的。"他还说:巴金的短篇小说描写第一类的较少,"作者所能写

---

① 巴金:《谈〈寒夜〉》,重点号系引者所加。

的是那一种有理想的人,有为全人类牺牲的精神的人,以及为生活所压榨而哀苦无门的人","他把那受生活支配的人与支配生活的人,永看为对立"①。自珍的这一分析切合巴金短篇创作的实际,表明作家短篇里的形象也是稳定、有序的,可分别归属"充实生命"和"委顿生命"。

巴金短篇小说中的这两类"生命",既有出身上层阶级的,也有下层劳动者。先看"充实生命":出身上层阶级的如《亡命》里的发布里,《亚丽安娜》里的亚丽安娜,《天鹅之歌》里的女儿和父亲,《在门槛上》的又一对父女——马得兰和意渥多,《化雪的日子》里的伯和,《雨》里的若华,《星》里的秋星等;出身下层劳动者的如《奴隶的心》里的彭,《还乡》里的唐义等。"委顿生命"也是那样:前者如《生与死》里的李佩如,《爱的十字架》、《堕落的路》里的叙述者"我",《一封信》里的伍等;后者如《不幸的人》里的路易基,《哑了的三角琴》里的拉狄焦夫,《杨嫂》里的杨嫂,《第二的母亲》里的弱女子,以及《小人小事》短篇集里的"芸芸众生"等②。巴金有时还使用对照的手法,在一篇小说里同时描写两类"生命"。《春雨》就是,它通过"我"——一个热情、勇敢,过着"真正是一种丰富的生活"的"充实生命"与"我"哥哥的形象——一个忧郁、疲倦、念叨着"吃一口饭不容易"口头禅的"委顿生命"的鲜明对比,表达了作家对于人生、生命意义的独特理解。

总之,在人物形象的创造方面巴金的短篇是与中、长篇小说相承贯通的。

在对巴金小说进行上述较为充分的考察后,现在可以对其形象创造方面的情形作一小结了:

首先,巴金前后期的创作是相承相续、密切关联的整体,全部小说的人物形象是稳定的、大致有序的。这是因为,不管巴金是否明豁意识到,其形象创造必然受到主体个性,特别是他对于人生、生命问题理解的制约。我们完全可以说,巴金小说创造了一个独立、完整的形象体系——"生命"体系。

其次,这一体系是由三个行列式组成的。第一行列式是"充实生命",主要

---

① 自珍:《论巴金的短篇小说》,《国闻周报》1936年第13卷第11期。

② 《第二的母亲》原先写一个"变做了女人的男子",后来作了修改;笔者依据的是修改本。

有觉慧、觉民、琴、淑英、淑华、杜大心、李冷、李静淑、吴养清、陈真、吴仁民、李佩珠、里娜、利娜、冯文淑、朱素贞、刘波、杨木华、张为群、小刘等。第二行列式是"委顿生命",主要有觉新、剑云、枚、梅、瑞珏、蕙、淑贞、周如水、郑佩瑢、田惠世、万昭华、汪文宣、曾树生、鸣凤、升义等。第三行列式是"腐朽生命",他们是《激流三部曲》和《憩园》里的一些旧家庭家长。

自然,这三个系列"生命"的区分是相对的。正如自然界和人类社会的一切事物那样,它们的"一切差异都在中间阶段融合,一切对立都经过中间环节而互相过渡"[①]。在"充实生命"与"委顿生命"之间,田惠世等似乎是"中间环节";在"委顿生命"与"腐朽生命"之间,沈氏似乎是"中间环节";还有一些较难划入某一系列的次要形象——琴的母亲张太太等,更可以认为是"中间环节"。但虽然如此,并不妨碍我们对巴金小说的主要形象作相对分明的区分,因为其基本性格特征和性格运动指向的差别是明晰的。

再次,由上述三个行列式组成的整个体系并不限于表现封建家长和旧家庭出身的青年男女,同时绘有下层劳动者;但处于图画中心位置的,无疑是前者。"生命"体系正是一幅由不同阶层的形象组成、但主要是描写封建家长和旧家庭青年生活的广阔宏大的艺术画卷。可以无愧地说,巴金小说绝不只是创造了觉慧、觉新或汪文宣等单个艺术形象,而是创造了整个"生命"体系。

---

① 恩格斯:《自然辩证法》。

第二章　『生命』体系与巴金的创作个性

对"生命"体系的研究，仅仅描述其轮廓、说明其构成体系的行列式是远为不够的，必须进一步揭示该体系的内在依据，探明产生的原因。"生命"体系作为一种文学现象在新民主主义革命时期由巴金创造、完成，当然有时代、社会生活的因由。但它们得通过具体作家起作用，这样在创作中得到反映的时代、社会生活就自然烙上了特定作家的个人印记。唯此，应当突入到作家的个性中去，只有这样才能窥见这一体系的奥秘。

在现代文学史上，巴金的文学个性特征独特鲜明，他在总体上是那种情感—伦理型作家。笔者下面将依次论述作家文学个性中与"生命"体系形成密切相关的两点：一、巴金具有强烈的伦理、道德热情，全部创作贯穿了对人生、生命问题的探讨；二、内心积淀有一座不可遏止的感情火山。

一、"生命"体系与巴金的"生命"意识

（一）从接受者角度所作的考察

由于学术界长期忽视从创作个性出发分析、研究作家的创作，因而创作个性概念本身就是需要经过讨论而明确的。但不管怎样，它必得包涵这样一层重要意思：作家通过作品表现出来的反映、阐发生活的独特性。笔者很赞成托尔斯泰的这一看法："当我们阅读或者思考一个新作家的一部艺术作品的时候，在我们心里产生的一个主要问题经常是这样的：'喂，你是个什么样的人呀？你在哪一点上跟所有我所认识的人有所区别？关于应当怎样看待我们的生活这一点，你能够对我说出些什么新鲜的东西来呢？'"[1]托尔斯泰的话道出了创作个性概念中十分要紧的东西。

巴金创作个性的独特性首先也表现在这一点上：他对黑暗、病态社会的愤激而持久的批判始终是与对人生、生命问题所作的热烈而紧张的探索结合在一起的，全部小说贯穿着他对人生、生命问题的独特思索。

几乎所有的研究者都看到，巴金作品在学生和青年知识阶层中拥有广大读者，它们曾经风靡现代中国青年。人们自然要问，他的作品何以能夺得如许多青年的心，其魔力究竟来自何处呢？对此研究者可以从各种角度探讨，但有一点是特别应当引起注意的，即上面说的作家反映、阐发生活的独特性。正由于巴金热爱人生，热爱生命，注重对生命价值、生活态度和人生观的探讨，其作品才会像磁石那样吸引成千上万的青年读者。

在巴金的一篇近乎自叙体的短篇小说《光明》里，有这样一个情节：青年作家张望收到一位少女的来信，向他倾吐旧家庭里遭遇的痛苦、不幸，内中说："我要是不读你的书，也许还可以马虎地生活下去。我只怨自己命薄。可是自从读

---

① 引自〔苏〕米・赫拉普钦科：《作家的创作个性和文学的发展》，上海译文出版社 1982 年版。

了你写的书,知道做人是怎么一回事,而且知道世间居然有你书中那样的人物,那样的生活方式,我便不能马虎地生活下去了。"这段话,完全可以看作是巴金小说在一般青年读者那里激起的心灵感应。一位读者这样谈《家》几十年来对于他的教益:

> 《家》,不仅仅是启迪我认识封建的历史,还教育了我如何认识自己的六十年生活;不仅仅是叫我看见了封建历史的重重悲剧,还教育了我要像觉慧那样在人生中不安分守己地"闯祸",学走一条自己该走的路。①

《家》给予人的启益,正不仅仅是"认识",而且是人生、生活道路方面的"教育"。这种"教育"的例子,甚至在前些年还可以见到:一位香港青年读了巴金作品后在报上发表文章,决心放弃富裕的家庭生活像觉慧一样"去寻找真正的人生"②。

巴金小说里的"充实生命"给读者这样的启迪,"委顿生命"呢?有人谈《雾》对于自己性格发展的重要影响:

> 我最初读的一本新小说,就是巴金写的《雾》,那时候我还是一个初中学生,书中的主人公周如水对自己心爱的女人从来不敢坦白求爱,甚至对方当面向他表示可以接受他的爱情的时候,他都没有勇气接受。我从周如水懦弱的性格中,看到了自己的懦弱,产生了要冲破和驱散充满在那个时代里的漫天迷雾的迫切之感。③

觉新、枚、淑贞一类的"委顿生命"都对读者起过这样的观照、警醒作用。

巴金的另一些作品——《灭亡》、《爱情的三部曲》等,同样给人以这方面的激励。有人读过《灭亡》后说:"这部书实在有激励人心之效!至少,我平日所抱

---

① 陶晓卒:《漫谈三个〈家〉》,《当代文坛》1985年第5期。
② 引自陈丹晨《巴金在香港》,《中国作家》1984年第3期。
③ 魏绍昌:《〈随想录〉读后杂写》,《巴金专集》第1卷。

的享乐主义已被打消,我情愿抛弃安适的生活,去为大众工作。"①还有人这样谈对巴金小说的感受:"他用着那一枝诚恳的笔,不夸张不轻浮地为我们指一条最高理想的路,要我们的生活向着更有意义更广大的方面走。"②

这样的反应和评论资料,可以说不胜枚举。事实上,旧社会许多青年就是由于读了巴金的小说才投身革命大潮的。看来,笼统地说巴金作品没有指明出路是不对的,至少并不准确。巴金只是没有指明具体的斗争道路、斗争方法,但为人们,特别是青年人指示了一条广泛意义上的路——生活态度和人生观方面的路。这,除了作为接收者的青年正处在重建人格、确定自我方位和人生观的特定身心发展期外,显然与巴金小说特别注重这方面问题的探讨密切相关。

对于这一创作特点,巴金近年在反思自己的创作历程时说得十分明确:"我就是从探索人生出发走上文学道路的。""怎样做人? 怎样做一个好人? 我几十年来探索的就是这个问题。我的作品便是一份一份的'思想汇报'。它们都是我在生活中找到的答案。我不能说我的答案是正确的,但它们是严肃的。""我的探索和一般文学家的探索不同,我从来没有思考过创作方法、表现手法和技巧等等的问题。我想来想去的只是一个问题:怎样生活得更好,或者怎样做一个更好的人,或者怎样对国家、对社会、对人民有贡献。"③

这些话,不但道出了作家注重人生、生命问题探讨的特点,而且大体上道出了探讨的内容。如果联系巴金的思想、创作进行更全面的考察,便可知道其探讨、阐明的,其实是一个由既相关联,又有区别的不同等级层次内容组成的意识整体;为叙述方便我称之为"生命"意识。巴金小说的形象创造——"生命"体系,在本质上正是由它规定的;不但如此,它还是理解巴金全部创作、思想和人格的一把钥匙。下面,就试对"生命"意识各层次的内容及总体特征、思想渊源等问题作论述。

---

① 俞华:《灭亡》,引自知诸《巴金的著译考察》,《现代文学评论》1929年第2卷。
② 自珍:《论巴金的短篇小说》。
③ 巴金:《再谈探索》、《探索之三》,均见《探索集》。

(二)"生命"意识内涵之一:"一个人只有一个生命"

　　"五四",这是一个崭新的生气勃勃的历史时期的开端。从"五四"开始,维持了两千多年、以儒学为中心的封建主义文化遭到现代文化思潮的全面包围和攻击。"五四"新文化运动的功绩是多方面的。其中,一个突出的功绩是:"人"的发现,个人生存价值和权利的被肯定。而个人在过去是被忽视的,正如郁达夫说的:"从前的人,是为君而存在,为道而存在,为父母而存在的,现在的人才晓得为自我而存在了。"①

　　巴金常说自己是"五四"的产儿,是五四运动的春雷把他从睡梦中惊醒,从而看到一个崭新的世界。作为"五四"的产儿,巴金在创作中执著探讨、阐明的一个问题,就是个人的价值和权利。其答案集中体现在他的以下一段话里:"无论你也好,我也好,他也好,所有的人都是想生活的。一个人只有一个生命,只能活一生,所以我们谁都想尽力使它过得很好。我们活着的时候,我们需要快乐,需要日光。……谁也没有权利把'生'和'乐'给我们剥夺去的。"②这里巴金明确肯定了人生、生命的价值,它是"生命"意识第一层次的内容。

　　对这一问题的探讨,作家通过两方面的描写表现,一是颂扬旧家庭的"充实生命"——觉慧、觉民等为争取自己的幸福进行的斗争,一是抨击、鞭挞"腐朽生命"——旧家庭家长及其社会制度、传统意识对青年男女所作的折磨、摧残。这两方面的描写其实是交织在一起、以后者为主的。

　　对于巴金的《激流三部曲》,过去一些研究者常常有不尽恰当的批评,或者认为它"没有在那里描出由于国际资本主义的侵入,因而摧毁了中国的封建经济基础,使家族制度崩溃的画面"③,或者为它"未能进一步揭示地主阶级和农民之间的尖锐的、本质的矛盾与斗争"而抱憾④。说这些批评不尽恰当,是因为它

---

① 《中国新文学大系〈散文二集〉导言》,《郁达夫文集》第6卷。
② 茚甘:《从资本主义到安那其主义》,上海自由书店1930年版。
③ 巴人:《论巴金的〈家〉的三部曲》,《巴金专集》第2卷。
④ 韩文敏:《巴金的思想与创作》,《巴金专集》第2卷。

们是从反封建的一般要求和固有的理论模式出发的,而巴金恰恰是从自己特有的经历和感情记忆库藏去反封建的。对于旧家庭制度和封建礼教,巴金感受最深、对之憎恨不已的,是它们对人,特别是对青年人的蔑视、迫害,对他们的青春、活动、自由、幸福和爱情的摧残。"倘使我没有在封建大家庭里生活过十九年,不曾身受过旧社会中的种种痛苦,不曾目睹人吃人的惨剧,倘使我对剥削人、压迫人的制度并不深恶痛恨,对真诚、纯洁的男女青年并无热爱,那么我绝不会写《家》、《春》、《秋》那样的书。"①——巴金谈得何等明白、凿实不移!评论者自然可以用自己的意识尺度估量这样的描写是否深刻或有失当的地方,但似乎不应当要求作家从旁的角度去反封建,如果那样,岂非要求作家放弃自己的生活积累和感情记忆,去演绎某些人所共知的原理和理论条文?

在《激流三部曲》、《春天里的秋天》等作品里,巴金以揭露封建婚姻为中心点,对旧家庭制度下种种蔑视人、摧残人的不义行为进行了全面、深刻的批判。个体婚制是文明社会的细胞形态,根据这种形态,恩格斯认为"可以研究文明社会内部充分发展着的对立和矛盾的未来性质"②。巴金对正在崩溃的旧家庭制度的批判,紧紧围绕封建婚姻制度这一中心点,应该认为抓住了一个重要的突破口。而如果人们将以此为中心点的各种描写看作是相互联系、具互补性质的完整图画,便可以见出作家批判的广度和深度。

在巴金所展示的这幅图画中,最显著、也最易激起人们愤激情绪的,自然是高老太爷等旧家庭家长对青年人恋爱婚姻权利的蛮横干涉和剥夺。巴金小说先后描写有以下几起:一,高老太爷之于觉民的婚事;二,克明之于淑英的婚事;三,周伯涛之于蕙、枚的婚事;四,郑佩瑢父亲之于女儿瑢的婚事。前三起恋爱婚姻事件都是《激流三部曲》描写的。第一起揭露、批判老一代旧式家长——高老太爷。他走过了从苦学到功名的道路,自以为自己支撑起了一个繁盛的大家庭,因而说一不二,只晓得别人应当服从自己的意志。他一口应下觉民的婚事,

---

① 巴金:《谈〈春〉》。

② 恩格斯:《家庭、私有制和国家的起源》,《马克思恩格斯选集》第4卷。

然后以"下命令"的方式告诉觉新。当他得知觉民逃婚的消息，不禁勃然大怒："反了！居然有这样的事情！"他甚至要登报否认觉民是高家子弟，并叫觉慧代替觉民承担婚事。只是临终时极度幻灭，才答应取消这门亲事。

第二、第三起揭露、批判第二代旧家长。在《激流三部曲》里，克明虽然不乏虚伪的成分，但在总体上却是一个比较正派的家长；作品着意表现着他性格中的这一内涵。他还曾经留学日本，从事的是律师职业。但上述区别于其他旧家长的性格特点及其带有现代特征的经历和职业，并没有使他在女儿婚事上变得稍微开通民主。他的威权虽然不及高老太爷，但对淑英婚姻的独断专行绝不下于高老太爷。"即使郑家是个火坑，他也会把我送去。"——淑英这话形象概括了克明对自己子女青春和幸福的漠视。

周伯涛则是另一种类型的家长。和克明一样，周伯涛也是一个独断专行、唯自己意志是行的旧家长，但他比克明走得更远：不只送女儿下火坑，又置儿子于刀俎；腥乎乎的悲剧事实也不能警顽起懦，他甚至没有半点自咎的意识。但周伯涛与克明更重要的区别，在于他还是一个心智发展的低能儿，一个昏蒙无知的封建家长。一方面是专断、顽固，另一方面是极端的无能、昏蒙无知，正是这两种性格的恶性嫁接造成了蕙和枚的悲剧。相比而言，这是更残酷、更发人深思的，它揭示了封建制度被历史大潮冲没时所出现的一种很惊人、也是很普遍的现象：由于某些专制家长的昏昧，甚至会做出比旧礼教规范的东西更可怕、更违反人性的事情。

最后一起是《春天里的秋天》所写的。这篇小说的旧家长未曾正式露面，但他的威权和手段竟然召回了远在外地求学、具一定现代意识的女儿。在父亲的胁迫下，瑢只得违心写信断绝与恋人的关系，因此忧郁成病，不久便寂寞地死去。小说从另一背景和侧面表现了封建势力的顽固、死而不僵，以及对旧家庭青年男女无孔不入的迫害。

以上画面虽然都是揭露、批判封建家长对青年人恋爱婚姻的蛮横干涉和阻挠，但角度和侧重点显然是不尽相同的，蕴含的思想意义也各有特点。

除了这种封建势力对青年人爱情和婚姻的赤裸裸的干涉、剥夺，巴金还描写了一种看来是偶然因素造成的近于无事的悲剧。我指的是《家》写到的觉新与梅的悲剧。这一悲剧是梅的母亲于无意中酿造的,她在牌桌上与觉新的继母发生龃龉,日后就以拒婚作报复;所谓"拈阄定下"云云是觉新父母维护体面的说法。一些年后,两位太太真诚地和解了,她们本来就是善忘的,何况还是远房的堂姐妹。但觉新和梅的悲剧却已铸成。这一悲剧确有偶然性。但如果明白这样的绅士家庭几乎每天都发生类似的龃龉、争斗和倾轧,那么上述偶然性里不就包孕了必然性?这一悲剧也不像前面一些事件那样骇人听闻,但透过这种寓于日常生活中的迹近无事的描写,不是可以真切地感受到旧家庭父母的森然冷气?!

在巴金描写的众多恋爱婚姻事件中,《雾》写到的周如水的爱情悲剧另具一种性质;短篇《一封信》写的也是这种悲剧。这两篇小说的主人公(后者的主人公是一个叫伍的青年)虽然也有旧家庭的背景,其家长在一定程度上也参与了婚姻事件,但造成悲剧的根本原因在于主人公自身,在于其头脑里落了根的传统意识。与《雨》和《电》,特别是与《家》《春》《秋》比,《雾》在总体上也许不算出色的,但周如水形象却有独特的、为旁的作品不能代替的思想内涵,它从另一方面补充控诉了旧家庭制度、传统意识对青年人爱情和幸福的剥夺。当周如水内心升腾起为所谓的良心、道德"牺牲"的念头,当他对张若兰决绝地说"我们的结合是完全不可能的,不会给你带来幸福"时,旧礼教这是同时埋葬了两个人的青春和幸福。

巴金的作品并不以揭露、批判封建婚姻制度为限,而同时广阔描写着"腐朽生命"、传统意识在其他方面对青年人进行的各种迫害。这类迫害、有时直接诉诸武力,对子女进行非人的虐待,淑贞的遭遇就是。她小小年纪,就挨着板子缠出一双小脚。平时,她是父母的出气筒,不是挨打,就是遭骂。她,孱弱的身子,一对肿得像胡桃一样的眼睛,没有血气的小脸,连声音也含了悲哀的种子——这是封建家长多年积威的成绩,无一件不带着压制和摧残的标记。她还来不及体验青春和爱情的乐趣,就投井死了。淑贞短促悲惨的一生,可以让人想到作家早年写的一首小诗:"未开的——含苞了;将开的——开放了;已开的——凋残了,花儿静悄悄地过了她的一生。"①

这类迫害,有时主要表现为思想、行动方面的钳制,枚的遭遇就是。在《激流三部曲》里,觉新性格的懦弱、卑怯已是够骇人的,但枚比他更甚,枚连起码的辨别能力也没有:"我什么都不懂,我只晓得爹叫我做什么就做什么。"枚的性格,完全应"归功"于周伯涛长年的约束,他让枚成天泡在四书五经里,做《礼不下庶人刑不上大夫论》、《颖考叔纯孝论》一类的文题,还亲自为他讲授。这是鲁迅说的细腰蜂之于青虫的做法——麻醉其知觉神经中枢。这样做,在周伯涛也许并不自觉,但却是卓有成效的,这可以从枚的自白见出:"那部《礼记》,我越读越害怕。我真有点不敢做人。拘束得那么紧,动一步就是错。"

这类迫害,有时偏重于精神上的折磨。如觉新的遭遇。旧家长不但串合着挖苦他、背地骂他,喊他做"承重老爷",而且要他陪他们打牌,替他们买东西,让他充当玩乐时的侍从、消遣物。他们斗不赢他的两个兄弟,就专门找他出气,想出种种点子治他、"凌迟"他。觉新陷入这样一种可悲的境地,自然与其性格的懦怯有关,但主要是旧家长迫害使然,而且他的懦怯性格本质上不就是险恶的社会环境造成的吗?

这类迫害,有时还借助封建迷信加以施行。如瑞珏。临产前,陈姨太等运动起"血光之灾"的舆论,她被强迫迁到城外,照料不周加之精神上的惧怕,瑞珏被活活摧残死了。

以上种种迫害,包括前面说的对青年人爱情的剥夺,其实在作品里是交织着表现,相互联系、渗透的,读者也是在具有浓烈情绪氛围的总体上感受到封建家长及其制度的残酷、不义。而如果我们承认巴金确像他说的那样,自执笔以后始终没有停止过对一切旧的传统观念、一切阻碍社会进步和人性发展的人为制度、一切摧残爱的势力的进攻的话,就应该认为他的后期作品同样贯穿着对于蔑视人、摧残人的不义行为的批判。《憩园》里的好心女人万昭华、《寒夜》里有过灼灼光华的汪文宣、曾树生,他们的青春、爱情、幸福不是同样被不合理的

① 《妇女杂志》1923 年第 9 卷第 10 期。

社会制度和传统意识夺走的吗？

巴金小说还表现着处于社会底层的丫环、仆役和其他被压迫群众（如《激流三部曲》里的鸣凤、婉儿,《砂丁》等作品里的工人形象）的悲苦无告的生活：在对待他们的态度、行为方式上,专制制度蔑视人、不把人当人的本质是显示得更加明白的。通过这方面的描写,巴金向践踏、侮辱他们的反动势力提出了愤激抗议,表达了他们要求争得做人的权利并进而在世间消灭剥削、压迫制度的愿望。这样的描写在巴金小说里不算太多,但对于人们全面地理解巴金的思想与创作,理解他对人生、生命价值所作的肯定是要紧的。由此可窥见,巴金所肯定的"人"的价值和权利,并不仅指上层阶级出身的知识者,而同时包括压在社会大石最底层的"人"——普通工人、农民。

不难见出,巴金小说的批判是沿着这样一条豁然醒目的主线伸展的,那就是批判旧制度对青年人的价值和权利的否定。他并没有四面出击,他的经历、情绪记忆,他的全部感受、印象、体验、热情和憧憬,一句话,他的整个心理定势和深层意识导引乃至迫使他沿着这样的中心线索去否定旧家庭制度、否定二十世纪上半叶的既定社会秩序。但虽然如此,巴金在这一范围内的描写却具有广阔的视野和足够的深度。深度首先表现在锋芒所向不是个别的旧家长和作恶者,而是包括了家庭氛围、传统意识在内的作为整体存在的旧势力、旧制度,作家笔下时时溢荡的巨浪般的愤懑情绪,甚至让人感到似乎几千年来的无名牺牲者都争相跃动、急急奔凑到他那里去叫一声："冤枉"。深度还表现为：巴金是站在近代历史的高度否定、批判这一切的,聚焦点在于展示封建势力对人们性格、生机、精神生活的窒息和毁损。像巴金小说,特别是《激流三部曲》《寒夜》那样满怀怨懑,对旧势力肆虐、摧残人的残酷性和不人道作如此集中,如此广泛,如此深刻批判的作品,在西方不仅文艺复兴时期不曾有过,就是启蒙运动时期的许多作品也不能比及。这,并不是说巴金有什么特别的能耐,而是由中国特殊的国情、特殊的历史文化背景决定的。

（三）"生命"意识内涵之二：生活"是一个'搏斗'"

在肯定人生、生命价值的同时,巴金小说还力图从生活态度方面影响人,为

人们指示一条争得爱情和幸福的路径。在 1931 年写的《〈激流〉总序》里,巴金谈到那些年对于人生、生命问题的另一思索:

> 几年前我流了眼泪读完托尔斯泰的小说《复活》,曾经在扉页上写了一句话:"生活本身就是一个悲剧。"
>
> 事实并不是这样。生活并不是一个悲剧。它是一个"搏斗"。我们生活来做什么?或者说我们为什么要有生命?罗曼·罗兰的回答是"为的是来征服它"。我认为他说得不错。

人生、生命就是奋斗,应该征服生活、征服环境,这是巴金小说的又一重要思想贯串线索,是"生命"意识第二层次的内容。

巴金作品阐明的这一内容和我后面要谈的另一层次内容,都是与作家对于人生、人类社会发展的这一观念相联系,并由它决定的:人类、社会的演进有快有慢,但演进则是一个不可否认的事实。巴金曾这样形容人类、社会演进的意象:"这激流永远动荡着,并不曾有一个时候停止过,而且它也不能够停止;没有什么东西可以阻止它。在它的途中,它也曾发射出种种的水花,这里面有爱,有恨,有欢乐,也有痛苦。这一切造成了一股奔腾的激流,具着排山之势,向着唯一的海流去。"[①]唯其如此,巴金的作品虽然充满了悲哀的动人记录,并且常常用忧郁、哭诉的调子叙述事件,但他绝不像有些人说的那样"永远在黑暗中摸索,拢不到一线的光明"[②]。他的大多数作品总是让希望的亮光透过厚重的云层烛照大地,激励人们迎击命运,勇敢地生活。

对上述问题的探讨也集中表现在巴金的主要作品《激流三部曲》里。前面谈到巴金是因为受过旧社会中的种种痛苦,目睹了无数摧残人、折磨人的惨剧才会写《家》《春》《秋》那样的作品的,但这仅仅说出了一部分事实,依据这样的事实既可以写成曹雪芹《红楼梦》那样的作品——那里也写有无数惨剧,写有贾

---

① 巴金:《〈激流〉总序》。

② 引自巴金《我的路》,《巴金专集》第 1 卷。

宝玉的反抗,但却是以主人公遁身佛门作结的,也可以写成岛崎藤村《家》那样的作品——那里也写有封建家族制度束缚下人们的苦恼和不幸,但"屋外仍是一片漆黑"的结尾,与巴金《家》最后诗意盈盈描写的"永远向前流去没有一刻停留的绿水"是迥然异趣的。是什么原因造成了巴金作品与同类题材作品的差别呢?应该归结到上面说的作家对于人生、生命的"奋斗"观点。

其实,《激流三部曲》不但是一部旧家庭制度的崩溃史,也是一部有着两种生活态度和性格的旧家庭青年男女的生活史、命运史,作家有意对照着描写这两类青年迥不相同的生活态度、性格和命运,以此表达对人生、生命问题的上述思索。

在小说里,最重要的对照自然是觉慧、觉民与觉新的对照(从这一角度考察时,可以将剑云、枚看作是觉新形象的补充)。高氏三兄弟虽为同一父母所生,长年朝夕相处,但相差不几年的经历却使他们成为恍若隔世的青年。觉慧、觉民是为"五四"新思潮的春风唤醒的,他们的觉悟程度虽然并不齐一,但都笃信这样一种生活态度:"人无论如何应该跟环境奋斗。能够征服环境,就可以把幸福给自己争回来。"《家》生动地描写了觉民为他与琴的爱情而进行的艰苦卓绝的斗争,为"奋斗哲学"奏了凯旋曲。觉慧的思想较觉民激进,视野也较为远阔。但他同样信奉"奋斗"哲学。这一哲学不但鼓励他违反旧家长的各种成命,大胆向家庭、社会上的反动势力作战,而且最终使他从正在散架的封建楼台中出走,去寻找新的生活天地。觉慧出走后,觉民代替了他在高家的"激进派"位置,继续演出一幕幕正气凛然的壮剧。

他们的大哥——觉新,却抱有正相反的生活态度:"无抵抗主义"和"作揖哲学"。觉新早年也是一个聪颖、充满活气的青年,但他似乎较他的两个兄弟软弱。他默默地接受了家里背着他筹划的婚事,又不置一喙地让父亲卖掉了自己的前程和理想。在他担起自己这一房的生活担子,接连受到发自各房长辈的箭镞时,他也愤怒、奋斗过,但一无结果。于是愈发怯懦了,索性实行"无抵抗主义"、"作揖哲学"。这样的处世方法更使他像落入包围圈的猎获物,到处被人围追堵截,不但无法过宁静无扰的生活,倒彻底断送了自己和他深爱的那些人。

《家》及其续作《春》《秋》通过一系列事件深细发掘了觉新奉行的"无抵抗主义"、"作揖哲学",展露了它造成的可怕后果,对之作了彻底否定。

《激流三部曲》还贯穿着许多青年女性形象之间的对照,如琴与梅、瑞珏的对照,淑英与蕙的对照,淑华与淑贞的对照等。这些对照都是作品情节的重要构成因素,它们在分明地告诉人们:只要敢于奋斗,做自己命运的主人,就可能在旧制度崩溃时获得新生,而懦弱胆怯、屈从环境和命运,必然成为牺牲品。尽管作家对梅、瑞珏等女性形象与对觉新的谴责有程度之分——对前者往往表露出更多的同情、谅解,但对其顺从命运、不敢有所为的人生态度同样是坚决否定的。

与《激流三部曲》通过两类"生命"的对照描写肯定"奋斗"思想不同,巴金有些小说主要描写觉新那样的"委顿生命"。就是说,作家运用否定的方式肯定"奋斗"思想。这样的作品有《春天里的秋天》、《雾》和《爱的十字架》等许多短篇。《春天里的秋天》的主旨在抨击旧家庭封建势力对青年人爱情、幸福的摧残,但对男女主人公,特别是女主人公郑佩瑢内向、伤感,在命运面前软弱萎缩的生活观也是取否定态度的。《雾》对周如水的生活态度和性格的否定意向更为明朗:在巴金所创造的全部"委顿生命"里,他也许是受到最不容情批判的一个。这些作品不像《激流三部曲》那样正面表现"奋斗"观念,但实际上贯连着一样的思想线索。

就题材内容言,巴金后期的杰作《寒夜》与《激流三部曲》等作品差异很大,它在一定程度上表现了对个性主义思想的否定。但《寒夜》的字里行间确实仍然响彻着这样的声音:人生、生命就是奋斗,胆小卑怯,忍辱苟安,呻吟叹息着生活,只能毁灭自己!巴金谈《寒夜》创作的文章说,他有过许多像汪文宣那样惨死的朋友和亲戚,他写汪文宣除了让自己永远记住他们外,也是为着"让旁人不要学他们的榜样"[1]。《寒夜》在控诉、诅咒专吃善良人的旧制度时,也批判着汪文宣等人卑怯、苟且、屈从生活的人生态度,内中正暗含了过去作品的"奋斗"

---

① 巴金:《谈〈寒夜〉》。

思想。

从"奋斗"的主要内容和意向考察,巴金作品阐明的这一思想,基本上还属于资产阶级个性主义的范围。但这样笼统地说显然是不够的,应当指出巴金"奋斗"思想的特殊点,只有这样才能避免从抽象的概念讨论问题,才可能对贯串于巴金小说的这一意识内容作出科学的、实事求是的评判。

如果这样深一步地追究就可以发见,巴金的"奋斗"思想不但迥异于向垄断资本主义阶段过渡时一些资产阶级哲学家崇拜强权、鼓吹残暴掠夺的个人主义,而且与资产阶级上升时期的作家作品表现的个人主义思想有区别。后者,特别是最初的人文主义文学记录着人类新世纪的绚丽曙光,具有反教会、反封建的彪炳煊赫的历史功绩。但不是没有偏颇和局限:它们在颂扬人的聪明才智和勇于进取的精神时,一并肯定着损人利己、尔虞我诈、不择手段等观念,在推倒宗教禁欲主义时,一并表现着个人享乐主义意识。在《十日谈》、《巨人传》这样一些作品里,不是或多或少可以见到这类描写吗? 这在以后的某些作品中,更得到恶性发展。"我们在与旧的传统关系决裂的同时,把人们身上的一股无名力量解放了出来,而这股精神力量在起作用时,我们根本就无法预见它惊人的后果。"①——雪莱后来说这样的话,不是没有理由的。但是,巴金作品却没有这样的偏颇和局限。这里的原因,在于巴金主要是从人与环境的关系角度提出"奋斗"思想的,为着矫正人们在命运面前软弱屈从的消极态度,他所强调的"奋斗",是弱小者对于基本生存权利和幸福的捍卫、抗争。

(四)"生命"意识内涵之三:"把个人生命拿来为他人放散"

造成上述差别,自然是有原因的。所以要从巴金的"生命"意识的本体考察,是因为"生命"意识各个层次的内容是相互关联、影响的,"奋斗"思想受着我现在要谈的第三层次内容的制约。

巴金小说执著探讨的又一个问题是:人生、生命的目的和含义,下面一段话

---

① 引自安·莫洛亚《雪莱传》。上海文艺出版社 1981 年版。

可以看作他思索的答案：

> 生命真是无处不在。孤立的个人在这世界上并不算什么。我觉得我的个人生命的发展是与群体生命的发展有连带关系、永远分不开的。所以把个人的生命拿来为他人而放散，甚至为他人而牺牲，并不是不可能的事，反而正如法国天才哲学家居友所说："这个扩散性乃是真实的生命之第一条件。"①

生命的含义在于"放散"，在于为他人、为大众谋取幸福，这也就是巴金作品常常写到的"生命力的满溢"，"生命的开花"，它是"生命"意识第三层次的内容。

对这一问题的探讨，特别明显地表现在作家早年那些描写小资产阶级知识分子生活、斗争的作品里。这些作品历来颇受非议，原因在于描写了一些带无政府主义色彩的青年，有些论者甚至把它们看作是"宣扬无政府主义思想"的作品。

能够这样简单地论断是非吗？恐怕不能。《灭亡》等作品确实写了一些带无政府主义色彩的青年，作家在很大程度上也是肯定、张扬他们的。但实质性的问题在于作家究竟在哪一点上肯定、张扬他们，是肯定、张扬他们对于马克思主义、革命政党所领导的革命运动的对立意识，抑或肯定、张扬他们与当时的反动势力所作的妥协和勾结？显然都不是。进一步说，作家对这些带无政府主义色彩的青年是毫无保留地肯定，还是有所保留，乃至批判，主要在某一方面肯定呢？答案也是清楚的，巴金并没有全盘肯定他们，而主要赞赏他们为谋取被压迫群众和人类的幸福奔走呼号、放散生命的情操和生活理想。就是说，作家是从人生、生命的目的和含义的角度反映这些青年的生活的，全部画面艺术地表达了他对人生、生命的"放散"理解。

二十年代末，巴金曾翻译过俄国杰出的社会活动家、无政府主义者克鲁泡特金的一部传记作品——《我的自传》。巴金在该书的译本代序里说："我为什

---

① 巴金：《〈幸福的船〉序》。

么选择这一本书呢？你（代序系巴金写给被称作'我的小弟弟'的信，这里的'你'指小弟弟——笔者）把这本书读过以后就可以明白。在你这样的年纪，理论的书是很不适宜的，而且我以为你的思想你的主张应该由你自己去发展，我决不想向你宣传什么主义。不过在你没有走上社会的圈子接触实际生活以前，指示一个道德地发展的人格之典型给你看，教给你一个怎样为人怎样处世的态度；这倒是很必要的事。"①在译本新版前记里，巴金再次强调其翻译意图：使同时代青年朋友在困苦的环境里"得到一点慰藉，一点鼓舞，并且认识人生的意义与目的"②。这完全可移用来说明《灭亡》、《新生》、《爱情的三部曲》和作家早年一些主要描写"充实生命"的短篇小说。即是说，巴金写作这些作品并不为着向读者"宣传什么主义"（对此，作家一再作过说明，这里不赘），而是要告诉青年，"怎样为人怎样处世的态度"，"认识人生的意义和目的"。《新生》为什么表现主人公李冷由憎恨一切、否定一切、反抗一切、仅为个人存在的个人主义向集体主义的转变，乃至终而用鲜血和生命灌溉人类的幸福？《雨》为什么否定主人公吴仁民脱离现实斗争，在爱情中寻求刺激、消磨生命的孤寂、颓唐的生活态度？巴金的这些小说为何反反复复描写献身理想的确定和这些青年在斗争中表现的抛弃一切、毫无个人计较的道德情操，又为何把一个又一个年轻生命派遣到永恒里去？就因为作家是从生命的目的、含义的角度去描写他们的。

诚然，以上作品也写有那些青年的政治暗杀行为和散漫、近于盲目的活动、斗争。但这是实现上述意图时的派生物。人物的活动、社会生活是完整的过程，作家对主要思想意图的表现不可能是纯净一律的。其次，也是更重要的，是作家实际上并不赞成这些做法。对于这一点，如果说小说的描写还不易判明，那么他的一些理论文字倒不失为一种证据。巴金曾与友人太一就"无政府主义与恐怖主义"问题展开辩论。巴金当时的文章虽然肯定恐怖主义有其存在的理由，对那些为毁坏旧势力而牺牲的恐怖主义者甚为钦佩，但其基本立场和态度

---

① 巴金：《〈我的自传〉译本代序》，《我的自传》，上海启明书店1930年版。

② 巴金：《〈我的自传〉新版前记》，《我的自传》，上海开明书店1939年版。

却是反对暗杀和盲动的。巴金明确说："假若我们有力量足以起革命,那么我们可以把特权者推翻,用不着暗杀了,若我们没有力量,则纵使杀了一二人,流血数步,事实上新压制者又将起来,而民众仍在下面受苦,我们的进行仍不会有好的现象。在俄国沙皇亚历山大第二被刺杀后继之而起的亚历山大第三对于革命党的压迫更是猛烈,这便是一个例子。"①在巴金的理论著作《从资本主义到安那其主义》里,又说:"安那其主义的革命不是政治上的暗杀","革命的安那其主义者不是一个掷炸弹的人"。在这一著作里,巴金还阐述了"安那其主义者相信组织"、"组织乃是万事"的观点,认为刘师复不要组织的主张"是他个人一时的错误,与安那其主义无关"②。这一切有助于说明,巴金并不赞成——至少并不完全赞成他的作品中人物的暗杀、盲动等斗争方式和行为,只是推崇、颂扬其为大众放散生命的热情和生活目标。

从创作动因考察,更可以见出这点。巴金写作上述作品,似乎有两种情形:一是为现实生活中朋友的生活态度所刺激,一是要解决自己的思想问题、人生问题。巴金当时亲眼看到许多熟人因爱情等个人原因离开朋友和事业的情形,对此他极为痛心。有感于这样的生活现象,他写了《雷》这样的作品赞美那些弃绝爱情、把自己奉献给理想的青年,又在《雨》里创造了张小川这样的形象,并且写了《天鹅之歌》一类作品用以劝慰朋友。巴金谈《天鹅之歌》等作品的写作时说:"与其说我拿朋友做模特儿来写小说,不如说我为某一两个朋友写过小说。譬如说《白鸟之歌》(即《天鹅之歌》——笔者),许多人都知道我是拿一个上了年纪的友人做模特儿来写的;但我的本意却不是如此简单。我爱护那个朋友,我不愿意他辜负了大家对他的期望,我不愿他牺牲了过去的一切,去走个人的路,所以我写了这小说来劝他。"③巴金的劝说没有生效,那位朋友还是执意走自己的路。但巴金的小说不是白写的。其社会意义是,告诫人们不要沉湎于个人的享受,应投身广大的人生,将个体生命联结到绵绵不绝的群体生命上!

---

① 巴金:《无政府主义与恐怖主义——复太一同志的一封信》,《断头台上》,上海自由书店1929年版。

② 均见蒂甘《从资本主义到安那其主义》。

③ 巴金:《〈爱情的三部曲〉总序》。

上述作品的写作,还常常由于巴金在生活道路上遇到了苦闷、矛盾,为了解决思想问题、人生问题才拿起纸和笔的。这正如作家回答法国《解放报》所询"你为什么写作?"时说的:"我以文学改造我的生命、我的环境、我的精神世界。"①我们不妨看看《灭亡》的创作。巴金写作这一小说,经历有两个阶段。一是成书前的阶段,那时巴金并没有认真写小说,只写了一些不连贯的场面和心理片断。那样做,是因为他在人地生疏的巴黎对亲人、对自己过去的生活产生了灼人的思念、回忆。这是些凝结着无数爱憎感情的生活啊!"我有感情必须发泄,有爱憎必须倾吐。否则我这颗年轻的心就会枯死。"——巴金就这样拿起了笔。此后不久,激动全世界人心的"萨樊事件"发生了,这一事件强烈地刺激了巴金,促使他奋笔写下更多的场面和心理片断。从这一段写作看,巴金的确不是为当作家才动笔的,完全为着倾吐自己的爱憎郁积。

后一段的写作情况如何呢?作家明白告诉读者,他所以决定将那些场面、心理片断改写成小说,是因为大哥的来信使他本已很尖锐的爱和憎、思想和行为、理智与感情的矛盾达到了顶点。他到了必须摆脱困境、作一选择的时候:或者因对大哥的感情牺牲自己的主张,或者完全脱离家庭,走自己的路。巴金决定选择后者。他感到要把这一决定告诉大哥,但又怕其受不了,这才想到用小说的形式间接表达。《灭亡》初版序里的一段话实在是理解这一小说的关键:"我为他而写这书,我愿意跪在他底面前,把这书呈献给他。如果他读完后能够抚着在他底怀中哀哭着的我底头说,'孩子,我懂得你了,去罢,从今后,你无论走到什么地方,你底哥哥底爱总是跟着你的!'那么,在我是满足,十分满足了!"作品里杜大心的许多内心矛盾,特别是他的献身热忱和最后在爱与憎之间所作的选择,在本质上正是巴金的。也正是在这一点上,《灭亡》前后两个阶段的创作衔接了起来。

上述两种创作起因其实是相互联系,很难截然分割开的。而且,巴金大多数作品的写作,往往同时含了两方面的因素。不难看到,巴金这些作品对现实

---

① 引自《文坛瞭望》1986 年第 2 期。

生活的反映具有明显的个性特点,与同类题材的作品比较,它们既不像茅盾的《蚀》那样比较全面地反映小资产阶级知识分子的生活画面、精神面貌,并力求通过对他们的描写,广阔展现中国当时的时代风貌,也不像胡也频的《光明在我们的前面》那样,主要从知识分子应当走怎样的革命道路的角度描写生活。巴金在少年时代就初步确定,日后不断得到巩固、增强的为众人"放散"生命的意识,使他对生命目的、含义的问题保持有一种特殊的敏感和热情,《爱情的三部曲》等作品正是主要围绕这一轴心线组接、展现生活的。

巴金其他许多小说也表现了对这一问题的思索。《海的梦》、《利娜》、《抗战的三部曲》自不待说,即使如《激流三部曲》这样以旧家庭生活为题材的小说也如此。前面说过,《激流三部曲》在否定旧家庭制度时有一条豁然醒目的主线——对人们青春、活动、自由和幸福的摧残。但巴金的这种否定,又是与对这一制度的体现物——封建家长的道德精神面貌和生活目标的否定紧紧联系着的。《秋》在描写觉民心理活动时写道:"这里除了克明外没有人真正拥护旧的思想,旧的礼教,旧的制度。就连克明也不能说是忠于他们拥护的东西。至于其他那些努力摧残一切新的萌芽的人,他们并没有理想,他们并不忠于什么,而且也不追求什么,除了个人的一时快乐。"活着就是为追求"个人的一时的快乐",在别人的痛苦之上营造一己的安乐窝,这几乎是上述封建家长共同的道德准则和生活观。《激流三部曲》正是主要沿着否定的方向,表述了作家对于人生、生命意义的"放散"理解。

但集中从这一方向肯定生命目的、含义的,是巴金后期的《憩园》。这一小说不像《激流三部曲》着重揭露旧家长对青年的肆虐,而是否定其靠祖宗、靠遗产吃饭的生活态度和生活方式。具体描写也别出心裁,主要写杨老三——一个在备尝自己种下的苦果之后,有了某种失悔、自责心理和悔过愿望的旧家长。杨老三的可悲结局深刻显示了金钱、寄生生活的腐蚀性和破坏力:它能彻底毁掉一个人,就是当堕落者有了真诚的改悔愿望时,也不容易成为新人。小说还写了另一则悲剧:"憩园"新主人姚家儿子——小虎的死;同样是"富裕的寄生生活"造成的。因此,《憩园》实际上表达了这样的思索主题:人不能为金钱、为个人的享受活着,"财富只能毁灭崇高的理想和善良的气质,要是它只消耗在个人的利益上面"①。

巴金在否定"憩园"新旧主人的生活态度和方式时,其实也通过一些细节泄露了作家正面的生活观。那就是叙述者黎先生说的"活着为自己的理想工作是一件美丽的事";也是姚太太说的:"帮助人","牺牲是最大的幸福"——尽管她的理解与作家本人,与小说里的"充实生命"不无歧异。

(五)"生命"意识——理解巴金创作、思想、人格的一把钥匙

以上分析是想说明,巴金的创作具有戛戛独造的个性特点:全部小说不但始终表现了对于人生、生命问题的执著探索,而且探索的主题、内涵也是充分个性化的。需要进一步说明的是,巴金探索、阐明的上述各意识层次的内容虽然在不同时期的不同作品里各有侧重,但在作家那里,在作品的深度层次上,它们是相互勾连并渗透的,这从前面的叙述不难见出。也就是说,"生命"意识三层次的内容不同于数学中的集中,它们紧密联系、渗透、交织,是一有内在本质联系的有机体。

那么,作为完整的有机体,"生命"意识具有怎样的根本特征呢?我以为,这是一种深深根植于现代人道主义观念,充分确认具体的个人价值——个人的物质幸福和个性的完满、自由发展的集体主义道德观。"生命"意识作为一总体,其可贵之处正在于它既不是片面地从个人角度,也不是孤立地从社会角度,而是从个人与社会的辩证统一关系角度探索人生、生命问题的。"生命"体系所以区别于数学中的集合、而是具内在本质联系的有机体,根本原因就在于兹。"生命"体系、巴金小说的魅力和影响范围曾经空前广阔、风靡一代青年的现象,似也可从这里进一步得到圆满解释。

考察"生命"意识的思想渊源,我们既可以看到西方个性主义、人道主义思想的波流,也能够发现近代无政府主义运动和思想理论的痕迹。但在所有各种

---

① 巴金:《谈〈憩园〉》。

影响中,最值得注意的还是法国哲学家居友和俄国无政府主义理论家克鲁泡特金的道德观、伦理思想的影响。

居友(J. Guyau)是法国十九世纪比较著名的青年哲学家,仅活了三十五岁,著有《伊壁鸠鲁的道德及其与现代学说之关系》、《近代英国的道德》、《无义务无制裁的道德》等伦理学著作。居友的伦理思想有两个重要特点:第一,他虽然力图把道德从神秘的超自然的神的启示中解放出来,但由于脱离社会关系、经济利益的决定因素考察道德现象,把爱、同情心和自我牺牲看作是人生来具有的本能——他所谓的"道德的生殖力",因而有明显的唯心主义倾向。第二,与强调道德的利己主义实质的伊壁鸠鲁及其后的英国功利主义者不同,居友虽然不否认人有自我保存的本能,但更强调生命机能中的"道德义务感",因而对于伦理学上又一基本问题——个人利益与社会利益的关系的回答,他主张"个人的生命应该为他人放散,在必要的时候,还应该为他人放弃(牺牲)",居友将这种扩散性看作是"真实生命之第一条件"。居友这两方面的思想都对巴金有影响,但以后一方面的影响为甚。巴金小说常常写到生命力在体内满溢,必须拿它来放散,以及丰富、充实的生命,生命必须开花等,其原始出处就是居友的伦理学著作。不但如此,在一些更直接表露生活态度、人生观的散文里,巴金一再提到居友的名字,或援引其原话。如记述南国某地一次会议的《谈心会》里,巴金就引述居友的"个人的生命应该为他人放散,在必要的时候,还应该为他人放弃"等话来说明什么是丰富、充溢的生命,什么是应该选择的生活目标。在写于相差不多时候的另一篇散文《朋友》里,他又提到居友"我们必须开花。道德,无私心就是人生的花"等话,并且思索道:"在我的眼前开放着这么多的人生的花朵了。我的生命要到什么时候开花?"巴金也曾在小说里直接提到居友,那是《秋》表现觉民和琴在争得个人幸福、向往为事业献身时写的:"这是两个不自私的年轻人的纯洁的幸福的时刻。他们真正感到法国哲学家居友所说的'生活力的满溢'了。"

巴金最初接触居友的伦理学思想,当是在法国翻译克鲁泡特金的《人生哲学:其起源及其发展》的时候。克氏的书专辟一章评述居友的人生哲学,对之作有"充分的赞赏"①。在翻译过程中,巴金研读了居友的原著,克氏所引居友《无义务无制裁的道德》中的话,有的还是巴金参照原书注明页数的。巴金显然也很赞赏居友的伦理思想,以后不但常常用它激励自己的放散、献身热忱,而且自觉不自觉地在创作中化入他谈人生、生命问题时某些颇为别致的语汇、提法。

克鲁泡特金对于巴金也有重要影响。作为一个无政府主义理论家,克氏先后写有《无政府主义者的道德》、《互助论》、《人生哲学:其起源及其发展》(此书未能写完)等伦理学著作。与居友一样,克氏也认为人有向善、同情心、为他人牺牲自己的社会本能,在这些基点上他提倡这样一种道德理想:幸福并不在个人的快乐,真正的幸福乃是由在民众中间、与民众共同为真理和正义的奋斗中得来的。但与居友这样的职业哲学家不一样,克氏并不停留于阐明、宣扬某种道德学说,更进而用自己的人格和生活实践为道德理想树立起一个别人看得见的榜样。克氏在建立其道德理想时,还表现了力图避免在强调了个人对于他人、社会整体利益的责任后可能发生的忽视个人生存价值、自由和权利的倾向。巴金在解说其人生哲学思想时说:"在人间有两种倾向。一方面人要求着尊重个人底自由,权利与创意性;另一方面人又倾向着共同的善,与万人的福祉。这两个倾向都是不可忽视的。种族忽视了此等个人的要求,则此种族衰灭;个人忽视了共同的善,则此个人衰灭。……在现今如果不将这两种倾向调和在一起,则决不能创造一个可以鼓舞人类的崇高道德理想。"②克氏的伦理学思想与居友一样具有明显的唯心主义性质,而且由于无政府主义政治理想的局限,他上述思想实际包含了对列宁倡导的无产阶级专政的否定。但是,对于克氏的集体主义道德观,对于其力图从个人与社会的矛盾性中阐明道德理想的尝试却是不应该简单否定的。

毫无疑问,克氏以上一些思想,特别是其从个人与社会的矛盾性中阐明伦理思想的意向,在很大程度上影响到巴金对于人生、生命问题的探索。

---

① 苕甘:《克氏底〈人生哲学〉之解说》,《人生哲学》下编,上海自由书店 1929 年版。

② 同上。

现在可以看到一个饶有兴味的事实：巴金虽然早年参加过无政府主义运动,在后来很长一个时期里也信仰无政府主义,但其作品的思想倾向却主要表现为对于人生、生命问题所作的独特思考——"生命"意识。在这一意识里,固然仍可以发现无政府主义思想的影响,但无论从哪方面看,它与无政府主义是两码事。这种情况颇像光在由一种媒质进到另一种媒质时那样：作家受到的包括无政府主义在内的各种思想影响在进到具体的文学创作时,不仅有的被完全反射了,进入的部分也发生了明显的偏折。仍以无政府主义思想为例,应该认为作家早年是比较全面、系统地接受了它的影响,他的《从资本主义到安那其主义》等理论著述解释、阐述的,正主要是克氏等无政府主义者在社会政治、经济方面的学说和主张。在这些文字里,巴金不但明确否定苏联的无产阶级专政,排斥无产阶级政党对于社会革命和工人运动的领导,宣传无政府工团主义,而且主张社会革命成功后不应保留国家,并立即取消私有制、全部实行平均分配或按需分配。但这些政治、经济方面的无政府主义思想在巴金小说中并无反映,几乎完全被文学创作的界面反射了。进入创作活动、在小说里得到反映的,主要是克氏等无政府主义者的伦理学思想。但那也经过了折射：像克氏伦理思想的核心和出发点的"互助论"(包括居友"道德的生殖力"的观点),巴金虽然在理论上赞成①,但很难说小说创作也受到了影响。

何以出现上述情况呢？大致有这样一些原因：

首先,在于艺术是一种特殊的"媒质",有其自身的对象范围和要求。艺术固然可以广阔描写自然界和人类社会的林林总总,但其要务在于伦理的心灵性的表现,在这过程中揭示心情和性格的巨大波动。艺术也不能容纳未经诗情灌注的思想和抽象的道德说教。一句话,艺术必须首先是艺术。对于巴金这样一个天才作家,这一点是不应该被忽视的。巴金在辩驳一些人对于其作品的不公平态度时曾经说："他们因为断定人道主义、虚无主义和安那其主义是同样的东

---

① 如巴金在《从资本主义到安那其主义》里说到："人类为顺应环境起见才生出了他的社会本能(互助),一切道德就是从这个泉源来的,因为互助能使人类的生活发达繁荣,所以便在人类中渐次发达变为同情,由此更发展而完成了别的两个更高的阶段,正义与自己牺牲。"

西,同时又从别的地方知道(或者猜想)一个作者是安那其主义者,于是就把这作者的一切作品冠上那三个头衔,就如他们先拿出一个政治纲领的模子,然后把一切被批评的作品拿来试放在这模子里面,看是否相合。全合的自然就是全好,合一部分或不合的就该遭他们摈弃,对于构成一个作品的艺术上的诸条件,他们是一点也不会顾念到的。"①至今还未完全克服的过分强调、夸大巴金创作中的无政府主义思想的偏颇,在很大程度上也是因为忽视了构成作品的"艺术上的诸条件",把作家的思想与作品搅和着一锅煮造成的。

其次,也许与有中国传统文化(这是一种以人伦道德为核心内容和归宿的文化)作背景的作家的主观选择性有关。关于这一点,笔者将在后面论及②。

再一个原因,也许在于"生命"意识本来就在作家的全部思想中占有比较重要的地位,它虽然只是鲜明地呈示于小说创作,但却是巴金全部思想的核心;其初始意识在早年就已预伏、孕育着的。

唯其如此,"生命"意识不但对于理解"生命"体系和巴金的整个创作具有决定意义,也是理解巴金全部思想和人格的关键所在。巴金曾经说他的生活目标无一不是在"帮助人,使每个人都得着春天,每颗心都得着光明,每个人的生活都得着幸福,每个人的发展都得着自由"③。这里表现了对于个人生命和价值的高度关注。他的这种态度其实是一以贯之的,即使是处于民族矛盾空前突出的抗战时期,也没有停留在"一切为了抗战"的思维层次上:"人们说,一切为了抗战。我想得更多,抗战以后怎样?抗战中要反封建,抗战以后也要反封建。"④以后,他又在《憩园》里通过姚太太发问:"不过胜利只是一件事情,我们不能把什么都推给它。可是像我这样一个女子又能够做什么呢?""生命"意识第一层次的内容就是这样始终贯串着作家的全部思想,成为与其人格有血肉联系的有机构成。巴金青年时期信奉"奋斗哲学",他不但喜欢引用丹东"大胆,大胆,永远

---

① 《生之忏悔·我的自辩》,上海商务印书馆 1926 年版,重点号为引者所加。
② 参见本书下一章第 1 节第 4 部分。
③ 巴金:《春天里的秋天·序》。
④ 巴金:《关于〈激流〉》。

大胆"的名言,而且在自己创办的刊物上写下这样的座右铭:"奋斗就是生活,人生只有前进。"①半个多世纪以后,当有人问作家现在有否座右铭时,巴金回答说:"我整个一生都受这句座右铭的影响。"②可见,"生命"意识第二层次的内容也贯串了作家的全部思想。

但相对说来,"生命"意识第三层次的内容更为有力、深刻地支配着巴金,是其世界观中核心的核心。巴金谈自己早些年在旧家庭的生活时说:"甚至我孩子时代的幻梦中也没有安定的生活与温暖的家庭。为着别人,我的确祷祝过'有情人终成眷属';对于自己我只安放了一个艰难的事业。我这种态度自然是受了别人(还有书本)的影响以后才有的。"③"别人",似乎是巴金最初的几个先生——他的母亲、轿夫周忠和朋友吴先忧,他们教给了他爱、忠实、自己牺牲;"书本",当是克鲁泡特金的《告少年》、廖抗夫的《夜未央》等,它们使他悬立起为人民的幸福、自由贡献个人一切的信念。巴金就是在有了这样一种生活态度以后全面接触、吸收无政府主义学说的。这一特点,使他对无政府主义者的殉道精神和人格的赞赏超过对学说本身的关注,这种偏颇甚至使他赞美与其信仰相悖的共产党人李大钊的英勇殉道行为。看来,巴金说以下的话是不无道理的:"我所喜欢的和使我受到更大影响的与其说是思想,不如说是人。凡是为多数人的利益贡献出自己一切的革命者都容易得到我的敬爱。"④巴金这种放散、牺牲自己的生活态度也是贯串始终的。他这些年更明确地说:"我一生始终保持着这样一个信念:生命的意义在于付出、在于给与,而不是在于接受,也不是在于争取","我只想把自己的全部感情、全部爱憎消耗干净,然后问心无愧地离开人世。这对我是莫大的幸福,我称它为'生命的开花'"⑤。"生命"意识最后一个层次的内容也是这样不但洋溢在他创造的各个"充实生命"和全部创作里,也饱

① 《家庭的环境》,《巴金文集》第10卷。

② 《巴金在瑞士答记者问》,《文学报》1984年7月26日,重点号为笔者所加。

③ 巴金:《〈家〉十版代序》。

④ 巴金:《谈〈灭亡〉》。

⑤ 巴金:《真话集·上海文艺出版社三十年》;《病中集·后记》,重点号为引者所加。

和在他整个的思想、人格、生命里。

不难见出,巴金小说探讨、阐明的"生命"意识是作家几十年来一直盘旋于脑际的核心思想,是其世界观的亮点和重心所在。这一意识显示的,其实是这样一种人格、精神基调:挚爱人生、生命,为追求个性充分发展的理想人生"放散"、牺牲。如同鲁迅说的美术家的制作"表面上是一张画或一个雕像,其实是他的思想与人格的表现"[①]一样,"生命"体系是作家上述人格、精神调子的投影。

二、"生命"体系与巴金的感情蕴藏

(一) 一座厚重的情感记忆库藏

如果将"生命"体系比作一座挺拔坚实的大厦,那么人们会发现,虽然这一大厦的外观大体匀称整齐,但内部并非如此。一个突出的不均衡,是我在勾画这一体系图式时指出的:"生命"体系虽然也描写下层劳动者,但处于图画中心位置的,始终是旧家庭家长和上层阶级出身的青年男女。而且就艺术表现言,下层劳动者中虽也有写得光彩熠熠的——如鸣凤,但从总体看远不及对旧家庭家长和上层阶级出身的青年男女的描写。"生命"体系所以呈现这一不均衡风貌,自然也是与巴金的创作个性密切相关的。

对作家创作过程的内在机制和具体心理活动的科学揭示表明,决定艺术形象、文学作品的成败得失、高低层次的,不仅是创作主体正确的意识和观念,还在于基于生活真实基础之上的感情要素,它必须具备独特、真挚、浑厚这样一些特点。"生命"体系和巴金小说的艺术魅力,在很大程度上正得助于此。作为一个具天赋的艺术型素质的作家,巴金的感情不但是完全独特的,而且真挚、浑厚深著。这突出表现在对旧家庭出身的青年男女有一种热烈、浑厚、绵绵不绝的

---

① 鲁迅:《热风·随感录四十三》。

爱。这种爱是巴金创作的原动力,"生命"体系是它发散时沉淀的结晶物,这也是"生命"体系呈现不均衡风貌的根本原因所在。

那么,巴金的这种感情是怎样酿成的呢?当归结到作家早年身历的那段特殊生活。巴金出生在一个有将近二十个长辈、三十个以上兄弟姐妹、四五十个男女仆人的古旧大家庭里,这是一个正在随同整个社会急剧瓦解、堕败的家庭。巴金在青少年时代就被迫目睹许多年轻生命横遭摧残,以至于得着悲惨结局的情景。他曾借一篇小说追忆那段生活:"那十几年的生活是一个多么可怕的梦魇!我读着线装书,坐在礼教的监牢里,眼看着许多人在那里挣扎、受苦,没有青春,没有幸福,永远做不必要的牺牲品,最后终于得灭亡的命运。还不说我自己所身受的痛苦!……那十几年里我已经用眼泪埋葬了不少的尸首,那些都是不必要的牺牲者,完全是被陈腐的封建道德、传统观念和两三个人的一时的任性杀死的。"[①]这些"不必要的牺牲品",大都是他的兄弟姐妹。他本来就深爱他们,现在因他们的受苦、灭亡而倍加怜爱。对他们的爱,其实就是对另一些人,对不合理社会制度的憎。巴金的内心就这样积淀起一座植根于爱、憎爱互为表里的情感记忆库藏。

对于巴金早年积淀的这一情感记忆库藏,研究者是应当刮目相看的。因为从作家以后的生活经历和创作活动可以知道,伴随着无数鲜明生动的表象保留的这种感情是那样长久、深刻地烙在作家的头脑里,不但影响到他人格的成长、生活道路的选择,而且像种子一样包孕了以后的全部创作。

在巴金的传记材料里,我们读到:他早年的那一段经历及由此而生的苦闷情绪曾使他一度"有意皈依佛教"。这没有成功,才"重新回到现实的路上,做一个社会运动者,要用人群的力量来把这世界改造,改造成一个幸福的世界,使将来不再有一个人受苦"[②]。巴金后来同包括了"反对家族主义"在内的、以"五大最显主义"相标榜的无政府主义一拍即合,很快成为它的信徒,当是与这种感情

---

① 巴金:《在门槛上》,《巴金文集》第 8 卷。
② 巴金:《海行杂记》,《巴金文集》第 11 卷。

有关的①。

巴金是 1923 年离开成都老家的,他曾这样谈他离家时的心情:"我离开旧家庭不过像摔掉一个可怕的阴影。但是还有几个我所爱的人在那里呻吟憔悴地等待宰割,我因此不能不感到痛苦。在过去的十几年中间我已经用眼泪埋葬了不少的尸体,那些都是不必要的牺牲者,完全是被陈旧的礼教和两三个人一时的任性杀死的。"②可见,对于他们的眷恋和怀念,在巴金当时的意识里占有中心地位。

1927 年,巴金的人生途中又一次扬起风帆——赴法留学。他在与不幸的乡土道别时说:"在这里我看见了种种人间的悲剧,在这里我认识了我们所处的时代,在这里我身受了各种的痛苦。我挣扎,我苦斗,我几次濒于灭亡,我带了遍体的鳞伤。我用了眼泪和叹息埋葬了我的一些亲人,他们是被旧礼教杀了的。"③有人说从巴金这段话里可以"发现他最初的秘密,他把这些在下意识里所孕藏的秘密意念,后来在他的其他作品里一一揭露出来"④。

这样说也许不够准确(近年李存光等学者对巴金研究资料的发掘表明,巴金早年写有一些新诗,内中的《一生》、《寂寞》等似乎就透露了这种"秘密意念"),但对于理解巴金创作与早年情感记忆的联系无疑有启发意义。

以《灭亡》为标志,巴金步入了文坛。他最先写下的有《灭亡》、《死去的太阳》、《新生》(第一稿)、《家》、《雾》、《雨》的前三章、《海的梦》及《复仇集》、《光明集》里的许多短篇。我们把这些作品放在一起论述,因为它们是在大致相同的创作心境下写作的。准确概括巴金这一时期的创作心境也许困难,但可以指出其主要特点,那就是孤寂、感伤、痛苦。原因在于过去的阴影一直笼罩着他,死死地拖住他。他回忆那个时期的创作说:那几年里他"常常沉溺在因怀念黑暗

---

① 无政府主义的"五大最显主义"是:反对宗教主义,反对家族主义,反对私产主义,反对军国主义,反对祖国主义,合而言之曰:"反对强权主义"。参见 1912 年广州晦鸣学舍编印的《无政府主义粹言》一书。

② 巴金:《忆·家庭的环境》,《巴金文集》第 10 卷。

③ 巴金:《海行杂记·"再见吧,我不幸的乡土哟!"》,《巴金文集》第 11 卷。

④ 〔法〕明兴礼:《巴金的生活和著作》,上海文风出版社 1950 年版。

里冤死的熟人而感到的痛苦中","个人的悲欢离合常常搅乱了我的心"①。正是这种难以摆脱的感情记忆使巴金写了《家》那样较为直接表现他早年生活的作品,并初步构成了作家独特的艺术感受、表现特征,如更易感受旧家庭青年男女的生活,语言间荡漾有感伤、忧郁的调子等。

　　1932年春南方旅行回来后,巴金的心境开朗了许多。那时,"'孤寂'和'空虚'的感觉已经减淡,过去二十八年的阴影也逐渐消失"②。《春天里的秋天》、《新生》第二稿,《雨》以后的一些章节,特别是《雷》、《电》的创作可见出这一点。但无论是这些作品或巴金更后一个时期的创作,都表明作家始终未能完全摆脱早年积淀的感情记忆的浓重影响。巴金谈《家》的创作说:他对于不合理的制度的积愤直到现在才有机会倾吐出来。但若干年后,过去的埋葬了许多年的梦又来纠缠了,以至对自己能否完全摆脱、无牵挂地走自己的路发生怀疑:"那许多生命,那许多被我爱过的生命在我的心上刻划了那么深的迹印,我能够把他们完全忘掉么?"③于是提笔写了《春》。写《春》的时候,巴金决然地说:"这应该是最后的一次了。我要摆脱那一切绊住我的脚的东西。我要摆脱一切的回忆。"④但设想归设想,此后还是写了《秋》、《憩园》。巴金不少作品的创作常给人这样的印象,他写它们不但出于明确的责任感,也因为让回忆煎熬得没有办法,是自身发散热情的需要,常是顺从一种冲动,不由自主地拿起笔写作的,为的是使内心得到平静,他甚至说:"我没有走上绝路,倒因为我找到了纸和笔,让我的痛苦化成一行一行的字,我心上的疙瘩给解开了,我得到了拯救。"⑤

　　自然,作家早年积淀的情感记忆之于创作的影响绝不限于《激流三部曲》、《憩园》,而几乎影响到全部创作。他的小说所以着力表现旧家庭出身的青年男女,对他们的艺术刻画远过于下层劳动者,画面或重或轻地敷着忧郁色调,其实

---

① 巴金:《谈〈新生〉及其他》。
② 同上。
③ 《忆》,《巴金文集》第10卷。
④ 同上。
⑤ 巴金:《探索集·再谈探索》。

都与作家早年的经历及在此基础上积淀的情感记忆有联系。如果对"生命"体系各环节作更深细的考察,还可发现这样两个值得注意的特点:

第一,在作家描写的三类"生命"中,最有活气、栩栩感人的是"委顿生命"。造成这种情况,原因当然是多方面的。拿"充实生命"的刻画说,其总体的艺术成就不及"委顿生命",既因为描写这类正面的体现了作家理想的形象本来就不易讨好——陀思妥也夫斯基曾夸张地说:"世界上再没有比这困难的事情。"[①]也可以从沃罗夫斯基对俄国类似形象的分析得到部分解释:"'子辈'毕竟还处在 im wer den(德文,意思是'形成的过程中')。"[②]但它们似乎还不是主要原因,重要的在于作家对这类"委顿生命"保留有更丰富、更厚实的情感记忆。对此,巴金也作有说明:"你奇怪为什么会有那许多懦弱的人?你问我为什么要'残酷地把他们表现在纸上?'我看见的那样的人太多了。我的兄弟姐妹大半都是这样的。唯其懦弱,才会被人逼着做了不必要的牺牲。"[③]他在创作中所以更易感受这类性格、心理,感受得那样深细,落笔时仿佛有神力相助,就在于作家头脑里本来就储存有无数类似的性格。现实与历史交互作用,可以使作家处于如同高尔基说的"从事艺术,必须使心灵颤动,充满激情"[④]的最佳创作境界,形象的生命力自然有了保证。

第二,对下层劳动者的描写,那些与旧家庭生活有联系的形象——《激流三部曲》里的鸣凤、婉儿、翠环,短篇小说中的杨嫂(《杨嫂》)及那个下落不明的少妇(《第二的母亲》)等,似较普通工人、农民形象成功。原因是同样的:作家对前一类形象有更多的印象、感受、体验,类似的形象是作家童年世界的有机构成环节,他常常充满感激地念起他们。而对后一类形象,巴金缺乏必要的感受、情感积累,因而难以具体、鲜明地想象出他们性格、精神发展的内在状态和进程。作家早年的感情记忆库藏就是这样不但制约着"生命"体系的整个结构风貌,而且

---

① 弗里特里杰尔:《陀思妥也夫斯基的长篇小说〈白痴〉》,人民文学出版社 1982 年版。

② 《黑暗王国里的分崩离析》,《沃罗夫斯基论文学》,人民文学出版社 1981 年版。

③ 《关于〈春〉》,《短简》,良友图书印刷公司 1937 年版。

④ 〔苏〕格鲁兹杰夫:《高尔基》,江西人民出版社 1980 年版。

影响到内中一些具体"生命"的艺术质地。

（二）巴金的文学天赋及其他

巴金对上述特殊生活留有刻骨铭心的印象，并在此基础上积淀起丰富的情感记忆库藏，似乎与以下一些因素有关：

首先，与作家近于天赋的艺术家素质有关。

苏联捷普洛夫等心理学专家在研究神经系统特征的艺术能力后确认，艺术能力得以发展的一个重要先天条件是神经过程的特殊反应性，是它造成了作家强烈的感受性等天赋素质。作为一个作家，巴金的感受力是很惊人的，他曾这样记述自己对静寂寒夜的感受："我发觉自己躺在灰白色的寒夜里。包围着我的还是那静寂，可以摸到、嗅到、甚至可以看到的静寂。的确静寂带着一种难看的、绝望的惨白色，而且有一种搔痛人鼻子和喉咙的气味。"①这种感受能力是巴金在长期的创作生活中培养起来的，但也应考虑到先天素质。在《最初的回忆》里，巴金为我们保留了童年时代对于蚕事的一则回忆：

母亲在本地蚕桑局里选了六张好种子。

每一张纸上面布满了芝麻大小的淡黄色的蚕卵。

蚕卵陆续变成了极小的蚕儿。

蚕儿一天一天地大起来。

……

大的簸箕里面摆满了蚕叶，许多根两寸长的蚕子在上面爬着。

……

浅绿色的蚕在桑叶上面蠕动，一口一口接连地吃着桑叶。簸箕里一片沙沙的声音。

我看见她们用手去抓蚕，就觉得心里被人搔着似的发痒。

那一条一条的软软的东西。

———————————

① 巴金：《怀念》，《巴金文集》第 10 卷。

> 她们一捧一捧地把蚕沙收集拢来。
>
> ……

感知是那样敏锐、鲜明。从这一回忆里还可见出他感知现实的完整性特点：这里，各种形象——视觉的、听觉的、由内心经验唤起的触觉形象，以及延续流动的蚕事过程，是被作家作为完整的图景感知到的。

巴金另一对自家花园的追忆具同样特点：

> ……旁边种着桂树和茶花。秋天，经过一夜的风雨，金沙和银粒似的盛开的桂花铺满了一地。那馥郁的甜香随着微风一股一股地扑进我们底书房。窗外便是花园。那个秃了头的教读先生像一株枯木似地没有感觉。……我们兄弟姊妹读完了"早书"就急急跑进园里，大家撩起衣襟拾了满衣兜的桂花带回房里去。春天茶花开繁了，整朵地落在地上，我们下午放学出来就去拾它们。那柔嫩的花瓣跟着手指头一一地散落了。我们就用这些花瓣在方砖上堆砌了许多"春"字。①

这是巴金出川十四年以后的回忆，但一切仍那样具体、鲜豁，保留了现实图景的全部活气和韵味。

与这种感受能力相适应，巴金有易感、情怀热烈的心理特征。巴金曾说："我留恋人，也留恋地方，我甚至留恋微小的事物。我容易动感情"。（《别桂林及其他》）巴金的这一心理特点有时使他变得过于偏执，喜欢理会小事，并且常常使自己处在感情的痛苦煎熬里。这情况使人记起有部小说里的一段话：人是多么不协调的灵魂，他本来有能力治愈自己的伤口，却让他溃烂下去，他的生活与他的知识总是矛盾互见，他竟然把上帝赐予他的瑰宝——理智——用来锐化自己的感情，加重自身的痛苦，使其更为艰涩悲苦。但这种对常人也许要不得的心理特征，对作家来说却是弥足珍贵的，巴金体恤不幸，以人类悲苦为悲苦，不肯与恶势力和黑暗事物作妥协的个性却因此获得充分发展。这种心理、性格

---

① 《关于〈家〉十版改订本代序》。

特点也是早就露了端倪的。那时的他不但爱女佣、轿夫,同情挨板子的犯人,而且对生物富有悲悯之意。家里的蚕蛹被人用油煎炒了,他想:"做个蚕命运也很悲惨啊!"大花鸡被杀了,他扑在母亲怀里大哭,因为对于巴金,这就是他的"侣伴",他因此被母亲称为痴儿,并被人嘲笑了好些时候①。

有人说:"当一个孩子认为,坏了一个轮子的玩具汽车像受伤的小鸟一样感到痛苦的时候,这不是多愁善感,而是一种同情心,产生良知和诗意的土壤。"②巴金的艺术家的良知和诗意,正是在孩提时代就表现出来的。

想象力也是作家文学才能的重要组成部分,海明威甚至说这是"好作家除了诚实之外必须具备的一条"③。巴金的想象力十分丰富。他在进入创作过程后能很快与人物打成一片,与他们一起生活、悲苦与共。他谈《寒夜》的创作说:"我仿佛跟那一家人在一块儿生活,每天都要经过狭长的甬道走上三楼,到他们房里坐一会儿,安安静静地坐在一个角上听他们谈话、发牢骚、吵架、和解;我仿佛天天都有机会送汪文宣上班,和曾树生同路走到银行,陪老太太到菜场买菜……我写到曾树生孤零零地走在阴暗的街上,我真想拉住她,劝她不要再往前走,免得她有一天会掉进深渊里去。"④在这样一些时候,巴金似乎已经将虚构与真实混为一片。这种能力,也在作家幼年时就显露萌芽了。在《最初的回忆》里,巴金曾告诉我们他如何将家里的大群鸡当作自己的"军队";给他们一一起名字,每天从三堂后面的"军营"里赶出、依次点名并想出种种方法指挥它们游戏的趣事,巴金那时只是五六岁的孩子,这种想象力应认为是不寻常的。

以上这些近于天赋的艺术家的素质,无疑使巴金在目睹活泼可爱的年轻生命遭遇不幸时有敏锐、深刻的感受,会有力地促成作家情感库藏的积淀及日后的艺术表现。

其次,作家的情感库藏的积淀,还与他更早一个时期——童年时经历的相

---

① 参见巴金《最初的回忆》,《巴金文集》第 10 卷。

② 引自〔苏〕苏霍姆林斯基《教育的艺术》,湖南教育出版社 1983 年版。

③ 引自《海明威研究》,中国社会科学出版社 1980 年版。

④ 巴金:《谈〈寒夜〉》。

对宁静的弥漫着爱的环境氛围有关。

巴金生活的古旧家庭虽然被他以后称为"牢笼"、"礼教的监牢",但早先却是相对宁静、和谐的,他似乎处处感受到爱。他这样回忆自己的幼年生活:"是什么东西把我养育大的? 我常常拿这个问题问我自己。当我这样问的时候,最先在我的头脑里浮动的就是一个'爱'字。父母的爱,骨肉的爱,人间的爱,家庭生活的温暖。我的确是一个被人爱着的孩子。在那时候一所公馆便是我的世界,我的天堂。"①巴金这种出于童心和尚未健全的人生观的观察获得的印象不一定完全可靠,但很大程度上是真实的。爱主要来自双亲,特别是他母亲。在巴金的印象里,母亲是一个温和、宽厚、很完满地体现了一个"爱"字的长者,她使巴金体会到人间的温暖,知道爱和被爱的幸福,教巴金爱一切的人,帮助、同情那些困苦、境遇不好的人。她还不是一个说教者,而是以自己的一生实践着,忘我地爱人、帮助人。她这种善良、宽厚的性格不难获得一般人,特别是下人的敬爱,巴金也因此"能够在奴婢们底诚挚的爱护中间生长起来"。于是,"爱"也成了他性格的根柢,他要把爱分给人,爱一切的人。但是不几年,由于父母的去世(也由于其成人意识的发展),巴金生活里发生了"以前看到的一切都突然把它一向为你所未知的另一面转过来"的情况:憎代替了爱,势力代替了公道,挣扎、受苦、憔悴、呻吟以至于灭亡代替了平静、温和。就像鲁迅在少年时代由于早先的小康生活堕入困顿而对世人的真面目有深切认识一样,巴金由于前后生活急剧、鲜明的变换而对不幸、惨剧留下了更痛切的感受。笔者甚至感到,作家当时获得的对于生活的鲜明比照印象甚至渗入他以后的形象创造,他作品里人物的营垒、归属比较分明,以及他的酷爱在对比中描绘性格,似乎就可在这里寻得缘由。

再次,也与那些遭遇不幸的年轻生命大都是巴金的亲人有关。

感情同人的需求密切相关,个体需求的强度决定着感情的强度。《家》在剖析觉慧心理活动时写道:"这些生命对于他是太亲爱了,他不能够失去他们,然

---

① 巴金:《我的幼年》,《巴金文集》第10卷。

而他们终于跟他永别了。"这里喊出的也是作家的心声。我们不妨以作家大哥——李尧枚为例,看看他对他们的感情—心理需求情形。

巴金一再说大哥是他一生爱得最多的人。剖析巴金对他大哥的爱,似乎含了两种成分:感激和"负罪感"。这在相当程度上是因为父母(尤其母亲)早逝,大哥实际上担起了抚养、照管巴金及其他弟妹的责任。《海行日记》记述有一个生动细节:巴金乘坐的邮船就要抵达法国本土了,巴金夜不能寐,久久在船面上来回走动,他突然想到"倘若在家里,我的大哥一定会催我:'四弟,睡得了'——现在呢,即使我走到天明,也没有人来管我"。巴金对他大哥,确有一种类似孩子对母亲的依恋感怀之情。到巴黎不久,他写给大哥的信还有以下的话:

> 我永远是冷冷清清,永远是孤独,这热闹的繁华世界好像与我没有丝毫的关系。……大哥! 我永远这样地叫你。然而这声音能渡过大的洋、高的山而达到你的耳里么? 窗外永远只有那一线的天,房内也永远只是那样的大,人生便是这样寂寞的么? 没有你在,纵有千万的人,对于我也是寂寞……①

在巴金感情的天平上大哥的筹码就这样沉。自然,巴金与他大哥在思想上有分歧,巴金不能像他大哥要求的那样"发狠读书","为李家扬名显亲",但这似乎没有太多影响到巴金对大哥的爱。他虽然不愿因对大哥的爱牺牲自己的主张,但极希望大哥尊重、理解自己对生活道路的选择,永远爱他——前引《灭亡》序里的话可清楚见出这一点。

对于大哥,巴金还有一种"负罪感"——我是在与弗洛伊德不同的意义上使用这一术语,实际包含的当是歉意、内疚、后悔、自责等意思。巴金谈他大哥死时说:"其实他是被旧制度杀死的。然而这也是咎由自取。在整个旧制度大崩溃的前夕,对于他的死我不能有什么遗憾。然而一想到他的悲惨的一生,一想到他对我所做过的一切,一想到我所带给他的种种痛苦,我就不能不痛切地感

---

① 巴金:《谈〈新生〉及其他》,着重号为引者所加。

到我丧失了一个爱我最深的人了。"①可见,巴金的内心不但比较矛盾,而且隐隐约约流露有一种自责情绪。巴金说的"带给他的种种痛苦"有些什么内涵呢?从有关回忆看,除已谈到的违背他大哥让他兴家立业的期望外,似乎还有:一,巴金的反抗性言行曾在家里给他招来麻烦;二,为去法国的事与之争执。事实也许不止这些。但就这几起看(尤其前两件),纯属巴金和他大哥生活态度、目标的分歧,巴金没有什么可自责的。但实际情况也许不会那样简单。大哥毕竟是巴金深爱的,他自己的气质又那样内倾、善于体验,怎能在感情上、潜意识里对大哥的死没有一点歉意、自责呢?如果上述分析不错,就不应当轻易放过《秋》里觉民之于觉新的这一自白:"大哥,这几年我们太自私了,我们都只顾自己。什么事都苦了你。"是否可看作这也是作家自己内心的某种不安、自责呢?对于巴金这种偶尔闪现的近于潜意识的感情因素,当然没有必要作夸张的强调,但指出这一点也不是多余的,不然就不足以窥见巴金对他大哥、对那些"不幸""不争"的旧家庭青年男女的深深的爱。

如果说以上所说的还是若隐若现、不甚了然,那么巴金对自己未能及时用作品挽救大哥而生发的"负罪感"则是十分明晰的。他谈《家》创作的文章说:"他当时自然不会看见自己怎样一步一步地走近那悬崖底边沿。我却看得十分清楚。我本可以拨开他底眼睛,使他能够看见横在面前的深渊。然而我没有做。如今刚有了这机会,而他已经突然地一下子落下去了。我待要伸手援救,也来不及。这遗憾是永远不能消灭的。我只有责备我自己。"②我们知道,巴金收到大哥自杀的电报时,《家》才在《时报》上发表一天,他还未及寄走报纸。就是说,巴金是在刚刚感到有劝转大哥的希望时得着死讯的,难怪他要将这看作是"永远不能消灭"的遗憾了。

了解上述巴金对他大哥的丰富、复杂的感情后,就不难想见他是怀着怎样的心情创造觉新这一形象的。这也似乎可以解开觉新形象创造中的一个谜:巴

---

① 巴金:《做大哥的人》,《巴金文集》第 10 卷。

② 巴金:《关于〈家〉十版改订本代序》。

金在《激流》里写了那么多"委顿生命"的死亡,而独独让以他大哥为原型的觉新活了下来。对此,作家曾从各个角度作解释,但总不能尽如人意。真实的原因也许就是作家爱他大哥的潜意识心理起了作用,使他不自觉地改变了原先写觉新死的创作构思。类似这样身不由己的情形不但在其他作家那里经常发生,巴金自己也经历过:写《家》第六章——"做大哥的人"时,虽极力避免表现他,完稿后却"惊恐地发觉我是把我大哥底面影绘在纸上了"①。

现在这样的处理,有人是持异议的,认为不真实。笔者不那样看。觉新在《激流》里活下来,自有其特定的环境和情势,不能与现实生活中的真人混为一谈。

(三) 情感库藏的拓宽

巴金对旧家庭青年男女的感情库藏虽然主要是在早年生活经历的基础上酿成的,但以后一直处在不断拓宽的过程中。现在,我们就转移一下视线,对其拓宽增厚的原因作些考察。

在这样做的时候,笔者最先注意到的是:在巴金创作的年代,封建主义始终是一股不弱的社会力量,它在崩溃途中继续捕获着"猎物",制造新的悲剧。

五四运动无疑是一次彻底的反封建运动,但"彻底"只能是相对而言的,反封建的任务远没有完成。加之以后社会的发展是武器的批判紧迫于批判的武器,社会革命、抗敌救亡始终是更紧要的,因而封建势力,特别是封建礼教、习俗、信仰,在国内仍有市场。巴金谈《春天里的秋天》的回忆文章,曾谈到三起三十年代初耳闻目睹的包办婚姻事件。一起的主人公是一个正处在开花年纪的少女,因父亲逼迫她与不爱的男子结婚发了疯。一起的主人公是姓吴的归国华侨,一个活泼秀美的姑娘,她为争取自己的幸福进行了坚毅倔强的斗争,但最后还是就范了。另一起的主人公是一位姓许的女学生,因反抗不自主的婚姻备受折磨,总算侥幸逃脱牢笼。三十年代初是如此,此后似也未见大的改观。巴金

---

① 巴金:《关于〈家〉十版改订本代序》。

1941 年回成都老家曾发表感想说：

> 十九年,似乎一切全变了,又似乎都没有改变。死了许多人,毁了许多家。许多可爱的生命葬入黄土。接着又有许多新的人继续扮演不必要的悲剧。浪费,浪费,还是那许多不必要的浪费——生命,精力,感情,财富,甚至欢笑和眼泪。我去的时候是这样,回来时看见的还是一样的情形。关在这个小圈子里,我禁不住几次问我自己：难道这十八年全是白费?难道在这许多年中间所改变的就只是装束和名词?①

难怪作家以后要写《憩园》新旧主人的悲剧故事,写好心女人姚太太的苦闷、寂寞、烦恼。也难怪作家写《秋》时就深长思索道："抗战中要反封建,抗战以后也要反封建。"②其实,《家》等作品发表后在社会上引起轰动,青年们纷纷投书作家,或发表感触,或倾吐郁积,或请求援助的情形,不是有力地说明旧家庭青年男女遭受不幸的生活现象在当时决非个别,而是有相当的普遍性吗?巴金对这类生活现象更为关注,常常因此激起创作热情和欲望,自然是与他早年特殊的情感记忆分不开的,但这类不时发生的触目惊心的现实事件,无疑有力地巩固、强化了作家原先的感情倾向。

笔者注意到的另一重要原因,是巴金独特的"生活圈"。

像许多伟大作家一样,时代精神、社会的思想要求在巴金的创作中有鲜明、突出的反映。但同时也应看到,作家的创作不是时代精神、社会思想要求的直接体现物,而是经由独特的"生活圈"、独特的创作主体这样一些中间环节间接反映的。我所说的"生活圈"是一个与社会心理学中的"小群体"相近的概念,指员额不多、社会关系在其中以个人直接接触形式表现的网络联系。这里,重要的是社会关系以"个人直接接触形式表现"的限定,这就排除了人与人之间一般的、普通的接触和联系。

---

① 巴金:《爱尔克的灯光》,《巴金文集》第 10 卷。

② 巴金:《关于〈激流〉》。

那么,巴金处于一个怎样的"生活圈",它是怎样形成、发展的,其成员又有些什么相近的、值得注意的特点呢? 巴金的"生活圈"似乎有这样一些人:靳以、丽尼、陆蠡、陈范予、王鲁彦、缪崇群、林憾庐、吴朗西、伍禅、吴克刚、卫惠林等,此外应包括作家的妻子萧珊和三哥李尧林。"生活圈"的最初形成期可追溯到三十年代初,那时巴金接连三次去南国旅行,与一批意气相投的朋友结识(也有一些原来就认识的)。此后陆续添加进一些新成员,到三十年代中期文化生活出版社成立并全面开展工作时,巴金"生活圈"的规模已十分可观。这一"生活圈"的成员有相近的出身和经历:大都出身旧家庭,早年蒙受过痛苦和不幸,有许多惨痛的记忆;脱离家庭后,不甘沉沦,艰难地摸索救国救民的路径,表现了可贵的探索、奋斗精神;但近代中国社会极为黑暗,他们又未能找到正确的斗争道路,于是一些人渐渐磨去锐气,有的郁郁以殁。他们的气质、性格、思想感情也很接近:善良、仁厚、少私心,忘我地帮助别人、帮助朋友,但有时显得懦弱了些;正直、纯真,待人处事不苟且、不拐弯抹角,但因此难以与环境适应,有时甚至付出不必要的牺牲;爱真理,爱祖国,爱人民,甘愿为多数人的幸福牺牲自己,但由于过去惨痛的记忆及对未来社会的面貌缺乏真切了解,有时不免陷入苦闷、悲哀之中。要之,这是一个虽有各种局限、弱点,但总体上却是思想进步、品格高尚、与党所领导的新民主主义革命取相近态度的"生活圈"。这突出表现在两方面:一,他们对鲁迅先生都怀有很深的敬意,紧紧追随他的足迹;二,由衷欢呼中国的解放。"我的精神昂扬,大口地吸着清新的空气;我的心胸开敞,大声歌唱:'我们的队伍来了。'"①——靳以对上海解放第一天的歌唱,当反映了整个"生活圈"的感情倾向。

巴金解放前既然主要活动在这样一个"生活圈"里,其对旧家庭青年男女的感情蕴藏自然会不断拓宽。

另一个原因也是应当重视的,那就是作家创作活动的能动作用。

瑞士心理学家荣格对作家的创作说过一段颇有意味的话:"创作过程中的

---

① 引自巴金悼靳以的文章《他明明还活着》,《赞歌集》。

活动遂成为诗人的命运,并决定他的心理发展。不是歌德造就了《浮士德》,而是《浮士德》造就了歌德。"①荣格把创作过程完全看作是无意识活动,断然否定创作主体对作品产生的作用,这是难以苟同的,但这段话倒是无意中道出了创作活动对于作家个性、感情倾向、心理特征的能动作用。而在这方面,我们过去太忽略了。

文学创作是一种特殊的职业、技能,需要创作者全身心地去感受、体验——如有人说的:"作家绝不对自己说'我将描写一番山卡或者米佳。'不,他必须变成山卡或者米佳,像进入自己的经历一样进入他们的生活经历,他必须变成一个想象中的形象"②。这一特性决定了创作活动不会是单纯的受动体,必定反过来影响创作主体,促进其摆脱或肯定原先的个性特征。因而情况似乎是这样:巴金眼见的旧家庭青年男女遭遇不幸和痛苦的图景酿成了他对他们深厚的爱,促使他去倾吐郁积,为他们申诉鸣冤,而长期这样的创作习惯又不断巩固着他的既成个性,使其对旧家庭青年男女的感情变得愈加浑厚深沉。

---

① 荣格:《诗人》,引自《文艺理论研究》1983 年第 1 期。
② 〔苏〕瓦连京·卡达耶夫语,引自〔苏〕赫拉普钦科《作家的创作个性和文学的发展》。

在中国现代文学史上,巴金是深受西方文化和文学熏染的作家之一。巴金早年是一个无政府主义者,服膺无政府主义学说、思想理论,他还受到西方个性主义、人道主义、民主主义等许多思想的影响。作为一个作家,他更源源不断地从西方文学作品汲取各种养分。可以想见,这一切必然在"生命"体系那里留下印痕。但巴金又毕竟是一个中国作家,即使不考虑遗传模式导引的因素,仅他十九年诗礼家庭的生活和传统文化氛围潜移默化的熏陶,就足使其创作无法撇清与本土文化的干系。

那么,"生命"体系与中西文化的关系究竟怎样?中西文化在作家不同时期的作品里各有怎样的表现?它们在"生命"体系和整个创作中经历了怎样的命运呢?

一、"倘使没有那几本外国书,我决不能写出这样的小说"

——对二三十年代主要描写"充实生命"作品的考察

(一)巴金早年接纳西方文化的概况

巴金早先未曾料到日后会操文字生涯,作为一个在苦难的、充满不平和罪恶的国度里成长的热血青年,他对改造不合理的社会制度,解救"吃苦受罪受侮辱的人"(克鲁泡特金语,《告少年》)的热情远过于对文学本身的兴趣。还在巴金十一二岁时,他就在岑南羽衣女士著的《东欧女豪杰》里认识了俄国革命女郎苏菲娅,深为其"辞金闺,出绣阁,奔走风尘,投身烈火,倒戈皇室,挥剑乘舆,终至断头伏尸而后已"(金一语,《自由血》)的事迹所感动,为她"流了不少的眼泪",把她看作当时所知道的世界中"最可敬爱的人"①。巴金以后读了克鲁泡特金的《告少年》和寥抗夫的剧本《夜未央》,这两本小书当时带给他的激动实在难以用言语形容,对他产生的影响也非同寻常:前者使他确立起爱人类爱世界的理想,后者使他见到"另一个国度里一代青年为人民争自由谋幸福的奋斗之大悲剧",使他"第一次找到他底梦景中的英雄,他又找到了他底终身事业"②。于是他成了信仰无政府主义的"社会运动者"。

巴金此后对西方文化的接纳、收容,主要沿着两大渠道拓展。首先,是思想理论方面的。他先后研读、翻译了蒲鲁东的《什么是财产》,克鲁泡特金的《面包和自由》《人生哲学:其起源及其发展》,以及阿利兹、马拉铁司达等国外无政府主义者的许多理论著述。这中间,又以克鲁泡特金的影响为显著,巴金明确宣称在各派无政府主义者中,"我愿意做一个克鲁泡特金主义者,这就是说我信奉克鲁泡特金阐明出来的安那其主义的原理。"③在悉心钻研这些人、特别是克鲁

---

① 巴金:《俄罗斯十女杰》。

② 巴金:《〈夜未央〉序》。

③ 苇甘:《从资本主义到安那其主义》。

泡特金理论的基础上,巴金形成了自己的无政府主义理论见解,它们主要反映在其唯一的理论著作《从资本主义到安那其主义》和其他宣传无政府主义的论文里。但西方文化这方面对他的影响正如我们前面已指出的:除无政府主义的道德观、伦理思想确有渗透外,其余的基本上未进到作品。

西方文化影响巴金的另一重要渠道,是历史、文学方面的。所以将历史、文学归纳在同一渠道,不但因为这两大门类的内容本来就难以截然划分,更在于它们在许多场合下是作为整体被巴金接纳的。这方面的内容直接影响到"生命"体系和巴金整个小说的面貌——尤其二三十年代描写"充实生命"的作品,因而有必要作较为细致的梳理。

最重要并且有决定意义的影响,自然来自俄国。巴金与俄国文学的密切关系,是许多人注意到的。但巴金最先关注、感兴趣的不是文学本身,而是俄国百余年间反对专制政治、推翻沙皇统治的光荣历史,尤其是民粹党人的活动。巴金曾高度评价这段历史说:"自十二月党人立宪暴动以来一百余年间,俄国历史无一页不涂满虚无党人、革命党人之牺牲的热血,自由的炬火也因之而无时或熄。这种英勇的殉道在历史上实在找不出第二个来。"①出于敬仰和宣传介绍的需要,巴金对此进行了细心的研究,先后撰写过《俄国虚无党人的故事》、《断头台上》、《俄国社会运动史话》、《俄罗斯十女杰》等文章和书籍。他因此有缘大量阅读俄国十二月党人以及各类革命者的自传和传记、特写作品。重要的计有:赫尔岑的《往事与随想》,妃格念儿的《狱中二十年》,克鲁泡特金的《我的自传》,斯捷普尼亚克的《俄国虚无主义运动史话》等。前三部都是自传,最后一部是出版以后轰动全世界的类似特写的作品,其中既有对俄国七十年代以来民粹派革命运动史的概要叙述,又有对其杰出者、"那些使得威压万民君临全俄的独夫战栗的可怕人物"的生动记述②。这几部作品就是巴金称为"富有血性的活人写的书",他阅读时深受撼动,以后又无一例外地进行过翻译工作,它们对巴金人格

---

① 芾甘:《从资本主义到安那其主义》。
② 引自司捷普尼亚克《俄国虚无主义运动史话》,文化生活出版社 1936 年版。

的成长及日后创作的影响都是深邃的。

经由历史的"中介",巴金的眼光进而投向文学。但他当时更看重的还是那些革命党人写的,或是反映他们活动、斗争的文学作品,日后才过渡到对其他审美价值较高的作品的关注。首先要提及的是斯捷普尼亚克的《安德烈依·科茹霍夫》等小说,出于对这位成功刺杀了彼得堡宪兵司令麦孙采夫的民粹党人的革命生涯和他的《俄国虚无主义运动史话》的神往,巴金读了这一有其切身经历作基础的作品,他后来说《灭亡》的写作是受它影响的。具无政府主义思想倾向的阿尔志跋绥夫的一些称为"革命的故事"的小说——长篇《工人绥惠略夫》、短篇《朝影》、《血痕》,他的另一长篇《沙宁》等,都曾引起巴金的关注。巴金也喜欢路卜洵描写恐怖主义者活动、心态的日记体小说《灰色马》,说这是"近年译成中文的西洋文学名著中最使我感动的"三部作品之一①。在俄国堪称文学大家的作家中,巴金最喜爱并深受熏染的,是屠格涅夫、托尔斯泰、陀思妥也夫斯基,那是因为他们的出身、经历、人格及某些作品表现的民主主义思想引起了他的好感和强烈共鸣。他之厚爱屠格涅夫,既因其写过热情颂扬民粹党人献身精神的散文诗——《门槛》,也在于他的自《罗亭》至《处女地》的小说,相承连贯地凸显了俄国社会十九世纪四十至八十年代的精神生活,它们是文学作品,也是"历史"——知识分子的精神发展史。此外,车尔尼雪夫斯基、契诃夫、伽尔洵、高尔基等俄国作家的作品也都对巴金的思想和创作发生过影响。

仅次于俄国的,是法国历史、文学的影响。巴金早先最感兴趣的也是历史,这包括两方面的内容:法国大革命史和法国无政府主义者斗争、殉道的事迹。巴金对于法国大革命的最初了解,也许应追溯到早年之阅读《双城记》,狄更斯的这一长篇以巴黎和伦敦两个帝都为活动舞台,展示了十八世纪末法英两国的广阔社会现实,尤其对法国这一由人民作主力军而进行的推翻封建王朝统治的资产阶级政治大革命作了形象、生动的描述,勾画出了一幅完整的历史图画。但巴金对法国大革命系统、深入的研究,却是在到法国之后,那时他研读了拉马

---

① 另两部作品是《工人绥惠略夫》和《工女马得兰》,参见巴金《生之忏悔·〈工女马得兰〉译本序》。

丁、米席勒和克鲁泡特金等许多学派研究者的著作,并动笔写了《法国大革命的故事》等论文。他以后还创作了三篇描写法国大革命领袖的历史小说。巴金热情肯定法国大革命,主要在于这一革命开辟了废除君主专制统治的先例、广布民主思想于人类,还因为它是一场由广大民众发起、参加的革命。法国还是无政府主义的发源地,这一国度的无政府主义者奋斗、牺牲的壮举也使巴金激动不已,他为此撰写过《法国无政府党人的故事》,并热情洋溢地说:"他们牺牲了自己的生命来拯救人类,他们完全轻视个人的快乐。为了信仰,为了救济他人的困苦的缘故,他们抛弃了一切,不顾危险,视死如归。"①

　　巴金以后对法国文学也发生了兴趣。在法国作家中,较早引起巴金注意的似乎是米尔波和左拉,这在很大程度上因他们的一些作品写有具无政府主义色彩的革命者、有的就是无政府主义者,米尔波本人也是无政府主义者。米尔波在法国不甚知名,但他当时写的反映工人运动及革命者宣传、组织群众的五幕话剧《工女马得兰》确曾在巴黎"得到很大的响应,人皆呼为杰作"②,巴金曾亲自为这一剧本的中译本写序。以后又撰写过《〈工女马得兰〉之考察》的文章,对之颇多赞词。巴金为《工女马得兰》写序是在刚开始写《灭亡》时,它对《灭亡》和早年其他一些小说是有影响的。左拉是法国作家中对巴金最有影响力的一个。巴金去法国前就翻读过左拉的长篇《巴黎》,对书中那个抛炸弹的无政府主义者沙尔瓦留有深刻印象:"法国小说家左拉在他的名著《巴黎》中描写出那个牺牲自己的生命来反抗现实社会制度的革命者的仁爱、温良,和他对人类受苦的同情"③。在法国留学期间,他几乎读遍了左拉的作品。巴金当时对左拉的由整整二十部小说构成的连续性大型作品——《卢贡—马加尔家族》不甚喜欢,喜欢的是这以外的《巴黎》、《劳动》,在《卢贡—马加尔家族》中,留有较好印象的是《萌芽》。巴金虽然对左拉的作品有保留看法,但他是在巴黎开始文学创作生涯的,大量阅读的左拉作品必然对其创作有启发作用。巴金也很喜爱罗曼·罗兰和

---

① 芾甘:《断头台上·法国无政府党人的故事》。

② 岳焕译:《〈工女马得兰〉小叙》,开明书店 1928 年版。

③ 芾甘:《断头台上·法国无政府党人的故事》。

雨果,他读过他们的一些主要作品,这些作品所表现的积极思想倾向和艺术特色都熏染过巴金。除此之外,法国启蒙主义大师卢梭的人格和作品,莫泊桑结撰小说的技巧等,都使巴金受益匪浅。

除俄法两国以外,欧美和世界其他一些国家的历史和文学也对巴金有影响。巴金很关心西班牙、美国、日本等国的无政府主义运动,对这些国家无政府主义者的殉道行为充满崇敬,为此专门撰写过《芝加哥的惨剧》、《东京的殉道者》、《萨珂与凡宰地之死》等文章。在将这些文章汇集出版时他说:"我自己早已在心灵中筑就了一个祭坛,供奉着一切为人民的缘故在断头台上牺牲了生命的殉道者,而且在这个祭坛前立下了一个誓愿:就是,只要我的生命存在一日,便要一面宣扬殉道者的伟大崇高的行为,一面继续着他们的壮志前进。"①巴金也特别喜欢这些无政府主义者写的自传作品,如柏克曼的《狱中记》、凡宰地的《一个无产阶级的生涯底故事》、古田大次郎的《死之忏悔》等。他以后将前两部作品译成了中文,将后一部作品嘱友人译出,但亲自为之校阅,"我爱《死之忏悔》,我甚至为了这书才发愿去学日文"②,巴金喜欢它的情况可知一斑。

在文学方面,他读过或翻译过的作家作品就多了,举其要者有英国的狄更斯、王尔德、司蒂文森,德国的海涅、史托姆,挪威的易卜生,美国的惠特曼,匈牙利的巴基,日本的森鸥外、有岛武郎、夏目漱石等。在他们之中,巴金更喜欢并受较大影响的是狄更斯和史托姆。

以上,我们对巴金早年接纳外来文化的概貌作了粗线条勾勒。勾勒是为着揭示巴金接受外来文化的一个最基本的特点:他先是作为一个热血青年、以后又作为一个信仰无政府主义的"社会运动者"去接受西方文化的。唯此,他所接纳、吸收的西方文化具明显的政治色彩,所走的是由历史而文学的路径。勾勒还想显示出这样的线索,即:针对作家二三十年代主要描写"充实生命"的作品言,外国革命家(以下简称"外革家")自己写的或反映他们生活、斗争的文学作

---

① 蒂甘:《断头台上》。

② 巴金:《梦与醉·关于〈死之忏悔〉》。

品起了重要的启发、诱导作用。——当然,这是需要进一步考察的。

(二)"外革家"与《灭亡》等小说的"充实生命"

巴金三十年代写过中篇小说《利娜》,这是根据半个多世纪前一俄国女子给波兰女友的信改作的,添加的一些材料也取自可靠的历史著作,所以巴金说:"倘使没有那几本外国书,我决不能写出这样的小说。而且倘使没有那许多男女青年的献身事迹,连这几本外国书也不会有,更不用提我的小说了。"①

《利娜》自然是巴金借鉴外国文学的情形中较为极端的例子。但是,他的《灭亡》、《新生》等作品及至稍后的《爱情的三部曲》里的"充实生命",都与西方、特别是俄国革命家有千丝万缕的联系,他们是巴金孕育、创造"充实生命"的重要材料库。在这一意义上,我们同样可以说:"倘使没有那许多男女青年的献身事迹","倘使没有那几本外国书",就不会有巴金的这些小说。

研究巴金早年熟知的"外革家"形象对杜大心等"充实生命"的影响关系,既可通过对单个形象的辨识达到,也可从总体上把握,同时就他们某些共同的性格、心理特征进行比较。我们更感兴趣的,自然是后一种方法。

特征之一,焦灼、激动不宁与深的忧郁。

这样的性格、心理特征,在巴金早年接触、阅读的许多作品里都有描写。明显的例子是剧作《夜未央》。《夜未央》反映俄国民意党人的斗争生活,写有一群热情、勇于献身的青年革命者。主人公桦西里最后决定只身行刺总督,让其恋人安娥点燃信号灯,他在猛烈的炸弹声中与总督同归于尽。在桦西里身上,焦灼、激动不宁的性格特征表现得甚为鲜明。第一场,他与昂东有一长段对话:

> **桦** 你们晓得还有多少时候,可以做这印字局的事么?不定那一天,那警察要来搜查着。
>
> **昂** 这有什么法子?

---

① 巴金:《〈利娜〉序》。

桦　既是知道我们早晚要落在他们手里,至少也要作些什么事才值得。

昂　有旁人来替着我们,我们让他如何便如何。尽管他那枷锁来得厉害,也无奈我们的宗旨何……

桦皱着眉说道　来一班,死一班……往前进不了一步,白白的送了些可怜的同胞,……中得什么用呢?

昂现出苦恼的样子道　桦西里,不要用那些苦恼的纪念,伤这勇猛的雄心……。到那梦想变成实事的时候……

桦亦很苦恼的道　梦想,毕竟还是梦想。我们空过了一生。不但那心里想的,不能看见。连一点晓色都不能叫我们晓得是怎样的光景。

昂　我们由他填了沟壑,也就算了。我想我们替大家的子孙,打着这么一点根基;他们终会看见出了太阳的光明。

桦有一种耐不住的情状　我们的忍耐力,也就算强了。如同禽兽一般,牢监罢,沟壑罢,都填塞得满满。没有晓得时候已经到了! 你们不觉得么?……

昂　你不知从哪里想起? 早哩! 早哩! ……

桦　你们蒙了头去干那些小事……你们在地底下工作,同老鼠似的,这叫做传达宗旨吗?①

不但桦西里,安娥也同样的热烈、焦灼不安。桦西里与昂东说话时,她先静听,后来却突然站起,声气急促地说:"我们没有那许多时间,去挨家挨户的,唤醒那一个个的同胞。必须要那四处的警钟,一齐响将起来。"她也像桦西里那样以为办报、宣传不及实际行动有力。在印字局被查封、请愿群众惨遭杀戮后,更忿激异常:"我们太迟缓了! 我们应当加倍从事!"

产生上述性格特征,是有深刻现实原因的:与偌大的黑暗势力比,革命者力量的过于弱小及工作之无效,使他们预感到等待自己的只是灭亡的命运。"我这条性命,我不肯叫他零碎的消灭去。我不叫那魔力,把我消耗得干净。"桦西

---

① 这里及此后关于《夜未央》的引文,均引自万国美术研究社 1908 年版。

里最后行刺总督,在很大程度上就是出于这样的考虑。不难见出,潜藏在焦灼、激动不宁背后的,是深的忧郁,它们是互为表里的。

《夜未央》主人公的这种性格、心理模式,可以在巴金的人物那里一再见到。《灭亡》中的杜大心就是。张为群曾一再向杜大心发问:革命什么时候才会来?这一问题其实同样苦恼着杜大心,正如小说写的:"张为群的悲哀也就是他自己底悲哀,他也是早就不能忍耐下去了。"张为群死后,他一方面受良心的谴责,另一方面更深地陷入这一问题的苦恼,为求得解脱他终于与反动势力作明知无效的决斗。《灭亡》也揭示了杜大心焦灼、激动不宁的背面:

> 他们感到一个暴力的威压,好像一个全世界底罪恶的神在追逐他们,他们觉得如果不靠着一种奇迹,他们就会在恶神底手里灭亡了。但这奇迹什么时候才会来呢?
>
> 天似乎就要燃烧起来了,人类底运命像游丝一般飘浮着,杜大心和张为群两人底心中充满了无限的恐怖。

杜大心这里感到的"恶神",也就是桦西里前面说的能把革命者"消耗得干净"的"魔力",他们都有一种深刻的苦闷和悲哀。

类似的性格、心理模式,也出现在《新生》的某些人物形象身上。《新生》穿插有一条情节线索——亦寒等人办杂志;这与《夜未央》里的情形相仿,而且都以"光明"命名。他们之间也曾发生过类似桦西里与昂东的谈话,一个叫秋岳的坚持办,亦寒则不很以为然:

> "办杂志,这事情是太迂缓了,太迂缓了! 一份杂志要在中国普遍地散布出去,要在读者中间产生一种巨大的力量,不知道需要若干年代。我能够忍耐地等到那时候吗? 这工作太迂缓了,太微小了。我愿意做的是更痛快的事情。白纸上写黑字,我已经觉得这工作是怎样令人痛苦的了。我究竟不忍心把生命拿来这样消磨掉",他抱怨地说。他的细小的眼睛圆睁着。那里面射出来火一般的痛苦的光芒。

他和鸣冬以后都脱离杂志从事实际运动去了。亦寒的痛苦也可以说是李冷的，他的"冷"只是热的一种先期形态，他也反对"把生命消磨在这样的小事情上"。

在《雨》里这样的形象是吴仁民。《雨》里也有与《夜未央》相仿的对话，它先在吴仁民与方亚丹之间进行。吴仁民为陈真的死而烦乱不宁，方劝慰他"我们会有更多的新同志"来的。吴却抱怨目前方法的迂缓，"害怕有更多的新同志的血"，害怕"零碎的死"。对话接着以吴仁民幻觉的形式继续。他突然见陈真的影子出现在面前，要他忍耐，告诉他地球上会有洪水到来、扫除一切的日子，吴又一次被激怒了："忍耐？你也要说忍耐？究竟还要忍耐多久呢？是不是要等到你这本书传到了每个人手里，每个人都能够了解它的真正意义的时候吗？我告诉你，那一天是不会有的。书根本就没有用！"

在《电》里，这样的桦西里是敏。他经历了德和明的牺牲事件后再也按捺不住了："忍耐！到底要忍耐多久？""他们会把我们零碎地宰割，和平的工作是没有用的。我不能够坐等灭亡。我要拿起武器。"他终于不顾朋友的劝阻去炸当地的军阀旅长。但与《夜未央》的结局略有不同：对方没有死，敏却躺在血泊里再也不能起来了。

《夜未央》是巴金最早接触的外国文学作品之一，他甚至将剧本一字一字地抄录，因为是剧作，他和他的朋友还排演过几次。因而可以认为，剧本主人公的上述性格、心理模式曾深深刻入他的记忆，以至在日后创作中以各种形式反复呈现。

特征之二，偏激，愤世嫉俗。

在巴金熟知的"外革家"形象中，相当一部分都有这样的性格、心理特征。突出表现在因一般群众愚昧、不觉悟而生的愤激感乃至憎恶群众、否定一切的思想情绪。《夜未央》的桦西里就曾抱怨："这些四乡的人，如果你同他们说什么困苦，他们好像耳朵里也没有进去。如果你说要帮助他们，他们反疑心起来。"《工女马得兰》中的革命者让罗路的遭遇也如此，他浪迹天涯，以唤醒群众的自觉为己任，向他们宣传公道、正义、反抗、休戚相关，但招致来的却是各种各样的不理解、冷漠、嘲笑甚至告发，他因此扼腕长叹："唉！奴隶，野人！"

　　但这方面极端的例子,却还是阿尔志跋绥夫笔下的绥惠略夫和路卜洵笔下的佐治。绥惠略夫是大学生、无政府党人多凯略夫的化名,他在被判处死刑后潜逃了。此时的他已不复有早年的理性和确信,成为一偏激、否定一切爱的"非人格的报复"者:"我不想到爱……我不要听这个……我只有憎!""我实在憎恶人类。"①绥惠略夫最为痛心的是一般民众的冷漠不关心,因而他要报复的对象不但有现社会的"幸福者",而且包括了"不幸者"。这一意识在他被警察追捕着时变得分外强烈,"凡所遇见的一切,个个都是仇敌,没有一个肯想隐匿他,阻止追捕的人,或者至少也让他一条路。倘使没有脸上现出暴怒,倘没有挡住去路而且伸手要捉住他,那就确凿还只是无关心或好奇的人"。他终于在一无退路的剧场里向大众开枪,得着了"凉血的残暴的欢喜"。

　　《灰色马》的佐治也是一个恐怖党人,但他的偏激较绥惠略夫更甚。"当我还是一个孩子的时候,……我天真地爱一切人,……现在,我却谁也不爱。我不想爱,而我也不能爱了。"②如果说绥惠略夫的"不爱"还只是扩大了憎的对象,憎本身还不失为一种信仰的话,那么佐治却是一无信仰的——包括革命和整个人生。他是一个极端个人主义者,为杀人而杀人,唯自我满足而已。他最后连这样的生活也厌倦了,用手枪结束了生命。

　　在巴金小说里,虽难以见到绥惠略夫、佐治那样极端的形象,但类似的性格、心理特征却是有的。先要谈及的还是杜大心。这一形象的创作明显受到绥惠略夫形象的启发,他同样是一个否定爱、相信憎的"偏至"论者:"许多年代以来,就有人谈爱了,然而谁曾见到爱来?基督教徒说耶稣为了宣传爱,宣传宽恕,被钉死在十字架,然而中世纪教会杀戮异教徒又是唯恐其不残酷!宣传爱的人杀起人来、吃起人来更是何等凶残。难道我们还嫌被杀被吃的人尚不够柔驯吗?还要用爱去麻醉他们、要他们亲自送到吃人者底口里吗?"杜大心对泛爱论者李冷兄妹说的这番愤激之词,很容易让人联想到绥惠略夫对亚拉籍夫的谈

---

①　这里及此后关于《工人绥惠略夫》的引文,均摘自鲁迅译本,参见《鲁迅全集》第11卷。

②　这里及此后关于《灰色马》的引文,均摘自郑振铎的译本,商务印书馆1933年版。

话。而且造成他们偏激心理的直接原因也是相同的,用绥惠略夫话说就是:"凡是我所爱,凡是我所信的,都夺了我的去了。""所爱"的,是他们的爱人、同志。在对群众愚昧状态的痛感上,这两个形象也很相像,虽然杜大心尚未达到绥惠略夫向社会复仇的程度。《灭亡》在张为群处决后写有城市一般民众的无动于衷,这与《工人绥惠略夫》的某些描写极为相似,有时连语言也无甚差别。绥惠略夫所爱的女人和战友被绞杀时有一段描写:

> ……没有人离开了他自己的营业。人们并不互相关联,来分担那些可怕的可悲的消息。照旧的是走着街道电车,照旧的店铺都开着,照旧的如在镜中,盛服的女人悠悠的散步,庄严的有事的男人坐车经过了……

《灭亡》是这样写的:

> ……商店依然做着生意,过往的行人依然照常过往,不自然的笑脸依然在到处摆着。电车过去了,汽车过去了,黄包车也过去了。所有的行人似乎都不曾感到在这一个短时间来,死神曾在这附近降临了一次……

巴金写作《灭亡》时也已读过《灰色马》。因而,杜大心某些与佐治相近的话也可被认为是受了影响的。如他关于幼年时代"爱一切人"以后却"不能够爱人了"的自白就与前引佐治的话颇为酷肖。但这样理解影响关系还是狭隘的,或许佐治的话竟使巴金联想起孩提时的许多事并让杜大心借用也未可知。

但巴金小说中更多受佐治形象启迪的,还是李冷。巴金对佐治有一个评说:"《灰色马》呢,它的英雄佐治是一个极端的否定者,对于革命,对于一切,都没有信仰,虽然他是一个恐怖党人。"①转变前的李冷在很大程度上也是一个偏激的否定论者。李冷是没有信仰的:"静妹好像是很快活的,因为她有信仰。我呢,我现在什么也没有了。"这与佐治的情形相近,佐治在比较自己与佛尼埃的

---

① 巴金:《〈工女马得兰〉序》。

区别时说:"佛尼埃是有信仰的,他知道。但是我现在孤寂的立在这里。"李冷否认一切、反抗一切,"便是你们奉为神圣的人民我也反对"。佐治也那样:"一切都是假的,一切都是空的","我厌倦一切人,厌倦他们的生活"。李冷对整个人生都怀疑、厌倦:"在我,人生是一个大悲剧,无论我们怎样挣扎、受苦,而结果依旧免不掉灭亡。"他讨厌一般人所走的出世、成长、保身、传种以至灭亡的"呆板的单调的路"。佐治是同样的观念:"同样的灰色的日常生活。同样的恋爱,同样的死亡。生命如一条狭窄的街道。"他有时还把人生比喻为傀儡店,说:"我们都在剧场里",而结果总如灯蛾似的"向火光飞去"。他们也都是自我中心主义者,一个认定"我对于我是至高的存在",另一个说:"我没有什么上帝,所以我便要做我自己的上帝。"但否定一切的人,到最后会连自己也否定掉,佐治是那样,李冷也时时感到如立峭壁,害怕有一天会踏进灭亡的深渊。

但李冷毕竟又不同于佐治,他对一切的否定更多停留在口头上,内心的爱火并未泯灭,后来终于在静妹等的熏染下"新生"了。

特征之三,爱情与人生义务间的苦恼、冲突。

左拉的《萌芽》写有一个沙瓦林的俄国人。他和他的爱人都是恐怖党人,爱人在谋杀沙皇时被捕,以后又被送上绞刑架。沙瓦林在回忆目睹爱人就义的情景后悲痛欲绝地说:"我们不应该相爱,我们爱,我们就有罪了!"《萌芽》的这一描写给巴金留下深刻印象,以后曾将其译成中文并取名《她》发表;他还在纪实短篇《亚丽安娜》里援引沙瓦林的话劝慰为爱情苦恼的吴。

但《萌芽》的描写毕竟十分简约,对巴金发生更大影响的倒还可能是《夜未央》。在这一创作中,桦西里就一直为自己对安娥的爱情痛苦不迭,这在与苏菲亚的对话中有清楚表白:

> **桦** 不要笑我。这件事实在不好意思,说不出口,在普通的看来,这些事,终究是笑话,况且,近来大家的心里,打算着的,都为些公益。独我一个,怀着这种罪恶的念头。这种念头,把我心里一切的大义,全去个干净。留着的,止有这个念头。

苏　从前有人说过:"一个好革命党,他一种坚忍的人,应当同一枝枯死的松树一般。"

桦　这自然是名言,但很可惜,我却不是那无知觉的枯树。我亦没有法子奈何我。从前我几乎到了那枯树的地步……

苏　如此说来,你果真是有很多爱情的了?

桦　我很想连那情根都拔了去。无奈现在种的太深。……我的性命都由他去了。

苏　为什么又要把情根拔去呢?

桦　苏菲亚!你晓得这是何等的难堪!若一个抱定宗旨的人,落在一个无穷的愁苦圈中,便时时刻刻,想起那独一无二的知己,永无一个停歇的时光……

剧作还以自相问答的形式展现桦西里心灵深处的激斗。一个是革命者的桦西里,大义灭"情":"你敢把个人的私情,同了那感念,盖过了堂堂的大义么?"另一个是陷入感情圈子不能自拔的桦西里:"然而总是那公益……公益……公益……公益!"桦西里后来与安娥互吐了爱情,但不久便告别她为"公益"壮烈捐躯。

在杜大心等"充实生命"那里,也时时溢荡着爱情与人生义务间的苦恼、冲突。当杜大心判明自己确实爱上了李静淑时,感到太害怕了:"他,一个立誓牺牲个人幸福来拯救人类的人,还有资格爱女人!……把他底有限的精力分到男女的爱情上面去!这不可能!不应该!"理智上虽然那样,感情上却不能,他不时感到非有她就不能生活一样,一天不见就心神不宁,生活也就成了一种苦刑;而一旦见她,感情又飞快生长,于是良心受到更深的责备:"我自己不是屡次立过誓不爱女人吗?我所负的责任乃是担起人间的恨和自己的恨来毁灭这个世界。"为了克制,他曾像桦西里那样采取回避的方法:有意疏远,搬去杨树浦住。但这也不解决问题,压制久了的爱情反成了激情,他只想到占有李静淑并让她占有,其余的一切全忘了。他俩以后也倾吐了积愫,获得"爱"之后的杜大心便"壮士一去不复返"了。

类似的描写也出现在《海的梦》里。里娜在丈夫杨牺牲后不胜悲哀,宣誓继承他的事业赶走高国占领者,在岛国建立自由国家。但一个年轻,有时称她"姊姊"有时叫她"母亲"的"孩子"闯入到她的感情生活,他是她的主要帮手,里娜为他的缘故几乎忘掉一切。于是悔恨、羞愤、痛苦:"难道你没有那'孩子'就不能够生活吗?……你应该知道人并不单靠爱情生活,而且今天许多人都生活在困苦和屈辱里,他们一生得不到爱情。"她发誓制止自己的爱情。但事实上却不能,直至"孩子"死去。那"孩子"是同样的病根,他爱里娜,但又不敢爱,到临死前才表白出来。

这样的苦恼、冲突也发生在《电》里的明身上。他深爱德华,但义务的观念使他感到这样是有罪的,就用工作折磨自己,用忧郁摧残自己,为的是要消灭那爱的痕迹。"我们也可以恋爱——和别的人一样吗?我们有没有这——权利?他们说恋爱会——妨害工作——跟革命——冲突。"明就为这样的问题一直苦恼着,甚至因为怕被人笑话不敢发问。他后来虽然在吴仁民那里听到了肯定的回答,却已迟了,"死"剥夺了他的这种"权利"。

《电》试图结束这类人物的苦恼、冲突,因而塑造了比较健全的革命者吴仁民和李佩珠。他们认识到个人幸福不一定与集体幸福相冲突,不再拿不必要的义务观念折磨自己,于是勇敢地相爱了。但他们似乎仍有某种"余悸"的,李佩珠过后就说:"今天晚上我们真正疯了!倘使他们看见我们刚才的情形,他们不知道要说什么话!"这容易让人想起《夜未央》里安娥类似的话:"像我们这般庄重的人物,也还这样的亲起嘴来;叫人看见,用什么话来批评呢?"这里仍保留了《夜未央》影响的痕迹。

特征之四,热情而理智、坚毅。

巴金笔下的"充实生命"虽然以杜大心这样的病态革命家居多,但也有例外的,他们热情而不失理智,坚毅却又较为开朗。具这类性格、心理特征的形象有《新生》第二篇里的李冷——他那时已从个人主义的迷途返回,成为一热情、坚定的革命者,即使面对死亡也镇定自若:"没有留恋,没有恐怖,没有悲哀,没有痛苦。有的只是死。死是冠,是荆棘的冠。让我来戴上这荆棘的冠昂然地走上牺牲底十字架罢。"有《电》里的吴仁民,他此时也已成为新人,故用"罗马的灭亡并不是一天的事情"劝慰敏,他甚至认为:"目前更需要的是能够忍耐地、沉默地工作的人。"但更突出的是李佩珠,巴金在《爱情的三部曲》里富有说服力地展现了她的成长、成熟过程,塑造起一个活泼、开朗但又理智、果敢的女革命家形象。她是此类作品中刻画得最动人的女性形象,巴金自己也对这个人物甚为好感:"我把李佩珠当作活的朋友看待……她给我的印象是:一个极其平凡的女子。然而我相信她如果说一句话或做一个手势叫我去为理想交出生命,我也会欢喜得如同去赴盛宴。"①

巴金对这一类"充实生命"的创造同样受到"外革家"形象的启发,我们不妨就李佩珠谈谈。巴金曾说李佩珠是"妃格念儿型的女性",在她身上确可发现妃格念儿的影子。妃格念儿早年有一个幸福的环境,"家庭是聪明而慈爱的",又是"属于受过教育的少数人之中",因而身心两方面都很健全;李佩珠早年的生活也较安适,她虽然很小就失去母亲,但父亲温柔的爱却给了她不绝如缕的温情,"所以她不曾变做一个忧郁的人",她也是少数有幸享受教育权利的女子,毕业后又跟着父亲研究学问。妃格念儿曾经有过这样的经历:一次梦中醒来,听到亲戚议论,说她将来会是好看无用的红灯笼,为此伤心地哭了,决心做一个好人、有用的人;李佩珠也有类似的经历:梦醒后听到同学谈论,认为她质地平凡不会有什么成就,她因此也哭湿了枕头,并在思想上敲起警钟。她们以后又都由于阅读进步书籍及实际革命运动的感召,有了"放散"潜伏着的过多的生命活力的需要,投身于救济人民的事业。有人曾这样评论妃格念儿:"她所发射出来而且如此引动了她周围的人的魔力与动人处是由什么东西构成,这是很难说出的。她自然又聪明又美丽,然而她岂只聪明而已! ……她之所以动人:在她底全身是非常谐和,非常一致,她底一言一行都表现她底全个自我;疑惑与犹豫是她所不知道的。"②在李佩珠那里,我们不是可以见到相近的"魔力和动人处"吗?

---

① 巴金:《〈爱情的三部曲〉作者的自白》。
② 米海洛夫斯基语,转引自巴金《俄罗斯十女杰》;本节谈及妃格念儿的材料亦出之于《俄罗斯十女杰》。

但在李佩珠身上同时还有俄国另一女革命家——苏菲亚的许多东西。在《俄罗斯十女杰》里,巴金引用过妃格念儿对苏菲亚的一个批评:在看似平常的面部表情及柔和的面貌下,包蕴着坚强的意志和坚定的性格,她的天性中并行不悖地含了女性的温柔和男性的严厉。从以上的传记资料,我们还可了解她的一些具体性格特点,如勇敢,"常率先同志去蹈危机";冷静,"能够把那些关系于重大工作之成败的极细微的地方捉摸到";坚定,"铁石一般的意志";开朗,"从不拿忧郁的、悲哀的'义务观念'来束缚自己"等。返观李佩珠,我们可以看到:她也是勇敢的,广场演说的情景和撤退时挺身而出的举动将她的这种特质表现得很鲜明;她也是冷静的,每当紧要关头总能从容不迫,"用她的精细的头脑来衡量一切";她也是坚定的,曾表白内心说:"我没有留恋,我也不害怕,我可以受一切打击。也许明天这个世界就会沉沦在黑暗里,然而我的信仰绝不动摇。"她也不以义务观念折磨自己,活泼、开朗,时时流露出"人情味"和女性的魅力。所以李佩殊不但是妃格念儿,也是苏菲亚,她是她们——也许还有其他新进女性——的"复合形态"。

而在转变后的李冷、吴仁民那里则可见到奈其叶也夫等"真实的""外革家"和斯捷普尼亚克、屠格涅夫等小说"虚构的""外革家"的影子,限于篇幅这里不一一展开谈了。

以上对比将《灭亡》等作品中的"充实生命"的"书本原型"清楚地显示了出来,那就是:"外革家",尤其是俄国带民粹主义色彩,或曰无政府主义色彩的"外革家"。当然,这不排斥作家同时受现实生活里人与事的启发,有的甚至可说也有"生活原型",只是相比起来不甚鲜明突出而已。从上面的对比也可看到:"外革家"对"充实生命"的影响是复杂、多元的,并不是一一相对的对应关系。从发生影响的一方言,一部或某几部作品有时会产生广泛而长远的影响,如前谈《夜未央》;从接受的一方言,其某一形象或某一描写的完成可能同时受诸多作品的启发,是长期综合作用的结果,如前谈"充实生命"偏激、惯世嫉俗的特征。文学作品、作家之间发生影响的这种复杂情况需要研究者运用科学方法作真切描述,这也是我们更乐于从总体上考察他们之间关系的原因所在。

（三）照西方作品的形式开始写作

《灭亡》等小说的感性形式方面的"西化"痕迹也甚醒豁,巴金后来说这样的话是不妄的:"我是照西方小说的形式写我的处女作的,以后也就顺着这条道路走去。"①西方作品这方面的影响主要表现在:

一、浓重的主观性,或曰激情风格。

如果说主观性是巴金创作区别于中国其他现实主义作家的一大特色,那么它在《灭亡》等小说里是格外浓重的,我们甚而可称它们是浪漫主义作品。这些作品中的人物有较多的虚构成分,即如写得较迟,不乏真实人物作模特儿的《电》,作家后来也谈到有"理想化"的处理②。人物思想的转变和情节的发展有较大的随意性,并非客观现实生活逻辑使然,而更多的是服从思想感情表达的需要。对环境的描写也抽象不确,甚至给人"好像在纸剪的背景前行动"的感觉③。那么,这些作品致力于什么呢? 致力于激情的表达。这种激情首先是愤怒,对于冷酷如铁、黑暗如漆、污秽如血的社会现实的强烈不满和憎恨;也是矛盾和苦闷——爱与恨之间的、理想与现实之间的、个人感情与群体幸福之间的,等等;还是对于理想的信念和"放散"、牺牲自己的热忱。"没有一个读者能够想象我下笔时的内心的激斗,更没有一个人能够了解我是怎样深切地爱着这些小说里面的人物。"④——这是因为他在那些人物身上混合了自己的血和泪,写出了自己的各种激情。巴金的作品因此表现出了两个显著特点:第一,多人物情怀的抒发和苦闷心理的暴露,日记体、书信体、第一人称写法、直抒胸臆的人物对话、"一分为二"的自我感情交锋是他经常采用的表现形式和手法。

与之密切相关的是第二,热情、"直接诉于读者"的叙述调子,无论描写或叙述,绘人或写景状物都了了分明地显示着作家的感情态度。读巴金的《灭亡》等

---

① 巴金:《一封回信》,《上海文学》1983 年第 4 期。

② 巴金:《关于〈砂丁〉》。

③ 惕若(茅盾):《关于〈龙眼花开的时候〉》,《文学》月刊 1934 年第 3 卷第 1 期。

④ 巴金:《〈爱情的三部曲〉总序》。

小说,很容易让人想起卢那察尔斯基对陀思妥也夫斯基创作的一个评价:"他所有的中篇和长篇小说,都是一道倾泄他的亲身感受的火热的河流。这是他的灵魂奥秘的连续的自白。这是披肝沥胆的热烈的渴望。这便是他的创作的第一个因素、基本因素。第二个因素是当他向读者表白他的信念的时候,总是渴望感染他们,说服打动他们。"①以此来概括巴金的创作也是很确切的。

　　巴金早年小说的这一风格倾向,与他当时大量阅读的"外革家"传记极有关系。首先是赫尔岑的《往事与随想》,这部包含了日记、书信、散文、随笔、政论和杂感的回忆录是巴金特别宝爱并在写作风格上深受其影响的。他在 1928 年初的法国买到这本书的英译本,那时正在写《灭亡》,赫尔岑爱憎分明的文章和用自己感情打动别人的心、用自己对未来的坚定信心鼓舞读者的写作风格使他深受感染,他那时也有血和泪、要通过纸笔化成文字,便不知不觉地受了影响。巴金以后又几次翻译这本书的一些章节,意图就是:"学习,学习作者怎样把感情化为文字。"②这样的传记还有许多——《狱中二十年》、《我的自传》、《地底下的俄罗斯》等,巴金后来明确说:"读了这许多人的充满热情的文字,我开始懂得怎样表达自己的感情。"③但巴金学得的绝不只是文字表达,而是由这些作家的进步思想和高尚人格作根柢的激情风格,一种如同屠格涅夫谈《往事与随想》时说的"这一切全是用血和泪写成的:它像一团火似地燃烧着,也使别人燃烧"的风格④。

　　这一风格倾向的形成和发展也与"外革家"写的或反映他们生活的文学作品有关。这样的作品有斯捷普尼亚克的《安德烈依·科茹霍夫》、《伏尔加河畔的茅屋》。这些小说是作者流亡国外时用英文写成发表的,可以不受沙皇审查机关的限制,因而"在描写革命活动和抒发革命情怀时要比俄国国内的民粹派

---

① 《卢那察尔斯基论文学》,人民文学出版社 1978 年版。

② 巴金:《〈往事与随想〉译后记(一)》。

③ 巴金:《谈〈灭亡〉》。

④ 巴金:《〈往事与随想〉译后记(一)》。

作家大胆和自由得多"①。有日记体小说《灰色马》,这一作品大胆直率的自我暴露和简劲、美丽的抒情文字对巴金的写作风格也发生过影响。但更值得注意的是《夜未央》和《工女马得兰》这两个剧本。对后一个剧本,巴金评价甚高,原因就在于它未取左拉那样冷静、客观的写法,而是一部热情、主观性鲜明的作品。他因此认为:"要捉住时代,冷静的观察是不行的,必须自己生活于其中,与同时代的人分享甘苦,共同奋斗,才能够体验出他们的苦痛,明白他们的要求。"②《夜未央》在这点上与之完全相同,充溢全剧的也是火一般热烈的情绪和高尚的理想,以及甘愿为理想"放散"、牺牲的精神和勇气。巴金早年的作品不乏戏剧性的夸张描写,也常常让人物大段对话以抒发情怀,语言又整饬、富有情致,这些地方正显示了《夜未央》和《工女马得兰》的影响。

除此以外,屠格涅夫、陀思妥也夫斯基、高尔基、卢梭、雨果、史托姆、巴基等或带激情特色或具抒情色泽的作品,都起了重要的推波助澜的作用。屠格涅夫的作用尤为明显。屠格涅夫在政治观点上固然是自由主义者,但他整个的世界观却十分复杂、不能一概而论,这也是他能站在进步立场上评价许多生活现象的内在原因。屠格涅夫又是个不乏诗情和主观色彩的作家,因而他的小说也有较强的情感性,有的可认为是激情。杜勃罗留波夫斯基曾这样谈他的创作:"屠格涅夫叙述的主人公,就和谈论他的亲近的人们一样:他从他们的胸膛里提炼出热烈的情感来,他跟自己所创造的人物一起受苦,一起欢乐,他自己就神往于他一直很喜欢使他们置身于其间的那种诗意的环境。……他的迷恋是极有感染力的:它不可抗拒地占有了读者的同情,从第一页起就使他们的思想和感情凝结在小说上,迫使他们来体验和感受那些屠格涅夫的人物就在那里向他们显现的那种场景。"③这种审美感受,人们在读巴金小说时可更强烈地感受到。

二、革命、爱情的交织铺排及通过爱情揭示性格的表现手段。

如同杜大心在"充实生命"里具代表性一样,《灭亡》的艺术铺排和表现手法

---

① 刘宗次:《俄国民粹派小说特写选·序》,外国文学出版社 1987 年版。

② 巴金:《〈工女马得兰〉之考察》。

③ 引自朱宪生《论屠格涅夫的现实主义特点》,《江西大学学报》1984 年第 3 期。

在作家当时的创作中也有代表意义,突出表现在:把爱情的线索同革命,或曰事业的线索交织起来描写,而且常常以爱情为试金石,对人物作性格测定。

对于爱情与革命是否冲突的问题其实不能一概而论。它们之间也可能不冲突、甚而相互促进,那是当事者在事业的大目标下,恰当处理两者关系的时候,因而否定革命者有恋爱权利、以为爱就是有罪,并因此自我折磨,这是一种病态心理。但它们之间也可能有冲突,那是当这种感情会妨碍事业或在情势、道义、革命需要当事者献出个人的一切、包括爱情的时候;在这一场合下,爱情描写就成了展示人物精神境界和人格的最好契机。在巴金小说里,这两方面的描写几乎完全粘合在一起,人们很难分清究竟是病态心理抑或是抛弃一切的献身精神。出现这种情况,一方面固然反映了作家的思想矛盾,另一方面显示了他通过爱情揭示人物性格的艺术意图。在《灭亡》里,杜大心的勇气和高尚情操正是在"最后的爱"里得到集中表现的,这是他第一次向李静淑表白爱情,也是向她诀别来的,虽然李静淑用"全量的爱"挽留,杜大心却矢志不移:"你知道我多么爱你,然而唯其爱你,我便应该勇敢地接受我底命运,做一个值得你底高洁的爱的勇敢的人。"于是我们也看到:吴仁民终于不再耽溺于爱情,回到运动行列;敏在热烈吻别慧后决绝地去敲死亡的门。巴金这样做还是很自觉的:"为什么要称这为《爱情的三部曲》呢?因为我打算拿爱情作这三部小说的主题。但是它们跟普遍的爱情小说完全不同。我所注重的是性格的描写。我并不单纯地描写爱情事件,我不过借用恋爱的关系来表现主人公的性格。"[①]

这样的艺术铺排和表现模式在作家早年喜爱的外国作品里时可见到。这些作品的主旨虽在反映革命或社会问题,表现革命者的献身精神,但爱情的线索也占到重要位置,成为与之相辅相成的情节支架。《夜未央》自不待说,《安德列依·科茹霍夫》、《伏尔加河畔的茅屋》、《朝影》、《灰色马》、《工女马得兰》等都是。爱情事件在这些作品中也是展示性格的重要契机,《灭亡》的描写与《夜未央》、《安德列依·科茹霍夫》尤为相像:都有最后告别的场面,都让女主人公以

---

① 巴金:《〈爱情的三部曲〉总序》。

略低于男主角的姿态出现,场景缠绵悱恻但又悲壮,是整个作品中最具魅力的篇章。

巴金那时的小说也有借用恋爱关系表现主人公懦怯、萎缩的性格的,如《雾》等。在这类作品里,爱情充分发展之时便是男主角充分暴露自己弱点之际,而女主人公总表现出炽烈的情感和大胆的追求精神,但由于男性的软弱终于还是悲剧。这样的表现模式显然是从屠格涅夫那里学来的,这只要回想一下《罗亭》、《阿霞》就不难了解。

三、心理描写。

中国的传统文化对待个性、个人心理活动的态度历来是粗暴不尊重的,加之古典小说与话本密切相关,因而小说并不注重内心世界的描写和刻画。在《三国演义》、《水浒传》等作品里,对于人物性格的表现几乎都通过人物的外部形态描写达到,只是偶尔、不经意地用"肚里寻思"的套式点一下内心活动,但那也是点到而已,并不深入展开。这些小说其实并没有严格意义上的心理描写。在古典小说中,《红楼梦》是罕见的例外,这无疑是与当时个人意识的觉醒相联系的。《红楼梦》三十四回"龄官划蔷",写有宝玉的一段内心活动:

> 这女孩子一定有什么话说不出来的大心事,才这样个形景。外面既是这个形景,心里不知怎么熬煎。看他的模样儿这般单薄,心里那里还搁的住熬煎。可恨我不能替你分些过来。①

虽然是写宝玉的猜度,但可见曹雪芹对人物丰富复杂的内心世界是有足够认识的,文学描写的这块新大陆似乎已经被他发现。从实际看确也那样:心理描写在《红楼梦》里成了揭橥性格的重要途径,许多描写不但熨帖人物的性格和思想发展逻辑,而且深细缠绵、曲折尽致。

虽是那样,《红楼梦》对人物内心世界的表现仍然只是初步的。这主要表现

---

① 《红楼梦》,人民文学出版社 1982 年版。

在两方面：第一，直接展现人物内心生活过程的描写方法在《红楼梦》里使用不多，曹雪芹主要用间接方法，即通过对人物言语、行为、表情等外部形态的描写显示内心世界。而在表现人物内心世界的诸方法中，直接描写方法是更其重要的，这正如有的学者指出的："只有在文学中出现了对内心生活过程进行直接描写的方法，文学开始极其丰满而又细腻地表达出那些表面上表现不出来的精神活动或心理过程时，才谈得上心理主义。只有在这种情况下心理主义的'间接'和'概述'形式在同'直接'形式的相互作用下取得同样比较深刻、比较准确的描述主人公内心世界的能力。"①第二，与以上相联系的是，心理描写在《红楼梦》整个结构中所占的比重还不算大。因而，心理描写、尤其是直接描写方法被大量、广泛的运用，它之上升为刻画性格的主要手段，是"五四"新文学后的事。

巴金的创作一开始就在这方面显示了特色，而且明显是"西风"熏陶的结果。

心理描写不是一个单纯的技巧问题，首先有个对人性的复杂性，对个体丰富、变幻莫测的精神活动确认的问题。"有一种比海洋更大的景象，是天空；还有一种比天空更大的景象，那是人的内心世界。"②由于有这样的认识，十八、十九世纪才有那么多暴露感情、分析感受和内心活动的作品出现；以弗洛伊德为代表的心理学派对人类意识的最新探究，又使二十世纪的文学作品进到对幽邃的无意识领域的表现。巴金对心理描写十分重视，同样发端于对人的复杂性和深邃内心世界的足够认识，而这是与他大量阅读的"外革家"自传分不开的，他由此获得对人的真切认识。我们说过妃格念儿的情形，但正是她曾剖白被捕以前的心境说："我过的是两重的生活。一种是为他人的外表生活，一种是为自己的内心生活。在外表上我不得不保持安静勇敢的面目，这个我做到了；然而在黑夜的静寂里我会带着痛苦的焦虑来想：末日会到来吗？——到了早晨我就戴上我的面具开始我的工作。"③巴金很留意妃格念儿"两重生活"的自白，曾引用

①　〔苏〕A·叶辛：《作为理论问题的艺术心理主义》，《国外社会科学动态》1983 年第 2 期。

②　雨果：《悲惨世界》。

③　引自巴金《忆》。

来说明自己也是充满矛盾的人。在《死之忏悔》里,古田大次郎对灵魂的解剖更率直,他在被判决前渴望生活,有时甚至想到为着所爱的姑娘,为着与可爱的小妹妹团聚"出卖我的良心也可以"。他对在牢房里等待死——他称为"隔幕看死"的内心分析,既平实又让人震惊,它似乎影响到《电》里敏与慧关于"死"的对话描写。巴金曾说可把《死之忏悔》当作一个恐怖主义者的"心理分析的记录"看,这是确切的[①]。除了"外革家"传记,巴金当还读过卢梭的《忏悔录》,这更是一部写出了惊人的人性真实的自传。由这一渠道获得的对于活生生的人的真实知识,一旦与巴金对现实中人的观察及反躬自省得到的体悟结合起来并相互印证时,便成为作家不可移易的确信。

于是,巴金的创作表现了与西方作品相似的特色,在那里对感情细节的兴趣代替了对事件本身的兴趣,对人物丰富、复杂的精神世界的揭示成了作品的重心所在。但同时也应承认:无论是心理描写的内容或是具体手法,他那时都带了学步、模仿的性质。

先看心理描写的内容。巴金那时作品写得最多的还是人物在清醒状态下尖锐、激烈的内心冲突。这方面的描写有的就是从读过的作品里化来的。《海的梦》里,里娜被高国占领军关进囚室后,她的濒临死亡的父亲曾来看望,让她答应写悔过书,然后回家过宁静日子。作品细腻地展现了里娜内心的激斗,她在爱与信仰间的逡巡。最后她虽然让信仰占了上风,但在父亲失望而蹒跚地离去时,却突然被一种感情压倒:

> 我向他跑过去,我跪倒在他的面前,抱着他的腿,让我的眼泪畅快地流在他的裤子上。我喃喃地说:"原谅我,原谅我。"

类似的情节和心理描写也出现在妃格念儿的自传里。妃格念儿的母亲求沙皇为女儿减刑,获准的消息传来后,妃格念儿无比气愤,将这看作是奇耻大辱,抱

---

① 巴金:《梦与醉·关于〈死之忏悔〉》。

怨母亲破坏了她的信仰。但不久,她收到了母亲临死时诀别的信,知道这是母亲垂死时做的错事,便一切释然了:"我所能做的只是怀着悔恨之心情,记起她所对我做过的一切,跪下来忏悔一番;跪着用热泪来洗她那一双亲爱的手,哀求她底饶恕。"①上述的《海的梦》的描写,似乎还有《工女马得兰》的影子,只是在这一剧作里,这种矛盾以父子冲突的形式表现着,巴金在《〈工女马得兰〉之考察》里对之有很好的印象:"再说到感情与理智之冲突,这是用罗伯与他的父亲喇尔江的关系,表现出来的。他们父子间思想上冲突到了极点,甚至'彼此相谈相看,不是像父亲与儿子却是像仇敌和仇敌。'然而在感情上彼此仍是相爱。"

巴金那时的作品也有表现人物由昏蒙不清的下意识状态转向清醒意识的。在李冷生日庆祝会后,杜大心内心产生了莫名的奇妙情绪,他记起此前为袁润身讲的爱情故事不快、嫉妒,于是进行分析:"为什么呢? 他为什么要苦恼呢? 谁侵犯了他? 袁润身? 然而他自己分明地同情那个人。那个人底故事? 那只能引起别人底同情的……那么一定是那个人底最后的话。是! 但这和他有什么关系呢? 袁润身爱上了李静淑或任何女人,对他又有什么妨害呢? ……"一连串的"为什么"和反问,最后疑问终于得到解答:"他爱李静淑,所以不愿袁润身爱她。"小说更详尽地刻画了李静淑在爱情上的觉醒过程。也是由袁润身分析起,也是不断的反问,并逐渐引向真正爱的杜大心,后来竟忽然冒出想当拉进情人的奇怪意念,这才豁然开朗:"为什么呢? 她很羞愧地惊讶自己会有这种可笑的思想。……为什么呢? 从她底心灵深处发出了一声叫喊:'我爱杜大心!'"

在屠格涅夫的《前夜》里,我们可以见到几乎完全一样的心理分析过程和语言调子。叶琳娜在认识英沙罗夫后,写有一些日记片断剖析内心。同样是由旁人——安德烈·彼德罗维奇切入,然后引向深心所爱的英沙罗夫,也是一连贯的"为什么"和反问:"我需要的是什么呢? 我的心为什么是这么沉重,这么惫倦? 为什么我看着鸟儿飞过,心里也感觉着羡慕? 我真想跟他们一块儿飞去呢……这种愿望不是有罪的么? 几经盘旋,她解开了谜窦:'……答案找到了,事

---

① 〔俄〕薇拉·妃格念儿:《狱中二十年》,巴金译,文化生活出版社1949年版。

情已经明白！上帝呀！怜悯我吧……我爱他！'"

巴金小说还常发掘人物的下意识，当时也带着仿效的性质；对此下面将谈及。

再看描写手法。《灭亡》等小说区别于古典小说的显著特点是多量、大篇幅的直接描写。这显然是西方近两、三个世纪以来的艺术表现格局，集中显示着巴金作品的"西化"痕迹。具体运用时，又主要有两法：

第一，心理分析。这种分析在第一人称作品里由人物自己剖白，在第三人称作品里由作者直接剖析，它们都表现了力图从人物内心活动的各个时刻着眼，写出人物的思想、情感成长、进展和变化过程的意图。这种描写一般是静态的，篇幅也较长，这里有着对于西方文学未经消化前的模仿的生硬和幼稚；前引对杜大心、李静淑的爱情心理分析就可见出。但俄国作家中，更擅长这种写法的是托尔斯泰、陀思妥也夫斯基和阿尔志跋绥夫几位，巴金主要受了他们的熏染和影响。

第二，通过幻觉或梦将心理活动显现为具体图像。幻觉和梦是描写对象，有确定的下意识内容，对于它们的描写是反映人物心理活动的重要艺术手段，借它可以深入揭示人物的精神世界。巴金那时的小说常写幻觉和梦，且有较重的模仿痕迹。《工人绥惠略夫》有一节专门表现主人公激烈的内心冲突——潜藏着的爱对于被憎所控制的表层意识的撞击，它先是以幻觉的形式表现：绥惠略夫与已死的爱人理莎会面，后又以梦的形式承续：与"夜的来客"——自己的影子争执。巴金的写法与之无甚差别，这在《灭亡》里有杜大心梦见表妹的画面：同样是潜藏的爱对于憎的冲突，同样是与爱过却已死去的女子会见；在《雨》里有吴仁民与死去的陈真对话的幻觉描写：同样是深层意识对表层意识的撞击，同样是与影子争执。

要之，在形式、艺术表现技巧方面，《灭亡》等小说也从西方作品受惠甚多，甚而可以说它们在主要方面规定了巴金小说的风格倾向及艺术表现格局。

(四)"民族文化圈"最初的制约作用

巴金那时的创作与西方文化、文学作品的关系就是这样的密功、难分难解。

但正如南方的橘引去北方栽种会变异而化为枳一样，《灭亡》等小说尽管罩有外国作品的浓重影子，但"化"的过程却也已经开始。读这些作品——哪怕是浮光掠影式的印象浏览，人们也可觉察它们与包括了俄国文学在内的外国作品的细微区别。这种感觉是准确的，出现这样的情况也是自然的：每个民族都有自己独特的相对恒定的"文化圈"，——民族的心理结构、价值取向、审美规范等，任何个体都难以完全摆脱它的巨大制约力。

"民族文化圈"的制约力量，一般首先表现为吸收外来文化过程中的选择性和文化眼光。巴金的情况也如此。在巴金大量阅读的外国作品中，他特别喜爱并深受影响的只是一部分作品，具体说来，《灭亡》等小说更多受到俄国文学及那部分反映俄国生活的作品（廖抗夫的《夜未央》等）的影响，不但这些作品中的"外革家"是巴金创造"充实生命"的重要源泉，而且它们在相当程度上晕渲了他作品的风格调子。相反，他对另一些西方文学大家的创作表现有不无偏激的非难倾向："现在文科学生都知道说但丁、莎士比亚、歌德等等如何伟大，然而，对于这几位文豪我却没有好感。"①巴金的小说确也未曾受他们多大影响。

上述颇有差异的感情态度和接受落差，从显性层次分析有我们前面谈及的政治原因，但除此以外，还有隐性层次——"民族文化圈"方面的原因。

与西方其他国家的文化相比，中俄两国是更为接近的。巴金曾明确谈到早年喜欢俄国作品的原因："我对这些小说很感兴趣，因为俄国人生活的环境很接近那时中国人生活的环境，他们的性格和嗜好也与我们中国人相似。"②除了生活环境和人民性情方面的相似，中国文学中延续了一千多年的传统心理结构和审美标准也与近代俄罗斯文学不无相通、暗合之处，尽管内核、思想内容不可同日而语。中国历代文人志士有一种忧国忧民、明道救世的"使命"意识，或曰"忧患"意识。从孔子弟子曾参的"士不可以不弘毅，任重而道远。仁以为己任，不亦重乎？死而后已，不亦远乎？"到以后士大夫、文人的"位卑未敢忘忧国"，"先

① 巴金：《忆·片断的记录》。
② 〔法〕明兴礼：《巴金的生活和著作》，文风出版社 1950 年版。

天下之忧而忧,后天下之乐而乐","民吾同胞,物吾与也",这一意识就像一根红线纵连古今文学创作。与这样的心理结构相适应,中国文学还有"歌诗合为事而作""文以载道"的深厚传统。中国文学中受到推崇的主要是那些贴近现实、积极入世、具社会和教化意义的作品。类似的特征在近代俄国文学中也有突出表现。十九世纪的俄国文学是与解放运动紧紧联系着的,支配作家的是那种热爱祖国、关心人民命运的"公民责任感",这种责任感最先反映在十二月党诗人雷列耶夫的《公民》一诗里,以后渗透到许多作家的创作中。与之相联系的,是俄国文学密切联系生活、为人生、为社会服务的创作精神和战斗意识。布罗茨基主编的《俄国文学史》在"引言"里对这两方面的特色有很好的概括:"俄罗斯文学向来以能够真实反映生活见称,先进的俄罗斯作家在他们的全部历史行程中,对于现实里面一切使俄罗斯人民激动的现象,都有过敏锐的反应。他们决不是避开社会的暴风雨,置身'纯艺术'世界的恬淡冷漠的生活观察家。爱祖国,爱人民,保卫人民的利益,向专制制度与农奴制度、无权与横暴作斗争,对公民职责的高度自觉,同国内解放运动的紧密联系——这便是先进的俄罗斯文学的内容的特色。"[①]当然,近代俄罗斯文学与中国古典文学在本质上是两种不同历史范畴的文学类型,前者的人民性和民主精神绝不是后者所能比及的。但它们之间的相通处也是显而易见的。

巴金作为一个现代作家,曾像鲁迅一样对特定条件下以儒家礼教为核心的中国传统文化进行过激烈、自以为彻底的批判。但实际上,作为中国作家的他又很难全部切断与这一文化传统的血缘关系。揆诸他早年的生活态度和创作,这一点并不难见。这也是他更喜爱并"偏食"俄国文学的深层原因。在这个意义上,巴金对俄国文学的吸取其实是对积淀在他身上的民族心理结构和审美嗜好的认同,是对自我的一种发现和确认。

自然,"民族文化圈"对巴金的制约作用同样表现在吸取外来文化过程中的淘汰、筛选和再创造上。在《灭亡》等作品中,再创造的标记虽不甚鲜明,但淘

---

① 布罗茨基主编《俄国文学史》上卷,作家出版社 1958 年版。

汰、筛选却一点不含糊。我们仍主要围绕人物形象的创造谈谈。

如前所述,外国、尤其是俄国革命家是巴金创造"充实生命"的重要来源,他们之间有许多共通点。但他们仍有重要差别,不能混为一谈。

差别首先表现为人物思想、性格发展趋向的不同。在俄国作家笔下,某些形象的思想、精神状态呈逆向发展趋向,绥惠略夫和佐治是突出的例子。绥惠略夫之变得偏激和愤世嫉俗,是经历了一系列变故的——特别在他爱人被处死以后,他早先还是积极、理智的。他之由作品开始时口头上的偏激发展到结尾时行动上的偏激——向无辜的大众开枪,这又有一段漫长的路程。小说令人信服地展现了绥惠略夫思想、精神状态转向消极、迷乱的过程。佐治同样经历了这样一个逆向发展过程,最后因彻底的失望和厌世而自杀。

饶有意味的是,绥惠略夫和佐治的这种逆向发展特点压缩反映了这类作品形象塑造的整体趋向。因而,它们的意义也就不寻常了。茅盾在《〈灰色马〉序》里谈的以下一段话,当引起人们的注意:

……如果是一向喜欢读俄国文豪们的"革命纪事小说"如斯底普涅克所描写的九十年代的革命人物,和阿尔志跋绥夫所描写的"初十年"的革命人物,而且曾经以之与《灰色马》中人物作过比较的,他们一定又会知道《灰色马》不仅是俄国暗杀党——即所谓恐怖党的实录,并且是革命者心理变迁的写真,有俄国近三十年来思想界的混乱与剧变,做它的背景。斯所描写的革命党人是:人格清白,敢作为,勇于牺牲,富于冷静的理性,以革命为唯一信条的人物。阿所描写的,便已不同:革命的目的已经模糊,革命的信念亦不复坚定,那些革命者已经失了他们的冷静的理智的头脑而惟恃热烈的感情的冲动……《灰色马》里的乔治是一个暗杀党;对于革命并没有目的,也没有信仰。他的职务在于实行暗杀;他所不怀疑,不否定的,也只有这一项。……上面说的俄国革命党心理变迁的三段落是极可注意的。①

由斯捷普尼亚克——阿尔志跋绥夫——路卜洵,俄国恐怖党人的形象在整体上

① 茅盾:《〈灰色马〉序》,商务印书馆1933年版。

84

正经历了从较为健全、积极变为病态、消沉的逆向发展过程。

巴金的创作恰与其形成有趣的对照。巴金一般不写人物性格的发展、变化,而擅长反复地、淋漓尽致地表现具某种性格定性的典型形象,力求鲜明、有力。但也有少数写主人公思想、性格发展的,这就是《新生》里的李冷和《雨》里的吴仁民。但这两个形象思想、精神状态的发展与绥惠略夫、佐治恰好相反,他们由原先的颓丧、迷乱转为后来的积极、理性。李冷虽然也死了,但他是为理想和人类的繁荣而死的,他那时早已摆脱一度使之困惑、沉沦的自我中心主义。吴仁民在作品结尾时也摆脱了爱情纠葛和思想危机,更不待说《电》里的他了。

李冷、吴仁民这两个形象也有某种象征意义,压缩反映着巴金作品中整个"充实生命"的发展趋向。熟知巴金创作的人都知道,巴金对于革命家的描写是由表现杜大心、李冷这样的病态革命家开始的,而以塑造起《电》里吴仁民、李佩珠这样较为健全、理性的革命家告一段落,这后一类革命家是更接近斯捷普尼亚克笔下的革命者的。也就是说,"充实生命"的思想、性格发展在总体上呈顺向发展趋势。

差别还表现为人物性格特质和精神内涵的不同。在阿尔志跋绥夫等俄国作家那里,某些形象的偏执和极端达到惊世骇俗的程度,是一般中国读者难以理喻的。绥惠略夫不是一般的苦恼和愤激,而是极度的。"你们还不明白么,即使你们所有将来的梦,一切都当真出现了,但与所有这些优美的姑娘们,以及受饿的'被侮辱的和被损害的'人们的泪海称量起来,还是不能平衡的……对于在刺刀及你们的高超的人道说教的保护之下,凡在地上的曾是善,正是善,会是善的,全都打倒的事,他们那气厥的憎恶的记忆还是消不去的!"何等的深沉,这几乎是一种无法克服的苦恼和愤激。绥惠略夫的苦恼和愤激在很大程度上还是基于对人类本性和整个人生的形而上的体悟上的。当亚拉籍夫谈到会有人类权利平等的"黄金世界"时,绥惠略夫冷冷回答说:"永不会有这等事,生活也就跟着这进步以相等的分量复杂起来了……生存竞争是一条定律,他不会比生存更早的收场。"他还有这样的看法:人的不幸并不因为他身上的善或恶,而在于他生来俱有的感受苦恼或欢喜的机能。小说结尾,绥惠略夫梦见象征着"世界的恶"的裸露女人的描写,更透露了他对整个人生的悲观感受。

由此,绥惠略夫的失望、绝望也是不一般的,而是透底的。这终于使他向大众开枪。绥惠略夫的这一举动不但出于一般中国读者之所料,即如鲁迅也颇受震惊:"然而绥惠略夫临末的思想却太可怕。他先是为社会做事,社会倒迫害他,甚至于要杀害他,他于是一变而为向社会复仇了,一切是仇仇,一切都破坏。中国这样破坏一切的人还不见有,大约也不会有的,我也并不希望其有。"①

阿尔志跋绥夫笔下的另一形象——沙宁是更为偏执、惊世骇俗的。沙宁性格最重要的特征是对世间一切习俗信仰的蔑视,主张一切凭自己的本能和愿望去做。他不但反对自己妹妹在受侮辱后自杀,断然拒绝与自己轻蔑的庸愚军官决斗——这都是世俗的处置办法,而且并不因那军官引诱了自己妹妹而怀恨他。在沙宁看来,性交是人类最自然的本性,谈不到耻辱。他甚至想与妹妹建立恋情。沙宁的这一性格决定了他只能是一个孤独者、厌世者。他最后对亲人、朋友全厌倦了,就乘火车远走他乡,但又因对同车人的憎厌于中途下车。"人是怎样一个卑鄙的东西呀!"这便是他对除自己以外的人的看法,他所渴望的就是与人类隔绝。

《灰色马》主人公佐治的性格前面已详细谈及,他性格中那种绝对的怀疑、绝对的厌倦的特质,同是为中国读者所罕见的。

与俄国作家的以上形象比较起来,巴金小说的"充实生命"要平和、通达、温情多了。杜大心等人物固然也愤激、失望,但都是现实环境刺激的结果,并不像绥惠略夫那样同时基于对人性、人生的体认之上的。他们的愤激、失望一般也是适可而止的,而且更多停留在口头上,即思想范围内。杜大心的"憎恶人类"就那样,这使他无法像绥惠略夫那样向社会复仇。李冷对一切的否定也常是说说而已,正如作品中一人物点明的:"冷,我知道你近来的举动和讲话都不是出于本心的。你为什么要假装成一个自私的个人主义者,在无益的自大中浪费你底宝贵的青春呢?"这在很大程度上已规定了他以后的转变,而不会像佐治那样

---

① 鲁迅:《华盖集续编·记谈话》。

绝望得弃绝人世。吴仁民一度颓丧得要上大世界找"野鸡"睡觉,但真正遇到拉客的女人时却并不动心:

> 高志元把眼光向她们的脸上一扫,他马上起了憎厌的感觉。他突然想起吴仁民刚才说的话:使人兴奋的气味,使人陶醉的拥抱……他看看吴仁民,他害怕吴仁民会有奇怪的举动。但是出乎他的意外,吴仁民急急地挨着他往前面走,并且接连地问道:"志元,这是什么地方?这是些什么人?她们在这里干什么?"

这就是巴金笔下的愤世嫉俗者——"中国式"的愤世嫉俗者。吴仁民在爱情上也是认真的灵肉一致主义者,这使他与佐治的将灵肉分开的生活态度区别了开来,更与沙宁的道德虚无主义划清了界线。

杜大心等"充实生命"与绥惠略夫等"外革家"的以上两方面区别,必然与这些作品颇有差异的思想倾向和情绪调子联系在一起的。阿尔志跋绥夫等的作品是黯淡、阴冷的,巴金的作品是较为开朗、温暖的,他的作品更没有前者的厌世、颓废倾向和鲁迅说的"肉的气息"。

很明显,巴金在借鉴"外革家"时是作有一番淘汰、筛选工作的,他的"充实生命"只是汲取了他们的某些东西,而对另一些东西却断然拒斥了。有淘汰,有筛选,就必定有补充,有发挥,再创造也就包含其中了。在这整个过程中,正是"民族文化圈"起着重要的调节、熔铸作用。

那么,究竟是中国传统文化和文学中的哪些因素,在冥冥中支配着作家,从而造成了"充实生命"与"外革家"、其作品与阿尔志跋绥夫等作品的差别呢?笔者以为主要有二。其一是中国文化和文学的强烈的人伦道德色彩。已有许多文化史家指出:中国传统文化是以人伦道德为核心和归宿的,迥异于西方将宇宙论、认识论和道德论严格区分,以求真为核心和归宿的文化类型。这种文化精神融化于文学领域,在文人则重视人格修养,视"道德文章"为最高境界,因而有"志高则其言洁,志大则其辞弘,志远则其旨永,如是者其诗必传"等说法。在诗文戏曲创作,则将善、道德教化放在首位,执著于道德伦理思想的表现。而近代俄罗斯文学虽然也看重思想教育作用,但主要表现为对社会、人生问题的大胆的无禁区的探索,这正如高尔基指出的:"俄国文学特别富有教育意义,以其广度论是特别可贵的——没有一个问题是它所不曾提出和不曾企图去解答的。"①而且,俄国文学也是更强调真实性的。鲁迅对阿尔志跋绥夫的作品就说过这样的话:"阿尔志跋绥夫的著作是厌世的,主我的;而且每每带着肉的气息。但我们要知道,他只是如实描出,虽然不免主观,却并非主张和煽动;他的作风,也并非因为'写实主义大盛之后,进为唯我',却只是时代的肖像;我们不要忘记他是描写现代生活的作家。"②唯此,他和斯捷普尼亚克、路卜洵的作品在很大程度上展现了"俄国革命党心理变迁"的真实历程。

作为现代作家,巴金的人格内涵和作品的伦理内容、表现方式虽然与古代作家、文学作品有本质差别,但相互间确也有共同性,那就是指向伦理的倾向。夏志清在《中国现代小说史》里说巴金是"具有强烈道德感——甚至可以说,宗教狂热——的人"③,这并不假。无政府主义对他创作的影响,所以主要限于道德观、伦理思想,更深刻的原因也在这里。也由于这样的原因,巴金在借鉴阿尔志跋绥夫等作品时剔除了其厌世、颓废的思想倾向,并使自己笔下的人物变得纯净、清白些。但同时,他们——特别是整体"生命"的顺向发展趋向,似乎并不能反映这类人物在当时中国的实际心理变迁过程,而更多表达着作家的理想和渴望。

其二是中国传统人格的惯性力量。在中国,无论是儒家的"中庸"哲学,老庄的"万物齐一"说,佛教的出世思想,都诱导人协调与现实人生的矛盾,避免大悲大喜、走极端。因而,在现实人生和文学作品里,很难见到西方那种充满不安、渴望和冒险的精神,甚至不惜用自己的灵魂与魔鬼打赌的人物,也很难见到那种无休止地苦恼和怀疑、除发狂或自杀外无其他人生解决方法的形象。严复在比较中西文化和人格的区别时,曾说:"中国美谦屈,而西人务发舒。"④这虽然

---

① 高尔基:《俄国文学史·序言》,上海译文出版社1979年版。

② 鲁迅:《〈幸福〉译者附记》。

③ 夏志清:《中国现代小说史》,香港友谊出版公司有限公司1979年版。

④ 严复:《论世变之亟》。

不能一概而论,但在整体气质上确有这样的区别。巴金笔下的杜大心等形象自然已经注入"现代"汁液,因而迥异于"美谦屈"的传统人格,但"传统"的因子却也会在无形中制约作家的创作,这使他笔下的人物不像绥惠略夫那样好走极端,而变得较为平和、通达和温情。

《灭亡》等小说在感性形式方面也受到"民族文化圈"的制约,但就总体而言却是不甚鲜明突出的。

综观巴金二三十年代主要描写"充实生命"的《灭亡》等小说,我们可以看到,巴金是在西方文化和文学作品的直接熏染、启发下跨入文坛的,它们受到外国作品,尤其是俄国革命者撰写的、或反映他们斗争生涯的作品的浓重影响。这种影响,集中表现在人物形象创造方面,在杜大心等"充实生命"身上,牢牢地附着俄国带民粹主义色彩的革命家的影子,他们之间有许多极为相似的性格、心理特征,有时连说话的语气、措词都无甚差别。这种影响,同样明显地表现在形式、技巧方面,巴金是把西方小说当作范本,照它们的形式铺排写作的。总而言之,巴金这些作品对西方文化、文学作品的借鉴具有直接、自觉、初步的性质。

但同时,我们也可看到,"民族文化圈"在那时就已有力地制约着作家,使他在接受过程中不能不有所选择,有所淘汰,有所筛选,有所再创造,因而杜大心等"充实生命"又毕竟与"外革家"有所区别,具有本民族特有的某些人格、心理特征。但在形式、技巧方面,"民族文化圈"的制约作用却不甚明显,暂时被笼罩在西方作品的巨大影子之下。要之,《灭亡》等作品同样混合了本土文化的因子、元素,只是较为隐蔽,而且处于比较次要的位置。

二、民族、传统文化因素的大量渗入

——对三十年代全面描写旧家庭各类"生命"作品的考察

(一)巴金早年所受传统文化的熏染

当巴金三十年代写作以自己身历的旧家庭生活为蓝本的长篇巨著——《激

流三部曲》时，"中国社会生活"——这被巴金称为"最主要的一位老师"①开始起着极为重要的作用，它给作家的创作注入了活力和生机，预示了蓬勃兴旺的发展前途。巴金后来这样谈到欲以大哥李尧枚为主人公写《春梦》的情形：

> 1929年7月我大哥来上海，我和他在一起过了一个月愉快的生活。他对我并没有更多的了解，却表示了更大的友爱。他常常对我说起过去的事情，我也因而想起许多往事。我有一次对他说，我要拿他作主人公写一部《春梦》。他大概以为我在开玩笑，不置可否。那个时候我好像在死胡同里面看见了一线亮光，我找到真正的主人公了，而且还有一个有声有色的背景和一个丰富的材料库。我下了决心丢开杜家的事改写李家的事。②

所说《春梦》和"李家的事"，就是以后由《家》作发端的《激流三部曲》等作品。而在此之前，巴金虽然发表了《灭亡》，写作了其他一些小说的片断，但却是有某种危机感存在的，他甚至一度"完全失掉了写作的兴趣和信心"③。

《家》等小说的写作不但使巴金得到了极大的振作，而且使其创作视线发生战略性的转移，即由原先的主要从外国作品汲取创作素材，转为主要从本民族生活出发进行写作。虽然，在这些小说中，仍然存在西方文化、文学作品的影响，但那影响却进一步经过了"民族文化圈"的过滤和筛选。积淀于作家意识深处的传统文化因子，他早年大量阅读的古典文学作品，这时也开始发挥更明显的影响作用。这就大大加强了巴金小说的民族成分，促使其创作沿着中西文化融汇的大道拓展。

为使后面的论述有所过渡和依托，这里有必要对巴金早年所受的传统文化，特别是古典文学作品的熏染的情况作一简介。

巴金早年大量接触、阅读外国作品，但与此同时还受到以中国古典文学为

---

① 巴金：《文学生活五十年》。
② 巴金：《谈〈新生〉及其他》。
③ 同上。

主的民族文化的浸润和熏陶。就接受的时间顺序言,这是更早的,甚而可说在作家呱呱坠地时就揭开了第一页。首先是诗词的熏染。巴金的家庭是地地道道的诗礼之家,不但祖父、三叔是诗人——前者还印行过《秋棠山馆诗钞》,而且父亲、二叔、堂姐等也会写诗。他自己的名(尧棠)和字(芾甘)也取自《诗经》的诗句。还在幼年时,巴金就沉醉于母亲教读的《白香词谱》的音乐声中:

> 母亲差不多每天要在小册子上面写下一首词,是依着顺序从《白香词谱》里抄来的。
>
> 是母亲亲手写的娟秀的小字。
>
> 晚上,在方桌前面,清油灯的灯光下,我和三哥靠了母亲站着。
>
> 母亲用温柔的声音给我们读着小册子上面写的字。
>
> 这是我们幼年时代唯一的音乐。
>
> 我们跟着母亲读出每一个字,直到我们可以把一些字连接起来读成一句为止。
>
> 于是母亲给我们拿出来那根牛骨做的印圈点的东西和一盒印泥。
>
> 我们弟兄两个就跪在方凳子上面,专心地给读过的那首词加上了圈点。
>
> 第二天晚上我们又在母亲的面前温习那首词,一直到我们能够把它背诵出来。[①]

《白香词谱》是清人舒梦兰编的入门词谱,选录了由唐至清的词作一百首,大都是传诵久远的佳作。当这些优美、富有音乐感的作品,挟带着母爱的力量传送给巴金时,绝不可低估日后可能对他创作产生的巨大影响。

巴金也很喜爱唐诗,直至解放初还能随口背诵《长恨歌》、《琵琶行》这样的长篇诗作。他笔下的人物常常援引唐诗,如梅引过杜甫的"眼枯即见骨,天地终无情",蕙引过李商隐的"春蚕到死丝方尽,蜡炬成灰泪始干",有些人物还对唐诗有一种特殊的爱好,如《憩园》的杨老三、《第四病室》的杨大夫和叙述者陆怀民。陆有过这样的经历:"我小时候,哥哥教过我读《唐诗三百首》,有十多首我

---

① 巴金:《忆·最初的回忆》。

到现在还背得出,我相当喜欢它们。"如果考虑到巴金作品的某些第一人称叙述者在很大程度上是作家本人——陆怀民即是一例,那么上述经历也许就是作家借给人物的。

巴金对陆游的《钗头凤》等作品也留有深刻印象。这是他负笈法国时吟诵记下的:"我在法国一位学哲学的中国同学那里读了这些诗,过了五十几年还没有忘记,不用翻书就可以默写出来。我默写这些诗,诗人的痛苦和悲伤打动我的心,我难过,我同情,我思索,但是我从未感到绝望或者失望。"①

巴金读过的古典诗词自然不限于以上这些,但即此就可见出它们对他的重要影响。

其次,是散文的熏染。巴金早年读过的古书中,有一部是饶有影响的《古文观止》,它上起东周,下迄明末,共辑古文二百多篇,基本上可反映我国古代散文的面貌。他当时能背诵这书的全部作品,对陶渊明的《桃花源记》、韩愈的《祭十二郎文》、苏东坡的《赤壁赋》、宗臣的《报刘一丈书》等尤为喜爱。巴金近年在回答瑞士记者所问"您对哪些传统的中国作家和哪些文学作品评价最高"时,曾说:"我喜爱并且受其影响的是司马迁的《史记》,我对这部作品评价很好。"②对《史记》,巴金最初似乎就是通过《古文观止》接触的。《古文观止》选收了它的十五则文字(有的是序或片断),其中有些篇什是颇值得注意的,如记载管晏礼贤下士、"常有以自下者"事迹的《管晏列传》,颂扬屈原"正道直行"、忧国忧民精神的《屈原列传》,赞誉游侠"言必信,行必果","不爱其驱,赴士之厄困"品格的《游侠列传》等。《古文观止》还收有司马迁的《报任安书》,此书所表现的为实现崇高理想甘受凌辱、百折不回的坚韧的进取精神,当也对少年的巴金有很好启益。除了古代志士贤达精神境界、人格操守方面的熏陶,《古文观止》的影响还在于使巴金明白所谓的文章是怎么回事,慢慢摸到文章的调子,他日后因此说:这两百多篇古文"是我真正的启蒙先生"③。

---

① 巴金:《真话集·未来》。

② 巴金:《斗争就是生活,人生只有前进——巴金在瑞士答记者问》,《文学报》1984年7月26日。

③ 巴金:《谈我的"散文"》。

再次,是小说的熏染。巴金十二三岁时读过不少古典小说,如《说岳全传》、《彭公案》、《水浒传》等。《说岳全传》是巴金所读第一部旧小说,他后来对当时阅读的情形作过生动记述:"不久我无意间得到一卷《说岳传》的残本,看到'何元庆大骂张用'一句,就接着看下去,居然全懂,因为书是用白话写的。我看完这本破书,就到处借《说岳传》全本来看,看到不想吃饭睡觉,这才懂得所谓'读书乐'。"①但在古典小说中,对巴金影响更大的还是《红楼梦》。巴金第一次翻看这一小说也在十多岁时,最后一次读它是在 1927 年 1 月开赴马赛的法国轮船上。但在这之前,他早已通过父母兄妹熟悉了作品中的人物、事件。巴金一家共有《红楼梦》的三种版本,闲暇时家里人经常评论作品中人物,或玩掷大观园图等游戏。由此可以看到,对于巴金来说,《红楼梦》不但是一部文学作品,而且是一种与自己家庭的生活环境和生活情趣息息相通的文化氛围,这种影响当然是更深入牢固的。

此外,还有戏曲,尤其川戏的熏染。由于巴金的父亲和几个叔叔都喜欢戏曲,常与戏班演员有来往,影响到他也爱好戏曲。巴金对川戏的感情尤为笃厚,对川戏的某些折子戏一直到解放后仍保留深刻印象,如他写于 1958 年的一篇文章说:"川戏的《周仁上路》就跟我写的那些短篇相似,却比我写得好。一个人的短短的自述把故事交代得很清楚,写内心的斗争和思想的反复变化相当深刻,突出了人物的性格,有感情,能打动人心,颇像西洋的优秀的短篇作品,其实完全是中国人的东西。"②

为着叙述的方便,我们以上从古代的诗歌、散文、小说、戏曲四个方面勾勒了巴金所受的影响。这几方面的内容在影响作家时虽各有侧重,但本质上又相互勾连,很难截然划出界线。而且传统文化对巴金的熏染,除了文学,还有其他社会意识形态以及由生活习惯、民俗民风表现出的特定文化氛围等因素。但总起来说,这种熏染和影响主要表现在两大方面:一是人格和作品的精神基调方

---

① 巴金:《谈我的"散文"》。

② 巴金:《谈我的短篇小说》。

面的;这在《灭亡》等小说里就可见出,在《激流三部曲》等小说里更明白地显示着。二是作品的表现格局和情致方面的;这在前一期创作中不甚醒豁,现在大为改观了。

(二)"自我萎缩型人格"及其他

在人物形象的创造方面,巴金的《激流三部曲》与以往的小说有重要区别。首先,它不像《灭亡》等主要塑造"充实生命",而几乎不分轩轾地同时描写三个系列的"生命";其次,不像《灭亡》等更多从外国作品的形象汲取创作灵感和素材,而主要从本民族生活,尤其是作家最初亲历的十九年旧家庭生活发掘、重塑艺术形象。这使巴金此时笔下的各类形象显示了鲜明的民族特色。可以不夸张地说,他们是道道地地的中国人,是中国人的思想感情,中国人的精神气质和心理,中国人的魂灵,并在很大程度上折射了我们民族在长期历史发展过程中,积淀的相对稳定的典型性格和心理特质。

笔者以为,在《激流三部曲》里,巴金对以觉新为代表的,包括了剑云、枚、梅、瑞珏、蕙、淑贞等一长串"委顿生命"的创造,突出显示着他对于民族典型性格、心理特征的深刻了解和真知灼见。巴金可说是鲁迅道路的忠实继承者,与鲁迅一样描画着"沉默的国民的魂灵"[①]。区别只在于:鲁迅着眼于阿 Q 这样的下层民众,暴露他们的愚昧、麻木等病态心理;巴金着眼于觉新这样出身于旧家庭的知识者,鞭笞他们的柔顺、懦怯等性格弱点。描绘的对象和批判的侧重点有不同,但锋芒所向、思想意图则一,都表现了对传统文化消极面及在它熏染下形成的传统人格的反思和否定。前面曾经说过,在巴金刻画的三类"生命"中,最活气、最为感人的是"委顿生命",原因在于他们大都是以作家的兄弟姐妹作原型的,巴金头脑里本来就保存着无数类似的性格图式。但这仅仅是从创作主体考察得出的结论,如果进一步从民族文化传统和在它感染、熏陶下积淀的民族性格的角度看问题,就应该认为这类"生命"的成功、他们在中国一般读者那

---

① 鲁迅:《集外集·俄文译本〈阿 Q 正传〉序及著者自叙传略》。

里产生的强烈感应,也是与巴金对我们民族一种极普遍的人格——"自我萎缩型人格"的深微揭示密切相关的。

在郁达夫的《茑萝行》里,抒情主人公"我"曾这样向妻子倾吐郁积:"你那柔顺的性质,是你一生吃苦的根源。同我的对于社会的虐待丝毫没有反抗能力的性格,都是一样。啊啊,反抗反抗,我对于社会何尝不晓得反抗,但是怯弱的我们,教我们从何处反抗起来呢?"对于这一小说及类似作品主人公徒然哀叹、不能起而抗争的因由,许多论者常常从时代、社会的角度解说,认为这是因他们意识到个人在社会这一庞然大物面前无能为力所致。但这样解说显然是不够的,甚至可以认为是生硬牵强的。作家这里强调的明明是"性质""性格"。因而更深刻的原因应当联系中国独特的文化背景作思考,这些"老中国的儿女们"其实早在踏进生活门槛之前就已被剥蚀了抗争的机制,他们是折了翅膀的鹏鸟、经由驯服的猛兽。巴金小说的"委顿生命"无疑与他们相通,只是巴金远较郁达夫等"五四"时期作家丰满、完整、深入地展现了这些具鲜明民族性格的"自我萎缩型人格"。

在觉新等"委顿生命"那里,以下一些性格、心理特征是格外值得注意的。

一、内向。《家》写有这样一个细节:觉民等不确知觉新是否记着梅,剑云却认定他时常在思念。剑云的结论引起了觉民的驳难:"那么为什么我们就看不见他一点表示呢?他连梅表姐的名字也很少提到。照你说来,岂不是心里越是爱,表面上便应该越是冷淡吗?"琴也不以为然地反诘:"我以为那样的事是不会有的。这是光明正大的事,无须乎隐讳。心里既然热烈,怎么又能够在表面上做得冷淡呢?"他俩,尤其琴的回答犹如给剑云迎头一棒,使他脸色变青、嘴唇发颤,因他也是觉新那样的人:内心里热烈爱着琴,却不敢形之于外表。在这里,觉新、剑云与觉民、琴对于爱情的态度是被对照着描写的,它们折射了两种截然对立的性格、心态。

二、谦卑。过分的谦逊,以至于发展到谦卑、自卑、认为自己无所是处、卑不足道,是这些形象的又一重要性格特点。这在剑云身上尤其突出。他永远以为自己太渺小、太无能,跟任何人比不上。过着极谦逊的生活,偶尔得到一点同情,就觉得受之非分;对轻视和冷淡也以平静、或者可说胆怯的态度忍受。他不但认为自己没有资格爱琴、爱世界上任何女人,而且感到不配与她们一起相处:"这不是谦虚,我实在不行。跟你们比起来,我总感到自己差得太远。我不配跟你们在一起。"他甚至对淑英说:"我的生存是渺小的。我值不得人怜惜。"淑贞对家庭和社会的要求是更卑微的:"其实只要妈稍微把我放松点,只要她们不再像那样天天吵架,我也过得下去的。我并不要享福。我晓得我自己不配享福……"但淑贞如此微末的生活欲求也破灭了。所以如此,当与她过于谦卑、不能像淑华那样倨骄、率性而为有关。

三、顺从。无论是梅、瑞珏、蕙,或是觉新、剑云、枚,他们都有一种超乎寻常的忍耐力,能够随时顺从别人的意志而接受不公平命运的打击。他们中虽然也有枚那样因不明事理而心悦诚服的,但大都是不满、不服、时而有怨言的。但虽然如此,还是把眼泪吞进肚里,忍辱负重,从不在行动上有反抗的表示。不但对于婚姻、个人前程等关涉大局的事情如此,这种生活态度甚至已变成他们充满惰性的习惯,一种无意识行为,因而事事迁就、敷衍。总之,他们一切听任别人捏塑,似乎他们的生存就是为着证明另一些人意志的威力。

四、懦怯。"我承认自己是懦夫。我不敢面对生活,我没有勇气。"——觉新这话,也可以用来说明其他许多"委顿生命"的性格、心理。剑云爱琴、爱淑英,但从不敢在她们面前明白表示,只是在内心里"偷偷地崇拜"着,对一切不公平的境遇也总是胆怯忍受。枚对其父周伯涛畏若鬼魂,不只一点不反抗地接受他定下的亲事,连打听新娘子模样、脾气的勇气也没有,更不敢将自己得肺病吐血的事告知父亲。淑贞更是一副畏缩相,如淑华批评她的:"你总是像耗子那样怕见人!"永远地犹豫、迟疑,永远地停留在思想和感情范围、不能进到行动,永远地牺牲自己的自由意志,永远地自责、后悔、感叹,觉新等"委顿生命"的所有这些精神状态其实都根源于懦怯、没有胆子。

"委顿生命"以上几方面的性格、心理特征不但相互交织,而且都在"克己",即压抑、取消"自我"这一点上统一起来。在这些形象那里,"自我"是片面和被扭曲的,它被压缩在极其狭窄的空间里,既谈不到发挥个人的才智和创造力,也无法享受爱情、幸福等正当权利,他们有时甚至对起码的生活需求和卑微的感情活动也严加克制。从这个意义上说,他们的生存确实很"渺小","渺小"处在于这是一些"自我"差不多丧失殆尽的"生命";笔者也是在这一意义上称他们是"自我萎缩型人格"。

内向、谦卑、顺从、怯懦作为各别的性格特征,它们在其他国家、其他民族文学塑造的人物形象那里也有程度不等的表现。如俄国文学中的"多余人家族",尤其是屠格涅夫笔下的罗亭(《罗亭》)、拉夫列茨基(《贵族之家》)、恩先生(《阿霞》)等都有动摇怯懦的性格特点。他们有理想、有追求,但在现实生活中一遇困难和障碍就胆怯退缩;对现实不满,也企图改变,但除了说说以外,不能采取任何具体行动,无所作为;他们的怯懦、动摇和妥协也都在爱情上集中显示出来,一旦有姑娘向他们吐露爱慕之情即惊慌失措、遽然退却。但细细体会可以感到,"多余人"的懦怯远没有达到觉新那种程度,更没有后者的内向、谦卑、顺从的性格特征;相反,他们一般是性格外露、长于言辞并且自视甚高、卓然不群的。而另一方面,俄国文学中某些"多余人"的精神空虚、玩世不恭的性格,及那种可以认为是植根于斯拉夫民族消极精神的懒散气质,却是巴金笔下的形象所匮乏的。显而易见,将懦怯等性格、心态表现得如此充分,尤其作为综合了内向、谦卑、顺从和怯懦等诸种特质的完整人格——"自我萎缩型人格",只能是我们这个国家、民族的"土特产"。

上述人格的成因,无疑应当追溯到中国漫长的封建专制统治,追溯到以儒家学说为主干的传统文化消极面的影响。以儒家学说为主干的中国传统文化源远流长,自有其优势和特长。但它的局限性和弊端也甚明显,且越到后来越暴露出保守、反动、窒息人生机和活气的一面。这种文化以"三纲五常"为教化中心,一方面叫人敬、教人畏,使人不敢轻易动弹,正如吴虞批判旧礼教时说的:"他们教孝,所以教忠,也就是教一般人恭恭顺顺的听他们一干在上的人愚弄,不要犯上作乱。把中国弄成一个'制造顺民的大工厂'。"[1]另一方面,又要人"克

---

① 《吴虞文录〈说孝〉》,东亚图书馆 1921 年版。

己"、"收心"、"窒欲",乃至朱熹提倡"革尽人欲,复尽天理",使一般人心悦诚服地为"天理""帝王之兴"作自我牺牲。要之,后期儒家文化完全成为一种禁欲、窒息灵性、容不得个体和"自我"的大一统僵死文化。正由于这种社会文化环境的长期熏陶,觉新等才"循之于规矩,习惯而成自然,嚣陵放肆之气,潜消于不觉"①,成为东方土生土长的民族典型。

但需要说明的是,巴金对觉新等"自我萎缩型人格"的批判和否定,一般说是审慎、留有余地的。巴金批判他们的内向、谦卑、顺从和懦弱,但并不否定他们的善良、虚怀、贤淑等积极品格,批判他们对"自我"正当欲求和个性的压抑,但并不否定他们真诚待人、不怕吃亏、乐于为他人牺牲的可贵情操。瑞珏搬迁城外时与觉新强颜欢笑的一幕,把这类"生命"的上述性格特点表现得淋漓尽致。他们心里都在哭,满是悲痛,但表面上竭力作出笑容。他俩都知道对方真实的心,却又故意隐藏起来,隐藏在笑容里,隐藏在愉快的谈话里。他们宁愿自己同时在脸上笑,在心里哭,却不愿在这时候看见所爱的人流一滴泪。一句话,一事当前——哪怕是在最危急的关头,他们先想到别人,愿心爱的人快乐、幸福。为此,有的甚至交出了自己的生命,如剑云。觉新等人以善良为主要内容的积极品格显示了儒家传统文化的有益影响。惟其如此,觉新等作为东方土生的民族典型,其性格是矛盾的辩证统一体,在他们身上完整展现了我们民族性格中趋于两极的精神、心理素质。

在《激流三部曲》另外两个系列的形象——"充实生命"和"腐朽生命"那里,也程度不等地映现着民族文化传统的折光。

与塑造"委顿生命"不同,巴金对觉慧等"充实生命"的描写,着重揭示其性格、心理中充分显示了时代特征的因素,他们那种热烈、自信、焦灼乃至带了偏激的性格倾向以及敢于为个人幸福抗争、大胆追求真理和有意义的人生的精神气质,都是觉新等形象完全不具备的。

这里,既有作家对现实中新的人格的观察、了解,也包含着他对"现代人格"

---

① 皮锡瑞:《经学·通论》卷三《论礼所以复性节情,经十七篇于人心世道大有关系》。

的思索、渴望。但虽是那样,他们却毕竟是具体生活于有着黑漆大门和一对威乎俨哉的石狮子的高公馆的"现代人格",因而难以完全割断与民族、传统文化的联系,其性格、心理仍深深烙有民族印记。

首先,《激流三部曲》深细、严整地挖掘着留存在他们身上的与"自我萎缩型人格"相通的性格、心理因素,尤其懦怯。鸣凤投湖身死后,觉慧曾这样检讨自己:"我害了她,我有责任。我的确没有胆量。……我从前责备大哥同你没有胆量,现在我才晓得我也跟你们一样。我们是一个父母生的,在一个家庭里长大的,我们都没有胆量。"在觉民、琴、淑英等人那里,这一性格因素也被一再解剖。琴在作品里是被作为一个充分体现"五四"精神的新女性刻画的,她的性格、意志、毅力都不是梅、瑞珏等能比及的;不只梅赞叹她"有胆量,有能力",连觉民也夸她是"勇敢的女子"。但小说真正展开篇幅写她,则着力揭示其坚强、勇敢背后的脆弱、胆怯。作品第一次集中写她,是城里发生战乱,她和其他女性都突然面临死亡和侮辱的威胁。这时候,她感到了易卜生说的"努力做一个人"话的无用,她哭了。她哭,不仅是因为恐怖,还因为看见了自己的真实面目:从前还多少相信自己是一个勇敢女性,而且从别人那里听见过这样的赞语,然而这时候才发见自己是一个多么脆弱的女子。小说还通过剪发的情节深入揭示她内心的胆怯。她虽然有过"我们应该不顾一切,坚决地奋斗,给后来的姐妹们开辟一条新路"的豪情,但临到一举手就可如愿时却因怕母亲伤心而失落了勇气,只是最后听到母亲要将她草率嫁人才猛然惊醒。

巴金曾经说:"我自己不止一次地想过,在我的性格中究竟有没有觉新的东西?我的回答是肯定的。我至今还没有把它完全去掉,虽然我不断地跟它斗争。我在封建地主的家庭里生活过十九年,怎么能说没有一点点觉新的性格呢?"①也许正出于这种深刻的自我观照,作家才不但通过"委顿生命",而且通过觉慧等"充实生命"反复鞭笞懦怯等受胎于儒家禁欲、窒息灵性文化的消极根

---

① 巴金:《谈〈秋〉》。

性。在这一点上,巴金确如别林斯基说的:"他首先在自身感到了民族性。"①

自然,民族、传统文化之于"充实生命"的积淀和或明或暗的影响,绝不只是懦怯。在《激流三部曲》里,觉慧、觉民都很早就把改革社会、解放人群的责任放在自己肩上,用觉新的话说就是"抱着救人救世的宏愿",这种普遍的关怀、拯救精神很难说与前面谈及的古代文人学士的"使命""忧患"意识没有关系。觉慧等对仆人、轿夫都很宽厚、充满同情心,唯一例外的淑华后也改变了态度,这里似乎就有着儒家以仁爱之心待人的"宽""恕"等道德观念的积淀。觉慧、觉民在祖父临终时都表现有某种眷恋之情,后者指责克安、克定等长辈时甚至有这样的话:"你们气死爷爷,逼死三爸。三爸害病的时候,你们还逼他卖公馆,说他想一个人霸占。这些事都是你们干的。你们只晓得卖爷爷留下的公馆,但是你们记得爷爷遗嘱上是怎么说的?你们讲礼教,可是爷爷的三年孝一年都没有戴满,就勾引老妈子公然收房生起儿子来!……"从这些地方看,他们似也并不完全否定"孝""悌"等传统伦理规范,更不要说完全摆脱其影响了。不难见出,觉慧等"充实生命"虽然激烈抨击旧家庭制度及其观念形态,但意识深处并没有也不可能完全切断与传统文化的联系,甚至他们的某些积极品格还得助于儒家文化的深层积淀。这在很大程度上反映了作家本人写作《激流三部曲》的情形:他之对儒家文化消极面的批判并未妨碍他对这一文化积极面的汲取、吸收。

对于高老太爷等"腐朽生命",作品写出了他们与传统文化密切相关、互为因果的另一些性格、心理素质。之一是假正经,道貌岸然,心口不一。以"纲常"为核心的文化传统要人为"天理""革尽人欲",但"人欲"是革不尽、除不断的,会冒着触犯"天理"的风险勃勃孳生,这在维护上述观念体系的阶层、人们中间也那样——只有极少数圣贤理想人格才会例外。因而,结果必然是"假道学"、伪君子的盛行。《激流三部曲》里的封建家长,除克明以外,几乎都是口是心非、装腔作势的伪君子。

之二是明哲保身。中国古代知识分子有一格言:"达则兼济天下,穷则独善

① 《别林斯基论文学》,新文艺出版社1958年版。

其身。"还有"君子思不出其位","趋吉避凶为君子"等说法。这种明哲保身哲学,渊源可一直追溯到孔圣人那里。依照这一哲学,真正的"君子"只在社会安定时施展雄图抱负,而在社会混乱、政治黑暗时就应将本领收藏起来,隐居乃至装糊涂,以保全身家性命。如他称赞史鱼"邦有道,则仕;邦无道,则可卷而怀之"①。还将逃避污浊社会而隐居的人称作"贤者":"贤者辟世"②。儒家文化中的这种消极精神使得一般文人缺乏刚直不阿、不惜以性命殉真理的勇气和执著精神,以至没有人敢为人生中极刺心的问题呼喊。《激流三部曲》里的旧家长,尤其克明,是深谙这一处世准则的。面对陈姨太一伙"捉鬼""血光之灾"的把戏,他"为了在家里不给自己招来麻烦,引起争吵,在外面又博得'孝顺'的名声",竟随声附和、违心响应。

之三是爱脸面。儒家文化的又一重要特征是"重义轻利",积淀于民族性格、民族心理素质就成为爱脸面,或曰面子观念。与其他国家、其他民族比较,中国人似乎特别顾及自己在他人心目中的"形象",古代士大夫阶层尤然,丢脸面是他们最痛心和不堪忍受的事。据胡秋原《近百年来中外关系》记载,鸦片战争后中国政府虽赔款割地、威风扫尽,但仍想在表面上维持尊严,以至为皇帝要否见外国使团、让他们行跪拜礼还是鞠躬礼问题,从咸丰起一直交涉到光绪十八年③。在"腐朽生命"那里,巴金对这种性格、心理特征有较多的揭示和传神描绘。小说里的克明是"最爱脸面"的,在他知道随军的连长太太要下榻客厅时,感到受了极大侮辱:

> 那个陈设华丽的客厅,在那里许多达官贵人曾经消遣地度过他们的一些光阴,在那里他们曾经谈论过一些政治上的重要事件。不管他怎样反对,上流社会休息聚谈的地方现在居然变成了一个下等土娼的卧室! 他几乎不能相信这是事实。……同时他又想、让这个女人住在客厅里,不仅侮辱了这个尊严的地方,而且会在

---

① 《论语·卫灵公》。

② 《论语·宪问》。

③ 胡秋原:《近百年来中外关系》,中国文化服务社 1935 年版。

公馆里散布淫乱的毒气,败坏高家的家风。这时候他好像被"卫道"的和"护法"的思想鼓舞着,迈着大步走到客厅的门前,掀开了门帘进去,厉声对那个女人说,她不能够住在这里,非马上搬走不可。这里是正当的世家,在本城里是声誉最好的,而且是得到法律的保护的。……

在许多场合下眼开眼闭、"明哲保身"的他,当事关颜面家声时却不顾一切地挺身而出了,这是一种何等巨大的精神力量。也是出于这样的动机,他始终未将女儿出走的事情张扬开去。

除克明以外,其他形象也有类似的特征。高老太爷的顽固、说一不二似乎就不能撇清与面子观念的干系,正如作品写出的:"他只知道他的命令应该遵守,他的面子应该顾全。"克安卑下堕落,却也假声假气地责备克定:"你做老爷的也应当顾点面子。"

此外,这一小说中的高老太爷、克明等家长最后都有某种良知发现:前者虽然一个人拍板定下觉民婚事,死前却下意识地感到错了,决定取消前议;克明也受到良心的深刻谴责,在许多事情上不再孤行己见。这种精神状态,当与儒家强调主体伦理自觉、注重"内省""自省""省察克治"的传统有关。

《激流三部曲》里的三类"生命",由于实际社会地位和思想倾向的不同,所表现的民族性格颇有悬殊。在这里,民族性已经被阶级性和特定社会阶层人们的"个性"所过滤。但另一方面,他们之间仍有许多互通,或曰"共相"的东西。上面说的懦怯,不但"充实生命""委顿生命"有,"腐朽生命"的束身寡过、明哲保身不也是懦怯的一种表现形态?!此外,像面子观念等心态也绝不是克明等形象的"专利品",在其他两类"生命"——特别是觉新等人那里,不也明白昭示着吗?!

从作家谈《激流三部曲》创作的文字可知,这一小说的许多形象都有现实生活中确切的人做模特儿或有他们的影子在的,他主要依据早年的旧家庭生活进行写作的。但它们还来自一个不应忽视的材料库,即巴金很早就熟悉、并作为一种文化氛围存在的古典小说《红楼梦》。接近、相通的民族生活内容,使巴金自觉不自觉地向曹雪芹靠拢。

《红楼梦》形象创造之于巴金的启发,首先是性格、心理特征方面的。《红楼梦》的杰出成就,在于成功塑造了贵族叛逆者——贾宝玉的形象。他虽然出身侯门,但厌弃封建贵族生活,反对纲常礼教,不愿走封建家长为之规定的生活道路,最后终于弃家远走。不难见出,叛逆性是贾宝玉性格最重要的特征。在这一点上,觉慧的性格与之相通,他执意做一个"叛徒",并终于从旧家庭出走。在《红楼梦》中,贾宝玉、林黛玉的爱情描写占有主要篇幅,作品热情讴歌他们对于爱情的忠贞态度及为婚姻自由进行的坚强抗争。在这一点上,觉民、琴的情形与之接近,虽然后者的斗争精神和反抗方式不是前者能比及的,结局也迥然不同。围绕贾宝玉的婚姻问题,曹雪芹同时刻画着两个姿质不凡的年轻女性,一个是多愁善感,具忧郁、感伤情绪的林黛玉,一个是敦厚贤淑的薛宝钗。《激流三部曲》里的梅与瑞珏就分别与她俩相像。《红楼梦》还写有一个叫金桂的女性,因从小娇养太过,酿成了"风雷之性",嫁给薛蟠后大撒泼性,把个薛家搅个天翻地覆。《激流三部曲》里枚少奶奶的塑造,似乎受到她的启迪,这个娇惯的千金小姐也有一副"坏脾气",过门后动辄打骂下人,使周家一刻不得安宁。在旧家长形象的创造上,高老太爷、克明的固执和道貌岸然颇像贾政,冯乐山、克安兄弟的荡检逾闲、耽于肉欲颇像贾珍等人,陈姨太的褊狭、猜疑、玩弄小计谋又与赵姨娘接近。

在人物的命运遭际和具体情节、细节方面,两部小说相近的地方就更多。《红楼梦》里的迎春,误嫁给凶狠残忍的孙绍祖,"可怜一位如花似月之女,结缡年余,不料被孙家揉搓,以致身亡。"[①]《激流三部曲》里蕙的遭遇就与她很相像。小说另一具"金闺花柳质"的史湘云,出嫁后因丈夫患痨病死去,一直守寡。梅婚后的情况就那样。两部小说都写有对旧家长类似抄家行为的反抗——在《红楼梦》发生于晴雯、探春,在《激流三部曲》发生于觉慧;都写有下层人们重情义,为死者烧纸祭祀——前者是芳官之于药官,后者是倩儿之于鸣凤;都写有浪荡

---

① 《红楼梦》第一〇九回,人民文学出版社 1982 年版。

子在长辈孝中的不轨行为——前者是贾珍等人在贾敬归天之后,后者是克定于父亲服孝期间。如此等等,不难见出两部小说之间的血缘关系。

综上所述,巴金在《激流三部曲》里创造了一批具鲜明民族性格的艺术形象。而这,是与他主要从本民族生活,从《红楼梦》等古典文学作品汲取灵感和创作素材密切相关的。

(三) 感性形式的民族文化印记

与作品描绘的生活内容及形象创造的"民族性"相适应,在感性形式方面,《激流三部曲》也显示了鲜明的民族特色。

这种特色,首先是铺排结构或者说表现格局方面的。

以家庭生活为题材,通过一个大家庭由兴盛到衰落的过程展现社会历史变动和广阔现实的作品,在我国具有久远的文学传统。《红楼梦》自然是最杰出的,但在它之前就已有《金瓶梅》、《歧路灯》等小说。在长期的艺术发展实践中,这些可以称为"家庭文学"的小说积累、形成了一些相近的艺术经验,之一就是铺排结构方面的。《金瓶梅》等三部古典小说虽然思想境界、艺术成就差异甚大,但无一例外地采用了包容量较大的圆形网状结构形态,即:它们虽然主要描写一个家庭,且有一条主要情节线索,但决不以此为限,而网开八面,纵横交织,力图达到对当时社会生活立体、多方位的表现。这中间,又以《红楼梦》的结构最为恢宏。《红楼梦》的圆心是"白玉为堂金作马"的贾府。以它为中心,在纵的方面,贾府的兴衰史构成轴线,而与之相关的史、王、薛等家族和社会关系的描写是众多的经线;在横的方面,宝玉的爱情史构成轴线,其他青年女性和人物的爱情、命运描写是各色的纬线。这些轴线和经纬线相互交错,环环相扣,由此支撑起整个圆面,反映了整整一个时代的社会历史面貌[1]。《激流三部曲》的铺排结构,无疑受到这些作品、特别是《红楼梦》的启发。巴金也是主要写一个四世同堂、儿孙成堆的大家庭——高家,这样的大家庭在西方作品里是不易见到的。

---

[1] 这里笔者采用了《红楼梦》研究学者孙逊的说法,详见《明清小说论稿》,上海古籍出版社 1986 年版。

也并不只限于描写高家,而同时写到与之有沾亲带故关系的张家、钱家、周家、冯家等,尤其对周家的描写是《春》和《秋》的重要情节"干线"。在横的方面,作家以觉新与梅、瑞珏、蕙、翠环的爱情纠葛为轴线。但同时写了觉慧与鸣凤、觉民与琴的爱情经历、写了淑英、淑华、淑贞、婉儿、倩儿、剑云、枚等的命运遭际,写了高老太爷、克明诸兄弟、周伯涛及陈姨太、王氏等女流的各式行径和命运。通过这些人物之间既联系又对立的复杂关系及他们在社会上的交往活动,巴金同样达到了将特定时代的全貌压缩反映出来的目的。

不但如此,两部小说的主要矛盾冲突都是在家庭内部展开的,性质、内容也大致相同。《红楼梦》揭示的基本矛盾之一,是初步的民主主义思想与封建宗法制度、旧礼教之间的,它通过小辈贾宝玉、林黛玉与长辈贾政、王夫人、贾母的冲突表现出来;《激流三部曲》有相近性质的矛盾,通过觉慧、觉民、淑英与高老太爷、克明的冲突表现着。《红楼梦》揭示的又一基本矛盾,是统治阶级与被统治阶级之间的,通过四大家族各主子与金钏、司棋、鸳鸯等下人的冲突表现出来;《激流三部曲》有相同性质的矛盾,通过以高老太爷为代表的封建势力与鸣凤、婉儿、倩儿等的冲突表现着。由于社会、历史时代的不同,这些冲突的激烈程度、具体方式和结局都大有差别,但前者在大的铺排方面对后者的影响却是明白存在的。

古代"家庭文学"作品的又一艺术特色,是以委婉入微的笔墨写日常家庭生活。《金瓶梅》在这方面也是发滥觞者,充斥小说的是诸如饮食起居、治席游宴、婚丧嫁娶、亲友往来、妻妾争宠等日常生活场景和细节的描写,就是所谓"寄意于时俗"①。《金瓶梅》的这种描写还是十分细腻的,如写李瓶儿的丧事,从请阴阳先生到写铭旌到出殡等都有详尽文字,可谓曲曲写来、无事不备。这样的表现格局到曹雪芹写《红楼梦》时被进一步发扬光大。在《红楼梦》里,日常生活场景和细节的描写进一步与人物性格的刻画结合、统一起来,它们是活生生的形象的社会风俗画,又是展现各别个性的精彩篇什。《红楼梦》较之《金瓶梅》的另一发展,是擅长于平淡无奇的日常生活中酿起大波澜,使情节跌宕多姿,充满变

① 《金瓶梅词话序》,《中国历代小说论著选》上册,江西人民出版社1982年版。

105

幻,给读者心灵以强大的冲击力。

《激流三部曲》继承、发展了这一表现格局。小说一再写游园、划船、"消夜"、行令、打牌和婚丧礼仪等生活场景,写兄妹间的絮聒、女流间的倾轧、小辈长辈间的唇枪舌剑等看似平淡、散漫的琐事;《春》和《秋》尤其如此。巴金对日常家庭生活的描写不但委曲细致,而且也总与对人物性格、心理的揭示结合起来的。如《秋》写端午节庆,远远地从节前的环境变化落墨:堂屋前面石板过道上新添了四盆栀子花,椭圆形的绿叶中开出的白花散放出浓郁的芳香;同样的花还戴在少女的发鬓间或插在衣襟上。接着,是各项准备事宜:向各处亲戚送节礼,采办物品,分头发放节钱、赏钱及粽子……尔后,正式过节:从周氏起依次到盖着红毡的拜垫上磕头,长辈间互相拜节,晚辈分别对长辈行礼,分三桌聚餐。巴金不厌琐碎,一一娓娓道来,展现出一幅有声有色的端午风俗图。作者还饶有兴味地揭示各式人等此时的不同心情:觉新虽然也快乐,但不时触景生情、想到过去,感到逝去的情景比现实美丽,陈姨太、王氏等暂时让酒意压下过去的积怨,带笑地对望,说着友好的话,张太太冷眼旁观,由那些陌生的趋向看出了公馆大危机的兆候,克明则为热烈的大团圆情景产生错觉,以为这两三年经历的一切只是噩梦,出现在眼前的才是真实。各人内心都有一本帐,并不雷同。

《激流三部曲》也表现了在日常生活描写中组织、展开激烈冲突的才能。《秋》写陈姨太、王氏在周氏那里泄愤就那样。她俩吃了淑华、觉民的亏,满脸怒气找到周氏。原想发泄一番,不期琴的母亲张太太在,只得压下火气。没想到觉世一句卖弄的话挑开了话题,情况于是急转直下:王氏最先出来,陈姨太说说哭了,周氏红着脸请张太太作主处置,琴作为觉民的爱侣捏着一把汗。——小说酿成了一种剑拔弩张的气氛。觉民、淑华被唤来了,后者回话时惹恼了张太太。觉民见淑华有被责罚的危险迅速站出来,局面缓和了。但王氏不肯罢休,转而威胁张太太。张正为难时,忽然见觉新就在通饭厅的那道门口,便唤他来裁决。觉民感觉不妙,抢先历数陈姨太等长辈的作为。张太太转而同情他们。但陈姨太等还想要赖,作品这时写道:

　　　　觉新突然扑到张太太的面前,扑通一声跪了下来,两只手蒙住脸,带哭地说:

　　"姑妈,请你给我作主,我不想活了。……"

　　"姑妈,请你责罚我。二弟他们没有错,都是我错。我该死!……"

　　"我该死,我该死,请你们都来杀死我……"

陈姨太、王氏的胡闹终于讨个没趣的结果。

　　小说里,这类于平淡处起波澜、一波几折的描写还不少。虽然具体事件和细节与《红楼梦》不一,但笔者以为写法上颇得这一小说的韵味。读者只要回忆一下愚妾辱亲女、抄检大观园等情节,是不难体会到的。

　　除了上述较为明显的承继关系,《激流三部曲》的民族特色还在于:民族抒情诗传统在作品情致方面的渗透。

　　对于巴金这样处在历史交汇点上的文学大家,在考察其小说与"传统"的关系时,似乎不应将视野局限于古典小说,更不能只着眼于某些外部特征,忽略文学、文化传统的内在精神气质对于其创作面貌的影响。而如果这样,就不难发见,即使在感性形式方面,巴金作品内在骨子里仍奔突着传统文化精神的血液,我指的是蕴含于内中的民族抒情诗因素。

　　与其他国家、民族不同,在中国文化、文学发展过程中,诗——以《诗经》为发端的传统抒情诗占有特别重要的地位。就文学范围看,不但散文渗透着言志抒情的传统,戏曲被古人视为诗的流变和分支,而且小说——特别是明清以后的《红楼梦》等都浸润着诗的精神,诗的影响力绝不限于文学,正如闻一多先生透辟指出的:"诗,不但支配了整个文学领域,还影响了造型艺术,它同化了绘画,又装饰了建筑(如楹联、春帖等)和许多工艺美术品。诗似乎也没有在第二个国度里,像它在这里发挥过的那样大的社会功能。在我们这里,一出世,它就是宗教,是政治,是教育,是社交,是全面的生活。维系封建精神的是礼乐,阐发礼乐意义的是诗,所以诗支持了那整个封建时代的文化。"①也许可以说,在中

---

①　闻一多:《文学的历史动向》。

国,诗不但是文学的主干,而且是文化的大宗。这种情况,似乎到巴金出生时仍无多大改变,这从笔者前面的叙述不难见到。在巴金幼年稚嫩空漠的心田里,在他日后作为文学家的感情、心灵里,最先播下的正是诗的种子。

巴金小说的民族抒情诗因素,其实在《灭亡》等早年创作中就露有端倪的,但在《激流三部曲》等作品里却广泛、全面地渗透开了。这主要表现为融化了古典诗画即物深致、传神写意、情景交融等审美经验和艺术手法,力臻在小说里创造诗的意境和情趣。

我国古代诗人既有王维这样擅长"广摄四旁,圜中自显"表现法的,也有杜甫这样酷爱"即物深致,无细不章"写法的。所谓"即物深致,无细不章",并非指不作选择地罗列细节末枝,而是指一种细腻、体察入微地感受、表现客观物象的能力。像杜甫祖父——杜审言的"云霞出海曙,梅柳渡江春。淑气催黄鸟,晴光转绿蘋"①和杜甫的"落花游丝白日静,鸣鸠乳燕青春深"②、"细雨鱼儿出,微风燕子斜"③等诗句,都是这种能力的最好表征。《激流三部曲》虽然是小说,但写景状物同样表现出即物深致的特点。如《春》里的这幅蓝天白鸽图:

> 淑英微微地抬起头望天空,她的眼光避开紫藤花架看到了那一段蔚蓝的天。天是那样的清明,空气里仿佛闪动着淡淡的金光。几只白鸽列成一长列从那里飞过。白的翅膀载着点点金光,映在蔚蓝色的背景里,显得无比的鲜明……

蔚蓝色的天空,映着排成长列的白鸽,这蓝、白色彩的对比极其醒目。作者还写出了另一种轻淡、容易忽略的色彩:由于天空清明,空气里闪动着金光。金光映在鸽子的白色翅膀上,就因着反光而闪烁,变成一点一点的了。这段描写显示了巴金对各种色彩和瞬息变幻着的风物十分细致的观察力和表现力,真可谓写景入微,剔画如见。巴金也长于描绘人物微妙的情绪变化及它之外部呈现。觉

---

① 《和晋陵陆丞早春游望》。
② 《题省中院壁》。
③ 《水槛遣心二首》。

慧为了试探鸣凤的内心,故意说要早点让她嫁出去,然后在暗中偷看她的神情。他先是见鸣凤突然变了脸色,"眼光由光亮变为阴暗",半晌说不出一句话。接着发现她"嘴唇微微动了一下",但是并没说出什么。以后,看见她的"眼睛开始发亮","罩上了一层晶莹的玻璃似的东西","睫毛接连地动了几下"。最后,随着"当真的?"这句短短问话,"眼泪沿着面颊流下来"。这都是一刹那发生的,但先后写了脸色、嘴唇、眼睛的各种变化,写了泪水由涌起到掉落的细微过程。

我国古代诗画相通,强调传神写意,追求素泊、空灵、含蓄却内涵无穷意的境界。《激流三部曲》的许多描写有同样的特色。《家》第十九节,最初发表时有"明月夜"的标题,其对月亮和月夜景物的描写就极具神韵。这里,有一无遮拦、像玉盘一样在蓝色天幕里缓缓移动的月亮、月景;有让云堆遮得一时透不出光,但终于又突破了云围的月亮、月景;也有水面起了淡淡的雾气后的月亮、月景。作品这样写月亮冲出云围后的景象:

> ……月亮冲出了云围,把云抛在后面,直往浩大的蓝空走去。湖心亭和弯曲的石桥显明地横在前面,被月光把它们的影子投在水面上,好像在图画里一般。左边是梅花,花已经谢了,枯枝带着余香骄傲地立在冷月下,还投了一些横斜的影子在水面。

物象是气韵毕具的:"抛""走""横""投""骄傲地立"等动词的巧妙运用,把它们渲染得像人一样有生命感觉和行为。整个构图是淡泊、空灵的:冷月蓝天、浅香疏影、扑朔迷离、飘忽无定。这是一幅出神入化的文人写意画。

中国古典诗歌的又一传统是借景抒情,情景交融,诚如清人王夫之总结的:"情景名为二而实不可离,神于诗者妙合无垠。巧者则有情中景,景中情。"[①]所谓"诗情画意",所谓"意境",在很大程度上就是指情与景的"妙合无垠"。古典诗歌的这种描写手法,曾被《红楼梦》的作者广泛借用来塑造艺术形象,他或以

---

① 王夫之:《薑斋诗话》。

各具情趣的环境衬托性格，或用不同时序的景物渲染心情，创造出许多优美动人的境界。巴金在这一点上也与《红楼梦》的作者声气相通。在《激流三部曲》里，无论是梅林、白玉兰、桂树，或是月光、夜色、流水，都是与人物性格的刻画和内心情绪的表现密切相关的，景语处处是情语。瑞珏是小说中一个能诗会画、贤淑温良的可爱女子。作者为极力渲染其情美动人，就让她借助回忆置身到早年诗画般的闺阁生活：小楼，开窗便是种有桑树的大坝子。清早喜鹊报晨，夜晚有月光陪伴。夜深时，偶尔远远传来尖锐的哨声，那是跑文书的人向前方驿站发出的换马信号……这里，景语是为刻画性格服务的。也有以此表现人物内心情绪的，如《家》结尾时的写景：船慢慢地从岸边退去，送行人的影子渐渐变小、转眼完全不见了，觉慧眼里触到的只是一片晶莹的水，一些山影和树影，几个舟子一边摇橹一边唱山歌。简约清丽的景物描写，将主人公离家出走时既开朗兴奋又恋恋不舍且不无迷惘的复杂心情细致地传达了出来。

但《激流三部曲》的环境描写，不但起着衬托人物一时一地心情的作用，而且是与整个小说的主题，与小说的人物和事件交相融贯、契合无间的。无论描写自然景物或人物的生活环境，巴金都能自然而然地造成横贯全篇的氛围，以此粘合人物、事件，从而使作品产生一种诗画一般让人久久流连的艺术境界。小说一再写月亮，写它的孤独、清冷、时隐时现，写它投在湖面、地面所造成的模糊、空幻色彩，写月夜花园里的香气和静寂中带有轻微声音的四周：微微抖动的竹梢，淙淙流淌的溪水，鱼的咳喋声，蟋蟀的哀鸣，笛声，箫声，渗透在月夜里的一丝一丝的哭泣声。作品还描写积着厚雪的寂寞街道上的脚印，立在寒风里有着黑漆大门的公馆，街上和家里一样黯淡的灯光……所有这些描写，都是与作品表现的主人公性格、内心及他们的悲剧命运相谐无间的，熔铸着作者的主观情绪。这样，《激流三部曲》就创造了一个艺术世界，一个风光幽美但又让人觉得有侵骨凉意的艺术世界，整个作品也因此呈现了中国抒情诗特有的一贯性和生命力洋溢的有机整合效果。

为了创造蕴藉隽永的诗情境界，巴金还在小说里直接化用古诗词意境、构思。熟悉《家》的读者，一定会记得梅对琴妹等人回忆前些年遭际的凄楚文字。

回忆先围绕梧桐树这一意象开始:"我的窗前有一株梧桐树,我初去的时候,树上刚发新芽,叶子一天天多起来,渐渐到了绿叶成荫。谁知一到秋天,树叶就一片片变成了黄色,随风飘落,到我们回省的时候,就剩下枯枝了。"以后又展开黄昏夜雨的描写:"大前天晚上落了一夜的雨,我在床上翻来覆去,总是睡不着。雨敲着瓦、敲着窗,响个不停。灯光昏暗暗的。"在作家熟读的《白香词谱》里,我们可找到意象、情趣极相近的词句:"寂寞梧桐深院锁清秋"①和"梧桐更兼细雨,到黄昏,点点滴滴"②。巴金有意识融化了上述由特定意象构成的古诗词意境,把梅的命运和伤感情绪渲染得格外哀婉不胜。此外,觉慧、觉民在街头散步听到独院送来吹相思小调笛声的描写,似乎是从李璟"小楼吹彻玉笙寒"③和秦观"指冷玉笙寒,吹彻小梅春透"④化出的,小说对如梦如幻的月色、黄昏的描写,则容易让人联想到张先"云破月来花弄影"⑤和林逋"暗香浮动月黄昏"⑥等诗词。巴金在怀念丰子恺先生的文章里明确说到喜欢看他"描写的古诗词的意境"⑦,因此,他在自己的小说里化用,就是十分自然的事了。

不难见到,《激流三部曲》在形式、艺术表现方面也打上了鲜明的民族印记。这是与中国文化的民族抒情诗特质及《红楼梦》等"家庭文学"的熏陶分不开的。《激流》创作的成功表明,巴金也是一个具有得天独厚的民族审美感性和心理的作家。

(四)《激流三部曲》与西方文化

以上我们对《激流三部曲》中民族的传统的文化因素进行了大致清理。但是,巴金毕竟是深受西方文化和文学作品熏染的作家,在他写作"三部曲"的长

① 李煜:《相见欢》。
② 李清照:《声声慢》。
③ 《浣溪沙》。
④ 《如梦令》。
⑤ 《天仙子》。
⑥ 《山园小梅》。
⑦ 巴金:《真话集·怀念丰先生》。

达十年的时间里,他仍大量接触、译介外国作品,所以从逻辑推论看,"三部曲"与西方文化的关系也是密切的。

这一结论经得起作品实际的检验,但具体情形却与前一期创作有所不同。

仍从形象创造谈起。《激流三部曲》虽然不时提到外国作家的名字或他们的作品,但我们却不易发见这些作品里的形象直接、明显影响了巴金的例子。少数的例外是《家》里的鸣凤,她是作品中的重要人物,却并无确切的生活原型。巴金早就熟读过托尔斯泰的《复活》,《家》里的觉慧也曾在日记里透露害怕成为聂赫留朵夫,因而可以认为鸣凤的描写,她与觉慧的爱情故事,在很大程度上是作家受了玛丝洛娃形象的启发。对于这两个形象及她们与男主人公爱恋场面的相似处,汪应果的《巴金论》一书有精辟而翔实的比较。笔者想补充的是,鸣凤的创造还受到阿尔志跋绥夫的《工人绥惠略夫》中的有关形象和情节的启益。

在阿尔志跋绥夫的这一小说里,有个叫阿伦加的少女,最后被收养她的房主妇"嫁"给了粗俗下流的小贩商人。在这之前,阿伦加已认识寄寓在这里的著作家、人道主义者亚拉籍夫,她不但接受了亚拉籍夫灌输的思想,且对之发生了爱情。但亚拉籍夫只是同情而已,因而在她为自己的婚事急急求助时,亚虽然愤激不平,但实际上却一筹莫展。显然,阿伦加与鸣凤有许多相同点:她们都是下层年轻女性;都出落不凡且善良真诚;都被强逼出闺,而且不是正常的嫁娶;都不切实际地爱上了只是同情她们命运的知识男性,最终被"割爱"。

以上,也许不足以充分说明阿伦加对鸣凤存在有影响关系。更有说服力的是具体场景描写的酷似。两部小说都有不幸者被告知出嫁消息的描写,都有向所爱男性求援的描写,其间文字展开极为相像。后一描写更是如此,我们不妨作些对照。

有必要先将《工人绥惠略夫》的有关文字作摘引:

> 亚拉籍夫回家来了。当阿伦加进到他房里的时候,他正坐在桌旁写。……
>
> 伊怯怯的一无声息的进来,同平常一样。同平常的一样,轻轻的一拉亚拉籍夫的大的柔和的手,也就坐在桌旁……

"这个,你做什么来呢,阿尔迦·伊凡诺夫那?"亚拉籍夫在眼光和声音里都带了谨慎的友情说。

阿伦加看着地面:"我要嫁了……"伊几乎不能听到的回答。

"嫁? 意外的事! ——谁呢?"亚拉籍夫大声的反问。

"华希理·斯台派诺微支……那在我们房子里开店的……"

"这人?"亚拉籍夫更其诧异的问,同情与违愿的恼相都露在脸上了。但他又立刻回复过来,竭力的恳切的说:

"哪,什么——这也好的……愿你幸福……"

阿伦加沉默着。伊微微的动着指头,只向地上看。

阿伦加无意识地动弹了。伊显然要说什么,然而没有竟说。伊的嘴唇发了抖,伊的胸口非常费力的呼吸……

……

"你坐下……"亚拉籍夫重复说,他一面又觉得他没有适当的话,终于惶惑起来。

"不……我要去了……"

"再见……"

亚拉籍夫无法的摊开手。

"你今天多么古怪呵!"他激动的说。

阿伦加还等候。有一个可怖的战斗,震撼拘牵了伊的极弱的全身。伊再抬起非常之大的凝视的眼一看亚拉籍夫,便突然回转身,向门口走去。

……

亚拉籍夫已经明白,这是永久的去,伊本也能永久的停留的。他在惊惧的激昂里又感了难以名状的心的迫压,直立在房子的中央。他看出,这女儿是抱了垂死的悲痛,所以来求救于他而且也有些明白了,伊从他等候着怎样的言语。

然后绥惠略夫叩门而入,他们间展开谈话。后者一段话是:

"伊来到你这里,因为伊爱你……因为伊有着纯洁的澄澈的灵魂,这就是你将伊唤醒转来的……现在,伊要堕落了,伊到你这里,为的是要寻求正当的东西,就是你教给伊爱的。你能够说给伊什么呢？……没有……你竟不怕，伊在婚姻的喜悦的床上，在这凶暴淫纵的肉块下面，会当诅咒那向伊絮说些幸福生活的黄金似的梦的你们哪。你看——这是可怕的！"

《家》的描写稍有出入。最大一个差别，是鸣凤本人始终未对觉慧提到要嫁一事，觉慧是她走后从觉民那里得知消息的。但二者相似的地方实在太多了：

　　　　觉慧正埋着头在电灯光下面写文章，他听见她的脚步声并不抬起头，也不分辨这是谁在走路。他只顾专心写文章。

　　　　鸣凤看见他不抬头，便走到桌子旁边胆怯地但也温柔地叫了一声："三少爷。"

　　　　"鸣凤，是你？"他抬起头惊讶地说，对她笑了笑。"什么事？"

　　　　"我想看看你……"

　　　　……

鸣凤被觉慧吻过以后，作品又写道：

　　　　鸣凤不说一句话，她痴呆地站在那里。她甚至不知道自己在这时候想些什么，又有什么样的感觉。她轻轻地摩抚她的第一次被他吻了的嘴唇。过了一会儿又喃喃地念着："再过两天……"

　　　　这时外面起了唿哨声，觉慧又抬起头催促鸣凤："快去，二少爷来了。"

　　　　鸣凤好像从梦中醒过来似的，她的脸色马上变了。她的嘴唇微微动着，但是并没有说出什么。她的非常温柔而略带忧郁的眼光留恋地看了他几眼，忽然她的眼睛一闪，眼泪流了下来，她的口里进出了一声："三少爷。"声音异常凄惨。觉慧惊奇地抬起头来看，只看见她的背影在门外消失了。

　　　　"女人的心理真古怪"，他叹息地自语道，过后又埋下头写字。

尔后，觉民进房。觉慧从他那里知道鸣凤要嫁冯乐山做姨太太的真情后也大声反问，震惊异常。并发生有与亚拉籍夫相似的心理活动（绥惠略夫责备亚拉籍夫的话被压缩写进来）：

> ……一个思想开始来折磨他。他恍然明白了。她刚才到他这里来,是抱了垂死的痛苦来向他求救。她因为相信他的爱,又因为爱他,所以跑到他这里来要求他遵守他的诺言,要求他保护她,要求他把她从冯乐山的手里救出来。然而他究竟给了她什么呢? 他一点也没有给。帮助,同情,怜悯,他一点也没有给。他甚至不肯听她的哀诉就把她遣走了。如今她是去了,永久地去了。明天晚上在那个老头子的怀抱里,她会哀哀地哭着她的被摧残的青春,同时她还会诅咒那个骗去她的纯洁的少女的爱而又把她送进虎口的人。这个思想太可怕了,他不能够忍受。

从总体构思看,两部小说的两个场景描写都可以用"渴望救援"或"最后一面"的标题显示。从情节脉络看：都是男的在房里写东西,女的来打扰,然后对话,女的快快而去却恋恋不舍,男的恍然明白来意,最后都有"第三者"介入：在前一小说为着谴责亚拉籍夫,在后一小说为使觉慧悉知真情后作自我谴责。至于具体情景、动作、神情及对话等的相像处就更多。

显而易见,巴金写《家》,他之创造鸣凤,同时借鉴了《工人绥惠略夫》。所以鸣凤不但是玛丝洛娃,也是阿伦加。——自然,她在一定程度上已经"本土化"了。

再看形式、艺术表现。在这方面,西方文学作品的影响仍不应低估。由于《红楼梦》等"家庭文学"表现格局的渗入,《激流三部曲》的"现实性"大为加强,激情风格受到遏止而更多以抒情面貌出现。对这一倾向起鼓励作用的,除了蛰伏于作家内心的民族抒情诗因素,也与具相近气质的屠格涅夫等外国小说家的影响有关。巴金对景物的诗意描写,尤其容易使人想到与屠格涅夫的相通之处。屠氏向来被认为是杰出的风景画家,善于细腻观察、描绘大自然各种景观及其变化,这种描写总是富于生气和韵味的,而且常常与人物的性格、心情交融贯通。屠格涅夫写景的这些优点,巴金自觉不自觉地吸取着。因而我们似乎可以说,在抒情性这一点上,巴金已将中西文化作了某种融汇。

《激流三部曲》的又一显著特色是多量的直接心理描写,这里仍保留了外国小说的写法。《家》第四章最初发表时有"灵魂的一隅"的标题,以整章篇幅展示鸣凤隐秘的精神世界,既有对飞逝而去的岁月的回想,也有对未知前途的担忧、幻想,还有对想爱而不敢爱的小主人的思恋之情。类似的描写在屠格涅夫的《前夜》也可见到。小说第六章表现叶琳娜的自我"默省":她的暗暗流走的青春岁月,她的烦恼、苦闷,她对正爱着的伯尔森涅夫的温情等,都在内中有细致描绘。鸣凤对自己的灵魂审视一番后,终于"在被窝里哭起来",她预感到了自己的"薄命"结局。《前夜》那一章也那样收结:"尽管在汹涌着的激情之前她极力想要抑制自己,但是,奇异的、不可思议的、燃烧似的热泪,却不由自主地从她的眼里流出来。"①

　　小说的另一些描写片段则让人想到阿尔志跋绥夫的痕迹。与屠格涅夫比起来,阿尔志跋绥夫对心理描写的直接方式是更擅长的,这与他奉托尔斯泰为师有关。他曾自白:"我的发展是很强烈的受到了托尔斯泰的影响的,虽然我决不赞同他的'对恶的无抵抗'的见解,在艺术方面,他战胜我,我觉得我的作品不以他的作品为模本,是很困难的事。"②阿尔志跋绥夫对直接心理描写的嗜好和剖析才能,在《工人绥惠略夫》、《沙宁》及《血痕》等短篇中都可见到。《沙宁》写那个侮辱过丽达的军官——萨鲁定自杀前心理活动的文字就很有代表性:

　　　　"不,不,如今没有用了,"他闷闷的失望的想道。……
　　　　……

　　　　在许多的印象与回忆的纷乱的混沌之中,有一件事比所有别的事都更清白的现了出来。这乃是他的极端孤寂的意识,这如一把匕首似的刺着他的心。千百万个人在那时候是快快活活的享受着生活着,笑着谑着;也许有的人正在议论到他。但他,只有他,是孤独的。他无效的要去回忆起熟悉的面孔来。然他们出现于他之前的却是苍白、奇怪,而且冷淡的,而他们的眼中也都具有好奇的恶意的视线。然后,他沮丧的想到了丽达。

①　引自丽尼的译本,见《前夜·父与子》,人民文学出版社 1979 年版。
②　引自西谛(郑振铎)《阿尔志跋绥夫与〈沙宁〉》,《小说月报》第 20 卷第 1 期。

……

犹如希望一支最后的锚救了他一样,他的全个灵魂现在是转向于她了,他要求她的抚慰她的同情。有一瞬刻的时间,他似乎觉得,所有她的实在的痛苦仿佛能够抹拭了过去的事,然而他知道,唉!丽达是永不,永不回到他那里来了,一切全都完结了。在他面前,没有别的东西,有的只是浑白的无底的空虚。

……

"我已失去了一切东西了;我的生活,丽达,一切东西!"

一个思念闪过他的心上,他觉得他的这个生命,归根结底的说来,是既不善又不快乐,又不有条理的,只不过是愚蠢、悖义、卑鄙的而已。萨鲁定,俊美的萨鲁定,值得配上最快乐的一切生活的,已不再存在了。留下来的只是一个柔弱的无精力的身体来担受所有这一切的痛楚与不名誉。

……①

这里只摘引了一小部分,原文要长得多,类似的长段、静态的心理分析文字在《激流三部曲》里也不少,如作品对鸣凤临死前几天内心世界的剖析,就与前引文字颇接近。

在《激流三部曲》里,西方文学作品更其大量的影响是体现在主题、思想蕴含方面的。这一小说一再提到易卜生、屠格涅夫、托尔斯泰等作家和他们的作品,作品中某些话及包孕的思想一再被觉慧等主人公引用或感悟,甚至贯穿到整个小说,成为"三部曲"的重要思想脉络。这一点并不难见,这里就不赘了。

总之,在写作这一"三部曲"时,巴金对西方文化、文学作品的借鉴已与前一时期有很大差别。这里虽仍然保留着未经消化的外国小说的影响,但从整体看却已由主要是形象创造和具体情节、细节的直接借鉴,转为对表现手法乃至作品思想蕴含的较为间接的借鉴。

现在,应当对这一节的内容作小结了。上述分析表明,由于"民族文化圈"的进一步过滤、筛选,巴金此时的创作显示了鲜明的民族特色。小说对觉新等

———————————

① 这里的引文取自郑振铎译本,见《小说月报》第20卷第8期。

"委顿生命"的创造突出表现了作家对民族典型性格和心理的精深了解,对另外两个系列"生命"的描写也浸润着传统文化的汁液。在感性形式方面,"三部曲"的民族印记同样明晰可辨。显然,《激流三部曲》在"本土化"的道路上迈进了一大步。

与此同时,巴金对西方文化、文学作品的借鉴也日渐深入了,力图使之自然、不露痕迹地融化到创作中去。一方面是"本土化",另一方面是对外来东西借鉴的深化,这样的结果使《激流三部曲》在某种程度上实现了中西文化的融汇。

但同时也应看到,这种融汇还是初步的。这一小说仍然可见未经完全消化的外来影响的痕迹,突出的是长段、静态的心理分析还较多,人物刻画及整个小说因之缺乏必要的力度和蕴藉力量,这是与强调"含蓄"、讲究"意不浅露,语不穷尽"的民族审美趣味相去颇远的。看来,巴金的创作还有待于"民族文化圈"的再一次过滤。而从与传统文学的关系考察,"三部曲"对《红楼梦》的汲取固然洋溢着独创精神,但贴合相仿处也不少,这也说明其小说艺术有待向更高的层次突进。

三、中西文化的交融互渗

——对四十年代主要描写"委顿生命"作品的考察

(一)"民族文化圈"的再次过滤

自 1941 年底写《还魂草》开始,巴金的小说创作发生了重要转折。对此,作家自己有过一个说明:

> 我在四十年代中出版了几本小说,有长篇、中篇和短篇小说集,短篇集的标题就叫《小人小事》。我在长篇小说《憩园》里借一位财主的口说:"就是气魄太小!你为什么尽写些小人小事呢?"我其实是欣赏这些小人小事。这一类看不见英雄的小

人小事作品大概就是从《还魂草》开始,到《寒夜》才结束,那是1946年底的事了。①

这类"看不见英雄的小人小事作品",其实即是写丧失青春、活动、自由、幸福、爱情的"委顿生命"的,它们主要是《火》第三部、《憩园》、《第四病室》和《寒夜》。

以上作品的写作对巴金具至关重要的意义,它不但标志作家小说艺术的成熟——如别林斯基说的,"青年的冒烟的火焰"已经"让位于微微的温暖,以及并非耀眼欲炫的、而是辉煌灿烂的光亮"②,而且更充分地显示了他善于依照本民族"文化圈"熔铸、整合外来文化的不凡才能;中西文化在这些小说里已经自然、难分难解地交融汇合起来。

巴金这一时期的创作中的民族因素的长足发展,主要表现在以下两方面。

第一,形象:由"历史的"民族性格进到"现实的"民族性格。

巴金这一时期的形象创造既不像《灭亡》等更多从外国作品的形象汲取创作素材,也不像《激流三部曲》主要从十多年前的旧家庭生活发掘艺术形象,而是立足当时当地的现实生活,致力于"现实的"民族性格的创造。作为这种变化的极致,是《寒夜》的写作。小说对汪文宣这一"委顿生命"生动、充满现实感的描写,表明其对民族性格的把握达到了一个新的高度。

作为一个不幸厕身浊世的知识分子,汪文宣虽不能横眉冷对、憎怒溢于言表,甚至不得已说违心话、做违心事,但在大的方面却保持了人格操守,其内心是洁白娟好的,用他自己的话说,是那种"良心没有丧失的读书人"。在汪文宣工作的图书公司,趋炎附势、巴结奉承者有之,苟合、逢事凑趣者也有之,但汪文宣却活得严肃、认真。小说写有一个情节:周主任寿庆筵席上,同桌人都不能免俗去敬酒,只他一个不曾去。他看不惯别人对总经理、主任的巴结劲,那些卑下的奉承话使他发呕。但他因此触犯众怒,除钟老外,谁都不理他,最后只得偷偷离席了事。他的"良心"和正义感,更表现在对当局的腐败统治和那个"坏人发国难财,好人活不下去"的世界的不满、憎厌上。他清楚地明白:自己一生的幸

---

① 巴金:《关于〈还魂草〉》。

② 《别林斯基选集》第2卷,上海译文出版社1979年版。

福,都是"给战争,给生活,给那些冠冕堂皇的门面话,还有街上到处贴的告示拿走"的。因而在他校对国民党某要员的大著,见到内中大言不惭地标榜中国近年怎样进步、怎样改革,人民生活怎样改善、权利怎样提高时,内心禁不住喊叫起来:"谎话!谎话!"从这些地方看,汪文宣自有一套做人处世的准则。对政治、世事也有了了分明的是非观念,是一个正直、有良心的知识分子。

与以上相得益彰的,是其"老好人"式的忠厚品性,正如妻子曾树生说他的:"你就是这样一个人:常常想到别人却忘了你自己。"他对树生的爱就是一种忘我、全身心为之设想的爱。他从不责备树生,无论家里发生什么事,都引咎自责:"这是我的错。""都是我不好。"他不满意母亲对树生的猜忌、不信任,有机会常常为她辩解,因此被指责为"不中用""没出息"。他无钱治病,却强打精神去办公,为的是借支一点钱筹办树生的生日礼品。想不到因他带病上班,家里发生了激烈的冲突,树生愤愤然找到文宣要求离婚。及至明白了他的良苦用心,树生完全被感化了:"你还记得我的生日,我自己倒忘记了,我真该谢谢你。"去兰州一事,树生自己一直犹豫彷徨,拿不定主张。文宣从自己及全家计自然不愿她走,但终于还是极力怂恿成行:

> "那么你一个人先去罢。能带小宣就带小宣去;不能带,你自己先走。你不要太委屈了你自己,"他温和地、清清楚楚地说,声音低,故意不让他母亲听见。
>
> "你真的是这样决定吗?"她冷冷地问道,她极力不泄露出自己的感情。
>
> "这是最好的办法,"他恳切地、直率地回答,"对大家都好。"
>
> "你是不是要赶我走?为什么要我一个人先去?"她又发问。
>
> "不,不,我没有这个心思,"他着急地分辩。"不过时局坏到这样,你应该先救你自己啊。既然你有机会,为什么要放弃?我也有办法走,我们很快地就可以见面。你听我的话先走一步,我们慢慢会跟上来。"
>
> "跟上来,万一你们走不了呢?"她仍旧不动感情地问。
>
> 他停了片刻,才低声回答她:"至少你是救出来了。"他终于吐出了真话。

置自己的委屈、疾病、生死于度外,完全为对方着想,文宣在这里表现了何等可贵的道德、精神境界！对树生与"第三者"陈主任间的感情纠葛,他始终取原谅、绝对尊重妻子的态度。当终于收到请求离异的来信,他痛苦万状、不能卒读,但回复时无一句责备的话,愿一切照树生说的办,且为"耽误了"对方的"青春",一再地"道歉"、赔"大不是"。直至肺病加重、危在旦夕,仍怀着拼死的决心给树生写信,不使其知道自己病重。汪母不解其故,他迟疑半天写出了五个字的答语:"我愿她幸福。"

对旁人、无干系的人,汪文宣也怀有急人所急、想人所想的热心肠,为此常常将自己的痛苦和不幸置于脑后。时局吃紧后,邻居张太太盼望"照料",他一口答应帮忙,其实他是泥牛过海自身难保。送树生去兰州后,他怀着绝望的心情回家,但见门旁墙脚下有两个孩子相抱着睡觉时,竟忘了自己的不幸关心他们。最感人至深的,是对那班虽有苦衷却寡情乏义的同事的态度,他们联名写信让他退出伙食团,他最先愤愤不平,却很快就原谅了:"不能怪他们,他们也怕生这种病。真的,他们染上了这种病又怎么办?⋯⋯"在他说最后那句话时,仿佛那些同事"真的"染上了病,他感受到了他们的痛苦、烦恼和焦灼。

从上述所举例子看,汪文宣又是一个厚道、善良无私的知识分子。

在《寒夜》里,汪文宣的另一重要性格同样得到笔墨淋漓的描绘,那就是懦弱及由此派生的忍受一切的精神。他经济十分拮据,照例是无力出份子钱公宴主任的,但他怎敢? 平日在单位,他总是诚惶诚恐、胆战心惊地度日:"埋着头,垂着手,小声咳嗽,轻轻走路。"他敏感、凡事都小心翼翼,哪怕是主任的一次轻咳,科长的一声小哼,他都害怕。唯他胆小怕事,公司上下一般人都敢欺负他。也因如此,他的不满、反抗常只停留在内心里,不敢诉诸外部行动。一次他病着上班,一位工友不客气地将一叠校样送了来,粗鲁地说:"当天要的。"文宣内心气愤至极,高呼"太不公道",但回话时却"连愤怒的表情也没有",只"温和地答了一声'好'"。过分的懦弱甚至使其内、外世界逆向行动,如校国民党要员的大著,他内心是万分的不愿和厌恶,实际却找寻"最高的赞颂词句"捧了一场。

文宣的懦弱无能在家庭问题上也暴露得充分淋漓。他既没有办法把母亲与妻拉到一处,也没有毅力在两个人中间作一选择,永远是敷衍和拖。以下情节也许最有代表性：汪母一次与媳妇吵架，事后低声哭起来，文宣看不过，竟迁就说："妈，你不要难过，我不让她回来就是啰。"其实完全是敷衍，并不打算真的实行。除了不恰当的迁就，他实行敷衍的另一堪称绝招的方法是"苦肉计"。这在一般情况下是哭和自责自骂，以期引起母亲、妻子的怜悯和同情。但有时竟发展到极端：叫着掀开被子，用拳头疯狂打自己前额，并接连嚷着"我死了好了！"这样做固然可以换取短时的安宁，但并不能真正解决问题。有人说：一个人的性格即此人的命运。文宣一家最后终于作鸟兽散，是与其懦弱的性格不无关系的。

由以上也可以看到，在文宣那里，懦弱是与顽强的忍受精神扭结在一起的。唯其懦弱，他才忍受一切；不但自己忍受，还要妻子、母亲都像他那样。他有时也为自己的这一性格感到害怕："天啊，我怎么会变成这样一个人啊！我什么都忍受！"但随即又用一句不成理由的话挡回心中的怀疑和抗议："为了生活，我只有忍受。"

通过以上分析，我们不难见到汪文宣是一个正直、善良、无私但却懦弱得可怕的知识分子，一个忠厚得近于无用的"老好人"。而且，也可发现，他的一些主要性格特征竟与作家前一时期创作中的觉新等"委顿生命"何其相像，虽然觉新等生活于"五四"前后的封建家庭，汪文宣却是四十年代重庆陪都的小职员。这种相像，由于汪文宣的以下生活经历而变得分外有意义：他早年曾是勇敢、热情勃发的，不但敢于蔑视传统礼义、不行婚礼便与树生到一处生活，而且忘情教育，充满"为理想工作的勇气"。作品第二十二章写其苦闷内心时这样展开他的回忆：

> "我才三十四岁，还没有做出什么事情，"他不平地、痛苦地想道。"现在全完了，"他惋惜地自叹。大学时代的抱负像电光般地在他的眼前亮了一下。花园般的背景，年轻的面孔，自负的语言……全在他的脑子里重现。"那个时候哪里想得到有今天？"他追悔地说。
>
> "那个时候我多傻，我一直想着自己办一所理想中学，"他又带着苦笑地想。他

的眼前仿佛现出一些青年的脸孔,活泼、勇敢、带着希望……

指出这一点绝不是多余的。因为就这一点看,他与始终囿于家庭牢笼的觉新等"委顿生命"不同,倒与呼啸着冲杀出来的觉慧相近。汪文宣形象的重要意义正在于:他曾经是"充实生命",但由于严酷的社会现实的"斧正",被扭曲成了"委顿生命"。对于此时的汪文宣来说,救国济民的理想已化为泡影,他无法实施"达则兼济天下"的抱负。他的经历、气质、性格又决定其不能以"道"抗"势",亦不愿卖身、枉"道"以从之。于是,洁身自好,守住自己内心那一方净土便成了最切实可行的路径。就是说,汪文宣现在奉行的是我国历代相当一部分失意士人躬奉的"穷则独善其身"的信条。

巴金显然在《寒夜》里塑造了一个四十年代的"儒生"形象,一个"外圆内方"的人格①。这无疑是一个极富民族文化内涵的形象。一方面,这一形象的创造继续对植根于儒家积极因素的正面民族性格——如正直、忠厚、善良等作了发掘,但同时、也是更重要的,则进一步否定和批判了懦怯、甘于忍受的民族消极根性,揭示了其存在的普遍性和顽固、难以根治的事实,它几乎作为"集体无意识"存在于我们民族许多人身上。巴金这样做,也许不甚自觉,但客观上确起着这样的作用。在这一意义上,我们似乎可以说:在中国现代文学史上,是巴金集中地、持之以恒地探索着这样一种民族消极根性,创造了整整一个系列的"儒生"形象。笔者甚至感到,巴金近年写的五集"随想录"仍在严厉、不容情地批判这一消极性格,只是更直接、更坦荡地把"自我"作为批判对象。他对民族性格进行的这种尖锐、深刻的自我反思、自我否定,从一个重要方面补充、丰富了鲁迅对中国落后"国民性"的批判,至今仍可对我们民族、尤其知识分子起到强烈的观照、警醒作用。

自然,由于时代背景和作品思想旨意部分的不同,汪文宣又与觉新等"委顿生命"有重要区别。在汪文宣那里,正直、尤其善良无私的品性得到更充分的展

---

① 关于汪文宣形象的这种特质在下一节里还要谈到。

123

现。而且,同是懦怯,汪文宣内心始终有一股强烈的愤然之气,对旧制度也抱决绝态度。而觉新却一直徘徊于新旧营垒之间,剑云、枚等则完全听天由命、甘心忍受。因而,《寒夜》中的汪文宣更易取得读者的同情,作者这样写也更贴合其由"充实生命"演化来的"委顿生命"的特定身份。

巴金塑造汪文宣虽然没有一个确切的生活原型,但却是在概括了现实生活中许多具类似身份、经历和性格的人的基础上创造出来的。这样的人有作者的三哥李尧林,他正直、无私,顾念别人常常多于顾念自己,早年坚强、乐观,但后来生活亏待了他,把他的锐气和豪气磨得干干净净。有把家庭幸福和整个生命贡献给教育事业的朋友陈范予,他谦逊、大度、勤勉、刻苦,最后患肺病死去,垂死时痛苦得也像汪文宣那样直抓喉咙。有被巴金称为具有"善良的宽恕一切的心"的朋友缪崇群,他处处为别人着想,唯恐伤害别人,但终于在社会的轻蔑的眼光下一天天萎缩下去。这样的朋友还有王鲁彦、施居甫等。巴金谈《寒夜》的回忆文章说:"我进行写作的时候,好像常常听见一个声音在我耳边说:'我要替那些小人物伸冤',不用说,这是我自己的声音,因为我有不少像汪文宣那样惨死的朋友和亲戚。我对他们有感情。我虽然不赞成他们安分守己,忍辱苟且,可是我也因为自己眼看他们走向死亡无法帮助而感到痛苦。"①正是由于巴金对当时中国的现实生活烂熟于心,有无数"像汪文宣那样惨死的朋友和亲戚",因而得以在解放前的最后一部小说里成功地写出这样一个具有丰富的民族、社会内涵的文学形象,使读者在一定程度上窥探到了经过新思想、新文化洗礼,及近代其他社会变动后的现实知识分子的性格、心态。

作家这一时期描绘的"委顿生命",除了汪文宣,留给人们较深印象的还有田惠世、万昭华、曾树生等。田惠世的性格在不少方面与汪文宣相通,他启导孩子时说的一段话反映出其性格的基本方面:"一个人做事应该有始有终,应该负责到底,先求对得住别人,然后再顾到自己。别人比自己重要。自己多受点委屈,多吃点苦,是不要紧的。"他也同汪文宣一样,正直,洁身自好,富有忍耐精

---

① 巴金:《谈〈寒夜〉》。

神。诚然,田惠世是基督教徒,但"新旧约"对他的熏染似乎只是确认并强固了其身上原有的传统人格因素。姚太太虽然生活于四十年代并无大家庭作直接背景的"憩园",早年曾被人们看作"新派人物",但本质上仍是那种温柔敦厚、令人同情的女子,地道的贤妻良母。相比而言,倒是曾树生在许多方面突破了传统女子的规范,她与文宣一样,本是可能实现由传统人格向现代人格的根本转变的。但旧中国黑暗、秽污的社会现实中止了这一转变,将其扭曲成一个苟且、不乏庸俗气的女子。但是,就其总体上仍较善良的心地及爱情上较为严肃的态度看,又不失为是一个东方女性。此外,《第四病室》里那个吃素斋、生杨梅疮的老人——第二床、《寒夜》里的文宣母亲,我们似乎也可以"委顿生命"称之。这也是两个颇具"东方"特色的形象,作家描写他们当然也是为着揭示"死而不僵"的封建伦理意识在当时一般人那里的积淀。

作家这一时期的创作,还写有一个不乏深度的"腐朽生命"——杨老三。作为一个诗酒风流、放浪不羁的纨绔子弟,杨老三的性格早就定型了,但这一性格的某些内涵及全部可怕性却是在作品实际描写的四十年代得以充分显示的。从这个意义说,他也属"现实的"民族性格。他的形象也主要体现传统文化的负面效应。一方面是至死不肯屈尊、为常人难以理喻的虚伪的面子观念,一方面是旧生活方式造成的惰性一次次将其从善、重新做人的愿望扑杀,这两方面的交织描写成功地塑造起一个旧中国特有的败家子形象。

第二,感性形式:走向朴质自然,走向含蓄。

在巴金写于解放后的创作谈里,曾这样称赞传统文学、尤其短篇小说的优点:"朴素、简单、亲切、生动、明白、干净、不拖沓、不啰嗦。"[①]他接着说自己并没有学得这些。巴金这话明显有自谦成分,揆诸于他后期的创作,很容易发现它们在相当程度上具备这些优点。

以上谈到的中国传统文学的一些优点,其实可主要概括为两点,即朴质自然和含蓄。

---

① 巴金:《谈我的短篇小说》。

下面我们分别作些探讨。

第一，朴质自然。

在中国传统诗、画创作中，朴质向来被视为极难得的境界。这既与我们民族求实、淳朴的性格有关，也与中国传统思想过于"现实"的倾向及儒家对"中和之美"文艺思想的尊崇有关。由于朴质与自然流露密切关联——只有"精诚由中"、"动乎天机"，才可能"不费雕刻"、达到"天香本色"，因而这一审美原则又常常与自然的原则并提或交互谈及。就诗歌创作而言，对这一原则谈得较充分的就很多，如刘勰的"感物吟志，莫非自然"①，李白的"清水出芙蓉，天然去雕饰"②，苏东坡的"发纤秾于简古，寄至味于澹泊"③，梅尧臣的"作诗无古今，欲造平淡难"④等。中国画的创作更是如此，画家们强调的是"以形写神"，画面上生意盎然、气韵生动的物象只是靠朴素单纯的墨色和白纸上的空间得以传达的，这与注重形似逼真、色彩浓丽的西洋油画迥然异趣。中国画创作的这种特性促使艺术家追求质朴美、自然美，因而有"萧条淡泊，此难画之意"⑤，"洗其铅华，卓尔名贵"⑥等说法，画竹大家郑板桥甚至说"四十年来画竹枝"，最后才削尽冗繁求得竹的清瘦神髓⑦。诗、画以外，中国戏曲刻画人物追求"化工"之境，小说多用白描手法勾勒形象，这些都表现了对上述美学趣味的认可、推崇。

巴金的小说创作一开始就表现了注重思想感情和内容的表达、不尚技巧的倾向，但真正落尽华芬、达到"发纤秾于简古，寄至味于澹泊"的境界，则是这一时期创作的事。

在巴金全部小说里，《第四病室》也许是最平实的作品。这一小说既没有秘而不宣、迟迟抖出的"谜窦"——像《憩园》那样，也没有尖锐的性格冲突和扣人

---

① 刘勰：《文心雕龙·明诗》。

② 李白：《经乱离后天恩流夜郎忆旧游书怀赠江夏韦太守良宰》。

③ 苏东坡：《书黄子思诗集后》。

④ 梅尧臣：《赠杜挺之》。

⑤ 欧阳修：《鉴画》。

⑥ 黄钺：《廿四画品》。

⑦ 转引范曾《中国古典绘画的精神》，《文艺研究》1982 年第 2 期。

心弦的"悬疑"——如《寒夜》那样。而且,小说与取材的原始生活极为接近,几乎就是作家上一年住贵阳中央医院"第三病室"的亲身见闻:不但叙述者"我"在很大程度上是作家本人,连整个医院、病室的环境、氛围和那几个主要的病人也都是真实的。巴金写作这一小说是带尝试性质的,他这样谈及创作意图:"我想这样尝试一次,不加修饰,不添枝加叶,尽可能写得朴素、真实。"又说:"用不着加工,就照真实写吧。"①自然,这里说的几个"不"其实还是打了折扣的,小说的某些人与事仍作了提炼和删改,但它是巴金小说中对原始生活形态保存得最完好的一部却是事实。

如果说,《第四病室》以与原始生活的贴合取胜,主要表现为一种朴素美,那么《憩园》、《寒夜》就是以"极炼如不炼,出色而本色"②见长,主要表现为一种自然美。这两部小说,无论人物塑造还是故事的整体构架、具体情节的组织都有较多虚构成分,处处显示出作家丰盈的创造力,但它们确实又像生活本身一样流转自如,可谓"大巧若朴"。为把问题说充分些,我们不妨就情节构造这一点与他过去的作品作些比较。

巴金许多小说显示了注重情节设计、期望抓住读者的意向。但早期作品却也有因情节牺牲"性格"以及过于凑巧、真实感差的缺陷。在《爱情的三部曲》之二的《雨》里有突出表现:为了促成主人公的思想转变,作品使他处在两个都爱恋他的女性的争夺中,用一系列巧合得富有传奇色彩的情节表现。即使是《家》这样较成熟的作品,某些情节的处理也给人以太巧,偶然性大的感觉,如小说将觉慧得知鸣凤嫁出的消息安排在最后一个晚上,且是在她凄然离去之后。

而到写《憩园》、《寒夜》等作品时,巴金老成多了。读过《憩园》的读者许会记得"我"——黎先生买过车票、在河畔小茶桌吃面、打瞌睡的情形。小说写这时忽然人声嘈杂,原来有人落水身死。按情节发展,人们猜度溺水者一定是"憩园"新主人的孩子——小虎。其实不然。作者写这一生活事件,固然要为小虎

---

① 巴金:《谈谈〈第四病室〉》。

② 刘熙载:《艺概》。

的死渲染足够的悲剧氛围,但同时表现了他已自觉摈弃那种过于巧合的做法,在艺术上有了更高的追求。

《寒夜》对情节的处理更是如此,作家既注重情节的生动性,又十分讲究真实感。小说里巧合的偶然性事件也不少,但都写得自然适度,符合生活的逻辑和人物感情发展的逻辑。以文宣家第一回冲突的解决看就颇凑巧,文宣由冷酒馆醉着出来,刚巧让树生遇上,就挽他一起回家,矛盾涣然冰释。但是,这是有树生如下情感逻辑作基础的:其出走也出于无奈,深心里仍爱文宣。小说通过一系列具体、翔实可信的细节,写出这一情感逻辑起作用的过程:她见文宣醉着后呕吐,既着急又关心,但最先并不想送他回去,只因他摇晃得厉害、怕有意外,才说:"我送你回去。"返家后,汪母不甚欢迎,并立即与她发生顶撞,后来见儿子大口呕吐,终于心软了:"你照料他去睡罢。"树生遂得以暂时留下。但她还要走,只是为文宣对她厚笃的爱感动,最后在家歇了。有人说:小说"是精心安排和撰写了的。但是,这种编排得井井有条的全部情节应该由好些真实的细节组合而成,而且情节本身也应给人以真实感"①。斯言是矣!

《寒夜》对文宣的死的处置也颇具匠心。我们所说的匠心,不是指作家将他的"死期"定在陪都人们欢庆抗战胜利的大喜之日,而是就安排这样一个明显是巧合的生活事件所表现出的艺术手腕言的。事实上,树生飞兰州后的种种描写,都预示了文宣的悲剧结局,死神早在向他招手,他只是延捱光阴而已。因而就是在前一节——文宣最初获悉胜利喜讯时写他绝望死去也无不可。所以不那样写,就为把这一事件表现得更自然、真实可信。现在,经过前一节描写的缓冲,读者就很容易接受这一"巧得很"的处理了。这里的差别也许是一点点,但托尔斯泰说得好:"只有当艺术家找到构成艺术作品的无限小的因素时,它才可能感染别人。"②托氏说的,其实也是为文自然之道。

巴金后期创作朴质自然的倾向,在语言、文体方面也有鲜明表现。这与他

---

① 莫洛亚:《屠格涅夫的艺术》,《世界文学》1981 年第 5 期。

② 列夫·托尔斯泰:《论艺术》。

此时更多使用传统的"白描"手法有关。所谓"白描",是指尽量不加渲染和烘托,使用最简练的笔墨勾勒人物、景物和事件。巴金小说的语言、文体质朴的倾向及对"白描"手法的运用,在下面谈"含蓄"时可见出,这里不赘了。

第二,含蓄。

有位熟谙西洋诗的外国教授在最初接触中国古典诗歌时谈过这样的"第一印象":"初看中国古典诗歌,也没有什么抑扬格,简直不像诗,看了奇怪。以后才发现中国诗精练、含蓄,一个字包含好多内容。这是西洋诗中没有的。"①这位教授谈的这种印象,而今差不多为海内外的学者一致公认,且进一步认为:含蓄是中国美学特有的范畴,是中国整个文学艺术的重要品性。

巴金早年的作品以强烈的主观性、激越奔放的感情赢得读者。此后的《激流三部曲》,"现实性"有所加强,激情风格在一定程度上受到遏止。但是,感情意蕴真正变得蕴藉深厚,可以担得有含蓄意味的,则也是这一时期创作的事(这不是说激情风格完全消失,而是更内在地渗透)。"在后期的作品里我不再让我的感情毫无节制地奔放了。我也不再像以前那样唠唠叨叨地讲故事了。我写了一点生活,让那种生活来暗示或者说明我的思想感情,让读者自己去作结论。"②所谓"暗示",所谓"让读者自己去作结论",这正是含蓄的基本手段和魅力所在。

将这一时期代表作《寒夜》的感情意蕴与前一时期代表作《家》作些比较,尤可见出后期小说含蓄的特点。

这两部小说感情意蕴的差异,首先在思想主题的表达上显示出来。《家》对社会现实的控诉,总的说是通过形象的描绘和具体情节的铺排自然实现的,欠缺是过多让人物对旧家庭制度作直接的抨击,缺乏提炼,给人直露的感觉。《寒夜》对社会现实的控诉却是寄寓在整个艺术图画里的。小说尾声树生踯躅于寒风包围的地摊前这段描写,其中一些真正锋芒锐利的控诉是街头几个陌生人无意间道出的,作品甚至没有交代树生对这些话的确切反应。《寒夜》也写文宣和

---

① 温特语。引自刘烜:《闻一多评传》,北京大学出版社1983年版。

② 巴金:《谈我的短篇小说》。

树生的不满、愤愤不平,但都表现得十分节制。文宣听到日本人投降的消息后,迸出了眼泪,想哭又想笑,但在这阵难以名状的情感流过去后,他的第一个明确意识是:"他完了,我也完了。"这里只有七个字,却胜过千言万语的感喟。作品接着写汪母见儿子写的"我可以瞑目死去"几个字,就忘了一切地叫起来:"宣,你不会死!你不会死!胜利了,就不应该再有人死了!"这可以认为是"春秋"笔法,实际含义是:胜利不是普通老百姓的,并不能拯救一般人于水深火热之中。中国古代作诗有"意在笔先,神余言外……若隐若现,欲露不露,反复缠绵,终不许一语道破"①的诀窍。作文也要求"说而不说,说而又说,是以极吞吐往复,参差离合之致"②。《寒夜》对思想主题的表现,庶几达到了这样的程度。

　　《家》和《寒夜》这两部小说感情意蕴的差异,也在整个作品的语气上表现着。有人说:"在一部好剧本里,经常总是洋溢着作者个人的语气。如果没有这种语气,就说明作者没有才华。"③所谓语气,笔者以为主要指作家的感情在何种程度上浸润到作品的字里行间。《家》和《寒夜》使用的都是以饱蘸感情的笔触去摹写的叙述描写语言,它在很大程度上规定了人物的语言。因而这两部小说都显示了作家语言的抒情特色。但同样是抒情,《寒夜》比《家》深沉、含蓄。

　　从人物语言看。《家》常常将人物置于特定的环境中,通过他们充满感情色彩的自白表现深心的悲喜哀怨。如瑞珏对自己姑娘时代诗画一般生活的回忆,梅对琴等感叹女儿薄命,觉新与梅默然相对后的互吐积愫等,这些如泣如诉的话语有着扣人心扉的感染力。《寒夜》却几乎没有这样笔墨淋漓的自白,主要通过人物间普普通通,有时甚至让人感到琐屑的对话表现情怀。如文宣与树生在国际咖啡店回想往年的充实生活,话语既简短,也没有《家》那样的盈盈诗意,但透过这些断断续续的叙述,人们可强烈感受到两颗受伤的心灵的颤抖。

　　从叙述描写语言看。《家》无论描写环境,表现人物的声容笑貌和心理活动,还是叙述人物经历和事件过程,叙述者——作者的感情色彩都是溢于言表

---

① 陈廷焯:《白雨斋词话》。

② 梁章钜:《退庵随笔》。

③ 引自〔苏〕米·赫拉普钦科《作家的创作个性和文学的发展》。

的。小说中一部分由作者直接写出的自然环境、生活环境,感情特别外露,如第四章开头的描写:

> 夜深了。电灯光也死了。黑暗统治着这所公馆。电灯光死去时发出的凄惨的叫声还在空中荡漾,虽然声音很低,却是无所不在,连屋角里也似乎有极其低微的哭泣。

由于作者站在人物的角度深入体验,因而人物的情绪化成了作者的情绪。而《寒夜》的环境描写有以下一些特点:第一,都用敛笔写出。第二,几乎都通过人物的眼光、感受表现,作者自己绝少露面。第三,不得已必须由作者描写时也是轻淡、隐隐约约的。如小说这样写陪伴着汪文宣苦闷生活的灰色环境:

> 天永远是阴的,时而下小雨,时而雨停。可是马路始终没有全干过。有时路上布满泥浆,非常滑脚,人走在上面,很不容易站稳。人行道上也是泥泞的。

这里也含了一种情绪,却轻微隐蔽,几及"不露声色"。

要之,由于作家后期的思想感情变得成熟、浑厚,也由于潜在的民族审美经验、审美规范的进一步发生影响,他这时创作的感性形式又向"传统"逼进了一大步。

(二) 后期创作与西方文化

但在巴金这一时期的小说创作中,对西方文化、文学作品的借鉴仍不时可见,只是就总体来说变得更内在、更圆通自如了。

在形象创造方面,他这时着重描写的称为"小人小事"的"委顿生命",就有着俄国文学中的"小人物"传统的影响。俄国文学的这一传统,发端于普希金的《驿站长》,而在果戈理的《外套》、《涅瓦大街》、《狂人日记》等作品里得臻成熟。此后,陀思妥也夫斯基的《穷人》、《脆弱的心》等作品,契诃夫的《一个官员的死》

等小说,都发展了这一传统,创造出不少各具特色的"小人物"形象。巴金后期小说不再描写充满英雄色彩和殉难之美的"充实生命",转而表现汪文宣等贫困、并无社会地位、最后终于郁郁以殁的小职员、穷知识分子,除了思想转换方面的原因,当认为与俄国文学这一传统潜移默化的熏染、影响有关。

在具体性格刻画乃至细节描写方面,汪文宣等形象也受到"小人物"的启益。俄国文学中相当一部分"小人物"有软弱、胆小、逆来顺受的性格特征,如《外套》里的阿卡基·阿卡基耶维奇,《穷人》、《脆弱的心》里的杰乌式庚和瓦夏·休姆科夫,《一个官员的死》里的切尔维亚科夫等。前两个"小人物"尤与汪文宣有相通之处。阿卡基·阿卡基耶维奇"一向以低声说话著称",对长官更是畏惧、诚惶诚恐①。他天天坐在同一个地方,摆着同一个姿势,干着同一个差使——抄写。有一个副股长经常把一叠公文朝他鼻子底下一塞,也不说一声"请您抄写一遍",他却很快接过来,也不看递公文的是谁、此人有否这样的权力。司里没有人尊敬他,大家拿他做笑料逗趣,实在无奈时他才冒出一句可怜巴巴的话:"让我安静一下吧!为什么你们要欺侮我呢?"陀思妥也夫斯基的杰乌式庚虽然有较高的精神境界,比阿卡基·阿卡基耶维奇高过一头,但在谨小慎微、胆怯方面却无甚差别。他也是一个"文抄官",平时战战兢兢度日,经常"用惶惑不安的眼神向四周张望,还注意听别人说的每一句话,听听别人是不是在讲他"②。一度他变得格外的胆小,"像只刺猬似的蜷起身子老老实实地坐在那儿","不管是谁的椅子只要嘎吱一响",就吓个半死。如此等等,熟悉《寒夜》的读者不难知道汪文宣形象的创造是化入了它们的某些东西的。我们所以用"化入"二字,是指这种吸取较为间接、不着痕迹,或者甚至作家本人也未必觉察,这与前一时期鸣凤形象与阿伦加的关系是不尽相同的。

作家塑造汪文宣等虽然在某些性格刻画及细节描写方面化用了俄国"小人物"的素材,但在本质上、在整体人格把握方面却完全是植根于民族生活、本民

---

① 有关《外套》的情节和引文出自《外国短篇小说》下册,上海文艺出版社 1978 年版。

② 有关《穷人》的情节和引文出自《陀思妥也夫斯基选集·中短篇小说选》上册,人民文学出版社 1982 年版。

族文化传统的独特创造。如前所述,汪文宣在很大程度上还保留着中国古代"士"的观念和行为方式,是四十年代的"儒生"。作为一个现代"儒生",其在以下方面突出显示着与阿卡基·阿卡基耶维奇等"小人物"的区别:

首先,是强烈的功业愿望和执著的追求精神。经国济世,以天下之忧为忧,"修身齐家治国平天下",历来被中国文人、士大夫认为是最神圣不过的生活目标。对这一生活目标的看重,由于是与儒家提倡的"弘毅"精神结合起来的,因而他们追求起来格外执著、富于韧性,如杜甫,尽管自己"致君尧舜上,再使风俗淳"①的理想完全落空,仍寄厚望于朋友:"致君尧舜付公等,早据要路思捐躯"②,真可谓"矢志不渝"。在汪文宣那里,同样表现有这种功业愿望和执著精神,尽管具体内涵不完全相同。不是吗?直至重病负身,仍念念不忘"大学时代的好梦"、"婚前的教育事业计划",并自我解嘲说:"时局好了,日本人打退了,就有办法了。我将来还是回到教育界去。"在另一"委顿生命"——田惠世身上,虽不能说功业愿望强烈,但顽强、执著的追求精神也是感人至深的。反观俄国作家创造的"小人物"形象,由于具体经历、处境和文化传统的不同,完全没有那样的性格特点。

其次,是洁身自好,或曰对人格操守的看重。中国文人、士大夫自始便有"修身"的传统,强调操守、气节。所谓"士穷不失义,达不离道"③,"士君子不为贫穷怠于道"④,"出淤泥而不染"⑤等,都从不同方面反映着这一文化传统。这一传统在汪文宣身上也保留着,这从笔者上一节的分析可见出,我们这里再补充一个细节。小说第十三章当树生带点嘲笑意味责备文宣的"老好"、本份时,汪母一下变了脸色说:"我宁肯饿死,觉得做人还是不要苟且。宣没有一点儿错。"在这一点上,树生表现了某种"灵活性",而文宣却和母亲站在一起恪守"传统"。但是,果戈理等作家笔下的"小人物"几乎都对造成自身可怜的生存状态

---

① 杜甫:《奉赠韦左丞丈二十二韵》。

② 杜甫:《暮秋枉裴道州手札》。

③ 《孟子·〈尽心〉(下)》。

④ 《荀子·〈修身〉》。

⑤ 周敦颐:《爱莲说》。

的社会原因缺乏认识,甚至可说并无人格意识和自尊心,对他们来说自然也就谈不上这样的性格特点。

此外,即使就软弱、胆小怕事言,汪文宣也与他们同中有异。汪文宣主要是外部行为的胆怯,缺乏必要的力量将内心的思想的东西贯彻到行为领域去,他的内心其实不但始终未曾停止过抗议,而且压根儿瞧不起他的上司:"为什么要这样欺负我?……我哪一点不及你们!""到这个时候还不放松我?你不过比我有钱有势!"但俄国作家笔下的"小人物"的软弱却是自内至外、彻头彻尾的。阿卡基·阿卡基耶维奇、切尔维亚科夫等自不待言,即如杰乌式庚,内心的自卑和胆怯也是显而易见的。在他意外地蒙受了上峰的一点赐予后,曾这样自白:

> 我的小天使,我打了个哆嗦,我的整个灵魂都震动了。我不知道我怎么了,我想抓起他老人家的一只手来吻一下。可是他涨得满脸通红,我亲爱的,然后他抓起我这只卑贱的手握了握,真的抓起我的手握了握,好像我是跟他平等的人……

"哀莫大于心死",他们是真正的顺民。唯因他们的软弱首先是内心的,因而表现于外部行为也更为可怜! 阿卡基·阿卡基耶维奇和切尔维亚科夫几乎都被惊吓而死,瓦夏·休姆科夫因畏惧而发疯,杰乌式庚在大人面前捕捉纽扣的难堪场面也写尽了他的怯弱、惊恐不安。除了这一不同,汪文宣的软弱还往往是同善良扭结在一起的,以至有时让人很难辨明究竟是前者还是后者。他很快原谅那些逼他退出伙食团的同事,是软弱还是善良?! 他无法将母亲与妻子拉在一起、也不能在两方中间选取一方,是软弱还是善良?! 他给树生以太多的自由选择余地,既应允她跟陈主任去兰州,又在她提出离异要求时很快复信还其"自由",是软弱还是善良?! 而在俄国作家的"小人物"那里,这两种性格特征之间的界限是甚为分明的。总之,他们之间的同是表面的、不甚紧要的,异却是本质的、有决定意义的,这一情形表明作家此时的形象创造具有更多的独创性和鲜明的本土特色。

在感性形式方面,他这一时期的创作也有着外国文学的影响。这种影响,首先在总体构思,或者说包括了形象间相互关系的结构铺排上反映着。此时有两部作品的构思明显受到外国小说的启发:《憩园》之于陀思妥也夫斯基的《被欺凌与被侮辱的》,《第四病室》之于契诃夫的《第六病室》。鉴于后一组作品之间的影响关系不但在题名上已经显示,而且已为不少研究者论及,我们就着重谈谈前一组作品。

如所周知,《憩园》的结构是双线并行的,交织描写着两个不幸的故事。之一是杨家的,悲剧主角是杨梦痴,他在祖业式微后不改放浪、游手好闲的积习,终于被家人逐出门外,以后又因偷窃而锒铛入狱并染时疫而死亡。在他被"放逐"之后,小儿子寒儿于心不忍,经常暗中去安慰照拂,杨梦痴的整个故事也主要通过他的口公布于众。之二是姚家的,不幸的承担者是他家的孩子——小虎,他的过早夭亡同样是富裕的寄生生活造成的。围绕这一事件,小说还展开对他父亲姚国栋、后母万昭华及外婆家的描写。巴金处理这两个故事,对后者取明写法,对前者却是暗写的,这两方面明明暗暗的交织描写——尤其对前者的神秘行踪和确切的悲剧内容的一步步探明,使整个小说虚实相生、摇曳多姿,获得一种特殊的效果。

这样的总体框架和情节特色实在与《被欺凌与被侮辱的》十分相像。陀氏的这一小说同样并行表现两个悲剧故事。一是涅莉母亲的,她年轻时受卑鄙的瓦尔科夫斯基公爵引诱,背弃父亲与之私奔,但终于被抛弃。回国后,好不容易找到父亲史密斯——即涅莉的外公,但至死未能取得他的谅解。在小说里,涅莉来回奔走于母亲与外公之间,她是这一情节线索得以展开的最初线头,全部故事也借助她的口得以真相大白。二是娜塔莎的,她与阿辽沙的爱情遭际在很大程度上是前一个悲剧的复现,只是她的被遗弃主要是阿辽沙的父亲瓦尔科夫斯基公爵从中作梗的缘故。小说还描写了娜塔莎父母——伊赫缅涅夫夫妇所受到的瓦尔科夫斯基的各种欺凌。陀思妥也夫斯基对这两个故事也分别取暗、明两种写法,并因此造成了有的研究者指出的特有的情节特色:"秘密及其查明"①。

---

① 〔苏〕米·赫拉普钦科:《作家的创作个性和文学的发展》。

　　除了这一相同之处,两部小说的构思还有一点是很相像的,那就是故事叙述者——"我"的身份及作用。《憩园》叙述者"我"是一个叫黎德瑞的作家,他在相当程度上是巴金本人:也是成都人,阔别多年后回到"大后方"的家乡,写有"小人小事"作品,有一种悲天悯人、恨不能给每个人擦干眼泪的同情心和热烈心肠,等等。这位黎德瑞,既是故事叙述者,也是一个具体角色,杨、姚两家的不幸故事和众多人物是通过他连接合拢,凝成一个整块的。陀思妥也夫斯基的小说也那样,叙述者"我"是一个小有名气的著作家——万尼亚,在他身上同样化入了陀氏本人的东西,如写过一本与《穷人》主人公、情节极相像的小说等。他也同时是作品中的一个角色,作家通过他将两个分散、不甚相关的故事扭结、贯通起来,使之成为一有机整体。

　　陀思妥也夫斯基是巴金颇为喜爱的一个作家。他很早就接触、阅读过他的作品,在写于一九三〇年的一则书评中曾娴熟地引用《罪与罚》、《卡拉玛佐夫兄弟》里的有关人物和情节①。《憩园》、《寒夜》的写作表明,陀氏对巴金的影响,在具体创作中也是有脉络可循的。

　　《憩园》、《第四病室》虽然在大的铺排结构上受到《被欺凌与被侮辱的》和《第六病室》的启发,但如果进一步分析就可发现,它们之间仍存在重要区别。我们曾指出,由于巴金思想变得深厚及积淀于其中的民族审美经验的作用,其后期创作显示了新的审美趋向,之一就是对传统的质朴的自然美的追求。这两部作品对外国小说的借鉴不能不受到这一整体审美趋向的制约,从而表现出与被借鉴小说的区别。在陀思妥也夫斯基的《被欺凌与被侮辱的》中,两个悲剧故事最后都被归到一个作恶者——瓦尔科夫斯基公爵那里。这样的处理,从形象创造看,使瓦尔科夫斯基成了如同杜勃罗留波夫斯基说的"一团丑恶、恶毒、无

---

① 这是一篇评托尔斯泰剧作——《黑暗之势力》的文章,内中有这样的话:"尼基泰是觉悟了,忏悔了。然而他也就被捕了。他底结局呢?不消说是西伯利亚的惩役。我想他底结局大概和《罪与罚》里的拉斯可尼科夫,《加拉玛左夫弟兄》里的狄米特里二人底差不多。他底情人阿库林会像《罪与罚》里的松尼亚,《加拉玛左夫弟兄》里的格鲁泰加那样,跟着他跑到西伯利亚去。靠了她底力量,他是会终于得救的。据我看,阿库林很有做松尼亚和格鲁泰加之可能。……"——引自《生之忏悔·〈黑暗之势力〉之考察》。

耻的特征的集大成"者①,于无形中削弱了作品的现实主义力量;从情节设计看,使事件、细节带有更多的偶然性和夸张成分,紧凑是紧凑、集中是集中了,却因此削弱了真实感和生活气息。陀氏的另一具体构思也是不甚高明的:将叙述者"我"处理为娜塔莎先前的未婚夫。这使他的许多思想、行为变得并不真实可信。对此,杜勃罗留波夫斯基的批评也是有道理的:"譬如就拿作者的手法来说吧,娜塔莎和阿辽莎的恋爱故事,是一个自己热烈地爱上她,决定为她的幸福牺牲自己的人讲给我们听的。说老实话,——所有这些先生们把精神伟大发挥到这种程度,明明知道,却还跟未婚妻的情人接吻,为他奔走,我是完全不喜欢这种人的。他们或者压根儿没有爱,或者是只用头脑爱。"②概括这两方面的处理,我们似乎可以说:陀氏的这一小说编造痕迹明显,真实感欠缺。而《憩园》对它的借鉴恰恰避开了这两点。《憩园》写的是两个较为平淡的不幸故事,具体内容也甚有差别,连接它们的并不是某一个集大成的作恶者,而是这样的思想主题:财富不能长宜子孙,倒可能毁灭人的崇高理想和善良气质。这就使小说的内容得以在一个宽松、自由度较大的结构框架里进行,从而显得自然、真切。在《憩园》里,叙述者"我"也与作品中各个人物保持有较大距离,他只是以姚国栋同学、朋友的面貌出现于作品,这使他不必像《被欺凌与被侮辱的》里的叙述者做勉为其难、不能胜任的事。因而,与陀氏的小说比起来,巴金这一小说显得从容得多,舒坦得多,自然得多。

在这一点上,《第四病室》同样显示着与契诃夫《第六病室》的区别。契诃夫的这一小说虽然一向以朴素为人称道,但是与《第四病室》比,概括、艺术加工的成分要大得多。《第六病室》的内容是较为集中的,它主要写一个颇让人震惊的故事:灵魂高尚、有思想、富于同情心的医院主持人拉京因与第六病室的所谓精神病患者交往,自己被人关进精神病室。作者还塑造起两个与拉京精神境界"正相反对"的形象,一个是以朋友面貌出现的邮政局长米哈依尔·阿威良内

---

① 引自〔苏〕叶尔米洛夫:《陀思妥也夫斯基论》,上海译文出版社 1985 年版。
② 同上。

奇,一个是"嫉妒他""恨不得谋得他的职位"的助手霍包托夫。拉京之被诬为精神病患者与他们密切相关。而《第四病室》同时写了几个病员的死亡、且都不是某一邪恶者逼害造成的,出现在这里的确是最普通、平凡不过的日常生活。契诃夫的《第六病室》自然有不寻常的感染力。但是,高尔基曾经说:"真正的艺术的力量是在于,这种艺术是在采取了最普通的、日常的现象之后,就揭示这个现象的深刻的社会和戏剧的意义,表明这个现象是牢牢地依附于一般生活条件的,依附于它的最主要的基础的。"[①]如果这样的话不错,那么《第四病室》自有其不凡的价值。

外国文学此时对巴金的影响,也表现于对人物的内心世界的描写和刻画的注重,对直接描写手法更成熟的运用上。在《激流三部曲》等作品里,巴金主要还是以外部冲突为线索展开故事,因而对人物心理的表现并不能做到十分细腻、深刻,而他解放前的压轴之作《寒夜》却是以人物的感情、心理变化为情节线索,做到了如同茅盾说的"故事即人物心理与精神能力所构成"[②]。《寒夜》展现给人们的,不是人物心理过程的某些片断和某一瞬间心理活动的特写镜头,而是瞬息万变、连续不断的心理流变图。小说对汪文宣心理过程的描写几乎贯串了整个作品,对曾树生的心理过程也有充分描写,至于描写的细腻、对人物各个时刻变化着的心理的敏锐捕捉,以及对人的心理在实际生活中可能有的看似偶然其实却有必然在的大幅度起落的表现,更是以往作品所不及的。拿树生终于决定飞兰州说,这一思想从萌露到最后决定,其间有一个较长的心理过程,作者对之作了淋漓尽致的揭示。主要写树生这一心理过程的文字有六个章节之多(其间也穿插了汪文宣心理过程的描写),整个描写是那样深细,把树生飞兰州前夕深微曲折的心理,交代得袒露无遗,人们掩卷还可以想到她在临街楼窗口望着忙碌的车夫发出的"他们都忙啊"的感叹,在钟老走后因深的空虚而说的"走了"二字,及挨了婆婆意外攻击而在心里叫出的"哎呀"声……小说第一章对

---

① 高尔基:《德·谢勉诺夫斯基所著〈遍地开花〉一书的序言》。

② 《近代文学体系的研究》,参见茅盾、刘贞晦合著《中国文学变迁史》。

汪文宣的意识和下意识情感、行为的交织描写,实已接近西方的"意识流"小说。夏志清在《中国现代小说史》里说:"凭着这一小说,巴金成为一个极出色的心理写实派小说家。"这并非溢美之词。

　　但是,与以往的《激流三部曲》等比较,此时的心理描写又有很大变化。变化之一,是注意了"间接"手法的运用,即通过人物自身的表情、对话、动作等外部行为展示内心世界。《憩园》、《第四病室》刻画形象,就主要采用这一方法。《憩园》第十六章"我"与姚太太看过电影步行回家,通过描写姚太太发自肺腑的真诚话语,写她"带甜味的温柔声音"、语词里含有的"一种捉不住的淡淡的哀愁","拖得长,像叹气,又像哭泣"的余音,以及沉默、埋头、抬脸、变得不平稳的脚步等显示内心情绪的细微动作,让读者体会到这位好心女人当时丰富复杂的内心世界。《寒夜》也有这样写的,如树生去兰州前与汪文宣的对话:

　　……

　　"陈主任帮我订飞机票,说是下星期三走,"她又说。

　　"是"他机械地答道。

　　"横竖我也没有多少行李。西北皮货便宜,我可以在那边做衣服,"她接下去说。

　　"是,那边皮货便宜,"他没精打采地应道。

　　"我可以在行里领路费,还可以借支一笔钱,我先留五万在家里。"

　　"好的,"他短短地回答。他的心像被大棒捣着似地痛得厉害。

　　"你好好养病。我到那边升了一级,可以多拿薪水,也可以多寄点钱回家。你只管安心养病罢。"她愈说愈有精神,脸上又浮起微笑。

　　他实在支持不下去,便说:"我睡啰。"他勉强走到书桌那边,把通知书放回她的手提包里,然后回到床前,他颓然倒下去,用棉被蒙着头,低声哭起来。

这对夫妻此时的心情是颇有差别的。汪面临失去爱妻的危险,因而痛苦万状,但又不忍在妻子面前宣泄出来。曾虽也不好过,但又因对未来生活的向往而不无欣喜之情,加之她要减轻文宣心头上的重压,便撑起精神劝慰文宣。他们此时的这种复杂心情就通过以上简洁的对话生动地显示出来。

与以上相联系的是变化之二：长段、静态的心理分析大为减少了。《寒夜》虽仍主要以直接方式刻画性格，但过去那种长段、静态的心理分析文字却已很难见到，它们被"化整为零"，消融到一系列具体、生动、充满生活感的描写中去了。《寒夜》的心理分析有时结合场景描写展开，有时结合细节描写进行，有时则与对话、动作描写连贯起来表现。以第一种情况言，就使用得很广泛。由于这一小说的场景描写大都通过人物的感官印象写出，因而它们既是景语，亦是情语。而且，作者动员起主人公的视、听、触、嗅等众多感官，把这种印象写得鲜明而丰富。内中既有视觉感受的描写，如"天像一张惨白脸对着他，灰黑的云像皱紧的眉"。也有听觉感受的描写，如"一个老年人用凄凉的声音叫卖着'炒米糖开水'。这声音是他听惯了的……这一次他却打了一个冷噤，好像那个衰老的声音把冷风带进了被窝里似的"。有触觉感受的描写："房间里渐渐地阴暗，他们的心境也似乎变得更阴暗了，他们觉得寒气从鞋底沿着腿慢慢地爬了上来。"也有嗅觉感受的描写："一股寒气扑上他的脸，寒气中夹着煤臭和别的窒息人的臭气。"……在这些地方，作者虽没有直接说明内心，但他们的内心却明明白白被暗示着。总而言之，作家此时小说的心理描写又有简洁、含蓄、富于形象性的特点，传统文学的某些表现长处被作家吸收过来了。

西方文化、文学作品对巴金的影响，自然也在整个作品的思想倾向，或曰精神特质方面显示着。这主要表现为：一，对不合理的现实社会的激烈批判态度及这种批判的深刻性；二，深厚的人道主义精神。这样的思想、精神特点在果戈理、托尔斯泰、陀思妥也夫斯基、契诃夫和阿尔志跋绥夫等俄国作家那里都有鲜明表现，尽管程度、表达方式不尽相同。巴金对以俄国文学为主的西方文学的借鉴虽然早已开始，但后期的创作更深地体悟并把握了以上的精神特质。我们不妨就悲剧因素谈谈。陀思妥也夫斯基、契诃夫、阿尔志跋绥夫等作家批判现实社会的力度和深刻性是与多量的悲剧因素相关的，读他们的作品总有一种厚重得让人难以排解的苦闷和悲哀。"我开始读他（指契诃夫——笔者）的书，我贪婪地一本一本地读下去，到后来我悲痛地对自己说：'不，我不能够再读一个字了。'我这样地站在一个第二次的生活的门槛上,却看见一大群意志薄弱甚至缺乏意志的人,失败者和忧郁病患者接连不断地走过我的面前。一页接着一页,契诃夫作品中所描写的都是些不和谐的生活的场面,以及人们不能过正当生活的可悲情形。"①——妃格念儿所谈对契诃夫作品的这种印象,当是有代表性的。作为一个现代作家,巴金的创作一开始就表现出较多的悲剧因素,这里显示着与传统文学的区别。但他过去包括《激流三部曲》在内的小说却或多或少带了"喜"和"乐"的成分。后期作品就不那样了,它们几乎都是一悲到底,有一种让人透不过气来的压抑感。在这方面,《寒夜》也最说明问题,诚如作者自己指出的:"我有意把结局写得阴暗,绝望,没有出路,使小说成为我所谓的'沉痛的控诉'。"②因而,就醉心于悲剧性因素这一点看,倒是这时的创作更得俄国文学的精髓。

以上,我们大致勾勒了巴金后期创作与中西文化关系的面貌。从中不难看到,他这时的作品已进到对"现实的"民族性格的创造,对汪文宣这一现代"儒生"的成功描写,集中显示了这方面取得的成就。后期作品的感性形式也进一步向"传统"回归了,变得朴质自然和比较的含蓄。因而,与前一期的《激流三部曲》比,这一时期作品的民族"成色"是更充分的。

巴金后期创作向"传统"靠拢的过程,也是西方文化、文学作品对作家的影响被充分消融、吸收的过程。他这时已主要转到对西方文化、文学精神特质的领会和把握。像过去作品的形象创造中,鸣凤这一形象的塑造对阿伦加形象的借鉴及同民族审美情趣相去甚远的大篇幅心理分析,现在几乎不复可见。有些作品虽仍借鉴外国的构思和表现手法,但整体审美趣味方面却表现了对"传统"的认同。

但以上说的"回归"和"认同"当然只是局部的,而且是与作家过去的作品对比而言的。如果将之与真正的传统作品比较——哪怕是《红楼梦》吧,它们确又

① 〔俄〕薇拉·妃格念儿:《狱中二十年》。
② 巴金:《谈〈寒夜〉》。

渗入了那么多"西方"东西,以至人们可以说它们是"反传统"的。巴金后期小说正同时混和了"传统"与"西方"两方面的要素,但又与任何一方不全相同。对之作较为准确的概括,也许可以称为"中国现代"的,或曰"现代中国"的。也是在这个意义上,我们说中西文化终于在巴金创作中交融互渗、和通会合了。

四、结语

上述一章,我们以人物的形象创造为主要内容考察了巴金小说的文化内涵,以探寻中西文化在作家不同时期创作中的成分、比重及演变情形。这三个阶段的划分自然是相对的,但如果中西文化在"生命"体系和巴金整个创作中确实存在有发展趋势,那么作这样的划分就不但是必要、也是可能的。

通过以上考察,人们可见出,巴金的整个创作自始至终受到西方文化和文学作品的巨大影响。这中间,又以俄国文学的影响为最显著,尤其是屠格涅夫、托尔斯泰、陀思妥也夫斯基和阿尔志跋绥夫几位。西方文化和文学对巴金创作的影响面也是甚为广泛的,不但影响到作品的思想蕴含、精神特质,同时影响到人物形象,性格的创造和感性形式、艺术表现。巴金与西方文化、文学这种难分难解的密切关系,使他可以无愧地说:"在所有中国作家之中,我可能是最受西方文学影响的一个。"[①]

但西方文化、文学对巴金三个时期创作的影响情形是大有差别的。就总体趋势看,他对它们的借鉴经历了由生硬、外在、模仿进到自然、内在、创造的过程。这其实就是"西方"的东西被充分消融、吸收,从而在内部自然、不着痕迹地渗透的过程,也是它与本土文化的某些因素汇成一片,构筑现代中国小说的过程。

通过以上考察也可见出,巴金的整个创作自始至终浸润着本土文化的汁

---

① 巴金:《答法国〈世界报〉记者问》。

液。但是,与作家对"西方"文化取自觉、有意识的借鉴态度不同,他对本土文化和文学的吸摄是不甚自觉的,甚而可说是在无意识中进行的。这是一种深度层次上的影响关系,容易为一般人所忽略。但事实正如我们前面指出的,即使在《灭亡》这样一些外来痕迹明显的作品里,本土文化、文学的某些因素仍在冥冥中支配着作家。

本土文化在作家三个时期创作中的浸润情形也是差别甚大的。总起来说,巴金的创作前后经历了"民族文化圈"三次大的过滤。第一次是写作《灭亡》等小说时,"民族文化圈"的深层力量一方面使他喜爱、"偏食"俄国文学并在作品中表现出相近的审美意识——如关心祖国和人民的命运、密切联系现实等;另一方面又使他笔下的人物形象具有某些本民族特有的人格特征。第二次是写作《激流三部曲》时,特定的生活内容和"民族文化圈"的制约使他创造出一大批具鲜明的民族性格的艺术形象,感性形式也明白显出与本土文化、文学的内在联系——如作为中国文化重要特质之一的民族抒情诗因素等。"民族文化圈"的第三次过滤是在写作后期小说时,这使他成功地塑造了一些立足于当时现实生活的民族性格,感性形式也进一步向民族审美趣味靠拢,表现出朴质自然和含蓄的倾向。在巴金整个创作中,本土文化正呈有上升、加强的趋向。这其实也是它与西方文化的某些因素混和化合,实现传统的创造性转化,反哺中国现代小说的过程。

正是在以上双向运动的过程中,中西文化各自部分改变了自己原先的面貌,变得使对方并不那样陌生和不可接近,进而难分彼此的交融汇合起来。而每当到这样的时候,人们就很难分清它们究竟是外来的还是本土的。可以举《寒夜》为例说明。对于这一小说,法国学者比埃尔—让·雷米认为是"纯粹'西方色彩'的"[①],而中国剧作家曹禺却说:"似乎他写起来很容易,很流畅,他用的都是很普通的字,完全是白描的手法,像《老残游记》中的白描。几笔便勾勒出

---

① 〔法〕比埃尔—让·雷米:《介于托尔斯泰和亨利·詹姆斯之间的巴金》,参见《巴金研究在国外》,湖南文艺出版社 1986 年版。

一副令人神往的风景、环境;几笔便刻画出生动、深刻的人物。"①他们的看法都不无道理,但都不全对。《寒夜》其实完美地混合了中国古典小说与西方现代小说两种写法,以至他们从不同的角度看都极像自己所说的那种写法。

中西文化在"生命"体系和巴金创作中的以上归宿是饶有意味的,它清楚地说明这样一个道理:外来文化的吸摄可以促使本土文化的更新、发展,但它必须被融化,与吸摄一方的文化传统、民族心理取得某种协调和适应。

以鲁迅为代表的现代作家对西方文化的吸摄是急切和大胆的,这是因为当时面临着与以儒学为中心的封建文化作战、建设中国现代文化的任务。"中国书虽有劝人入世的话,也多是僵尸的乐观;外国书即使是颓唐和厌世的,但却是活人的颓唐和厌世。我以为要少——或者竟不——看中国书,多看外国书。"②这不无偏激,但当时不得不那样的看法,很可反映进步知识分子的思想状况。巴金是新文学的第二代作家,但在这一点上与鲁迅无甚差别。不过,无论是鲁迅或者巴金,他们的意识深处其实都与母体文化血脉相连,都无法摆脱"民族文化圈"的强有力制约,这使他们在吸摄外来文化时表现了很强的消化、融合能力。在这方面,巴金的创作是特别有意义的:不但为人们展现了外来文化和本土文化在中国文化脱榫期的特殊风貌,而且显示了它们之间日渐贴近、融合的完整过程。

---

① 曹禺:《我的生活和创作道路》,参见田本相《曹禺剧作论》,中国戏剧出版社 1985 年版。
② 鲁迅:《华盖集·青年必读书》。

第四章

『生命』体系的历史成就

在对巴金小说的"生命"体系作有以上考察后,也许有必要从总体上对这一体系的历史成就做些概括。但这似乎是不易讨好的,卢卡契在其论歌德的文章里说:"所谓一位伟大诗人的不朽,无非是不断更新地产生他的活的影响。像歌德那样的伟大诗人们,始终在满足'当代的要求',而且他们还通过发掘和提出隐藏在他们身上的真正的人类问题,不断扩大和加深这种要求。"①巴金和他的"生命"体系当也那样,拘于特定时空的概括难免有各种局限。但虽然如此,笔者仍想尝试做这一工作,这是因为"生命"体系毕竟经过了将近半个世纪的积淀,这半个世纪、特别是这些年社会现实的发展,不但确证了"生命"体系的历史价值,而且使人们有可能发见内中蕴涵的指向今天和未来的因素。

中国社会在"五四"以后,步入了一个激烈动荡、对旧中国延续了几千年的经济关系和社会关系体系,即以家族制度为基础的封建秩序进行根本变革的时

---

① 卢卡契:《我们的歌德》,《卢卡契文学论文集》第 2 卷,中国社会科学出版社 1981 年版,第 524 页。

期。这一变革蓄之既久,故爆发也汹涌猛烈,它迫使社会上各个阶级、阶层的人们作一系列新的选择和适应。巴金的"生命"体系并不曾全面勾画这一时期各个阶级、阶层人们的生活、精神面貌。但是,它相对完整地反映了来自剥削阶级营垒,特别是原先处于支配地位的那个阶级——封建阶级各类人员的活动和历史趋向。这一体系的巨大认知价值,首先在于它比较广阔地展现了旧家庭制度在现代社会思潮冲击下解体、分崩离析的过程。人们常常说《红楼梦》表现了整个封建社会没落、崩溃的历史过程,这其实并不准确。《红楼梦》实际写的只是某几个家族的衰亡史,作家主观上并没有明确意识到封建社会崩溃的必然性,因而也不可能在小说里自觉表现这一点。更何况,作为封建社会基础的旧家庭制度的全面解体,只是"五四"前后的事。真正站在近代历史高度,自觉表现旧家庭制度和以它为基础的封建社会没落、崩溃的,是巴金,是他的《激流三部曲》、《憩园》等作品。在巴金的这些作品里,人们可以真切了解到曾经威重令严、凛然不可侵犯的旧家长是怎样失去威风和尊严,向灭亡之路走去的,了解到各种类型败家子、低能儿的劣迹,了解到那些年轻、善良、无辜的生命是怎样成为旧制度崩溃途中的猎获物,被活活摧残死的,了解到呼吸时代新鲜空气的有为青年与旧家庭枯树分离的过程,了解到"五四"前后内地家庭和社会新旧交替、冲突的林林总总。有人曾经说:"如果要明了当时的情形:就是当西洋文化与中国文化接触时的情形,那就非读《家》不可。"①是的,巴金的"生命"体系正可以看作记载中国家族制度崩溃的艺术编年史。这一艺术编年史虽然无法(也不必)达到历史记录、文件那样的严谨、精确,但因为它是通过描写人,描写人的心灵、感情世界间接反映社会的,因而能够直达事物的本质,在更高的层次上显示历史真实。不妨就钱梅芬的形象稍作说明。像梅这样一个任命运摆布,因不自主的婚姻郁郁早逝的女子,在当时社会里屡见不鲜,书、报多有记载。但作家着力凸现的却是人物的这一处境和心态:她虽然有缘翻读《新青年》等杂志,而且因为自己受过害而赞成的,但本人却不能那样做,所以结果只是难受,一种刺心

---

① 〔法〕明兴礼《巴金的生活和著作》,文风出版社1950年版。

透骨的难受。这种难受凝聚着那个时代万千女性的苦闷和悲哀,它也似乎只有在文学作品里才能得到如此强烈、聚光器般的反映。

"生命"体系的又一巨大认知价值,在于它相承连贯地展现了近代一部分进步知识分子的心灵历程和历史命运。在现代文学史上,许多作家都对知识分子题材抱有热情,如鲁迅、茅盾、叶圣陶、丁玲等。但像巴金那样专注得近于褊狭、执著得近于顽固的表现知识者生活的,却较为罕见。不仅如此,巴金作品的独特性还在于:首先,他笔下的知识者形象是相承连贯的,他们分别映现了作者、其实也是旧中国一部分知识分子精神发展的某些阶段。在觉慧、觉民、琴、淑英身上,"五四"期初步觉醒的知识青年的面影有着生动、多方面的反映。这些青年呼啸着冲出旧家庭后,大都投身到为大众谋幸福的社会运动中去,杜大心、李冷、吴仁民、李静淑、李佩珠等就是对于他们的写照。以后,知识分子与其他阶层的人们一起经受了长达八年的抗战生活,这就有了刘波、冯文淑、朱素贞、田惠世、汪文宣、曾树生等形象。以上形象虽然在作品里有各自不同的情势和性格,但总体精神气质却是声气相通的,因而完全可以看作是一个整体形象——为"五四"精神唤醒的有理想、有追求的知识者形象。其次,这一由觉慧始,经杜大心、吴仁民等至汪文宣的整体知识者形象,在本质上是一个悲剧形象。因这一形象的最后落脚点是汪文宣、曾树生,这一对由"充实生命"演变成的"委顿生命"深刻折射了旧中国一部分进步知识分子的悲剧命运,抒写出了他们的痛苦、不平和满腔怨懑。巴金通过对旧家庭各类叛逆者,特别是汪文宣、曾树生的描写,揭示了我国由半封建半殖民地社会移向新社会的全部艰巨性。列宁说:由资本主义到社会主义,是"最困难和最痛苦的过渡时期"①。而中国却是由一个封建经济关系、社会关系和意识形态占支配地位的社会向社会主义社会过渡,其"困难"和"痛苦"是可以想见的。"生命"体系忠实地表现了这一切,在这一点上它达到了对当时社会时代的历史必然和本质规律的深刻认识,具有伟大的历史悲剧的性质。

---

① 《列宁全集》第 27 卷第 435 页。

　　"生命"体系的认知价值,还在于它深细展现了我们民族的某些典型性格和心理特征,尤其是大量存在于知识群中的"自我萎缩型人格"。谁要是在现代中国——特别是旧中国生活过,谁就会对中国知识分子内向、谦卑、顺从、懦怯以及善良的性格特点有尖锐、深刻的感受;谁要是阅读过"五四"前后的小说,谁都会惊奇地发现这些作品描写的知识者,几乎都是"怯弱者"。这足以说明,"自我萎缩型人格"在我国知识阶层中的密集度。巴金对"觉新——周如水——汪文宣"这一长串"自我萎缩型人格"的创造,表现了他对民族的传统性格进行的尖锐、深刻的自我反思和自我否定,它从一个重要方面补充、丰富了鲁迅对于中国落后"国民性"的批判,至今仍可对我们民族、尤其知识分子起到强烈的观照、警醒作用。

　　"生命"体系的成就和价值,自然不仅仅是"认知",还在于它饱和了强劲的思想、道德锋芒。"生命"体系通过"充实生命"、"委顿生命"和"腐朽生命"交互作用的有机历史图画,向一切摧残人的青春、活力、自由、幸福、爱情的传统意识和黑暗社会势力进行了激烈的、毫不妥协的,而且是一以贯之的战斗,洋溢在这一历史图画里的是这样一种洪亮的声音:必须结束这一切,让每个人的"生命力"都得到自由发展。虽然巴金的这一美好向往还不是完全建立在对社会发展规律的科学分析基础上,因此有他的局限,但向往本身并不错。与此同时,巴金还力图从生活观、生活方式上影响人,为人们指示一条争得爱情和幸福的路径。因而,在这一历史图画里还响彻着这样一种声音:人生、生命就是奋斗,应当征服生活、征服环境!洋溢于"生命"体系的以上两种声音,无疑出之于历史、时代的呼喊,这在巴金之前及同时代的作家那里也有程度不等的感应,但它们在巴金作品里是格外洪亮、深厚的。这两种发自历史、时代,听似很近、其实却还遥远的醉人声音,过去曾给过许多生活中的弱者以温暖、亮色和力量,它们甚至"引导很多青年走上革命的道路"①。可以相信,它们也将继续激励人们同封建制度的残余势力,同一切否定和蔑视个体生命价值、不尊重人及忽视个体活力

----

① 参见周扬在作协三届理事会二次会议上的讲话,《人民日报》1981 年 12 月 24 日。

和自由发展的封建意识作斗争,叫人热爱生活,永远前进。

"生命"体系批判腐朽力量对个人自由发展的压抑、摧残,鼓励人们把幸福给自己争回来,但它本身并没有将个人的自由发展和整个社会的共同发展对立起来,倒是提倡:人生和生命的意义在于"放散",在于为他人、为人类的幸福牺牲自己。"我已经把我自己底生命连系在人类底生命上面了。我用我底血灌溉人类的幸福;我用我的死来使人类繁荣。这样在人类永远走向繁荣和幸福的道路的时候,我底生命也是不会消灭的。"——《新生》主人公李冷的这段内心独白,其实是响彻于整个"生命"体系的又一洪亮声音。熟悉巴金作品的人清楚,李冷和巴金小说里其他一些人物说的"人类"是有比较明确的具体内涵的,它主要是指当时中国生活在最底层的劳动群众,是人民。巴金前几年写的关于《龙·虎·狗》的回忆说:"为了人民,放弃自己的利益,这就是生命的'开花'。"①在巴金那里,"人类"和"人民"是两个几乎等价的范畴。"生命"体系提倡的,正是这种为了被压迫、被剥削人民的利益放弃个人利益,甚至不惜献出自己生命的集体主义道德观。与"生命"体系蕴含的前两层意识比较,它似乎是更高一个层次的,更深刻、有力地制约着"生命"体系的面貌,并且与作家的思想、精神境界达到内在的一致(巴金要人"给与",自己首先"给与",他叫人"付出",自己首先"付出"——自始至终的无代价的"给与"和"付出"。唯此,他也最讨厌那种"劝人'公字当头',而自己'一心为私'"②的人和行为)。巴金的小说,因此也具有了车尔尼雪夫斯基评价托尔斯泰作品时说的那种"天真未凿的、仿佛完全保持着少年时代白璧无瑕的道德感情的纯洁性"③,它能使人的灵魂变得更美好。

但是,对于"生命"体系思想、伦理蕴含的充分揭示,还必须从"生命"意识的总体着眼,看到它在本质上是一种力图统一个体利益和群体利益、协调个性发展和群体发展,最终实现"使每一个社会成员都能够完全自由地发展和发挥他

---

① 巴金:《关于〈龙·虎·狗〉》,《巴金专集》第1卷。

② 巴金:《病中集·后记》。

③ 《俄国作家批评家论列夫·托尔斯泰》,中国社会科学出版社1982年版。

的全部力量和才能"①的现代伦理观念。当巴金开始创作的年代,"五四"时期个性解放的文学主调日渐隐去,让位给阶级、民族解放的恢宏主题。自那以后,一直到三十年代、四十年代,现代文学的主调始终是阶级和民族解放,因而可以认为是一种高扬群体意识,群体至上的文学。巴金由于早年特定的经历和思想影响,其全部创作也融汇、贯穿了"放散"、"牺牲自己"的群体意识。但他的可贵处在于并不像有的现代作家那样——这其实不是个别作家、而是一个特定文学时代的缺陷,对群体意识的肯定是通过对个性主义的简单化否定达到的。在巴金小说里,"生命"意识三个层次的内容有机交融、相互渗透,它们以极自然而和谐的形式联结为一个整体:一种植根于现代人道主义观念,确认个体生命价值和权利的集体主义道德观。而且从巴金的创作可看到,作家越到后期的作品越表现出对个体生命的关心和忧虑,他似乎预感到个体生存、个人自由发展的问题不会随群体问题的解决自然解决。理解需要时间。在历史画册又翻过好多页,当人们经历了一系列变故、站到今天的高度重新审视那段文学历史时,就愈加感到以上思想、伦理蕴含的难能可贵。但在当时,巴金似乎并不为那个时代所充分理解的,他的作品常常被人指责为"浅薄""落后""错误",甚至《家》等小说也被认为是不合时宜的②。群体道德固然有进步和落后之分,但忽视个体、轻视个性自由发展的道德总是片面的。对我们这样久久奉行"群体至上"道德意识的古国,要实现向现代社会的过渡,必得十分重视协调群体和个体的关系,将尊重个人、张扬个性、确认个体生命的价值和权利容纳进现代社会的伦理学体系之中。这一基本内容如果说在巴金创作的年代被忽视还可原谅的话,在今天是没有任何理由再被轻慢的了。

巴金曾经这样谈《憩园》的写作:"《憩园》里的人物和故事喷泉似地要从我的笔端喷出来。我只是写着、写着,越写越感觉痛快,仿佛在搬走压在心上的石

---

① 恩格斯:《共产主义原理》,《马克思恩格斯选集》第 1 卷。

② "浅薄"等语引自巴金《龙·虎·狗》集中的《死去》一文,文化生活出版社 1942 年版;钱杏邨曾批评《家》等作品"并无新意",参见《一九三一年中国文坛的回顾》,《北斗》第 2 卷第 1 期。

块。"①巴金一些卓有成就的作品,几乎都是这样并不费劲、比较顺利地写成的。这里的原因,不能仅仅用对生活的熟悉来解释,更重要的,应是作家的思想、心情、气质——一言以蔽之,是作家的创作个性——与创作对象有一种内在的联系和接近。这种联系和接近是使作家产生内心热情燃烧,引起创作冲动和创作想象的必不可少的条件。对于巴金创作个性与"生命"体系之间的这种内在联系和接近,笔者已在第二章作有论述,重提这一命题是想进一步说明:"生命"体系的认知价值和思想、伦理价值是与它的美感价值密不可分地交融、渗透的,"生命"体系的美感价值突出表现为它不需要借助外加技巧,而依靠作家真挚、深厚博大的感情,他的人格力量感染、征服人。巴金在谈自己的创作追求时说:"我不是用文学技巧,只是用作者的精神世界和真实感情打动读者,鼓舞他们前进。我的写作的最高境界、我的理想绝不是完美的技巧,而是高尔基草原故事中的'勇士丹柯'——'他用手扒开自己的胸膛,拿出自己的心来,高高地举在头上'。"②巴金这话,是有他的作品可以举证的。换言之,"生命"体系最显著的美学品格是真诚,是自然,是"动乎天机,不费雕刻"。现代中国创深痛巨,灾难深重,一般作家都不屑仅仅作为艺匠精细雕琢作品,但像巴金这样明确将"无技巧"作为艺术极境,视写作为生活,在作品中融入自己的全部人格和灵魂,并终于在艺术上日臻炉火纯青境界的,却罕见旁例。

而如果将"生命"体系放在现代中西文化融汇的大背景下考察,那么就应认为巴金是少数几个沟通、融合了中西文化、文学,创造了与时代相适应的崭新感性形式的重要作家之一。这从笔者上一章的叙述不难见出。"生命"体系正是两种文化、文学撞击后结出的新果子。由于巴金,以及鲁迅、茅盾、老舍等许多作家的努力,中国小说终于实现了由传统向现代的重要转变。

像许多伟大作家一样,在巴金那里,"生命"体系的成就也是与其局限粘结在一起的。从这一体系的整体构筑看,它呈现出某种倾斜:作家擅长表现的是

---

① 巴金:《关于〈第四病室〉》。

② 巴金:《探索集·后记》。

他极熟悉的旧家庭生活,是与他出身、经历、气质、性格、思想感情相近的"知识群",而对其他阶级、阶层人们——特别是身处底层的劳动者的描写就较薄弱。巴金创作的以上弱点,只要与鲁迅、茅盾、老舍等作一比较就会明显凸现出来。他更不是那种题材适应范围广泛、善于钻入各类人物心灵世界的作家。从纵的方面考察,这一体系的一个重要局限是未能表现现代中国那部分从旧家庭叛逆出来,经过种种摸索终于找到正确斗争道路的"充实生命"。这样,"生命"体系的某些环节是残缺的,人们必须将之与其他作家创造的艺术形象联系起来审视,才能获得对这一历史图画的完整认识。"生命"体系追求的"无技巧"理想,有助于凸现作家的思想美、感情美、人格美,而且使其成熟后的作品表现出真诚自然、浑然天成的特色,但作家在这之前却也付出了巨大代价,他早期作品艺术上的浅露、粗糙当是与之相关的。但局限似乎是任何作家、任何伟人都难以避免的。更何况,在巴金那里,局限与成就、弱点与优点几乎是相反相成、互为因果的。试想,要不是作家并未创造从旧家庭叛逆后找到正确道路的"充实生命",那么,"生命"体系怎能具有现在这样充溢悲愤,具有伟大历史悲剧的性质?又如,若作家不是始终将"无技巧"作为极境追求,他的作品怎能具有现在这样恢宏博大的人类意识和历史使命感?其进到成熟期的作品,自然也会呈现别一种美学风貌。在这一意义上,笔者上面指出的,与其说是"生命"体系的局限,不如说是在换一种方式说明其成就,而所有这一切又都为着一个目的:更充分地揭示巴金创作的独特个性。

下编　巴金创作纵横谈

巴金《激流三部曲》中的反面人物形象及其塑造

在巴金的全部创作中,《激流三部曲》(以下简称《激流》)无疑分量最重。在这部作品里,巴金塑造了一系列栩栩如生的反面人物形象,集中表达了作者对腐朽的行将就木的封建家庭和封建制度的认识。但遗憾的是,这些人物形象的深刻意义至今还没有被充分发掘,有的甚至蒙着种种灰尘。本文试图对《激流》里的反面人物形象作一较为全面的分析,着重揭示高克明、周伯涛性格的思想意义,并对作者描写反面人物的美学原则和艺术技巧作一考察。

一

巴金在《激流》里塑造的众多反面人物形象,既各具个性,是独立整一的艺术体,又互相联系,是作者揭露封建家庭、封建制度的罪恶的重要一环。通过他们,特别是《家》里的高老太爷,《春》和《秋》里的克明、周伯涛,作者对历史久远,但当时却已失去了存在的合理性的封建制度,作了全面而深刻的批判。

可是,对于《激流》塑造反面人物的这一特点,并非所有评论者都充分认识的。这表现在,不少同志对高老太爷和克安、克定形象所具有的反封建意义比较注意,对他们的分析也不避重复,而对克明和周伯涛这两个被作者说是"一笔一笔地画出来"的形象①,却几乎无视。有的文学史著作和研究书籍,虽然辟专节谈《激流》,但对他俩,或者仅提及姓氏,或者只是泛泛论到,甚至有同志认为这两个人物形象与高老太爷并没有什么"特殊不同"②;也许正由于这样的原因,评论者往往不屑一顾。

但《激流》正是借助于克明和周伯涛形象的塑造,在更充足的意义上否定了封建家庭、封建制度;《春》和《秋》的思想、艺术光彩,在相当程度上也赖于对这两个形象的刻画。

而这需要对上述几个反面人物形象,作一番分析。

《家》主要刻画了高老太爷和克安、克定的形象,作者对高老太爷形象的艺术概括和真切生动的描绘,足使他承担"典型"的称号。这是一个严厉、专断,但又比较虚伪的老一代封建家长。这无疑是个成功的艺术形象。但同样无疑的是:高老太爷的形象不足以概括封建家庭一切家长的性格,封建家长并不只是他这一种类型;而且从更严格的要求看,《家》对高老太爷的描写毕竟简括了些。

《家》还塑造了克安、克定的形象,他们贯穿了整部《激流》。这两个形象在小处虽不无差异,但就主要方面看,却是一种类型的家长:封建家庭急遽没落时产生的败家子。和觉慧、觉民受了新思潮的影响,向封建家庭勇敢挑战不一样,他们是从另外的意义上打乱封建家庭的秩序和常规,他们已预感到本阶级的衰颓沦落,因而荡检逾闲,耽于肉欲,在快要爆发的火山口寻欢作乐。内囊本已腐朽的旧制度,因此更明白地现出破败相。克安、克定的性格与高老太爷有直接的血缘关系,但在封建家长制的崩溃途中,却标示了一个新的起点。

---

① 《谈〈春〉》。

② 巴人:《论巴金的〈家〉三部曲》,《巴金专集》第2卷。

这里,我想着重谈谈克明和周伯涛的形象。他们与克安、克定是同辈人,但从许多方面看,他们的性格迥然有别;他俩自己也色彩各异,毫不相混。这是高老太爷以后,又一代专制家长的另外两种典型。在塑造他们时,作者似乎比塑造高老太爷和克安、克定有过更深入的思索,因而下笔从容,开阖有度,无论是对人物性格的多方面开掘,或者是对人物内心的深入揭示,都稍胜其他反面人物。

先谈克明。克明的性格,作者在《家》里就作了勾勒,在《春》和《秋》里他取代高老太爷的家长位置以后,作者更浓墨重彩地加以刻画。《春》和《秋》对克明的刻画,主要是通过他对亲生女儿青春和爱情的蔑视、摧残,以及他与其他长辈沆瀣一气,压制觉民等进步力量表现出来的。就这些方面看,克明与高老太爷、周伯涛等封建家长并没有什么区别。但如果我们顾及全篇,对克明的形象仔细作考察,就会发觉:这一形象在《激流》所塑造的旧式家长里带有某种特殊性,作者似乎有意识地表现着这种特殊性。

《家》有一章写随军的一个娼妓到高家借宿。通过这件事,作者写出了克明与他两个兄弟差异甚大的精神境界,表现了士大夫出身的他的骄傲和自尊。

《家》的两部续作,继续使用对比的方法显示克明的特殊性:

克明对克定与丫头胡闹大发其火,指责克定"连一点羞耻心也没有"。克安、克定对此极为反感,他们一个说:"我就讨厌他的道学气",另一个说:"人都是一样的。……你把他同翠环关在屋里试试看,如果他不来这一手,我就不姓高!"但他们是以己之心测克明之腹,从作品实际看克明不是那种人。

克明对他父亲和两个兄弟玩小旦的行为,往往腹诽。高老太爷死后,克安、克定只得乘他出外时才敢把小旦带回家。

对陈姨太抱孙儿,克明也与两位弟媳不一般见识。他不把自己的孩子过继给陈姨太,固然出于自家私利的考虑,但是他对弟媳们为陈姨太的几千块钞票,明争暗斗、"当面输心背后笑"的行为,感喟再三。

显然,《激流》在抨击克明的严厉、专断时,又把他写成一个比较正派的封建旧式家长。在个人品行方面,他不只与放荡荒淫的克安、克定有上下之别,而且与讨"小"、玩小旦的高老太爷也不一样。克明固然有世俗的一面,其正派也不乏虚伪的成分,但就主要方面看却不能认为他是虚伪的。他有他的理想和生活准则——封建阶级的一整套伦理道德观念。他的所作所为没有太远地离开这些。他的悲剧在于,在他所信奉的理想和生活准则已经失却了存在的合理性,它们甚至已经被这个阶级的大多数成员所抛弃的情况下,他还不自量力地企图维护,这就不能不落得到处碰壁。他终于带着凄凉的无可奈何的感触离开了人世。

克明的形象,有助于人们更全面地认识封建家庭和封建制度。按一般理解,封建家庭在高老太爷以后会愈发不成气候,因而只会有克安、克定那样的败家子出现,而《激流》却展示:该时该地仍不乏克明那样,在个人品行方面不下于上一辈人的卫道者。克明的形象,正表现了封建专制家长的复杂性,说明了有着两千多年发展历史、具备了非常发达的自我意识的封建地主阶级的执拗和顽固;而他的卫道无效,又令人信服地标明:封建家庭、封建制度的灭亡是无可改移的历史潮流,它不问这一阶级中的某些成员是否还有某些正面品质。

对于中国封建制度的独特性、复杂性,以及它何以能迂回发展两千多年的原因,人们至今仍在探讨中。仅仅从这样的意义论,《激流》不把封建家长简单化,不满足于皮相地表现封建家庭和封建制度的没落,这种严肃认真的态度,不正是极可贵的吗?

周伯涛形象的创造,进一步显示了作者在同封建家庭、封建制度战斗时,所具有的远阔的精神视野。这一形象,是在《春》的下半部和《秋》里得到集中而鲜明的描绘的。和克明一样,周伯涛也是一个独断专行、唯自己意志自行其是的封建家长。但他比克明走得更远:他不只送女儿下火坑,又置儿子于刀俎;腥乎乎的悲剧事实也不能警顽起懦,他甚至没有半点自咎的意思。但周伯涛与克明的区别,还不是专断蛮横程度的区别;《激流》使之显得戛戛独造的,在于他又是一个心智发展的低能儿,一个昏蒙无知的封建家长。

周伯涛完全为女婿的巧言令色所迷惑,对郑家虐待其亲生女儿的行为不措置一词。蕙死后,众人都愤愤然,他却送"群夸夫婿多才,应无遗恨留天壤"的挽联。

郑国光要续弦了,却还拖着不把蕙的尸骨入土。周伯涛的母亲、妻子忍无可忍,而周伯涛却静以处之,不只不出头办交涉,还从虚幻里寻出堂皇的理由,为之哓哓声辩,既欺骗别人,也为着欺骗自己。

对待儿媳妇——冯乐山的侄孙女,周伯涛也表现出与他的身份、地位大不相称的可耻屈从。冯家"世代书香"的虚名甚至吓昏了他,使他下意识地站到儿媳妇一边,听任她耍泼施威风。

与周伯涛的专断、顽固,难分难解地纠缠在一起的,正是这种极端的无能、昏昧。就无能、昏昧说,他可以与冈察洛夫笔下的奥勃洛莫夫在文学殿堂里作一比试。这是当时另一类最末流的封建家长。如果说,克安、克定的堕落主要表现为道德的沦丧,那么周伯涛的堕落则更多地在智能方面显示出来。

对于这一性格的成因,《激流》用粗疏的笔墨作过交代;更多的内容,却留待读者自己想象。但这不难想象。害了他的,也是那种不须为自己衣食操心的奢侈、闲懒生活,它甚至钝化了他的脑筋,使他不能理解、处置最最简单的日常小事。而这样的公子哥儿一旦做封建家长,焉能不加倍专横跋扈!

对周伯涛,他母亲周老太太说过一句话,颇值得玩味:"我从没有见过像他那样不通人情的人。他天天讲什么旧学,我看他读书就没有读通过。"这并不假。旧礼教固然可恶,但旧礼教本身没有叫周伯涛挑选郑国光那样的女婿并受骗于他,没有要他在儿子患病的当儿定亲、完婚,也不认为蕙下葬是悖逆的,做媳妇的可以对婆婆不敬。但是周伯涛在实际上却都一一这样认定,或固执地促成了。《激流》揭示了封建制度在被历史大潮流冲没时,所出现的一种很惊人、也是普遍的现象:由于某些封建专制家长的昏昧,他们甚至会做出比旧礼教所规范的东西更可怕、更违反人性的事。

周伯涛形象的意义,正进一步说明封建家长的复杂性,指出专断、顽固往往同无能、昏蒙无知相伴相随的事实,和两者扭结一起所可能产生的灾难性后果。

显然,克明和周伯涛是两个有别于高老太爷、克安兄弟等封建家长的独特艺术形象。对这两个形象,作者不仅着墨淋漓,作了比其他反面人物更充分的描写,而且用笔深沉,使之蕴含了丰富深刻的思想意义。《激流》对封建家庭和封建制度的批判,因这两个形象的塑造而更全面深刻了。

《激流》是一部以反封建为主题的长篇巨著。对于《激流》的这一主题,巴金自己作过明确说明,学术界所持意见也基本上一致。但是对于《激流》表现这一主题的深刻性,即作品在多大程度上否定、批判了封建家庭和封建制度,人们的认识却不尽一致。比如,一些同志认为《激流》后两部作品的主题思想并没有深化、发展,有人甚至说《春》和《秋》"不但没有给《家》作很好的补充,反而造成了《家》的累赘"①。之所以会有这种认识,一个重要原因是人们对作品里反面人物形象所实际包含的十分深刻的思想意义认识不足。陀思妥也夫斯基说:"文艺作品的深度,全部内容应该只包括在典型和性格之中。而且几乎永远如此。"②《激流》否定、批判封建家庭和封建制度的主题,正是通过塑造一系列活生生的人物形象,特别是高老太爷、克明、周伯涛等旧家庭的家长,通过展开他们与各种人物之间的矛盾、纠葛和冲突实现的。《春》和《秋》的必要和深刻之处,在很大程度上就是因为它们完成了克明和周伯涛这两个不同于高老太爷的封建旧式家长的塑造,这两个形象包含了丰富的比较深刻的反封建思想,从而使《激流》的主题大大深化了。正因为这样,在我们对《激流》里的主要反面人物作了上述分析以后,完全可以说:《激流》对这一主题的表现是深刻的,其对封建家庭、封建制度的批判可谓鞭辟入里。

二

展读《激流》,人们总感到作品里的反面人物活脱脱的,一如现实生活中的真人。原因在哪里呢? 我以为是:其一,作者对类似的人物有较长时间的接触,

---

① 香港文学研究社《中国新文学大系续篇·〈小说二集〉导言》。
② 陀思妥也夫斯基:《论文学创作》,《文艺理论研究》1980 年第 3 期。

生活积累丰富;其二,在创作中作者依循、追求着不丑化、不简化反面人物的美学原则。

巴金说:"我的人物大都是从熟人身上借来的,常常东拼西凑,生活里的东西多些,拼凑的痕迹就少些,人物也比较像活人。"①《激流》里的反面人物所以活脱生动,就在于来自"生活里的东西"比较多。

我们从作者谈《激流》的文字可以知道:高老太爷是作者的祖父,也是他一些亲戚家的祖父;《家》表现的高老太爷最后的幻灭,实在是根据作者祖父的情形写的。克明的原型是作者的二叔,克明在高家的地位和处境与作者二叔在李家的地位和处境相像。周伯涛虽然没有可以确指姓名的人作模特儿,但作者说见过不少像他那样的旧式家长,因而也是从生活里来的。作者还说克定是他五叔的写照,克安有点像他的三叔,而陈姨太、王氏、沈氏,甚至觉字辈小无赖,也都有作者亲属的影子在内。显而易见,《激流》塑造的反面人物虽然并不就是作者自己家的人,但有许多是以他们为模特儿,或因他们的启示而创作的。《激流》的成功,首先得益于这一点。法朗士曾这样论及托尔斯泰的创作:"他以自己的创作教导我们,美来自活生生而又十分完美的真实,正像阿福洛狄特出自大海深处一样。"②《激流》塑造反面人物取得的艺术成就,又一次作了这样的说明。

《激流》的成功,还由于作者依循、追求着不丑化、不简化反面人物的美学原则。

巴金写作《激流》时情绪异常激动,他说他写《家》是在战斗,"战斗的对象就是高老太爷和他所代表的制度,以及那些凭借这个制度作恶的人"③。但可贵的是,巴金虽然对"战斗的对象"充满了憎恨,可他基本上是按他们的本来面目写的,没有取旧小说、旧戏"恶之欲其死"的写法。

高老太爷是作者詈詈申斥的一个"战斗的对象",但作者没有夸大其词,把

---

① 巴金:《关于〈火〉》。

② 转引自《世界文学中的现实主义问题》,人民文学出版社 1959 年版。

③ 巴金:《关于〈激流〉》。

觉新与梅的悲剧全归罪于他,从作品现在的描写看,倒是梅的母亲和觉新的父亲两个人的责任更大。

陈姨太也是作者诘责的一个"对象",但作者没有作这样的"典型化"处理:写她存心害死瑞珏,作品只是写她为迷信所蛊惑,不敢想象老太爷死后满身浴血,所以逼瑞珏搬到城外生产的。

对冯乐山,作者既写他打骂婉儿,又写他有时会把婉儿当宝贝一样,兴致来了,还肯花工夫教她读书写字。

对克定,作者在暴露其阴沟一样恶浊的灵魂时,又写他能吟诗作对,写得一手好字,颇有些才气。

《激流》早先的版本,对克安有简化的瑕疵。对此,作者有过严格的自检,并总结说:"丑化和简化在作者虽然容易,却并不能解决问题"①。

这都说明,巴金对不丑化、不简化反面人物的美学原则,是比较自觉地追求的。

作者对这一美学原则的追求,还表现在力图展示人物性格的复杂层次。在《激流》里,不但有觉新这样很难用"好"或"坏"、"是"或"非"简单概括的具有"两重人格"的人物,而且正面人物和反面人物也都很复杂,往往有两个或两个以上的层次。如周伯涛,他的性格就有这样两个比较明显的层次:专断、刚愎自用和无能、昏蒙无知。但这样的概括,还不能说明其性格的全部曲折幽微。周伯涛是专断的,但当他母亲真的拿定主意,抵制他的做法时,他就黑沉了脸,茫然不知所措,一如解除了武装的败兵。周伯涛是无能的,头脑有时像稀烂的糨糊,但他仇视新学堂和进步青年学生,不准枚去高家搭馆读书等,却似乎不能用无能解释。周伯涛还是道学正统气味很浓的一个家长,但这并不妨碍他讨"小",这就近乎虚伪了。此外,作者对周伯涛的面子观念、能忍自安、自欺欺人的精神状态,健忘、文过饰非的心理等,也有着具体细微的描写;它们都不是上述两个性格层次所能囊括的。

① 《谈〈春〉》。

鲁迅对《三国演义》曾发表过这样的意见："描写过实。写好的人,简直一点坏处都没有;而写不好的人,又是一点好处都没有。其实这在事实上是不对的,因为一个人不能事事全好,也不能事事全坏。"①巴金也看到了这一点,因而他不回避反面人物身上所可能有的一些正面品质,并且将它作为性格中的某个层次展开。克明性格的一个重要层次,就是比较正派。对克明性格的这一揭示,从积极方面看,有助于作品全面、深入地揭露封建家庭和封建制度——如我们前面论述的;从消极方面看,并未损害克明性格的完整统一,这是因为作者对艺术的分寸感有精审的把握,没有离开克明的基本立场去表现的缘故。

马克思主义既强调人的个性要受其在整个社会关系中所处的地位的制约,又看到个性与阶级性的区别。实际生活也告诉我们:正面人物身上可能掺和了那么一些不好的东西,反面人物身上也可能掺和了一些好的东西,纯粹的清一色的人是没有的。高尔基说:"人是杂色的"②。克明的性格正是"杂色的",因而层次感特别强烈。

《激流》还用细致的笔触,描绘了高老太爷、克明和沈氏等人物在特定环境下的幻灭、悔恨情绪,这更使人物形象呈现出复杂的层次。

从《家》的交代看,高老太爷一生似乎有两个时期:前一个时期不乏生气,后一个时期走的是下坡路。《家》具体写的是后一个时期,它通过一系列场景和画面的生动描绘,表现了高老太爷前后时期两种迥然不同的精神状态:做着"四世同堂"美梦时的自我陶醉、满足,和梦醒后的孤单寂寞。正由于后一种精神状态的支配,他下意识地感到有些事错了,在临死前取消了冯家的亲事。

如果我们把克明的性格比作一条时有涨落的不间断流动的河流,则可以看到,随着河床深浅的变化,克明性格的流动有三个不同的面:结婚那时候还比较通达;此后,特别是高老太爷一死他挑起了整个高家的担子,就变得极为乖张;后来由于一系列事件的打击,他感到了幻灭。于是,对妻子显示出某些温情,为

① 鲁迅:《中国小说的历史的变迁》。
② 引自《论作家的劳动本领》,新文艺出版社1955年版。

自己酷待女儿深感悔恨,在侄女上学的问题上也不再孤行己见。

《激流》还描绘了沈氏情绪变化的轨迹。她一直极残酷地虐待女儿,但在女儿自杀后却陷在深深的悔恨里。原先爱说话的她变成了寡言的人,举动和表情也迟钝了,对觉新他们,她也为自己过去的刻薄行为感到愧疚。

《激流》的这些描写,曾一度遭到非议、指责,但今天可以看得很清楚,这些非议、指责是站不住脚的。反面人物既然是人,那么对普通人起制约作用的心理活动规律,也就有可能对他们起作用。由于他们朝暮求之的一些东西的失落,或某种朗若白昼的事实的昭示,其感情也会有剧变发生,于是幻灭、悔恨,甚至做出对进步力量有利的事情,这并没有什么奇怪的。因而,问题不在于写反面人物的幻灭、悔恨情绪,而在于怎样写:符合不符合人物性格的内在逻辑?艺术的分寸感掌握得怎样?正是在这两点上,巴金显示了卓卓不凡的艺术手腕。首先,巴金的这些描写比较符合特定人物的性格逻辑。在《激流》里,作者只是写了某些反面人物的幻灭、悔恨情绪,之所以写他们不写其他人,就有人物性格的必然性在内。拿高老太爷和克明来说,他们与克安、克定相比算是有所"追求"的,同周伯涛相比也不算糊涂,因而写他们的幻灭、悔恨情绪就显得比较合理。其次,巴金的这些描写总是极有分寸。一度有人认为,写高老太爷等人的悔悟就是肯定封建地主阶级的本性可以改变。这并没有什么根据。地主阶级作为一个阶级的本性,与这个阶级中的张三李四的本性不是一回事,此其一。其二,《激流》只是写了高老太爷等的某种悔悟,并没有写他们立足点的根本转移。高老太爷吁吁断气时仍要孙儿们立身行道、扬名显亲,克明虽已身心交病,却仍对觉民等的进步活动不能忘怀,必欲制止而后心安。这些描写都不是闲笔。对沈氏,作者虽然在篇末有同情的表示,但也没有写她立场的更新,她只是在她所处的那个地位,对某些事作了可能有的认识,仅此而已!对封建家庭、封建家长有真正了解,了解得深的,是巴金。巴金不愧是善于"发掘人心"的艺术大师,他不只生动地、而且精确不苟地在《激流》里展现了反面人物的全部复杂性。

三

　　《激流》写的是巴金最熟悉的生活,激情又驱使着他,因而作者说他写的时候"只有一个主题,没有计划,也没有故事情节"①。但如果人们因此认为这部作品没有文学技巧可言,那就失之谬误了。这里,我仅谈谈《激流》塑造反面人物的一些具体艺术手法。

　　首先,《激流》往往置反面人物于复杂的矛盾斗争之中,浓墨重彩,工笔深入地表现其主要性格特点。

　　巴金说:"我们的文学作品写人,写人的性格和命运,就要把人物置身于复杂的矛盾斗争之中,只有这样,才能充分表现他们的精神面貌、内心世界。"②在《激流》里,不少反面人物就是这样刻画的。拿克明来说,高老太爷一死,他成了维系高家秩序的当轴者。为充分传达出他的精神面貌、内心世界,作者让他置身于一系列矛盾斗争之中,一次又一次正面表现他与周围人的冲突:发生在自己家的冲突,在整个高家范围里遇到的冲突;与正面力量的冲突,同其他反面力量的冲突。众多的冲突错杂地纠缠在一起,并且像潮汐那样有规律地消长起落。如《秋》写他鞭笞觉英,就既是自己家的冲突——与儿子的冲突,也是高家范围里的冲突——与沈氏等人的冲突。这冲突导致老病朽弱的克明有幻灭感发生,从而对女儿作出某些让步。这就影响到作品着力描写的另一线索:克明与淑英、觉民等进步力量的冲突。为此,作者在第十四、十五两章里不惜笔墨,用浓墨描绘克明在冲突面前的各种反应,他的愤激情绪的积聚、爆发和消退。

　　高老太爷等也主要是这样刻画的。由于《激流》把反面人物置于复杂的矛盾斗争之中,让冲突的漩涡往复不断地撞击性格的凸现面,所以他们的性格被

---

① 巴金:《关于〈激流〉》。

② 巴金:《在军事题材文学创作座谈会上的讲话》,《人民日报》1982年4月21日。

写透了。

其次,《激流》重视在对比中刻画人物。

世界上许多作家都擅长用对比的方法写人物。塞万提斯笔下的堂吉诃德和桑丘·潘沙是对比的杰作。雨果作品里的人物也有一种强烈的对比关系,他甚至提出对照原则的理论,认为"崇高与崇高很难产生对照",强调以"滑稽丑怪"来与"崇高优美"作比较①。托尔斯泰也常常在对比中刻画人物,有时他用人物的外表的丑反衬内心的美,有时又用外表的美反衬内心的丑,等等。

巴金运用对比手法,不会不受前辈文学大师的启迪。但他依然有自出机杼的东西,他的《激流》虽然也常用"美"与"丑"的强烈对比鞭笞丑,但更主要的,却是通过不同"丑"的比较,让其"自我鞭笞"。突出地表现在以下两组人物的塑造上:

克安与克定。这一组人物,几乎总是同时在场的,他们的对话、举止,既同时显示他们的道德低下,又分别标出他们性格的差异。《春》第十章,克定才为喜儿的事与沈氏闹个天翻地覆,克安就来了,且看他如何指责克定:

"我说你也不对。这真是人心不足蛇吞象。你外面有了一个礼拜一,人也很标致,还是你自己挑选的。想不到你还那样贪嘴。喜儿那种做惯了丫头的,又粗又笨,有什么意思?你做老爷的也应当顾点面子。"

这段话的用意是:(一)交代克定与礼拜一的私情;(二)表明克安不是真的指责克定,指责里含了宽慰;(三)标出他俩性格的微小差别:克安在嘴上常常堂皇得很。

作者并没有就此打住,接着写了克定的反讥,从而"揭发"了克安从前与女佣刘嫂的关系。对此,克安稍有不安。与他不同,克定"坦然"得很:他听见克安劝他开消喜儿以了事,竟声高气壮地要把喜儿收做姨太太。作者又通过描写他俩在克明面前的表演,和克明离开后的言谈,进一步写出他俩的堕落和性格上的差别:一是一点点顾忌、羞耻心也不存的登徒子,一为假声假气、扭捏作态的

---

① 雨果:《论文学》,上海译文出版社 1980 年版。

伪君子。

　　陈姨太、王氏与沈氏。这一组人物也总是两两同时在场的。在克安、克定闹小旦一章里,作者先后安排王氏和沈氏,王氏和陈姨太,陈姨太和沈氏在一起,让她们分头"自我表现",从而写出她们的性格特点:沈氏庸俗、笨拙,陈姨太狠毒,王氏阴险、工于心计。如果说,陈、王性格的差别在这一章里还隐而不彰,那么写她们合力对付淑华、觉民的不恭中就可了了分明地见出:陈姨太虽狠毒,但与王氏比,就有大小巫之分,她长期在高家的地位、身份,使她只能靠玩弄小计谋取胜,她必须借别人的力量对付其他人。作者就是用这种"丑"与"丑"比较的方法,抉幽显微,鲜明地划出他或她的性格差异。

　　再次,《激流》善于用烘托等侧面描写的手法刻画人物。

　　在《激流》里,烘托等侧面描写的手法被广泛运用着。有些人物,如冯乐山,就主要是用这一手法刻画的。对周伯涛,作者也较多地使用了烘托手法。这个人物还没有出场,我们就从周老太太那里听说了他的"牛性子"。枚一口一声的"爹",更让人感到无形的重压。以后,随着蕙和枚悲剧的展开,我们听到了更多的议论:"我们老爷真是瞎了眼睛,会看中这样的子弟。"——随蕙嫁出的杨嫂说。"大哥总是一味袒护姑少爷,讲面子,好像把自己亲生女儿看得不值一分钱。"——弟媳徐氏的话。"想不到偏偏我们家里出了这个魔王。什么事都给他坏了。"——周老太太的话。作者还总让觉新"陪伴"周伯涛,通过这样一个赖"作揖哲学"为生的特殊人物的心理写周伯涛;连他也气愤至极,好几次恨得想打周伯涛的嘴巴。这些渲染、烘托,犹如大合唱进行时作伴奏的鼓钹琴锣,它们起着烘托氛围的作用。读者由此受到感染,对周伯涛生发强烈的憎恶情绪。

　　在用烘托造成氛围时,《激流》也力求表达委婉,以图在有限的艺术图像里有更多的容纳。作者对沈氏性格中近于虐待狂一面的描写就是那样。作者有意撇开沈氏,不只一次地从侧面渲染其女儿的可怜相:孱弱的身子,小脚,一对肿得像胡桃一样的眼睛,没有血色的小脸,连声音也含了悲哀、畏缩的神态,对沈氏栗栗危惧的心理。这是封建家庭多年积威的成绩,无一件不带着压制与摧残的标记。正面表现沈氏对淑贞的暴虐,即使把她写成凶神恶煞,也只是凶神恶煞,现在却寄意象外,给人以浩瀚深邃、悠然不尽的韵味。

历代文学作品,对封建专制家长作过很多表现。但是,描绘得像《激流》里的高老太爷、克明和周伯涛那样生动、浑厚,揭示灵魂颇深刻的,却似乎不多。

以封建旧家庭生活为素材,为这个堡寨里的生活主宰者作肖像画的鸿制,《激流》也许不会是最后一部。但是,在新文学的历史过程中,这无疑是一座丰碑。

这是真正的丰碑。镌刻在它上面的那几位旧式家长,不只昨天,就是今天、明天,仍会给人以思想上的启益和艺术方面的借鉴。

原载《社会科学研究》一九八三年第五期

试论巴金短篇小说的艺术特色

从一九二九年底写作第一个短篇小说《房东太太》开始,巴金解放前后共写有八十多个短篇小说。在巴金的整个小说创作中,这是一个不小的量;与其他现代小说作家相比,他的短篇小说不但产量丰饶,且有独具的艺术特色。

"我关心的是人物的命运"

对于叙事性的文学作品来说,人物命运、人物性格的描写与表现始终是衡量作品价值的重要标准。巴金的短篇小说正是以描写和表现人物命运见长的。他曾经说过:"作为读者,我关心的是人物的命运。"[①]但作为作者的巴金所以注

---

① 《谈我的短篇小说》,《巴金文集》第 7 卷。

重描写人物命运,还有更深刻的,与作家的经历、个性、创作观密切联系的原因。巴金出身在一个由兴盛走向衰微的封建旧家庭,从小就目睹家庭里一个个年轻的生命横遭摧残的悲剧和仆人、轿夫在贫困中挣扎而屈服、而死亡的痛苦遭遇,加之当时社会新思潮的影响,他很早就萌生了同情下层人民、同情弱小者的深厚的人道主义精神。他甚至颇不自量地把拯救他们、为人类寻找光明的任务摆在自己肩上。唤起巴金的创作热情、催迫他不停顿地写下去的,是过去在现实生活里,别人与他自己的种种痛苦经历,他主要是从探索人生出发走上文学道路的。巴金在踏上开赴法国的邮船,与不幸的乡土告别时曾写道:"在这里我看见了种种人间的悲剧,在这里我认识了我们所处的时代,在这里我身受了各种的痛苦。我挣扎,我苦斗,我几次濒于灭亡,我带了遍体的鳞伤。我用了眼泪和叹息埋葬了我的一些亲人,他们是被旧礼教杀了的。"①巴金自己和其他许多人的痛苦经历一直像梦魇般地压迫着他。现实的法国社会又令巴金极为失望,他看到了更多的人生悲剧。而对于他来说:"倘使不能使我的心平静,我就活不下去"②。他就是在这种情况下拿起笔,企图通过倾诉自己的郁积减轻心上的重压。正因为巴金在相当程度上是为着倾吐郁积,所以他自己和其他一些人的痛苦经历自然就成了他作品表现的主要内容。这是一方面。另一方面,早已在巴金头脑里扎根的人道主义思想又使他奉行这样的创作主张:"帮助人,使每个人都得着春天,每颗心都得着光明,每个人的生活都得着幸福,每个人的发展都得着自由。"③巴金的这一文学观有其明显的局限,他的倾吐郁积的创作特点也不能不拘囿他的视野,但是却也使他的作品具有一个明显的优点,即格外注重人物命运的描写和表现。

在巍峨巨大的纪念碑旁边,以一雕阑、一画栋的精细引人注目的短篇小说,表现人物命运确实有一定难度。为此,有人认为短篇比长篇更需要技巧,短篇

---

① 《海行杂记》,《巴金文集》第 11 卷。

② 《探索集·再谈探索》。

③ 《春天里的秋天·序》,《巴金文集》第 2 卷。

小说应特别致力于艺术的锤炼。巴金的短篇小说是怎样解决这个难题的,有些什么值得注意的特点呢?

首先,巴金善于摄取人物性格发展过程中的某一重要环节,通过描写这样的环节揭示人物命运。人物性格是一个不断演变、发展的过程。在这一过程中,各个环节并不同等重要,只有某些环节才具有特别重要的意义,它们不只鲜明地反映了人物性格,而且最终决定着人物的命运。摄取这样的环节来描写和表现,就能达到简洁而生动地揭示人物命运的目的。《化雪的日子》就是这样。小说的主人公伯和与景芳是一对由自由恋爱结合的恩爱夫妇。但伯和后来接受了新的信仰,决心献身事业,这引起了他和景芳的激烈冲突,并终于分手了。小说展开笔墨描写的是伯和接受了新信仰,内心充满了矛盾和斗争,不断与景芳发生冲突的那一段生活。这是伯和性格发展中的一个重要界碑,它连接着伯和的过去,又暗示着他的将来,他与景芳的悲剧结局就是在这时候明朗化的。由于《化雪的日子》摄取生活面恰当,所以人们读过作品就能够对伯和的性格、他与景芳的命运获得具体而深刻的印象。

其次,巴金善于通过描写人物的心理活动、对话等方法写进较多的人生内容,使有限的生活断面有较多的容纳。人们通常将短篇小说的表现方法分为两种:写横切面和写纵剖面。巴金的短篇小说很少用纵剖写法,他的绝大多数作品主要使用横切面写法。但是,他的这类作品与其他作家的同样写法的作品不尽相同。一般说来,他作品的生活容量比较大,在一定程度上具有纵剖作品的优点,如《将军》。这一作品实际表现的只是"将军"两天里的生活、三个场景:"将军"喝过酒从小咖啡店回家;第二天,愧对受辱归来的妻子安娜;当晚安娜出去后,他又上小咖啡店消闷,并在回家路上被撞倒。在这样一个带"之"字形的生活断面里,作品通过描绘"将军"的内心活动,较为具体地展开了他过去生活的若干断片:风雪天险救除伯奎次亲王,在亲王府邸的舞会上向安娜求爱。后一断片的描写笔墨细腻,情景真切可见。《将军》所以能在短短的篇幅里写出人物命运,与作者在断面的描写里融进一定的纵的断片、使故事容量有所增大相关,它使人物形象不再是"从'人生树'上拣出来摘下来的一片'叶子'",而是能让人读出它"过去的遭遇的节目及其所以然来"的活鲜鲜的"叶子"①。

巴金解放后写的短篇小说《团圆》也是以表现人物命运见称的。这一短篇虽然时间跨度较大,但也是写横切面的作品,作者通过"我"在朝鲜战场一段时间里的生活见闻,写出了军政治部主任王东与女儿王芳离散多年而团圆的动人生活经历。它是通过人物对话写进较多人生内容的,艺术地再现了两代人的命运。

此外,巴金的短篇小说也常常运用插叙、加尾等方法扩大故事容量。

但是也应该指出,巴金有些短篇小说有容纳过多,以致使结构框架不胜负载的情形。他早年的一些短篇小说虽然注重人物命运的描写,但因为不是通过对话、动作直接表现的,所以人物形象不够鲜明、生动。从作品的思想开掘看,巴金高于一般人道主义者的地方,是他看到个人命运的改变离不开社会、国家的改造,因而主张从根本上推翻旧制度,但人道主义思想又妨碍他站在更高的审美观察点鸟瞰人生,把人物命运放到更广阔的历史背景下作考察,从而提出发人深省的哲学命题与社会历史命题。

潜心感情领域的探索

巴金的中、长篇小说酷爱探索、表现人物的感情领域,他的短篇小说也有同样的特点。

巴金曾这样谈历史小说《罗伯斯庇尔的秘密》的写作:"那时我正在读拉马丁的书消遣,读到书中丹东派上断头台时,罗伯斯庇尔躲在房里悲叹的一段。罗伯斯庇尔说:'可怜的加米,我竟然不能够救他! ……至于丹东,我知道他不过给我带路;然而不管是有罪或者无辜,我们都必须把头颅献给共和国……'我

---

① 茅盾:《创作的准备》,《茅盾论创作》,上海文艺出版社 1980 年版。

想抓住这个心理来描写,又想另写一篇来说明丹东的为人和他的灭亡。"①

　　巴金对罗伯斯庇尔等法国大革命的领袖早就熟悉,他不仅读过拉马丁、米席勒、米涅、克鲁泡特金等有关法国大革命的论著,而且自己还写过介绍文章《法国大革命的故事》。但他所以直至一九三四年才动笔写《罗伯斯庇尔的秘密》,跟他那时找到了他认为表现罗伯斯庇尔的恰当的感情、心理状态有关。这篇小说基本上是抓住罗伯斯庇尔的复杂、隐秘的心理展开故事的。罗伯斯庇尔的复杂、隐秘心理既是引起巴金创作冲动的直接动力,也是这一短篇的主干,它像丝线一样串起了原先散落着的情节的珠子。

　　巴金短篇小说的这一构思特点,与外国短篇小说颇接近,他无疑受到了影响。但另一方面,在一定程度上它也得益于民族文化传统,尤其民族戏剧的启发。巴金曾经说:"我从小时候起就喜欢看戏。我喜欢的倒是一些地方戏的折子戏。我觉得它们都是很好的短篇小说。"并举川戏《周仁上路》说:"一个人的短短的自述把故事交代得很清楚,写内心的斗争和思想的反复变化相当深刻,突出了一个有正义感的人物的性格,有感情,能打动人心。"②巴金的不少短篇,正像一些着重表现人物"内心的斗争和思想的反复变化"的折子戏。

　　巴金的短篇小说虽然常以人物的感情、心理片断作为描写的主干,但具体表现起来却有许多种形式,它们显示了作者巧于构思、巧于表现的艺术才华。

　　第一由人物倾吐积愫。取这一构思形式的小说大都是用第一人称写的,作品里的"我"有时就是主人公,"我"边叙述自己的遭遇边倾吐郁积于胸的悲愤情绪,如《爱的十字架》、《堕落的路》等;有时"我"只是陪衬人物,另有主人公将"灵魂的一隅"展示于人们,如《初恋》、《狮子》等。巴金的这些小说虽然有郁达夫早期抒情小说一样的缺点——一味奔放,感情浅露,但不像郁达夫那样只是抒写一己的不幸和苦闷心理(毋庸置疑,这样的不幸和苦闷心理客观上也有典型性),而是如作者说的"以人类之悲为自己之悲"③,表现了众多人的悲哀。就是

---

① 《沉默集(二)・序》,《巴金文集》第9卷。

② 《谈我的短篇小说》,《巴金文集》第7卷。

③ 《复仇集・序》,《巴金文集》第7卷。

说,巴金的这些小说展现了较为丰富多样而又独特的灵魂。

第二由作者揭示人物灵魂奥秘。取这一构思形式的都是用第二人称写的,如《罗伯斯庇尔的秘密》、《将军》等。巴金的这些小说与鲁迅的《白光》、《兄弟》等小说相近,它们都以某一独特的心理状态作为艺术构思的轴心,都擅长动作性较强的直接心理描写,都将幻觉、梦境等的描写作为窥探人物内心世界的主要手段。区别是,鲁迅的表现简洁、含蓄,巴金则笔墨淋漓。

第三是有意掩藏主人公的真实内心世界,通过作品中人物——"我"的观察、分析渐次展开。取这一构思形式的小说也都是用第一人称写的,"我"只是陪衬人物;这一点与上述第一类里的有些小说相同。但这类小说不再让主人公直抒胸臆,而是具体描写"我"与主人公的接触、交谈,通过主人公的话语、行动以及"我"对这一切的观察、印象,揭示其心灵秘密。写于日本的《神》就取这一构思形式。《神》的情节十分简单,写一个叫黎德瑞的中国人——"我"到日本,寄寓在长谷川君家一个多星期里的见闻。"我"是由朋友介绍去长谷川君那里的,朋友说他有自由思想。但"我"见到长谷川君时,却意外地发现他已是一个宗教徒,每天起早摸黑地念《法华经》,不久前还举行过宗教上的绝食。以后"我"又从他的念经声里觉察到这似乎不是虔诚庄严的祈祷,而是悲苦一类的申诉、呻吟。这一切使"我"感到了兴趣,决心"把这个人的心挖出来看一看"。作品就是这样渐次展开情节,让读者跟随"我"一步步触到长谷川君的内心。

上述三种构思形式是巴金常用的,很能体现他短篇小说的风格特点。但它们取得的艺术成就并不一致。一般说来,第一类小说里的人物形象比较平面,有的只倾吐了感情,没有写活人物。更能见出巴金艺术成就的是后两类小说。但第二类小说也有写得弱的,如《电椅》、《天鹅之歌》等。艺术水平比较整齐的是第三类小说。这类小说明显地有前面两类小说构思的影子,但又别有创造,成了最能反映巴金短篇造诣的构思形式。这类小说里人物的性格、心理主要是通过人物自己的话语、行动显示于"我"的,所以具体、生动,触手可摸;它们又采用了类似"抽丝剥茧"的艺术表现方法,并不将人物的真实内心世界一下端出,而是这里透一点,那里露一些,"极力摇曳,使读者心痒无挠处",所以能紧紧抓住读者，吸引人读下去。

选取别致的叙述角度

短篇小说的结构、机能特点不仅要求摄取尽可能简短、但富于包孕的生活断面表现人物性格和生活过程，而且要求选取别致的叙述角度。如果叙述者是第三人称，即所谓"全知观点"，那么叙述角度可以随时变换；如果是第一人称，那么小说中的一切都通过"我"的见闻和感受写出，叙述角度一般固定不变。巴金短篇小说对叙述角度的重视，主要表现为对第一人称叙述方式的大量使用。

在现代小说作家中，鲁迅是广泛使用第一人称叙述方式的。他的《呐喊》、《彷徨》共收二十五篇作品，其中十二篇是用第一人称写的，几乎占到一半。巴金更甚，他第一个短篇小说集《复仇集》收十四篇作品，除了《丁香花下》一篇以外，其余全是用第一人称写的。在他解放前写的六十多篇作品里，三分之二以上是用第一人称写的。解放后的作品也大都取第一人称写法。巴金善于选取别致的"我"结构故事、刻画人物、表现主题。

在巴金以第一人称写的短篇小说中，"我"大致可分为两类。一类与作者本人没有什么关系，纯属作者创造的人物；另一类是明显带着作者经历、气质、个性特点的影子，在一定程度上就是巴金自己，较直接地表现着作者的所见所闻和思想感情。

前一类"我"有许多种情况。如果从人物的社会属性考察，"我"有时是作者寄托了美学理想的正面人物，有时是作者取否定态度、但又深为同情的人物，有时是作者厌恶、憎恨的人物。如果从人物在作品里的主次位置考察，"我"有时是主要人物，有时是次要人物，有时与其他人物难分主次。巴金不少小说里的"我"还是稚气未脱的孩子或青年学生。但是，无论是哪一种情况，作者对叙述者"我"都是作了精心选择的，他们对人物形象的刻画和主题思想的表达具有极为重要的作用。

《第二的母亲》里的"我"便是一例。这篇小说的主人公是一个在旧社会备受欺凌和侮辱的少妇,她很小的时候就被卖给富家做丫头,被少爷玩弄后又转卖给别的坏人。后来命运有了转机,一位对她有好感的丧居的老爷将她赎了出来,她过了一些安稳而仍是屈辱的日子。但没有多久,那位老爷去世了,她重新被抛进凶险叵测的命运里。作者对这位少妇是寄予深切同情的,作品的主旨是要发掘她善良、美好的心灵,为她一生的悲惨命运申诉。为了更好地表现这一切,作者选取了一个才七岁的孩子——那位丧居老爷的侄儿充当故事的叙述者。而且,这是一位境遇独特的孩子:父母早逝,曾经抚养过他的姉姉是个毫不亲切、让他感到可怕的人。出于"我"是一个不谙世事的孩子,所以对自己叔父与那位少妇的关系不甚了然,人物关系、事件就蒙上了一种奇特的色彩,读来饶有兴味。又由于"我"是一个因为缺乏母爱而对母爱极为敏感的孩子,所以对那位少妇给予他的爱抚、柔情体验入微,留有铭心刻骨的印象。如果这一小说改用第三人称叙述,或者让别的人物充当故事叙述者,就不可能有现在这样久久撼动人心的艺术效果。

巴金有些小说里的"我"更为独特。《狗》是巴金自己比较满意的一个短篇。这篇小说与巴金的其他作品不同,作者充分驰骋自己的想象力,运用类似现在说的怪诞手法,把"我"写成是一个因为得不到人的待遇而想变成一条狗,不时用狗的眼光看待周围环境的具有某种象征意义的人;小说里的一切都通过他的眼睛、感受写出。唯其如此,作品给人以独特、奇异的感觉,对旧社会、殖民主义者的控诉格外有力。

如前所述,巴金小说里的另一类"我"则程度不同地带着作者经历、气质、个性特点的影子,更直接地抒写着作者自己的见闻和感受。我们可以在他后期的作品里大量见到。这类"我"除了起串接故事的作用外,更重要的是,他们使每篇作品都抹上一层巴金特有的情绪色彩。这些作品大都具有浓郁的抒情气息,读着它们,人们总可以感到一个具有悲天悯人情怀,恨不能擦干每只流泪的眼睛、让每个人都欢笑的抒情主人公的存在,从而感受到青春和生命的美好,增加对生活的眷恋。

这一类小说里的叙述者虽然大致相同,但在具体叙述时仍有种种区别。有时"我"只是以生活见证人的身份出现,并不与人物、事件直接相关;有时"我"是故事中的一个角色,与人物、事件发生直接关系;有时"我"介于两者之间,与人物、事件若即若离。这是从"我"与小说中人物、事件的联系情况而言的。从"我"对小说中人物、事件的观察点而言,巴金除采取平视的写法外,也有俯视或仰视,并间或变换观察点的。《窗下》就采用了俯视的写法。小说的主人公是一个叫玲子的少女,她正与一个正直、富有爱国心的小学教员相爱,但她的做汉奸的父亲和日本东家却胁迫她远离祖国去日本。应该说,这是一个极为普通的故事,但作品的艺术感染力却极为强烈。原因何在呢? 在于作者为"我"选择了一个独特的观察点:某亭子间窗口。这窗口下面,隔了一堵矮墙和一条清洁幽静的巷子,就是玲子家的房子。小学教员常常乘玲子父亲不在时约她会面,他们在门口或巷子里交谈一番就匆匆分手。这一切都让与他们素昧平生,但关心、同情他们的"我"从窗口看到听到。"我"的这一别致的观察点使作品忽明忽暗,有虚有实,参差离合,呈现某种"空灵"感。

由于巴金经常使用第一人称叙述故事,因而一些以第三人称叙述的作品也往往通过某一特定人物的见闻、感受写出。如《星》对秋星等主人公和生活事件的描写,就主要通过一个叫志良的人物的感受、印象写出,志良目光所及才写,不然就不写。不但叙述角度稳定不变,而且人物、事件都经过了他特有的情绪色彩的过滤。这类小说明显吸取了第一人称叙述方式的长处。

巴金短篇小说对叙述角度所作的探索和追求,使他的作品具有朴素、单纯的风格特点。这在很大程度上是由叙述角度的稳定、统一造成的。契诃夫曾经说:"短篇小说的首要魅力就是朴素和诚恳。"[1]美国著名短篇小说家爱伦坡也说:"短篇小说应该给人以长篇所绝对不能办的 totality 的效果——即全的,纯一的印象。"[2]巴金对短篇小说叙述角度的处理,是符合短篇小说的审美特征的。

---

[1] 引自《西方古典作家谈文艺创作》,春风文艺出版社 1980 年版。

[2] 引自范泉《创作论》,上海永祥书店 1949 年版。

巴金短篇小说对叙述角度所作的探索和追求,由于大都使用第一人称叙述故事,作者常常通过"我"写进自己的真实感受和思想,所以洋溢着主观性,其美学感染力也就更加强烈。

上述叙述角度的特点自然也有短处,那就是不便于展开广阔、头绪较多的社会生活。巴金的短篇小说在这方面是有局限的。

创造诗的意境与情趣

我国是一个有着源远流长的抒情诗传统的民族。古典诗歌的意境、情趣,以及与之有关的结构形式、表现手法,程度不同地渗入到以鲁迅为代表的现代小说。国外有的学者曾这样谈鲁迅小说:鲁迅作为作家的最大贡献是将中国传统诗歌的结构形式和艺术手法用于散文形式的短篇中[1]。唐弢也说:鲁迅小说的现实主义的一个独特的内容"是它的抒情性,几乎每一篇小说都是一首动人心弦的抒情诗。"[2]巴金的短篇小说在这一点上与鲁迅颇接近,他似乎特别喜爱鲁迅那些溢荡着诗意的小说——如《伤逝》、《故乡》,力求在作品里创造诗的意境与情趣。

意境、情趣是我国古代诗论的重要美学范畴。意境是指作品表现客观物象时所具有的蕴涵性,它其实是作者思想、感情蕴涵性的表现。情趣,是与意境密切相关的范畴,指作品表现客观物象时融入的作者主观的思想、感情。巴金的短篇小说,无论是写景、刻画人物,还是整体结构,都不满足于细致、准确地写出物象,总是"搜求于象,心入于境,神会于物,用心而得"[3],使客观物象饱含生机,情趣盎然。

巴金短篇小说的这一特点,首先在对环境的描写上表现出来。巴金在描写

---

① 《文学研究动态》1982 年第 1 期。

② 《论鲁迅小说的现实主义》,《文学评论》1982 年第 1 期。

③ 王昌龄:《唐音癸签》卷 2。

环境时不仅是一位画家,而且是一位诗人。他描写环境从不曲写毫芥,而是选择能引起联想的富于美感的细节,调动读者的想象力,用简洁而富有蕴涵的文字加以表现。如《神》这样写长谷川君家的早晨:"廊上正摊开一片金黄色的太阳,几盆盛开的菊花在那里沉醉似地给晓风微微吹动"。寥寥两笔,早晨的生气、韵味就活脱脱地给勾勒了出来。又如《雨》写雨天夜晚的街景:"躺在我面前的却是一片荒凉的景象。店铺门前抖动着微暗的灯光,街上默默地滚动着几辆黄包车。几个无力的影子晃过我的眼前。"如果说上一段还是客观画面的描写,那么这一段就是融情入景、情景交融了。巴金描写环境的显著特点正是融情入景,可谓"一切景语皆情语"。这些"景语",更由于作者常常站在景物的境地着想,使自己沉没到景物里去,所以它们仿佛具有人的感觉、思想、情感、意志和活动,就像有生命似的。如《苏堤》开头的一段描写:"月亮已经从淡墨色的云堆里逃出来了。水面上静静地笼罩了一层薄纱。三个鼎样的东西默默地立在水中,在淡淡的月光下羞怯地遮了它们的脸,只留一个轮廓给人看。"月亮、亭子的影子都是无生命的,但作者笔下的月亮却有感情、能行动,亭子的影子知道羞怯,这是因为作者体验入微,将人的精神移置到了景物里。在巴金小说里,不但月亮等似乎有生命,而且风会敲窗,夜色会披着墨黑的大氅飞行,桦树会忧郁细语,黄包车会发出辘辘的呻吟声,蛙会打鼓,鸡会安闲地散步……歌德说:真正的艺术和诗艺的产品应当"是由一种生命的气息吹嘘过的"[1]。巴金笔下的景物正是这样,它们能使读者展开想象的翅膀,捕捉其意境,体味其深意。

其次,上述特点也表现于对人物形象的刻画。巴金描写人物也总是选取能引起联想的富于美感的细节表现。如《还魂草》刻画利莎,作品先后几次写黎先生看到的她头上的那只蝴蝶结:"一只红缎子扎的大蝴蝶伏在她擦了油的乌亮头发上,映着电灯光发射出眩目的光彩","一只蓝地白点的绸子蝴蝶在她的头上微微地闪动","紫花旁边停住一只带白点子的蓝蝴蝶","那只红缎子的大蝴蝶斜斜地歇在光滑的头发上面"……蝴蝶结似乎就是活的蝴蝶,它一会儿"伏",一会儿"停",一

---

[1] 《歌德谈话录》,人民文学出版社 1982 年版。

会儿又"斜斜地歇"。这一明显包含了作者主观情意的艺术图画使利莎带上了某种诗意色彩,有助于表现她天真可爱的性格。巴金长于描写人物的声容情态,这种描写也是充满诗意的。如《第二的母亲》,作者对那位少妇衣着、长相的描写极为简单,却不厌其烦地写她的絮絮问话,问话时温和、亲切的声音和柔和、亲切的眼光,它们渲染起一种谐和的气氛,给人以诗意横溢的感觉。

诚然,文学作品是一个整体,环境也总是与人物辉映互衬的,所以巴金短篇小说的诗意和情趣更表现在作品的整体结构上。巴金的短篇小说大都描写带了悲剧色彩的人物形象和悲剧故事,作者常常将其置于特定的环境和特有的情绪氛围里,用富有审美意义的文字来表现,因而他的作品富有笔情墨韵。《月夜》是巴金短篇中的一个力作,它写一个叫根生的农民因组织农会而被地主暗杀的恐怖事件。按理说这样的事件是难以写得有诗意的,可《月夜》却写得诗意盈溢。小说在诗画一般的背景下展卷,圆月,小河,包围着小船的密集丛生的水莲,水莲开着紫色的花朵,莲叶紧紧贴在船头……随着情节的开展,作品又反复描写这一切。作者还通过描写乘客、船夫阿李焦灼等待根生上船的心情,烘托起浓重的紧张氛围,使整个小说融贯一气。唯其如此,《月夜》虽然是反映恐怖事件的,但全篇意象迸发,诗意蓊郁。

如果说《月夜》可以见出巴金早期短篇小说诗意特点的话,那么《猪与鸡》、《女孩与猫》等则可以见出他后期作品的诗意特点。在这些作品里,巴金主要通过描写单调、琐屑的日常生活环境和事件本身酿成韵味,作者的感情是经过更多的浓缩的。这是一种更深厚、更内在的诗意。

巴金短篇的上述特点自然与屠格涅夫、史托姆等外国作家小说的影响有关。但我认为,巴金从小还受到古典诗词的熏陶,他小说里的诗意和情趣可以一直追溯到他的孩提时代。巴金最早接触的文学作品也许就是《白香词谱》,他曾详细回忆他母亲教《白香词谱》的情形,说"这是我们幼年时代的唯一的音乐"[①]。作者的祖父、三叔都是诗人,他们的诗和对诗的兴趣不能不对巴金发生

---

① 《忆》,《巴金文集》第 10 卷。

影响。巴金在怀念丰子恺先生的文章里,明确说到他一度喜欢看丰先生"描写的古诗词的意境"①。而且我们现在知道,巴金作为作家最先使用的文学武器不是小说,而是诗歌,他的一些小诗如《一生》、《寂寞》等很具古典诗词的韵味。巴金正是一个深受古诗词浸润、带有不少诗人气质的小说家,他小说独具的美学格调是与此密切关联的。

原载《社会科学研究》一九八四年第三期

---

① 《真话集·怀念丰先生》。

巴金小说心理描写浅探

　　巴金写作小说,从一开始就表现了对探索人心的兴趣。在《秋》的序里,巴金曾这样概括他的创作志趣:"我是在'掘发人心'。"对于巴金小说研究者来说,"掘发人心"或曰"探索人心",是一个比心理描写含义更广泛的概念。但二者的联系也是明显的:对人心的关注和兴趣,必然使得作家重视人物心理的表现和描写。车尔尼雪夫斯基说:心理分析"几乎是享受真正优秀作家盛名的最可贵的依据"①。巴金的创作实践表明,他是有这方面才能的。

一

　　在谈到巴金与外国文学关系时,人们常常首先提到屠格涅夫。巴金与屠格

---

① 《俄国作家批评家论列夫·托尔斯泰》,中国社会科学出版社 1982 年版。

涅夫的小说,无论是选取的题材、表现的主题,或者塑造人物的典型化原则、结构故事的技巧等,确有许多相似之处。但我们也要指出,这两位作家在描写人物心理时却有很大差别:屠格涅夫一般不描绘心理过程本身,只写心理变化的结果,特别是这种结果在人物行动上的表现;巴金则不然。他虽然不弱于以人物的外在形象揭示心理,但更擅长直接表现心理,而且是人物的心理过程本身。就这点看,他的创作倒与托尔斯泰比较接近。

对于托尔斯泰心理分析的特色,车尔尼雪夫斯基曾作过这样的说明:"托尔斯泰伯爵才华的特点是他不限于描写心理过程的结果:他所关心的是过程本身,——那种难以捉摸的内心生活现象,彼此异常迅速而又无穷多样地变换着的,托尔斯泰伯爵却能巧妙地描写出来。"①按照车尔尼雪夫斯基的意思,所谓描写心理过程本身,就是表现人物心理生活的隐微变化,就是从人物内心生活的各个时刻着眼,展现其成长、进展和变化着的情感和概念。巴金的心理描写,正有那样的特点。

巴金心理描写的这一特点,可以在他的许多作品里见到。如《家》写鸣凤从周氏那里得知要被送给冯乐山"做小",回房间路上的描写就是。鸣凤本想回房间了,但被觉慧房里的灯光吸引着走了过去。她看到玻璃窗被白纱窗帷遮掩着,灯光从细孔里漏出来,投了美丽的花纹在地上,感到这一切非常可爱。过一些时候,鸣凤产生了幻觉,模模糊糊地感到房间里走过许多美丽、态度轩昂的男男女女,他们带着轻视的眼光看她,只有觉慧对她投来和善的眼光,像要跟她说话。但后面一群人很快把他挤得不见了。幻觉消失后,鸣凤想伸头到窗台看觉慧,以后又几次敲窗板叫他。听到觉慧自言自语的说话后,鸣凤默默地回味着,觉得他仍像平时一样活泼地在她身边,她忽然起了这样一个思想:觉慧正需要一个女人爱他、照料他,而自己是真正愿意这样做的,但她很快想到他们之间横着一堵高墙,而且自己很快要被送到冯家去了。作品以后又写鸣凤回忆几个月前在这里与觉慧谈话的情景及回房间后被悲哀压倒哭了起来等感情、心理波澜。这一切,生动地绘出了鸣凤在人生特定瞬间心理活动的全过程,可谓曲尽

---

① 《俄国作家批评家论列夫·托尔斯泰》,中国社会科学出版社 1982 年版。

幽微,瞬息万变。

但是,对于人物心理过程所作的更细腻、更完整的描写,却是在《寒夜》这部作品里。《寒夜》对汪文宣心理过程的描写几乎贯串了整个作品,对曾树生的心理过程也有充分描写。至于描写的细腻,对人物各个时刻变化着的心理的敏锐捕捉,以及对人的心理在实际生活中可能有的看起来偶然,其实却有必然性在的大幅度起落的表现,更是《家》所不及的。拿树生终于决定飞兰州来说,这一思想从萌露到最后决定,其间有一个较长的心理过程,作者对之作了淋漓尽致的描写。主要写曾树生这一心理过程的文字有六个章节之多(其间也穿插了汪文宣心理过程的描写),这些描写是那样细腻,它把树生飞兰州前夕深微曲折的心理变化袒露无余,人们掩卷还可以想到她在临街的楼窗口望着忙碌的车夫而发的"他们都忙啊"的感叹,在钟老走后因深的空虚而说"走了"二字,及挨了婆婆意外攻击而在心里叫出的"哎呀"声……作者的描写又毫不给人以琐屑、沉闷的感觉,因为它们不是固定、静止的情感、思想分解,而是活动着、感受着、思考着的活生生的人的思想和情感的流动。这流动有时平缓,但更多的时候却波澜迭起,变幻迅即,腾挪多姿。树生好几次已下决心去兰州,箭在弦上,似乎顷刻要发的了。但转眼却箭落弓弛,又是一番局面。可以这样说,就心理过程描写的现实感和动态表现看,《寒夜》并不比托尔斯泰的一些作品逊色。

二

上面说巴金写的是活动着、感受着、思考着的人的思想和情感的流动;我们所以特别强调"感受着"的是因为写人物的各种感受实在是巴金心理描写的又一重要特点。巴金的心理描写并不像有些作家那样往往带抽象的思辨的性质,而是十分具体的,原因之一是他善于通过人物各种感受的描写表现心理。

巴金小说对人物感受的描写可以分为两类:一类通过人物视、听、触、嗅、味觉等感官印象来表现,另一类直接描写人物心、脑等反应。我们先看第一类描写。

熟悉巴金小说的人都知道,巴金常常通过人物的视觉感受写喧闹、奔忙和畸形的城市街景,又常常通过人物的听觉感受写周围环境,尤其是夜的寂静。其实,这类描写并不仅仅是写景,同时也写了人物孤独、忧郁和悲愤等情绪。

最能见出上述特点的是《寒夜》。《寒夜》很少纯客观的由作者出面叙述的写景文字,自然景物和生活环境都主要通过人物的感官印象写出:它们既是客观环境描写,又是内心描写。而且,《寒夜》动员起主人公视、听、触、嗅等众多的感官来写景并表现人物心理。这里有视觉感受,如"天像一张惨白脸对着他。黑的云像皱紧的眉。"有听觉感受,如"一个老年人用凄凉的声音叫卖着'炒米糖开水'。这声音是他听惯了的……这一次他却打了一个冷噤,好像那个衰老的声音把冷风带进了被窝里似的。"有触觉感受:"房间里渐渐地阴暗,他们的心境也似乎变得更阴暗了。他们觉得寒气从鞋底沿着腿慢慢地爬了上来。"也有嗅觉感受:"一股寒气扑上他的脸,寒气中夹着煤臭和别的窒息人的臭气。"上述文字,都是主人公在心情不佳时对环境的感受,是客观与主观的一种统一。《寒夜》还对人物的味觉感受有描写,如文宣恳请妻子回家的话得到意外回答后,作者写的:"他觉得一瓢冷水泼到他的头上,立刻连心里也冰凉了。他也端起杯子喝着,今天的咖啡特别苦。"当代作家王蒙说,在写作的时候不但要求助于自己的头脑,求助于自己的心灵,而且还要求助于自己的皮肤、眼睛、耳朵、鼻子、舌头和每一根神经末梢。例如写到冬天,写到寒冷,如果只是情节发展的需要或是展示人物性格的需要使你决定去写寒冷,而不去动员你的皮肤去感受这记忆中的或假设中的冷,如果你的皮肤不起鸡皮疙瘩,如果你的毛孔不收缩,如果你的脊背不冒凉气,你能写得好这个冷吗[1]? 这几乎就是对着《寒夜》发的感慨。《寒夜》的写景文字在巴金的中长篇小说里是较少的一部,但因为它是通过人物的各种感受写的,故留给读者的印象格外深刻。人们不仅似乎看到"寒夜"——汪文宣等人生活的那个自然环境和社会环境的灰暗颜色,而且听到它在死一般静寂里发出的细微声响,感到那股透人脊背的冷气,甚至闻得、尝到它的臭气和苦味。而更重要的,它们同时是描写人物心理的文字,汪文宣等人各个时刻复杂、微妙的心理得以栩栩如生的展现,人物形象因

---

[1] 引自陈望衡《以形写神》、《文艺理论研究》1982 年第 4 期。

此获得细致的出神入化的刻画和表现。

在谈到以人物的感官印象表现心理时,我们还想指出巴金小说里的通感描写。巴金小说写得最多的是一些心智丰富、敏感的青年人,他们的联想和感受特别敏锐。这种敏锐,除表现为上述各种感受外,还在于他们常常能使自己的各种感觉沟通起来,发生感觉的挪移。如《火》第二部这样写一人物对声音的感受:

> ……这是许多人的合唱,各色各样的音响汇合在一起,成了一股灿烂的彩色瀑布。它还是沸腾着的,冒着气的,向这个地方倾泻下来,立刻迅速地向四处散开去。似乎全个地方都被淹没了。水还在流,在激荡。她自己也受了这个力量的鼓动,不觉轻轻地跟着有力的年轻的声音哼起来。

歌声本是听觉才能感受的,但由于人物联想的作用而变得视觉也能感受了。

巴金小说里的人物不仅有听觉向视觉转化的情形,也有听觉影响并沟通触觉和嗅觉的。汪文宣因"炒米糖开水"的凄凉声音而感到冷风似乎被带进了被窝,就已经超越了听觉范围,沟通了与触觉的联系。《还魂草》写"我"听到两个纯真的孩子的清脆声音而感到仿佛有一阵温暖的微风把全屋子的煤臭吹走了,则是把听觉沟通于嗅觉。此外,有视觉向听觉的转化,如《春天里的秋天》里的"我"看见瑢流泪,就由泪联想到雨,联想到夏天的急雨,进而仿佛听见了雷声。如此等等,不一一列举。

在我看来,巴金小说里的上述通感描写主要不是个修辞手法问题,而是心理描写问题。钱锺书先生说:"在日常经验里,视觉、听觉、触觉、嗅觉、味觉往往可以彼此打通或交通,眼、耳、舌、鼻、身各个官能的领域可以不分界限。颜色似乎会有温度,声音似乎会有形象,冷暖似乎会有重量,气味似乎会有锋芒。"①这就是说,通感首先是一种人们生活经验里可能发生的比较特殊的感觉现象,它是与人物的心理活动密切联系着的。而文学,尤其小说以探索人的精神世界为

---

① 钱锺书:《通感》,《旧文四篇》,上海古籍出版社 1979 年版。

自己任务的,它为了深入、精细地表现人物的内心生活,可以也理应描写人物的这种特殊感受;但在现代作家中,除钱锺书的《围城》外,少有作品这样表现的。巴金刻划人物心理的造诣,我们可由此窥见一斑。

　　巴金小说对人物感受的另一类描写,是直接表现人物心、脑等的反应。这种表现法看起来容易,其实却有一定的难度,因为心、脑的本来面目难以直接写出,如需传达给读者,就得用具体的间接的意象来比拟。巴金在长期的创作实践中把握了这一点,他善于化虚为实,运用比喻、比拟等修辞手法描摹人物心、脑等的反应。如他这样写人物受到欣欣向荣的自然界景物抚慰后的心理:"一股清凉的泉水在洗她的脑子。她觉得眼前渐渐地亮起来。"而当她重新面对活生生的现实时,作者说:"她的脑子里的这股泉水干涸了。"(《秋》)又如,"疑惑开始偷偷地爬进了她的心"(《雨》),"她的思想好像被围在一丛荆棘中间,""他的心像被木棒捣着似地痛得厉害"。(《寒夜》)朴素、简洁的比喻和比拟,使巴金描写人物内心感受的文字变得十分具体、生动,具有较大的艺术感染力。

　　与其他艺术门类比较,文学由于是以语言作媒介的,故更需要为读者提供想象的广阔天地。对人物感受的描写,正可以诱发、唤起读者类似的生活经验,并通过想象去补充,从而使读者强烈地感受到艺术形象的真实性和美。巴金的作品所以拥有大量读者,能深深打动人心,我以为与他运用这样的心理描写方法分不开。

三

　　巴金说:"我也曾读过几本德国和奥国医生著的关于梦的书,但大都是用'性心理'来分析梦,把我的脑筋弄得更糊涂了,所以读过就忘记,跟没有读过一样。"[①]我们可由此知道:巴金并不赞成弗洛伊德那种用性心理解释潜意识,把人的梦、幻象、变态心理等都归结为幼年时被压抑了的恋父或恋母情绪的精神

---

① 《木乃伊》,《巴金文集》第 10 卷。

分析理论。但我们也想指出,对潜意识、下意识本身,巴金并不否定。《激流三部曲》之一的《秋》有一章写觉新与芸等玩"卜南失",揭示了"卜失南"的迷信本质,说明这其实是人的"下意识作用"。作者后来给《秋》加的一个注,对"卜南失"稍作介绍后说:"这是一种催眠作用。其实所答的话全是那个扶着卜南失的人平日藏在心里的话。有些话还是他不想或者不敢说的,现在他进入催眠状态,经人一问,就不自觉地写出来了,连他自己也不知道。"可见,巴金是以为人有自己意识不能觉察的心理活动的,正是在这个意义上,巴金又对人物潜意识作了某种发掘。

这一特点首先表现在对梦的描写上。巴金为充分、深入地表现人物的精神状况,就常常写梦。他小说里的梦境描写有许多种情况:

有时主要表现人物潜藏得很深的忧郁、恐惧心理。如《秋》里翠环知道张太太要把她给觉新后,激动得一夜不能入睡,她为自己一下越过许多栅栏有了将来而兴奋。但作品接着写她做了一个像婉儿那样被拥上轿子的梦。按说翠环这夜里该有个乐融融的梦,而这梦却是那么凄楚。合理吗? 合理! 丫环的悲惨命运甚至在翠环踏进高家以前就梦魇般地压着她了,她怎能在潜意识里一下挣脱,接受太意外的事实呢?

有时主要表现人物在现实生活里被压抑的想法和愿望。如《家》里觉慧梦见鸣凤,见鸣凤成了闺秀,他们之间的爱情又有了希望的梦。虽然这希望很快又破灭了,但觉慧思念鸣凤、渴求爱情实现的愿望在一个短暂的时间里得到了满足。这梦的深刻还在于挖出了觉慧头脑里一度已经隐藏起来的意识:他与鸣凤的结合得以她上升到小姐地位为条件。《家》开始明确写了这一意识,以后觉慧的这一意识似乎被爱与同情心交织的情感掩盖了,他之终于决定放弃鸣凤,按作品写的又主要出自于献身热忱等的考虑。实际上,上述的意识怎能不一直暗暗影响到觉慧对鸣凤的态度呢? 作品通过那个梦写出了觉慧意识的更内在的层次,深刻揭示了鸣凤悲剧的社会历史原因。

有时主要展开人物在清醒时未能充分展开的思想活动。如《海的梦》两次写里娜梦见已死的丈夫,就把里娜的苦闷和思想矛盾表现得淋漓分明。

巴金小说的上述特点还表现在对人物下意识情感和行为的描写上。《灭亡》里杜大心和李静淑之间的爱情最先就是一种下意识情感：爱情已经在他们内心萌生，他们自己却未觉察，只是有一些莫名怪异的想法和情绪涌出，几经辨别才觉察内心的秘密。

巴金小说写得最多的是这样一种下意识情感和行为：某一事件明明已经发生过，人物有时却毫不记得，仍像平日那样行事。如鸣凤死了，觉慧却以为她还活着，喊她打洗脸水；蕙已经嫁出，觉新却以为仍有救出她的希望，策励自己帮助蕙；树生已去了兰州，文宣却以为她仍坐在自己座位对面，向茶房要了两杯咖啡。

在巴金有的小说里，人物的下意识情感和行为甚至持续一个很长的时间，几近"白日梦"。突出的例子是《寒夜》一开始对汪文宣心理活动的描写。在这一长段描写里，汪文宣的意识有时似乎完全停止了，他只是机械地看着、走着；有时意识又让现实环境里的声响唤醒，于是吃力地思索、回想；最后他完全被下意识左右，做出一连迭荒唐可笑的行为。

上述各种手法，无疑有助于深入表现主人公的心理和精神世界。巴金小说的这些描写绝不是单纯的心理表现，而是为着更深刻地揭露、批判旧制度、旧社会，因而它们总是与写典型社会环境的客观、真切描绘结合起来的。这些描写还都明白晓畅，并不像有的小说那样艰涩、扑朔迷离，给人故弄玄虚的感觉。巴金心理描写的这些特点，与他对文学社会作用的认识，与他主张文艺作品应当"对社会、对人民有贡献"①的进步文艺观联系着的。他对那些为艺术而艺术，用个人的才智和艺术技巧玩弄读者、让读者猜谜的作品颇不以为然。他也从不认为文艺作品只是为了表现自己②。当然历史地全面地看，巴金小说的心理描写也有不足、欠缺。他的有些小说梦境、幻觉的描写过多，加之过量的心理叙述，让人感到客观画面的描绘不抵宣泄的主观情绪；表现手法也单调了些。这些缺陷主要表现在他早期作品里，后期的《憩园》、《寒夜》等却已基本上克服了。

原载《上海师范大学学报》一九八五年第一期

---

① 《文学生活五十年》，《巴金选集》第1卷，1982年版。
② 《巴金选集·后记》，《巴金选集》第10卷，1982年版。

论巴金小说的文体风格

对巴金作品比较熟悉的读者,也许都不难在临时抽取的现代作家作品片断里辨认出巴金的文字。"文字应该跟从心灵的节奏。所谓风格是一个人的灵魂。"①巴金小说的语言表现,正是超乎一般的语法和修辞学之上,是直接显示着作家的灵魂、思想、个性和气质的外在物质形态。就是说,巴金在语言表现方面达到了只有少数作家才能达到的高层次境界,他是一个锻铸有自己独特文体的天才作家。

海外一些学者,常常不无遗憾地谈到巴金作品语言平淡的缺陷。如司马长风论《爱情的三部曲》时就认为作家的文字"谈不上精美"②;夏志清说《秋》的文体"平平无奇",《火》的风格和行文也"平淡无奇",《憩园》的文体"像以往一样的

---

① 〔法〕罗曼·罗兰:《约翰·克利斯朵夫》,人民文学出版社 1980 年版。

② 司马长风《中国新文学史》,昭明出版社有限公司 1978 年版。

平淡"①。所以得出这种结论,重要原因在于他们不是从上面说的文体高度立论,而是就语言谈语言的。而真正的文体,正如别林斯基说的,它"表现着整个人",是作家"思想的浮雕性、可感触性",因而也是"不能分上、中、下三等:世间有多少伟大的或至少才能卓著的作家,就有多少种文体"②。

那么,巴金小说的文体风格有些什么特征呢? 我认为,它在总体上是一种质朴、明晰、富于张力的抒情文体。这一文体,既与作家热烈的人道主义心肠和多情善感的个性、气质密切相关,也与其小说的主要描写对象是旧家庭青年男女分不开。下面,就深入谈谈。

一

与巴金接触、相处过的友人,晚辈,常常谈到他坦率、诚挚、平易近人等特点。"他坦率忠诚,脸上如是,心中也如是。我只会过他四五次,可是头一次见面就使我爱他"③。——老舍早年写出的这一印象,颇具代表性。以上各种特点,其实可以用两个字概括:质朴。质朴是人格的一种本色美。有人曾经感叹:与有些人相处,五年、十年甚或一辈子还不一定了解,但与有些人只要处一次、两次就能心心相印。巴金无疑属于后一种人,他绝不矫饰,可以让人透过脸直接窥见那颗心。

与巴金的这一人格特点相适应,巴金小说抒情文体的一个显著特征就是质朴。巴金说:"如果说我在生活中的探索之外,在写作中也有所探索的话,那么几十年来我所追求的也就是:更明白、更朴实地表达自己的思想"④。巴金这话,在很大程度上是针对文字表达而言的。

---

① 夏志清:《中国现代小说史》,香港友谊出版社有限公司 1979 年版。
② 《别林斯基论文学》,新文艺出版社 1958 年版。
③ 老舍:《读巴金的〈电〉》,《刁斗》1935 年版第 2 卷第 1 期。
④ 巴金:《探索集·再谈探索》。

巴金文体质朴的特征,首先表现为他只是选择一些极普通的词汇进行写作。还没有人对巴金作品词汇量作过准确科学的统计;如果作这样的统计,我们认为他的词汇量是不会超过鲁迅、茅盾、老舍的。过去有人非议巴金,说他的小说所以为青年爱读,是因为他只用青年人常用的字眼写作①。企望以此否定巴金的文学成就固然可笑,但确也道出了一个重要事实:巴金小说不靠词汇丰富、华美取胜,他用来写作的都是一些常见词汇。如《电》这样写牺牲后的亚丹:"亚丹静静地躺在黑暗里,半睁开眼睛。他全身染了血。但是嘴唇上留着微笑,好像他还睡在他的蜜蜂和他的小学生的中间。"又这样写陈清在敌人搜捕时毅然决定留下的情景:"佩珠开了那道小门,第一个走出去,慧跟着她。她们回过头来看陈清,陈清微微一笑,便突然把门关上了。她们着急地在外面捶门,一面唤着陈清的名字。陈清并不答应,反而拉了桌子去把门抵住。"这都是一些可歌可泣的场面,但作家却轻描淡写,平平叙来。这里没有任何冷僻、壮美的词汇,连稍稍难懂些的文字也没有,更不"卖关子",可谓简单得不能再简单,平凡得不能再平凡了。但真正有眼力的读者,却不难窥见潜藏的美。茅盾就曾高度评价《电》"圆熟的技巧",说"作者的文章是轻松的,读下去一点也不费力,然而自然而然有感动人的力量"②,老舍论《电》的文章也十分赞赏作家文字的魅力。以上两段描写及整个《电》的文字魅力,就在于质朴。质朴,可以有效地"传真",这也就是我国古代作家说的"得意在忘象"。

绝非说巴金写作时并不锤炼文字。但他主要是通过普通词汇在有形象表现力的语言上下文里获得审美倾向的。巴金小说语言的这种特点,甚至使人很难孤立地抽取某一片断说明其魅力。因为一旦抽取,使它们与浑凝的审美整体分离,就会出现有人论吴梦窗词时说的"七宝楼台,拆碎不成片断"的情形③。而如果还它们原来的语言环境,使之成为审美整体的有机环节,就可以获得不同凡响的审美品格。

---

① 引自《火》第二部"后记"。

② 茅盾:《〈文学季刊〉第二期内的创作》,《文学》1934年第3卷第1期。

③ 笔者在以下意义上使用这一词译:文学作品的语言美,必得在作品整体中得到充分显示。

巴金文体质朴的特征也在句型上表现出来。他喜欢使用朴素、单纯的短句子写作,极少用冗长的复合句。《秋》第四十一章描写觉新站在梅病床前的心理活动,只有三四个复合句,其余都是"他的心在翻动","他的血在往上涌"等单句。这些短促、紧凑、急剧跃动的短句,极真切地传达出了觉新痛苦、激动不宁的精神颤动过程。需要指出的是,类似的语言片断在巴金小说里很是普遍,可以说从《灭亡》到《寒夜》,作家对主人公主要内心活动的描写,都使用了这种以单句为主的短句格局。由这一格局我们既可以窥见巴金小说主人公区别于其他作家主人公的共同心理特征,也可以了解巴金小说语言区别于其他作家的质朴风格。关键在于巴金是一个敏感、热情、有着激动不宁灵魂的作家。他将自己的这种心理特征程度不同地赋予了他的人物;也正是这一心理特征,使他写作时"心好像受到了鞭打","手也不能制止地迅速在纸上移动"①,必得用上面的句子格局进行描述。

文学语言的形象化特征,要求作家运用比喻、比拟、夸张等修辞手法来加强作品的感染力。巴金作为一个天才作家,也是注意到这一点的,后期尤其如此。但在这一方面,他仍然显示了质朴的特色。笔者曾对巴金、茅盾小说里的景物描写作过一个微观剖析,发现他们在比喻、比拟等修辞手法的运用方面差别甚大。

与茅盾小说比较起来,巴金的比喻不但要少些,而且更具朴素、自然的特点。如"汤匙似的白色花瓣洒满了一个墙角"(《憩园》);"鸟声像水似地在我的脑子里流过"(《第四病室》);"天色灰黑,像一块褪色的黑布","远远地闪起一道手电的白光,像一个熟朋友眼睛的一瞬"(《寒夜》)等,简洁,切止,也富有表现力。而茅盾小说里的比喻却要工细、丰富得多。

巴金、茅盾描写自然环境都力求渗入自己的感情,注意使用拟人手法。但在拟人化的程度上也颇有差别。对于巴金来说,他往往只是把感情轻轻地移置到景物里去,使之具有某种淡淡的情绪色彩。茅盾则不然,他不满足于像巴金那样只是使景物具有淡淡的情绪色彩,而务求浓烈、鲜明,有时甚至把它们写得像人一样有细微的心理活动。

---

① 巴金:《光明集·序》。

与词汇、句型和修饰手法的质朴相适应,巴金小说还常常融描写、叙述于一炉,让人很难分清究竟是描写呢还是叙述;对此,我在后面还要谈及。

不难见出,质朴确是巴金小说文体风格的一个极重要的个性特征。它固然容易被人忽视,但却是"最重大,最难达到的一种优点"①。这一个性特征,既集中体现着巴金整个的人,也是整个小说艺术表现中执意追求的无技巧、无风格倾向的有机构成环节。

二

与上述特征相联系,但又有差别的,是巴金小说文体明晰的特征。巴金少年时代的私塾老师,曾给他的一篇作文写过一个评语:"水静沙明,一清到底。"②有趣的是,巴金文章的这一风格特点竟然贯穿了他的整个文学生涯。对于这一特色,老舍早在谈《电》的文章里论及:"这篇不甚长的东西——《电》——像水晶一般的明透","透明到底"③。在中国现代作家中,文体上执意追求质朴或表现了质朴倾向的作家也不少,如鲁迅、老舍等。但同是质朴,鲁迅是一种冷峻、深厚的质朴,老舍的质朴包含着机智和幽默,巴金的质朴则是与明晰的特点交织在一起的。

在我看来,巴金小说文体的这一特征,也是作家思想、人格和个性气质的外部投影。首先,它是与巴金思想的相对单纯,人生、道德寻求的明彻性、一贯性密不可分的。巴金早年受到无政府主义等许多思想的影响,但就其对于人生、生命问题的思索、探寻言,却又是十分单纯的。巴金真诚地相信这一切,不能自已地要将这一切诉诸读者,这使他写作时不必吞吞吐吐,也勿需字斟句酌,从而形成自然、明晰的特色。其次,这也是与巴金强烈的感受能力,感知的具体性、情绪性以及与之相适应的文字表现力密切联系着的。

---

① 列夫·托尔斯泰语,引自〔苏〕贝奇科夫《托尔斯泰评传》,人民文学出版社 1959 年版。
② 引自徐学清同志的文章,《文学报》1984 年 9 月 27 日。
③ 老舍:《读巴金的〈电〉》,《刁斗》1935 年第 2 卷第 1 期。

巴金文体明晰的特征,首先表现为他很少对景物、人物作静止的整体性的描写,而总是化整为零,伴随情节的展开一点一滴地带出,给人以累积性的总印象。

他有些小说虽以写景起始,但一般都很简短,有时只有三言两语便接着很快出现人物,展开情节,很难见到整体性的景物描写。小说进行过程中,作者或为了介绍故事背景,或为了映衬人物心情,也经常穿插景物描写,但也都比较简洁,并不枝蔓。如《电》的故事,发生于南国一个明亮、温暖、饶有情趣的古城,一般作家也许会在景物描绘上施展一番才情。但巴金十分节制。小说开头是学生贤到佩珠住处告知吴仁民从S地来的消息,接着写他俩上路去会吴仁民。对于故事背景南国古城的描写,就是在叙述他俩路上情形时捎带写出的。它们不仅不是对故事背景的梗概性介绍,而且让人难以分清究竟是叙述还是描写。

描写人物,巴金也不取静止、整体性的方法。他大多数小说,开始就是进行着的人与事,而后在适当场合,或通过人物对话,或通过主人公内心分析等,对必须交代的经历、性格作要言不烦的提示。

巴金文体的明晰,更表现为写景状物的鲜明、具体可感性。化整为零,不作整体性的描写,固然可使作品疏密有致,给读者以明晰感,但造成明晰感的更重要条件,还在于作家描绘画面是否鲜明,具体可感性怎样。巴金是一个颇具天赋的艺术型气质的作家,其显著特征是有敏锐、鲜明的感受能力。而在诸种感受力中,巴金的视觉感受力,特别是对色彩的视觉感受力最丰富,这使他能寥寥几笔就绘出一幅幅色彩鲜亮的图画。如《春》的这段描写:

> 淑英微微地抬起头望天空,她的眼光避开紫藤花架看到了那一段蔚蓝的天。天是那样的清明,空气里仿佛闪动着淡淡的金光。几只白鸽列成一长列从那里飞过。白的翅膀载着点点金光,映在蔚蓝的背景里,显得无比的鲜明……

蔚蓝色的天空,映着排成长列的白鸽,这蓝、白色彩的对比极其醒目。作家还写了另一种轻淡、容易忽视的色彩:由于天空清明,空气里闪动着金光。金光映在鸽子的白色翅膀上,就因着反光而闪烁,变成一点一点的了。这幅蓝天白鸽图是何等鲜明!

巴金的散文也注重表现色彩感。《旅途随笔》里的一篇散文甚至写到六种色彩的交织、变幻:新绿的田野,白色的庙宇,乳蓝色的天空,青的山,一半粉红、一半紫色的晚霞。色彩的感觉是美感最普及的形式。现代生理学和色彩学进一步揭示,在视觉神经所输送的诸形式美中,色彩的美感是反应最快的。巴金小说对于色彩感的表现,是可以唤起读者具体逼真的视觉形象的。

巴金也很注意唤起读者其他一些感觉形象,如听觉形象、嗅觉形象、味觉形象、触觉形象乃至沟通了几种感官的通感形象。需要强调的是,文学作品是一个整体,作家对于各种感觉形象的描写也必然是相互交织,连成一片的。如《春》的那幅蓝天白鸽图,巴金接着又写了音响效果:"那些缚在它们尾上的哨子贯通了风,号角似地在空中响着。"色彩鲜明的画面,配以响亮的哨子声,更显得生动。巴金小说的许多描写,正是既绘色,又传声、传味,能造成极大的真实感的。

与作家丰富的感受力相适应,巴金在具体传达时十分注意对于显示感官印象的字词的选择和位置经营,以求鲜明反映自己对客观景物的实际感知过程。我们看以下一些例句:

(1) 四周很静,没有灯光,岸上的那座祠堂也睡了。路空空地躺在月光下。(《月夜》)

(2) 船浮在平静的水面上。水青白地发着微光……(《废园外·火》)

(3) 一个淡青色的天盖在上面,街道白白地躺在我的脚下……(《兄与弟》)

(4) 静静地这个乡村躺在月光下面,静静地这条小河躺在月光下。(《月夜》)

(5) 夜相当夜。寒气凉凉地摸她的脸。(《寒夜》)

例(1)没有一般化地写月光下空寂的路,而突出视觉印象:"空空地"。例(2)、例(3)也都打破正常的词序和句子结构,将"青白地"、"白白地"显示视觉形象的颜色字,挪放到引人注目的位置。例(4)将"静静地"前置,突出听觉印象。例(5)突出"凉凉地"触觉印象。上述例句,有四例用了叠词,这也不是偶然的。

阿·托尔斯泰说:"应该使形容词非常鲜明和精确地来说明事物,就像照相机上的镁光灯,突然一下子射到眼睛,使人感到好像眼睛被什么东西刺了一下那样。"①上述显示感官印象的修饰词,正可以给人以这样的强刺激。

巴金在文学表达中,还很注意运用比喻手法,使抽象、乏味或不宜直接传达的事物变得具体、生动。少女的微笑很美,但这样直接说毕竟空泛,当作家在《春天里的秋天》里写道:"她给了我一个微笑,春天的笑,好像阳光在花瓣上发亮……"就给人以一种鲜亮的感觉。飞机轰炸的情形,在一些人看来也许乏味而恐怖,但巴金在《火》第三部里这样描写:"蔚蓝天空里一些蜻蜓似的小东西,远远地向着他们头上飞来! 颜色雪白……敌机飞过他们的头上,还不多远,忽然撒下了一些东西,好像是一束雪茄烟,散了开来,在空中飘着冉冉落下,映着日光一路闪亮闪亮的。"这段描写所以那样明晰,给人历历如绘的感觉,除了应归于作家观察、感受的细腻外,也与他运用了一些恰切、精当的比喻分不开的。

三

除了质朴、明晰,巴金小说文体还有一个重要特征,那就是富于张力。所谓富于张力,是指这一文体给人以韧的质感,既轻灵自如,又包容丰厚,可以有效地唤起读者的情绪和想象。巴金的文体风格,正由于这一特征的渗入才大大增强了表现力,并完整地形成一种独具特色的抒情风格。

巴金文体的这一特征,既得益于我国古典诗词、散文的熏陶,也受到了赫尔岑、屠格涅夫、史托姆等作家的影响。但更重要的,当是巴金多情善感的气质所决定的,正如他自己所说:"我不靠驾驭文字的本领,因为我没有本领,我靠的是感情。对人对事我有真正的感情,我把它们倾注在我的文章里面。"②

---

① 阿·托尔斯泰:《论文学》,人民文学出版社 1980 年版,第 282 页。
② 巴金《病中集·后记》。

　　与绘画、音乐等艺术门类比较,文学更需要读者想象活动的配合,唯此黑格尔说:"一般说来,诗所需要的只是凭想象力去塑造形象的才能。"[①]文学艺术的这一特点,要求作家抓住对象特征性的、能引起读者联想的细节进行描写,因小见大,由少见多,而不必包容过多,写必详尽。巴金文体富于张力的特点,正是在这一方面有突出表现。《家》结尾,觉慧乘坐的船开拔后,有一段景物描写:"他的眼睛所触到的,只是一片清莹的水,一些山影和一些树影,三个舟子在那里一面摇橹、一面唱山歌。"用绘画的术语说,这里用的是"减笔",有意削多成一。但读者的情绪和想象却已经被唤起,他们完全可以根据自己的回忆创造出一幅完整的图画。

　　巴金作品里很少阔大雄健的景物,他又喜欢以小见大,文字里常常含了"一片"、"一些"、"一只"、"两三只"、"一处"、"一两处"、"一股"、"一树"、"一段"等字眼,因而给人以纤秀轻灵的美感,这是其文体"柔"的一面。但也因为这样,它们都神余言外,意蕴丰富,经得起联想,耐得住咀嚼,因而它又是"韧"的。巴金小说的文体,正是"柔"与"韧"的统一体。

　　巴金小说还有一个值得注意的现象,几乎所有作品都弥漫着浓重的"移情"倾向。这是其文体富于张力的又一表征。前面比较巴金、茅盾的景物描写时,我曾谈到巴金小说里的拟人手法,但准确说来,拟人或比拟在巴金小说里已远远超过一般修饰方法的范围,成为作家一种极自然的写作习惯,一种显示文体独创性的创作倾向——可以称之为"移情"倾向。当巴金还是孩子时,他眼里的鸡、动物,乃至一草一木都是有感情的;而在写作时,他似乎又回到童年时代,把自己的感情一齐转借给它们,使之与笔下的人物一起生活,具有人一样的神态、动作和喜怒哀乐。如《猪与鸡》里写的:猪"睁起眼睛望着我,这是多么痛苦而无力的眼光",鸡"闲适地在天井里跳来跳去,但是总带一点寂寞的神气";《墓园》里写的:"一刮风,桦树便不住地颤抖,发出忧郁的细语";《家》里写的:"清油灯的光在寒风中显得更孤寂,灯柱的影子淡淡地躺在雪地上","月亮冲出了云围,

————————

① 黑格尔:《美学》第三卷(下),商务印书馆1981年版,第52页。

把云抛在后面,直往浩大的蓝天走去"……一切物质,也都像人一样有生命感觉和行为。可以这样说,类似的"移情"倾向已经渗透到作家的全部作品里。上述倾向,不但不能完全用比拟概括,而且更重要的是,在修辞学上叫作比拟的东西,在巴金小说里却是以作家感知和把握对象世界的个性特征呈现出来的。

由于这样的原因,巴金小说里的"移情"就既不像有的作家那样间或为之,也不像一般作家那样或多或少露出人为修饰痕迹。它是那样自然,恰到好处,似乎这些动物、植物、无机体等本就是那样,作家只是照实叙录下来罢了。

与以上倾向相适应,巴金具体行文时还十分注重动词的择取和锤炼。他常常由于选用了某些普通而熨帖的动词而赋予整个句子、画面以艺术生命,造成某种意境,唤起读者广泛的联想和想象。但与其他作家有所区别的是,巴金炼词除了为了准确描绘对象外,在许多时候是为着使现实对象与艺术世界里的对象造成某种分离,通过错觉——即移情作用,达到在文学意义上准确、生动、传神的目的。在谈到鲁迅小说对于动词的锤炼时,人们常常列举孔乙己排出几文大钱的"排",阿Q将满把钱在柜上一扔的"扔",鲁四老爷踱出来寻淘米箩的"踱"等。而要说明巴金提炼动词的魅力,我以为首先应列举"躺"、"躲"、"爬"、"敲"、"撒"、"横"这样一些沟通了物我隔阂的词汇。

巴金文体富于张力的特征,还表现为"言内意外"的现象。所谓"言内意外",指作家不在作品里把话完全说明,有意留下空白让读者领会、补充,达到"言有尽而意无穷"的效果。这在《寒夜》等作品里有集中反映。日本投降的消息传来后,汪文宣的母亲异常兴奋,歇斯底里地高叫:"日本投降了,抗战胜利了!我们不再吃苦了!"但联系作品的整个画面——特别是此后不久文宣的死和"尾声"里街头地摊的描写,就可发现这句话近乎是反语,实际含义是:胜利并不是普通老百姓的,胜利并不能解除一般人的苦难!巴金后期一些作品就是这样言近旨远,辞浅意深,有惊人的包容量和表现力。

原载《贵州社会科学》一九八七年第四期

巴金小说的主观性特色

对于巴金的整个创作,特别是《家》等描写旧家庭生活的作品,国内学术界往往更强调它们的现实主义特征,而海外一些学者,感受得更多的却似乎是它们蕴涵的浪漫主义。明兴礼自不待说,他在论巴金的著作里断然认定巴金是一个浪漫主义作家:"他是一位浪漫主义的诗人,心的每一次跳动,便是一首美丽的诗:他的唯一目的便是用他所传播的情感的力量来摄取人心,他好比一座火山,忽然爆裂,从那里冒出强烈的火焰,为的是要光照这个黑暗的世界,燃烧这个罪恶的社会。他又好似一个激流的瀑布,冲走人间一切的不义行为。"①此外,华人学者李欧梵认为巴金的《家》是浪漫主义作品,柳无忌也说:"巴金在心灵深处是个浪漫主义者和理想主义者","不可名状的情绪强烈要求他不停地不倦地写作,把他的浪漫主义的愤怒,他深知旧家庭和旧社会必然灭亡的信念,以及他

---

① 〔法〕明兴礼:《巴金的生活和著作》,文风出版社 1950 年版。

为拯救一代年轻人失去的青春的抗辩表现出来。"①

　　与许多现代作家不同,巴金从不声明自己是现实主义作家或是浪漫主义作家,他甚至压根儿不关心创作方法。"我主要考虑的是怎样了解生活,反映生活,想写什么,就写什么。什么'主义',我不管,也没有想过。"②"我从没有思考过创作方法、表现手法、技巧等问题。"③——巴金一再作这样的说明。看来,巴金主要是依据他个人的生活经验,他对待生活的个人态度自行其是在创作的。对于这样的作家,显然难以用现实主义或浪漫主义的概念去框定。因而,比较恰当的做法,还是从具体创作出发,实事求是指出它们本来就交织存在的复杂倾向,而不一定勉强抽象到某一方法的框子里去。如果这样,就不难见出浪漫主义,特别是主观性,确实也是巴金包括《家》在内许多作品不容忽视的特色。

一

　　巴金大多数作品虽然不像"五四"时期郁达夫等作家忽视情节、结构,取类似散文的写法,也不像他们反复描写几乎无甚差别的抒情主人公"我",但内在骨子里仍然浸透了"自我"。对于这一点,巴金似乎并不回避,而是欣然认可:"世间有不少的人喜欢表现自己,我也可以算是这一类的人罢……我写文章,就为着想把自己的一切放在那里给人看个仔细……我甚至希望我能够用一个更简单的办法把我的胸膛剖开给你们看。"④

　　那么,巴金怎样将"自我"融入作品,使之具有浓重的自我表现特点呢?

　　最明显的是,巴金经常把自己的生活经历,以及亲身见闻、感受写进作品。有人曾经说,"左拉因为要做小说,才去经验人生,托尔斯泰则是经验了人生以

①　李的观点见其《台湾文学中的"现代主义"和"浪漫主义"》一文,《文学研究动态》1984 年第 3 期。

②　《巴金谈作家的任务》,《文学报》1982 年 6 月 24 日。

③　巴金:《探索集·探索之三》。

④　巴金:《我离了北平》,《巴金文集》第 10 卷。

后才来做小说。"①巴金无疑属于后一类作家,他并非为当作家才去观察、体验,而是过去和现实的生活逼着他拿起笔的。因而他常常不假外求,直接写进自己的生活经历。在《灭亡》等作品里,读者可以读到杜大新幼年时养过大花鸡,吴养清小时候跌进花园池塘,陈真很早脱离家庭投身社会工作、写有解释自己社会思想著作一类的生活细节。它们其实都是作家自己的经历,巴金将自己做过的事借给了人物。巴金也常常在小说里写进自己的亲身见闻和感受。在《灭亡》里,巴金写了早年眼见的汽车轧死人和住上海亭子间时听到的房东夫妇深夜吵架的情景;在《火》、《还魂草》里,写了自己当年对日寇大轰炸的所见所感;在《第四病室》、《寒夜》里,写了对国民党治下陪都重庆的种种体验。巴金在《憩园》创作谈里说:"拿我这样的作家来说,对着范本描绘毕竟比凭空创造容易些。"他这是就这一小说所以用自家花园作背景说的,说那样"不但可以把自己过去的若干见闻和亲身感受借给他(指黎先生——笔者注),而且我对'憩园'非常熟悉又有感情,写起来可以挥毫自如不受拘束。"②由此可窥见,巴金与那些题材适应性较强,善于钻到各类人物内心想象的作家不一样,他只擅长表现某些极熟悉、有过切身经历及情感体验的题材。(巴金也尝试写自己生活经验以外的东西,如《砂丁》、《雪》等,但似乎并不成功。)这不是说巴金缺乏想象与幻想的才能,只是这种才能只有在他表现活的生活经验、自己切身的经验时才会张大翅膀、激越飞扬。

其次,巴金还把写作与生活凝为一体,通过众多探索主人公宣泄"自我"。谈到作家"自我"在创作中的作用时,许多人只是在以下意义上肯定文学"表现自我":作家认识、表现生活具有不可重复的个人特点,离开了作家独特的个性就谈不上艺术。仅从这样的角度肯定"表现自我"无疑狭窄了。事实上许多杰出作家"表现自我",更重要的倒是将创作道路和生活道路扭结在一起,在写作中生活,通过写作暴露矛盾和痛苦,进而探索人生,追寻真理。托尔斯泰是这方

---

① 引自茅盾《从牯岭到东京》,《茅盾论创作》,上海文艺出版社 1980 年版。
② 巴金:《谈憩园》。

面的显例。从青年时期直至逝世,托尔斯泰终其一生都在顽强、坚毅地探索,他不断谴责自己的自私生活,极严格地解剖自己,晚年不仅亲自耕田、割草,过农民式的劳动生活,而且以八十多岁的高龄瞒着家人出走,最后长逝于一个荒僻的小车站。托尔斯泰的思想、实际生活中的这种探索,在其小说创作中有鲜明、突出的反映。从自传三部曲、《一个地主的早晨》到《复活》,托尔斯泰创造了伊尔倩涅夫、聂赫留道夫、奥列宁、安德烈、彼埃尔、列文等一系列探索主人公形象。托尔斯泰在这些形象身上体现了自己最衷心的激动和深刻的体验,他们的思索常常几乎是逐字逐句地重复着托尔斯泰在日记和信函中所说的话,表达着他某些论文中的思想;正如高尔基说的,这些形象"都是作者的自己的肖像","是他精神发展上的几个阶段"①。

在这一点上,巴金几乎就是中国的托尔斯泰。巴金也是一个执著地探索人生、社会问题的作家,他也极严格、不容情地解剖自己,始终处于不满、怀疑、自我谴责和自我否定之中。他也像托尔斯泰那样把创作看作是自己进行精神探索的特殊手段,而且更简捷地提出"创作就是我生活的一部分"的精辟主张:"我写作,因为我在生活。我的小说是我在生活中探索的结果,一部又一部的作品就是我一次又一次的收获。我当时怎样看,怎样想,就怎样写。没有作品问世的时候,也就是我停止探索的时候。"②为此,巴金也创造了一系列探索主人公形象。巴金将"自我"融入作品,更主要的正是把写作看作生活,通过一系列探索主人公发泄感情、暴露灵魂,写出自己的思想矛盾和内心追求。

这样的探索主人公,在《激流三部曲》里是觉慧、觉民。这两个形象,特别是觉慧,在很大程度上就是作家自己。决定觉慧与作家之间相近的,还不是他们都演过司蒂文森《宝岛》里的黑狗、都在成都外国语专门学校读书等生活细节,而是初步觉醒的青年在旧家庭牢笼里感到的痛苦、压抑和愤激等情绪,以及因憎恨此种生活而萌生的为上辈人赎罪、探寻新的人生的思想动机。在这一点

---

① 高尔基:《俄国文学史》,新之艺出版社 1956 年版,第 487 页。

② 巴金:《探索集·探索之三》。

上,巴金的探索主人公与托尔斯泰的探索主人公显然有重叠之处,但区别也很明显,似乎可以说托尔斯泰主人公探索的终点,正是巴金主人公探索的起点。

在《革命的三部曲》、《爱情的三部曲》里,探索主人公是杜大心、李冷、陈真、吴仁民、敏等。关于《灭亡》,作家曾详细谈过创作过程,从中可见杜大心的苦闷、爱与憎的矛盾其实就是巴金的。在《新生》里,巴金通过李冷暴露自己的孤寂、空虚。他后来说:李冷常常叫嚷的"孤寂、矛盾",也是"我自己的痛苦的呼声",写时"我好像在挖自己的心、挤自己的血一样。有些时候我仿佛在写自己的日记"①。在《雨》里,吴仁民的孤独、幻灭感和愤世嫉俗的情绪同样透露了作家的心境,他当时曾怀着绝望的心情写过下面一段类似日记的文章:

> 奋斗,孤独,黑暗,幻灭,在这个人心的沙漠里我又过了一年了。
>
> 心啊,不要只是这样地痛罢,给我以片刻的安静,纵然是片刻的安静,也可以安静我的疲倦的心灵。
>
> 我要力量,我要力量来继续奋斗。现在还不到撒手放弃一切的时候。我还有眼泪,还有血。让我活下去罢,不是为了生活,是为了工作。
>
> 不要让雾迷我的眼睛,我的路是不会错的。我为了它而生活,而且我要继续走我的路。
>
> 心啊,不要痛了。给我以力量,给我以力量来战胜一切的困难,使我站起来,永远站起来……②

吴仁民正间接表现着作家自己生活中的这种挣扎。关于《电》,巴金引过敏与慧谈生和死的文字后说:这几段简单的话是费尽心血写出的,必须有十年的经验、十年的挣扎才能写出,"我自己就常常去试探死的门,我也曾像敏那样'仿佛看见在面前就立着一道黑暗的门',我也觉得'应该踏进里面去,可是还不能够知

---

① 巴金:《谈〈新生〉及其他》。
② 巴金:《〈爱情三部曲〉总序》。

道那里面是什么样的情形。'我的心也为这个痛苦。"①在对于生与死的探索上，敏显然是又一个巴金。

总之，杜大心、李冷、吴仁民、敏等是巴金脱离旧家庭踏上社会以后的精神世界的投影。近代中国社会黑暗到极点，是一个如同郭沫若在《女神》里说的"冷酷如铁""黑暗如漆""腥秽如血"，也是闻一多在《死水》里愤激地要"让给丑恶来开垦"的庞大"牢笼"。面对这一远比旧家庭严峻的庞大"牢笼"，杜大心等热血青年的痛苦心情和孤独、幻灭感是容易理解的。可贵的是，他们并没有真正消沉、妥协，而是执著地坚持人生追求，一些人还在一定程度上克服了爱与憎、生与死、感情与理智、恋爱与革命等的内心矛盾。可见，巴金通过他们写出了较觉慧更明朗、开阔的道德理想和人生追求。

在《火》、《寒夜》里，类似的探索主人公是刘波、田慧世、汪文宣。刘波因不能帮助受蹂躏的同胞、目睹邪恶得胜而滋生的悲愤、憎恨，他为民族再生战斗的决心，反映着巴金抗战开始那个时期的心境。而田慧世、汪文宣，尤其汪文宣，则折射着作家抗战后期的精神波动。巴金谈《寒夜》的文章说："在小职员汪文宣的身上，也有我自己的东西。我曾经对法国朋友讲过，我要不是在法国开始写了小说，我可能走上汪文宣的道路，会得到他那样的结局。"②他不久前更明白地说："这部作品，也可以说是写我。汪文宣就是我。"③通过汪文宣这一形象，巴金写出了自己——一个怀有博大的救人济世宏愿、立志改革社会的进步知识分子在进行人生、道德寻求途中迸发的愤怒和不平。

从觉慧到杜大心等，再到汪文宣，作家"自我"的东西就是那样鲜明地烙印在人物那里，读者不难由此猜测并把握到巴金的整个精神面貌和思想发展轨迹。

此外，巴金还常常这样溶"自我"于作品：创造一个与作家经历、思想感情或者性格、气质很接近的"我"，让其充当故事叙述者，用他的眼光观察、感受，并串

---

① 巴金：《〈爱情的三部曲〉作者的自白》。

② 巴金：《关于〈寒夜〉》。

③ 《巴金·陈荒煤谈小说〈寒夜〉的改编》，《电影创作》1983年第2期。

合故事、统一作品的情绪调子。这样的"我"最初并不多见,而且限于短篇小说。如《杨嫂》,内中的"我"几乎就是少年时代的巴金,这作品其实应当作回忆散文读的。以后,类似的作品多起来了,如《神》、《鬼》、《窗下》——甚至应当包括《春雨》、《沉落》、《化雪的日子》这样一些小说。而巴金写于四十年代的短篇小说——《还魂草》、《某夫妇》、《猪与鸡》等,则无一例外地取以上叙述形式。不仅如此,这样的"我"还"扩散"到中长篇创作,如《憩园》、《第四病室》。在《憩园》的"我"——黎先生身上,人们很容易发现巴金本人,尤其是他那种悲天悯人、恨不能给每个人擦干眼泪的同情心和热烈心肠。在《第四病室》的"我"——陆怀民那里,巴金本人的爱憎感情和对于理想人生的追求也是明白显示着的。这些大同小殊的"我"虽然只是次要人物,但似乎更直接、自然地写进了作家自己的东西,他们与作家"自我"间建立有一种恰到好处的默契。应该强调指出的是,这类小说大量出现于后期创作,这似乎能说明,"表现自己"的特点贯穿了巴金创作的全过程。

二

读鲁迅、茅盾等现代作家的作品,人们很容易感受其客观、冷静的叙述笔调,恍若不动声色的新闻传递者。巴金则否,他明确说自己的作品"是直接诉于读者的"①。取主观叙述形式,靠感情的热力直接诉于读者,这里同样显示着巴金创作的主观性特色。

所谓"直接诉于读者",我以为首先在于直接、多量地描写人物的情感状态和内心世界,使读者与人物不时进行情感交流,因此受到感染、震动。在巴金小说里,对人物情感和精神世界的表现占到突出地位,相比起来对人物外部形态和具体生活环境的描写要粗疏多了。巴金也不屑取间接描写方法,总是感同身

① 巴金:《灵魂的呼号》,《巴金专集》第 1 卷。

受地深细揭示人物的各种感受和精神状态,使之喜怒哀乐、七情六欲毕呈无余。为此,他酷爱表现人物充满感情色彩的自白。如《家》里梅与阔别的高家众兄妹会晤,一番寒暄之后,小说就让病体恹恹的梅感叹起来:"别后我也常常想念你们。……这几年好像是一场凄楚的梦。现在梦醒了,可是什么也没有,依旧是一颗空虚的心,其实现在还是在梦中,不知还要到什么时候才是真正梦醒?……"除了间接插入别人的一些问候和安慰,这一章几乎都是梅对自己伤感、凄楚心怀的自述。这些如诉如怨、袅袅不断的话语是能激起读者强烈的同情心和怜悯感的。这类自白,在更多的时候通过两个角色互剖心迹的形式得到表达,如《灭亡》第二十章杜大心与李静淑的爱情表白,《家》第二十一章、二十四章梅与觉新、与瑞珏的互吐积愫,《春》第二十七章淑英与剑云的相互倾诉,等等。巴金许多小说所以取第一人称写法,在许多时候正为着尽情绘出人物的情感、心理活动,像《新生》、《海的梦》、《利娜》等其实可以看作是主人公的长篇自白的。

但是人物的长篇自白毕竟要有一定的语言环境,要受到各种限制,因而巴金在更多场合往往由他自己——置身局外的叙述者直接剖析人物情怀。在巴金早期的作品里,这类剖析不但随处可见,而且总是放开笔墨,尽兴写去,给读者以强烈的感情冲击力。《家》里觉慧听说五叔克定在"金陵公寓"的丑事后,写有一大段感情激越的剖析文字:

> 他知道这个空虚的大家庭是一天一天地往衰落的路上走了。没有什么力量可以拉住它。祖父的努力没有用,任何人的努力也没有用。连祖父自己也已经走上这条灭亡的路了。似乎就只有他一个站在通向光明的路上。他又一次夸张地感觉剥自己的道德力量超过了这个快要崩溃的大家庭。热情鼓舞着他,他觉得自己的心从没有像今天这样激动过。他相信所谓父与子间的斗争快要结束了,那些为着争自由、爱情与知识的权利的斗争也不会再有悲惨的结局了。梅的时代快要消灭,而让位给另一个新的时代,这就是琴的时代,或者更可以说是许倩如的时代,也就是他和觉民的时代。……

这几乎是年轻一代向摧残、压制他们的上辈人、向整个旧礼教和封建势力讨还血债的檄文,也是预告一个崭新时代即将降临的宣言,它笔墨淋漓地展现了埋藏在觉慧内心的感情波涛。此外,同一小说对鸣凤投湖前心理活动,对觉新在瑞珏产房外精神痛苦的抒写,《秋》对枚喜庆时刻内心状态的揭示等,都层层铺叙、反复渲染,可以直接唤起读者对不幸者的爱和同情、对黑暗势力的憎恨的。

所谓"直接诉于读者",还应当指作家的一切描写叙述都褒贬分明,浸透了强烈的感情色彩。作家的创作作为一种精神产品,总会或隐或显、或明或暗地透露出主观感情态度。但是这种感情态度,在取客观叙述形式的作家那里,往往是潜藏较深、隐而不露的。如契诃夫、海明威,前者曾说:"人可以为自己的小说哭泣,呻吟,可以跟自己的主人公一块儿痛苦,可是我认为这应该做得让读者看不出来才对。态度越是客观,所产生的印象就越有力。"①后者也竭力避免流露主观感情,力图将其思想和感情从作品表层铲除干净,他因此被人指责为"麻木"、"哑巴"等。巴金却无法做到那样。他的作品从里到外都包裹在浓重的抒情氛围之中,时时处处昭示给读者以鲜明的思想倾向和感情色彩。巴金描写人物,字里行间就已标示出主观态度。像对高老太爷、陈姨太等的外貌刻画,就明白透露了作家的否定意向。对于那些他深爱或深切同情的,巴金不但总要在语调里透露出爱怜态度,而且常常将他们置于倩美、充满诗情画意的背景里,竭力渲染其善良、可爱。如《春》这样通过剑云的眼光写淑英:

> 他几次偷偷看淑英,那个美丽的少女低下头在他的旁边走着。瓜子脸上依旧笼罩着一片愁云。一张小嘴微微张开,发出细微的声音,他走到一株桂树下面,站住了。树上的一片叶子随风落下,飘到她的肩上粘住了。她侧脸去看她的左肩,用两根手指拈起枝叶往下一放,让它飘落在地下。他看见这情形,同情、怜惜、爱慕齐集到他的心头,他到底忍不住,冒昧地唤了一声:"二小姐"。

剑云的感受、情感体验其实也是作家的,巴金对人物的感情态度就是这样力透

① 《契诃夫论文学》,人民文学出版社1958年版,第209页。

纸背地渗入这幅轻灵、不乏艺术夸张的图画。

巴金小说对景物、环境氛围的描写也渗透了炽热的主观感情。像《家》对清冷、孤独、空幻模糊的月色的描写，对笛声、箫声及"电灯光死去时发出的凄惨的叫声"等的渲染，都饱和着感情汁液。它们在很大程度上不是客观、具体真切的显示，而是作家主观热情的"外化形态"、"替代物"。

对事件、生活场面的描叙，巴金一般也总在行文、语调里明白显示自己的主观态度。在《激流三部曲》里，作家常常用热情洋溢的文字叙述觉慧、觉民团体的活动："众人关心地问询，带笑的谈话，没有顾虑地打开自己的胸怀，坦白地、充满着信任地倾听别人的意见"，"他们像一群香客在一个共同的宇宙里找到他们的天堂，在简单的装饰中见到了庄严的景象"，"他们从来没有像这样自由地、畅快地、安心地呼吸过。一种热、一种满足充满了他们的全身"……这些诗一般的炽热、明快的语言，表达着作家内心的激动和兴奋。而《家》叙述众女眷哭灵，用的是另一付笔墨。由于吊客来得多，女眷们的"哭已经成了一种艺术，而且还有了应酬客人的功用"，如她们正在说话或吃东西时，外面突然传来吹鼓手的吹打，她们马上就得放声大哭，"自然哭得愈伤心愈好，不过事实上总是叫号的时候多，因为没有眼泪，她们只能够叫号了"。作品还写了女眷们因听错唢呐声把送客误作客来的"冤枉哭"，及因不知来客、受了司仪暗示"才突然爆发出哭声"的细节。透过这种寓庄于谐、具明显讽喻意味的叙述笔调，读者不难体察到作家的否定性情绪态度。

三

巴金小说的主观性特色还在其他方面有表现，但以上足见这一特色的客观存在。这一特色所以如影随形般地伴随着巴金创作，在于它植根于作家的人格、精神气质，是其挚爱人生、生命的热烈人道主义情怀的自然、不可遏止的抒发。巴金一再说这样的话："我完全不是一个艺术家，因为我不能够在生活以外看见艺术,我不能够冷静地像一个细心的工匠那样用珠宝来装饰我的作品。我只是一个在暗夜里呼号的人。所以节制对于我没有一点用处。"①从其回忆创作的文字也可看到,巴金创作一个最基本的出发点,是因为目睹人生、生命在实际生活中的被忽视和践踏,对此他看得太多了,它们使作家寝食不宁、捉笔不迭,非急急倾吐不可。

但这不是说,主观性特色在作家不同题材、不同时期的作品里以同样的力度渗透,毫无差别。绝非那样,它们存在种种差别,这在作家前后期创作中表现得尤其明显。但虽然如此,我们仍要强调指出这一特色对于巴金小说的弥漫性渗透,即是说,主观性特色是巴金全部小说、特别是前期包括《家》在内的各小说的显著特征,也是巴金之为巴金、其小说区别于其他现代作家的一大徽识。从实际看确也那样,即如后期作品,虽然感情意蕴已经较为蕴藉深厚,但作家"自我"仍深烙在人物形象那里,作家的感受、情绪状态、想法、渴求仍时不时地在作品里明白宣泄出来,也仍是靠感情的热力直接诉诸读者。一句话,它们与作家前期作品有千丝万缕的联系,而明显有别于当时一些客观现实主义作家的创作。

强调巴金小说的主观性特色,并不是要否定其作品的现实主义方法特征。这不但因为主观性与现实主义创作方法并非截然对立,更因为巴金的作品确与欧洲历史上典型的浪漫主义作品有差别。巴金小说的现实主义特征主要表现为敢于直面人生,不轻易给人完满、也是廉价的应诺。曾有人劝巴金改改写人生悲哀的笔调,但巴金回答说:"我的生活使我感到尚有猛烈攻击黑暗之必要,我的生活给我太多的悲哀,所以我自然而然写出了那些作品,我不能故意地去写别样的作品。"②在巴金全部小说里,正横贯着一种深刻、缕缕不绝的悲哀。一些有眼力的批评家在比较巴金与法国浪漫主义作家乔治·桑时,既指出了"热情"的共性,又深一步论析说:"这种'横贯全书的悲哀',是他自己的悲哀,但是

---

① 巴金:《灵魂的呼号》,《巴金专集》第1卷。

② 徐懋庸:《巴金到台州》,《巴金研究资料》下卷。

悲哀,乐观的乔治·桑却绝不接受。悲哀是现实的,属于伊甸园外的人间。乔治·桑仿佛一个富翁,把她的幸福施舍给她的同类;巴金仿佛一个穷人,要为同类争来等量的幸福。"①在后一意义上,巴金确实是一个充分的现实主义作家。

巴金小说的现实主义特征也在具体感性形式方面显示着。这只要比较一下他与郁达夫等浪漫主义作家的创作即可见出。郁达夫等浪漫主义作品的鲜明特色是主观感情的抒发和宣泄,在他们那里,对人物、事件的具体描写是被纳入到"自我表现"的基本框架的,但巴金大部分作品的基本框架是"再现",自我感受和情绪的抒发已经被纳入到这一框架。

要之,笔者以为无论就创作方法的内在精神或具体表现言,巴金小说都同时交织有两种创作方法的影响。对于这样一个有着复杂倾向的作家,如果真要从创作方法的高度作一概括,似乎可以名之曰:"主观现实主义",或"感情现实主义"。

原载《安庆师范学院学报》一九八八年第一期

---

① 刘西渭:《〈雾〉·〈雨〉与〈电〉——巴金的〈爱情的三部曲〉》,见《巴金选集》第 4 卷。

论巴金小说的结构艺术

衡量一个作家的创作成就，无疑应以那些上乘之作为准。下面，我就主要依据巴金那些比较优秀的作品，对其结构艺术作些探讨。

一

由于巴金不受既成范式的约束，完全根据内容和主题表现的需要确定结构，因而其结构艺术的一个重要特点就是：富于革新精神，结构形态丰富多样。

巴金许多小说情节线索比较单纯，写得也紧凑、凝聚，担得起朴素、明净的称赞。《雾》、《春天里的秋天》、《寒夜》等作品，包括他那些比较优秀的短篇小说，大都如此。拿《雾》来说，作品紧紧围绕周如水的恋爱主线，通过不多的几个人物和场面，就生动塑造出一个渴求异性的爱、但当爱情真的降临到身边时又遽然抽身的怯懦者形象，深刻批判了旧礼教和封建道德对青年人灵魂的戕害。

212

《寒夜》虽然是一部长篇小说,生活容量较《雾》大了许多,但由于作家集中笔墨描写汪文宣一家三口,特别是汪文宣,因而同样给人以朴素、单纯的美感。

但巴金绝不是那种只能描写单纯的情节线索作品的作家。他也善于结构头绪繁多、情节线索复杂的作品。我们说巴金小说的结构形态丰富多样,首先正是就这一点而言的。

在巴金的中长篇小说里,我们可以看到这样一种类型的作品:它们不像《雾》等作品沿着某一主人公的命运展开运行,而是以某一团体、组织的活动过程为主线,通过众多人物和情节线索铺开故事,表现主题。如《电》。《电》以南方某城市为背景,写了一群散漫、但充满献身热忱的青年人奋斗、死亡的故事。小说写有许多人物,落墨较多的就有李佩珠、吴仁民、明、敏、亚丹、陈清等。小说的头绪也错综交织。小说一开始,作家通过吴仁民来到该地,众人聚合,勾画了这一团体大多数人的面影。接着就展开一系列故事:明被捕;明的被释放、群众集会;明与德华之间迟到的爱情,他终因受过敌人严重折磨而死;德华在明死后正式加入团体、雄和志元的被捕;敏决定独自行动,吴仁民和李佩珠相爱;雄和志元被敌人处决;亚丹因去劝阻敏的行动被敌人包围、死;敏只身炸敌旅长殉身;陈清在敌人搜查工会时挺身而出、被捕。小说以团体剩余成员去农村疏散、吴仁民回上海作结。巴金在《电》的序里说:"《电》的头绪很多,它倒适合这个标题,的确像几股电光接连在空中闪耀。"这是符合作品的实际情况的,《电》的人物和事件虽然比较多,但作家次第写来,显得紧凑、集中,有条不紊。所以能如此,由于作品让所有人物和事件都紧紧统到一个思想主题上了:奋斗、牺牲。因而,《电》的结构特点是既撒得开,又收得拢,形散神聚、繁而不乱。这一小说的结构不但在《爱情的三部曲》里是最成功的,也是巴金全部小说里富有独创性的作品之一,这也是这一小说虽然人物刻画比较粗疏,但富于魅力,可以传之后世的一个重要原因。

巴金小说的结构形态丰富多样,还表现在他结构上述各类型的作品时,能做到同中有异、使每篇有自己的开拓和追求。《火》第二部是一部与《电》有相近结构的作品。小说表现抗战期间某地服务团在安徽大别山地区宣传、发动群众的活动,小说对该团体十二人的性格和精神面貌都有所描写,落墨较多的就有冯文淑、周欣、王东、方群文、张利英、杨文木等。但虽然如此,《火》第二部与《电》的结构仍有差别。在《电》中,虽然有更主要的人物——李佩珠、吴仁民,但作者没有让他们每节都出场,让所有的人物都统到他们那里,而完全以小团体的活动为贯串线索,采用一两节重点写一个人物的方法展开铺排。《火》第二部则既以小团体的活动为贯串线索,又让其他人物都统到冯文淑那里,通过冯文淑与他们的交往、联系写出众多人物的个性。《火》第二部的艺术成就自然不及《电》,但作家在结构同一类型的作品时勇于创新的探索精神是应当肯定的。

综上所述,巴金既长于结构单纯、朴素的小说,也善于拢千百头绪于手中,从容不迫、大起大落地展开具复杂情节的作品;他许多小说的结构,一篇有一篇的追求。

二

巴金是一个敏感、热情、忧愤广大的人道主义作家。一方面,他在人间体验到深刻、普遍的悲哀,他一再说:"我的生活给我太多的悲哀","我从人类感到一种普遍的悲哀"[①];另一方面,他对人类有一种强烈、执著的责任感和历史使命意识,它们像鞭子抽打一样催逼他为解除人类的苦难忘我写作,他甚至说在这样的时候"我自己也不再存在了","不但是一个阶级,差不多全人类都要借我的笔倾诉他们的痛苦。"[②]巴金思想忧愤广大的特点,似乎在小说的结构铺排上就有所反映,那就是力图通过铺排本身说明痛苦的无处不有和悲剧的普遍性。

这一结构特点,首先可以在他那些情节线索比较单纯的作品里见出。如前所述,巴金这些作品大都以某一主人公的命运为情节主线,是单线结构的作品,

---

① 徐懋庸:《巴金到台州》,《巴金研究资料》下卷。
② 《光明集"序"》,《巴金文集》第 7 卷。

但虽然如此,巴金常常要穿插一些辅助的情节线索,用以丰富主题、扩大思想容量。《春天里的秋天》是一个显著的例子。这一小说写了一个哀婉迷人的爱情故事。"我"与学生瑢的恋爱始末。但它同时设有一条辅助性的情节线索:"我"哥哥因不自主的婚姻而自杀的悲剧。这一线索虽然是通过"我"接到的来信间接写出的,所花的笔墨也较主线少得多,但有独立的结构意义。小说伊始,作者就用一节的篇幅写"我"接到家里拍来的报告哥哥自杀的电报。数节之后,作者又用一节写哥哥自杀的事,这次将他自杀的原因及经过写明了。此后不久,又有专节写这一情节线索,通过哥哥的遗书写出其自杀前痛苦绝望的心情。这一辅助的情节线索虽然没有直接介入情节主线,但起到了渲染、烘托情节主线的作用。在作品中我们可以看到,随着"我"与瑢爱情悲剧的一步步发展、酿成高潮。"我"哥哥的爱情悲剧也日渐明朗、先期趋向高潮。而更重要的,由于这一线索的衬托,作者表现了这一思想:"我"与瑢一类的悲剧绝不是个别的,而是普遍、时有发生的。小说的思想容量扩大了。

也由于有了这样一些辅助性情节线索的穿插,《春天里的秋天》、《寒夜》在单纯中含了丰富,变得比较丰满厚实了。

其次,巴金小说的上述结构特点,也可以在他那些情节线索比较复杂的作品中见出。这突出表现为,他有不少作品采用了复线结构的形式。

巴金写于四十年代的中篇小说《憩园》,就是一部复线铺排的小说。《憩园》主要表现这一思想主题:财富不能长宜子孙、倒可能毁灭人的崇高理想和善良的气质,人不能只为金钱,为个人的享受活着。《憩园》的这一思想主题也是通过两条平行的、交织着描写的情节线索显示的:"憩园"新旧主人——姚、杨两家的生活悲剧。在这一小说里,姚家虎少爷的悲剧故事并不是可有可无的,也不只是辅助性的穿插,而是直接支撑着主题、支撑着《憩园》这一精神建筑体的两根主要支柱之一。砍去了这一情节线索,不但不能使杨老三的故事表现得像现在这样曲折、摇曳多姿,而且将直接损害主旨、无法取得现在的历史纵深感和思想容量。但《憩园》的复线与《春》、《秋》略有区别:《春》、《秋》主要从横的方面展开,说明悲剧的普遍性;《憩园》主要从纵的方面展开,说明悲剧的连续性,但形异质同，它们同样显示了作家忧愤广大的人道主义思想。

三

叶圣陶评价《灭亡》说，它"很可使我们注意的。其后半部写得尤为紧张"①。紧张，用我们现在的话也许就是情节构造生动、富有魅力。《灭亡》的情节构造，确有这样的特点。

那么，能否用这一特点概括巴金的小说创作呢？我以为，在做一些必要的说明之后，是可以的。说明之一的是，巴金早期一些小说的情节虽然生动、引人入胜，但还处在比较低级的阶段，有不自然、真实感差的缺陷；我们着眼的主要不是这部分小说。说明之二是，在巴金浩繁的小说创作中，确也有少数作品忽视叙述生动性、刻意追求平淡的，如《第四病室》。

巴金小说的结构呈现上述特点，在我看来主要不是因为受了古代或外国文学作品的影响，而是与他关心人、爱人，对人的命运和正常生活抱有一种崇高的历史使命感分不开的。他这样谈早年读小说的情形："我读的时候，从来不管第一段怎样，第二段怎样，或者第一章应当写什么，第二章应当写什么。作为读者，我关心的是人物的命运。"②又这样说自己创作中的追求："我写文章是用人物的命运、思想、感情去影响人，感动人，而不是用文学技巧。"③关心人物命运，用人物的命运、思想、感情感动人，这在很大程度上已经决定了巴金小说情节生动、富于魅力的特点。

上述特点，首先表现在他善于描写具有尖锐冲突的戏剧性场面，在剧烈的矛盾冲突中刻画人物。

《秋》对王氏、陈姨太在周氏那里泄愤的描写就尖锐、紧张。她俩在淑华、觉

---

① 《小说月报》1929 年第 20 卷第 4 号。

② 《谈我的短篇小说》，《巴金文集》第七卷。

③ 《巴金谈作家的任务》，《文学报》1982 年 6 月 24 日。

民那里吃了亏,满脸怒容找到周氏,原想发泄一番的,不期琴的母亲——张太太在,只得压下火气。眼看告状的事要搁下了,但觉世一句卖弄的话挑开了话题,情况于是急转直下:王氏最先出头,陈姨太说着似乎哭了,张太太也皱起眉头,认为觉民、淑华不成话,周氏受窘地红了脸,请张太太作主处置,琴作为觉民的爱侣更捏着一把汗。——小说酝成了一种剑拔弩张的气氛。

觉民、淑华被唤来了。淑华似乎太不在乎了,在回答张太太问话时使自己处于极不利的地位。张太太真的生气了,突然站起来:"她的严肃的表情使人想到她要做一件不寻常的事情。"觉民见淑华有被责罚的危险,迅速站出来。局面缓和了。但王氏岂肯罢休,威胁张太太:你如果不能做主,我们请三哥来办。

张太太正为难时,忽然见到觉新就在通饭厅的门口,便高声唤他来、要他裁决该不该责罚。觉民却不让觉新有开口的机会,抢先历数陈姨太等长辈的作为。张太太开始同情他们。但陈姨太等还想耍赖。作品这时写道:

> 觉新突然扑到张太太的面前,扑通一声跪了下去,两只手蒙住脸,带哭地说:"姑妈,请你给我作主,我不想活了。"……
>
> "姑妈,请你责罚我。二弟他们没有错,都是我错。我该死!"
>
> ……
>
> "我该死,我该死,请你们都来杀死我……"

王氏、陈姨太的胡闹终于讨了个没趣的结果。

以上一些冲突尖锐、富于戏剧性的描写,都引人入胜,具有使读者屏息凝神、心灵为之颤动的艺术感染力。

其次,巴金小说结构的上述特点,还表现在他善于大开大阖地展开情节,用独特、富于变幻的人物命运打动读者。

文学作品的任务既然是描写人、表现人,那么一般地说,它们都应该围绕着人物命运展开叙述,用人物命运打动人。但其实并非如此。拿现代作家来说,鲁迅的《示众》、《风波》等作品,茅盾的《第一阶段的故事》、《锻炼》等作品,就不是以写人物命运见长的。就是茅盾一些主要以人物命运为主线的作品,也表现出与巴金不尽相同的追求:前者力求在可能的范围里织进对时代风貌的各种描写,后者对时代的表现几乎完全是通过人物命运本身显示的。不但如此,巴金的独特性还表现在:他不少作品不安于缓慢、平稳地展开叙述,而起伏大,跳跃性强,有接连不断的浪潮。就是说,巴金一些小说有大开大阖展开情节的特点。

《电》是一部篇幅不算长的中篇,但它接连描写了好几起被捕、牺牲的壮烈故事,起合大,浪潮一个接一个。但都写得比较自然,并不是故作惊奇。

《家》也是那样。整个《家》似乎又可以分为两大部分:以第二十五章"新的路"为界。前二十五章可说是悲剧、冲突的酝酿、预伏期,后十五章可说是悲剧、冲突的爆发期。在前二十五章里,作家既通过一两章重点写一个人的方法,对一些主要人物进行了刻画,又通过一些大场面的描写将许多人物串合在一起。这二十五章也可以说是"放"的阶段,作家将诸多头绪、关系一一铺开。从第二十六章开始,作品进入了悲剧、冲突的爆发期:最先是鸣凤的悲剧,她被派定给冯乐山做"小",不愿,在一个漆黑的夜里寄身湖水;接着是高老太爷一手定下觉民的婚事,觉民为争取自己与琴的爱情开始抗婚;以后是梅的悲剧结局,她至死没有闭嘴,似乎埋怨别人拆散了他与觉新的姻缘;往下是克定丑事的败露、高老太爷的幻灭,觉慧为拒绝捉鬼与长辈公开冲突,高老太爷的死,瑞珏的悲剧,觉慧叛逆家庭、去未知的城市追求新的人生。这后十五章其实是"拢"的阶段,作家浓墨描写了一个又一个悲剧,展现了一桩又一桩冲突变故,给读者心灵以强烈的冲击力。

不难见出,《家》后半部几乎与《电》是相同的,都由一些生动、充满变幻的情节组成。它们形成了起伏不断的浪潮。所以能那样,是与作家在作品前半部作了一系列的预伏、精心组织分不开的。这前半部的"放",后半部的"拢",不更充分显示了巴金大开大阖展开铺排的才能!

再次,巴金小说在叙述中注意造成悬疑,使读者产生旺盛的阅读兴趣。

悬疑,或曰悬念,是小说艺术应该很好研究的一个问题。在希腊悲剧和我国古代文学作品中,都大量运用悬疑的手法。现代小说有淡化、简化情节的趋

218

向,但是否就可以完全抛开悬疑呢?似乎不能。有的学者在研究西方意识流小说时发现,意识流小说也经常运用悬疑手法,甚至认为"悬念感是现代文学的创作和欣赏中的一个重要问题。"①自然,在悬念的具体内容上,现代小说与古代小说不会没有区别。

巴金小说就很注意造成悬疑。这种悬疑有时是局部性的。如《家》对鸣凤送冯乐山做"小"情节的描写。《家》第十六章就写到高老太爷要在鸣凤、婉儿中挑一个送给冯乐山,鸣凤先是不当一回事,对婉儿开玩笑说:"不消说会挑到你,……好福气,我给你道喜。"过一会感到了问题的严重性:"倘若当真挑到我,我怎样办?"以后又写窗外听话的觉慧问鸣凤态度,鸣凤坚决地答道:"我不去!"但此后作家有意将这一线索切断,插入其他情节的描写,以造成悬疑。直到第二十六章,作品才继续这一线索;写鸣凤的不幸结局。鸣凤是作品重点描写的人物之一,上述悬疑引起了读者对她命运的严重关注和期待。

巴金有些小说的悬疑是全局性的,可称为"整体悬疑"。如《春天里的秋天》。这一作品与《家》不同,它将旧家长对青年男女爱情的蛮横干涉、剥夺推到幕后,致力于描绘一对情人被活活拆散前那种痛苦、精神恍惚的心境。但它散发着诱人的魅力,原因在于作品有意将女主人公瑢的现实处境和真实内心世界一直掩藏着,直至篇末才完全揭开。小说通过瑢的恋人——"我"展开叙述。一开始,作品就写出了瑢一连串古怪、神秘的行为、心理:他俩去花园路过墓地,瑢忽然停下不走了,自语道:"躺在这里多安静呀!"见了石棺上一个鲜艳、一个枯萎的花圈,说前一个是对方的,后一个是她的。对"我"的哥哥自杀的事,她格外关注,禁不住说:"用自己的手杀死自己,这究竟是不是可能的",又自言自语地问:"究竟生快乐呢?死快乐呢?"……这使读者产生了一种急于了解瑢的强烈愿望。但作家在以后一些章节的描写里,不但不将上述谜窦解开,倒是布下了更多的疑团。直到最后第三节,作家才开始解谜窦。但只是解了一部分。最后一节才完全解决。于是,一切豁然开朗了。有人说:"当你被领入结构迷宫时,

---

① 陈焜:《意识流问题》,《西方现代派文学研究》,北京大学出版社 1981 年版。

你一定会感到兴味无穷。在那里你只能看到你前面的一段路程,但却看不到终点,除非你已走到了终点。"①读巴金的《春天里的秋天》、《憩园》等作品,不难获得这样的审美享受。

以上,我从三方面谈了巴金小说情节构造生动、富于魅力的特点。但应该指出的是,巴金一些比较优秀的作品虽然表现了注重情节设计、期望抓住读者的意向,但却是从生活、从人物性格和思想感情固有的运动逻辑出发的,并不人为地追求离奇、曲折。他的小说也写偶然事件和巧合,但却是"有必然性隐藏在里面的"(恩格斯语)。就拿上面说到的《寒夜》对汪文宣、树生、汪母第一回冲突的解决看,这里确有偶然性,文宣在冷酒馆出来醉着后,刚巧让树生看见,就搀他回家,矛盾涣然冰释。这是有树生以下情感逻辑作内在基础的:其出走也是出于无奈,内心里还是爱文宣的。作家通过一系列具体、真实可信的细节写出了树生上述情感逻辑起作用的过程。

还应该指出的是,巴金一些小说虽然很有兴趣地描写着一些尖锐的冲突和骇人听闻的迫害事件,但真正感兴趣的不是事件本身,而是事件制造者和承受者的各各不同的思想动因和真实心理。正因为这些事件触及了人性,触及了人类灵魂的可怕变异,巴金才不惮烦地一再表现着。也正因为如此,巴金小说对这类事件的表现,总是与对人物精神世界的揭示、开掘联系在一起的。

自然,如果全面地看问题,巴金小说的情节构造也有其弱点、短处。巴金能够大开大阖地展开情节是好的,但有的作品却因故事推进过快,未及作深入、细腻的具体描绘。这样的弱点,就是在他一些比较优秀的作品里也存在着。巴人在《论巴金的〈家〉三部曲》里说到,他的这几部作品"叙述多于描写",认为这是"减少巴金作品之艺术形象性的。"②巴人这批评是有道理的。但我认为,这一缺陷主要反映在《家》里,《春》和《秋》有了很大改进。

由于巴金注意从生活、尤其自身生活汲取创作灵感,尊重实际生活给予的

---

① 〔英〕德莱顿:《论诗剧》。
② 巴人:《论巴金的〈家〉三部曲》,《巴金专集》第2卷。

启示,因而其情节构造有自然、生活感强的特点,有时甚至在更高的层次上揭示了生活真谛。但也有提炼,概括不够的缺陷,突出的例子是《灭亡》,将一个饶有诗意的爱的故事安放在袁润园这一庸俗无聊的人物身上。

原载《安徽教育学院学报》一九八八年第四期

从更广阔的背景把握
巴金创作的独特个性

一

　　巴金的作品是一个怎样的文学群落？与其他作家，尤其与中国现代其他作家比，其创作具有什么样的风貌特点，价值和意义何在？这种主要从整体着眼，侧重于文学本体或曰创作本体的研究，无疑是工程浩繁的巴金研究的重要组成部分，也是了解和衡量巴金研究进度的重要标尺。新时期巴金研究的显著成就之一，正是这方面的。

　　对于巴金创作的评论和研究虽然几乎是与他的小说创作同时起步的，但在建国前近二十年的时间里，研究成果却都以对单篇或少数几篇作品评论的形式出现，并无对整个创作作综合研究的文章。建国以后至"文革"结束，虽然有二十七年的时间，但这方面的研究文章仍然凤毛麟角，仅有杨风的《巴金论》、王瑶的《论巴金的小说》可列入。历史进入新时期后，这方面的研究蓬蓬勃勃开展起

来了,成果甚是可观。这主要表现为:

第一,涌现了一批从各个角度对巴金创作进行综合研究的内容扎实的论文。如主要从思想内涵着眼的《从生命价值的确立到人格的自我完善——巴金创作的心灵历程》(孙郁),从形象创作着眼的《巴金创作中的女性形象》(陈丹晨)、《试论巴金中长篇小说中的软弱者形象》(李今),从美学观、艺术表现着眼的《巴金美学思想初探》(谭兴国)、《论巴金小说的艺术风格》(吴定宇)、《论巴金小说创作的特色》(戴翊)、《论巴金的典型塑造》(李多文),及从巴金创作与现代其他作家乃至外国作家、外国文学比较角度着眼的《茅盾、巴金、老舍的文化类型比较》(杨义)、《汇成百川成江河——巴金与外国文学》(唐金海)等。

第二,一些评传或评传性的专著把对巴金创作的综合研究大大提高了一步。《巴金评传》(陈丹晨)和《巴金的生平和创作》(谭兴国)是国内较早出现的全面描述、评析巴金及其创作的著作,主要从纵向作综合研究,对巴金的思想发展和文学道路作了清晰、富有说服力的概括。《巴金民主革命时期的文学道路》(李存光)所昭示的研究路子和说明的某些观点——如主张把巴金的众多作品"当作一个整块的东西"观察、前期作品着重"探求的乃是怎样才是有意义的人生这个颇有哲理意味的问题"等,都给后起的研究者以有益启发。此后出现的像《巴金论》(汪应果)《巴金创作论》(张慧珠)等着眼在巴金作品的政治思想内涵与创作成就等研究上,都不同程度地进了一步。

第三,已有一些主要从横向作综合研究的专著面世。首先应提及的是《巴金论稿》(陈思和,李辉)。它对人们从宏观上把握巴金创作的独特性及其意义有重要帮助;从创作本体的研究看,下篇的五篇文章尤为如此:前两篇是对巴金文艺思想和创作风格演变轨迹的大笔勾画,后两篇在与俄国文学、西欧文学的联系、区别中悉心探寻巴金创作的特殊点,最后一篇则对巴金创作与传统文化的关系作了初步考察。

花建和袁振声的同名专著——《巴金小说艺术论》几乎是同时问世的,同名且几乎同时这一事实本身就富于意义,似可表明研究界对从整体上体悟巴金创作,尤其是作为美学、艺术本体的巴金创作的热情。花建的著作以探究巴金小说的审美特征——悲剧美、崇高美为拱顶,以论述巴金小说的艺术观点、艺术方法为两大支撑,广泛涉及了巴金小说的结构、形象创造、象征、抒情、节奏、文体等艺术构成环节;袁振声的著作以揭示巴金的文艺观点为中心线索,从阐明巴金小说表现艺术的两大特色——重视内心剖示和强调感情抒发为辅助线索,广泛涉及了巴金小说的人物塑造、语言艺术、结构艺术、环境描写、细节描写、对比艺术、创作方法等问题,这两位研究者不谋而合但又各具特色的专著为巴金研究做了一项很有意义的工作。

不久前出版的《巴金小说的生命体系》(张民权)是又一部以横向综合研究为目标的专著。全书从巴金创造的人物形象切入,但作者的兴趣显然并不仅仅在形象,而希图由这一窗口窥探巴金创作丰富而独特的内涵乃至作家的思想、人格、个性气质等问题,还从大的方面勾画了巴金创作的意义,这是为巴金研究提供的一个新的视角。

由以上粗线条的叙述不难见出:综合研究在国内巴金研究中有日渐加强的趋势,它是新时期巴金研究的显著特色,所取得的成就是以往几十年的巴金研究所不能比拟的。

二

尽管如此,我们今天对巴金创作独特性的认识仍是初步的,离充分揭示这一创作本体的丰富个性、发掘出蕴涵的各种意义还有很大距离。为此,应当进一步加强对巴金创作的综合研究工作。

在这样做的时候,有一条思路是值得重视的,那就是不能就巴金的文论巴金的文,而应当由巴金的人论巴金的文,在由人及文和由文及人的双向感悟、体察中把握巴金创作的独特个性。

巴金是一个有着独特生活、思想经历的作家。人的生活、思想经历是个延续流动的过程,它在不断的丰富、发展中,前进过程中的每一积淀都会直接间接地影响到后来的发展。但在这过程中，各种积淀的影响力并不是等同的，一般地说，一个人童年、少年时代积淀的东西具有格外强大而深邃的影响力。巴金的情况似乎也如此。在巴金早年的生活中，有这样两点积淀特别值得注意：一，由于目睹自己的兄弟姐妹——那些活泼可爱的年轻生命惨遭旧礼教和封建势力迫害及自己身受的痛苦而生发的植根于爱、憎爱互为表里的情感郁积；二，由于阅读克鲁泡特金的《告少年》、廖抗夫的《夜未央》等进步书籍而萌生的追求消灭了专制压迫、使将来"不再有一个人受苦"[①]的理想人生的渴望和愿为此放散、牺牲自己的生活态度。我们可以把前一积淀比喻为一座火山，后一积淀比喻为火山的喷火口，那么它们之间的关系就是由于后一积淀，巴金早年郁结的爱憎感情有了喷发、宣泄的道口；由于前一积淀——它是那样的浑厚深著，巴金对理想人生的追求及对放散、牺牲自己的生活态度的笃信才会那样强烈、始终不渝。众所周知，巴金不久成了无政府主义者，这显然与他的那些积淀有关。而当无政府主义运动受挫后，巴金转而从事写作，但他的全部作品也都显示着与早年积淀的深刻联系。这种联系，不但表现于题材的选择和形象的创造，而且表现于全部作品所洋溢的这样一种人格、精神基调：挚爱人生、生命，为追求个性充分发展的理想人生放散、献身。唯其如此，巴金的创作具有一种难能可贵的人格美、精神美、内在美，这是它富于魅力的一个重要原因。

巴金又是一个对写作有着独特理解、追求的作家。巴金曾经说他是"意外地'闯进'文坛"的[②]。作为文坛的一个特例，巴金对写作、对艺术的一系列问题都有自己独特的看法。但在这中间，有一点是格外要紧的，那就是：把写作当作生活。"我不是一个艺术家，我只是把写作当作我底生活底一部分。我在写作中所走的路径和我在生活中所走的路径是相同的。"[③]——巴金早在五十四年前就这样告示世人，此后又一再重复类似的说法。八十年代初，他在总结自己以往的文学生涯时更明白地说："我绝不是为了要做一文学家，才奋笔写作。我写

---

① 《海行日记》，《巴金文集》第 11 卷。

② 《〈随想录〉日译本序》。

③ 《写作生活的回顾》，《巴金专集》第 1 卷。

作,因为我在生活。我的小说是我在生活中探索的结果,一部又一部的作品就是我一次又一次的收获。我当时怎样看,怎样想,就怎样写。"①所谓"把写作当作我底生活底一部分","我写作,因为我在生活",似乎包含了这样两个层次的意思:一,不是为写作而写作,而把它当作探索、改造人生的手段;二,在作品中忠实表现自己在生活道路上的苦恼、矛盾、探索和追求。巴金对于写作、对于他所从事的艺术活动的以上理解是自标一帜的,这不仅赋予其整个创作以某种崇高美,而且使之不同程度地印染上真诚、热情、朴素这样一些风格独特,具有直扑人心的艺术感染力。

　　巴金还是一个有着独特个性、心理、艺术思维类型的作家。对于创作活动、创作成果产生影响的不仅仅是作家的思想意识、观点,而且有他的个性特点、心理素质、审美感知等更深层的东西。法捷耶夫曾正确地指出:"作家的才力、修养、智力发展的趋向、气质、意志以及其他个性特征,在选择材料时都起着重大作用。"②自然,这些个人特征在作家整个创作过程中都会起重要作用。全面说明巴金的个性、心理特征不是这篇短文可以胜任的,本文只想从艺术思维类型角度谈谈巴金作为一个艺术家的独特性。在艺术思维类型中,有这样两种趋于极端的作家:理性的和情感的。巴金当是偏于后者的。巴金创作灵感的激发常常是个人感情冲动的结果,而且有较大偶然性;巴金创作人物常常以生活中的某一亲戚、朋友为模特儿,并且创作时"跟书中人物一起生活",因而灌注了自己的全部爱憎、有时近乎自我宣泄;巴金从不精心结构作品,而是按照自己的生活积累和感情一下子写出来,着眼于人物命运,让人物自己生活;如此等等,都表明巴金是偏于情感型的艺术家。一般来说,艺术家的心理素质都有这样一些特点:对于来自生活的感情刺激的反应较为敏锐,对于来自观念的信息的反应较为迟钝。巴金作为偏于情感型的艺术家更是如此。巴金早年曾从事无政府主义学说的研究宣传工作,但实际情况正如国外有的学者指出的:"巴金缺少抽象

---

① 《探索之三》,《探索集》。
② 《和初学写作者谈谈我的文学经验》,《苏联作家谈创作经验》,中国青年出版社 1956 年版。

思维的天赋,他的哲学论文是相当差的,他是一个真正的艺术家,在具体生动的形象里思维。①"这也可以部分解释巴金虽然很早脱离了无政府主义运动,但此后相当长一个时期里仍然信仰无政府主义的原因:对他来说,神经过程中的理性图式是较为稳定的,远不及感情图式的灵活。

巴金艺术思维的以上特点是由他的人格气质作根祇的,他从小就是一个敏感、情怀热烈的孩子,此后的各种环境、经历都进一步造成了他"热烈"、"容易动感情"的个性。但同时我们也应看到,巴金探索、改造人生的历史使命意识及对于现实人生的执著又使他并不满足于个人一己感情的发泄,而力图从社会、时代的角度去表现,赋予其普遍意义,这样他的艺术思维又有趋向理性的要求;无论从他对生活的描绘、形象的创造或基本结构框架的选取都可看出这一点。因而,巴金虽然在总体上是情感思维类型,但又带了理性思维类型的某些特点。巴金个性、心理、艺术思维类型的上述特征也赋予其创作以独特的美学风貌,它既有浪漫主义所强调的高昂的激情、突出的情感色彩等因素,又有现实主义所要求的以浓厚的生活色彩再现现实本身的多样性、丰富性等优点,如果要从创作方法的高度作概括,似乎可名之曰"主观现实主义"或"感情现实主义"。

作为一个活生生的人、活生生的作家,巴金的个性特征自然还多,但即此就可见出理解巴金的人对于巴金的文的重要意义,我们甚至可以进而说,巴金文的奥秘就是巴金人的奥秘,巴金文的魅力就是巴金人的魅力。当然,难度更大的也许还在综合——作为人的各种特点的综合、人与文的综合、作为文的各种特点——尤其是思想内涵与艺术表现的综合,如此等等。——在这方面,更有大量的工作要做。

三

如同任何其他作家的创作一样,巴金的创作不是一个偶然、孤立的存在,而

---

① 〔美〕奥尔格·朗:《巴金的艺术技巧》,《巴金研究资料》下卷。

是历史、现实诸多环节中的一个点。对于这个点的个性和意义的充分说明,有赖于对它借以生存的各种背景的深入研究,揭示它与它们的联系与区别。这也是使巴金创作综合研究工作提高一步的关键。

首先,是对巴金创作产生了重要影响的外国文学这个背景。巴金与外国文学的关系,是新时期巴金研究最引人注目的课题之一。这方面的研究以大范围的宏观把握和小范围的具体作家作品的细致考察相结合为基本格局,取得了令人瞩目的成就——尤其前者。但这方面的薄弱环节还不少,有待深入研究。不妨举一个小例子。巴金与俄国民粹派作家斯捷普尼亚克的关系是为人熟知的,他的作品有两类:以《俄国虚无主义运动史话》为代表的回忆录和以长篇《安德烈·科茹霍夫》、中篇《伏尔加河畔的小房子》为代表的小说。巴金的思想、创作除了受他前一类作品的影响外,还受到后一类作品影响,巴金曾明确说《灭亡》受《安德烈·科茹霍夫》的影响是突出的;其实巴金的《电》等小说也与这一小说有承传关系。但是,由于斯氏的前一小说至今没有中译本、后一小说也才翻译过来不久,因而对于它们间影响关系的研究就是甚为粗疏的,只能点到而已。

就目前巴金与外国文学关系研究的实际情况看,尤须加强的似乎是较小范围里的深入比较。除已写出的巴金与俄国文学关系的文章外,还应有巴金与法国文学、巴金与英国文学、巴金与日本文学等文章;尤其是与法国文学,这一国度的伏尔泰、卢梭、雨果、左拉、米尔波、莫泊桑、罗曼·罗兰等许多作家给了巴金以不同程度的熏染,理应写出较为系统的研究论文的。这可以是巴金与某一国外作家的比较。除了研究较集中的巴金与屠格涅夫的论题外,巴金与其他一些对之有较大影响作用的作家间的关系都有深入发掘的余地,而像以往未曾作专题研究的巴金与阿尔志跋绥夫、巴金与陀思妥也夫斯基、巴金与左拉等更须及时着手。这可以是国外某一部作品在较长时间或较大范围里影响巴金的考察。如廖抗夫的《夜未央》,巴金早年读过的这一剧作曾深深刻入他的记忆,以至他早期的许多作品一再呈现剧中主人公的性格、心理模式;又如阿尔志跋绥夫的《工人绥惠略夫》,它不但影响了《灭亡》等早期作品,而且对他写作《家》有启发。这可以是巴金某一部作品受国外诸多作品影响的研究。如《灭亡》,对其创作发生影响的至少有这样三部作品:《工人绥惠略夫》《安德烈·科茹霍夫》、《夜未央》。当然,它也可以是单部作品之间的对比,像黎舟那样将尤利·巴基的《秋天里的春天》和巴金的《春天里的秋天》作深细扎实比较的文章不是多、而是少了。

以上这种较小范围的比较,其意义不仅在于从作品的层面显示巴金创作的渊源关系和独创性,而且在于从作家的个性、心理的层面了解它的独特性 —— 如巴金记忆的特点、书本原型与生活原型"化合"的特点,书面借鉴与艺术创造、幻想间关系的特点,等等。从另一方面看,这种多侧面的深细研究也有助于日后更精确地绘出巴金与外国文学关系的全部景观。

其次,是中国传统文学的背景。与对前一背景热烈、踊跃的研究比,对巴金与传统文学的研究就显得很不相称了,是新时期巴金研究中的薄弱环节。出现这种情况,也许与巴金早年相当一个时期对传统文化持激烈否定的态度及他近年所作"在所有中国作家之中,我可能是最受西方文学影响的一个"的申述有关,但实际上,巴金又是现代作家中最具中国人文精神和民族审美感性的作家之一。这方面的研究如果缺失、脱节了,那么我们眼中见到的巴金就不可能是完整的。

巴金创作与传统文学、文化的联系,有这样两种不尽相同的情形:一部分是较为明白地显示着的,如《激流的三部曲》在结构铺排、形象创造方面之于《红楼梦》的借鉴等;另一部分是较为隐蔽的——这是更普遍也是主要的,如巴金全部作品所溢荡的关心现实人生、关心民生疾苦的"大我"意识和民族抒情诗情致等。这后一方面的影响是尤须深入研究的。而在这样做时,似乎一方面应由巴金的文扩展到巴金的人,另一方面则应不拘泥局部细节和外部特征的比较,而着眼于传统文学、文化内在精神气质之于巴金的熏染;这有助于从深度层次上把握它们之间的关系。此外,考察巴金及其创作所显示的社会政治观、价值观、伦理观、婚恋观、家庭观、审美观等与传统文化的关系,也有许多文章可做。

再次,是中国现代文学、现代文化这一背景。新时期的巴金研究者程度不同地重视这一背景,他们或者注意从"史"的角度考察其作品的新质和文学贡献,或者力图在与其他作家的比较中说明其个性。但是,无论就立足的高度或比较的广度和深度言,都还是很不够的。

在上述"母题"之下,至少有三个"子题"可深入做。一是巴金及其创作与其他作家的比较研究。已经有了与鲁迅、茅盾、老舍等的比较,但一则范围应扩大,像巴金与郭沫若、曹禺、沈从文等都应有专题比较文章,二则比较的角度应放开,既可以是作品的比较,也可以是艺术思维类型和创作个性的比较、文学渊源关系的比较、文学发展道路的比较,等等。当然,如果能就巴金与某一作家作全方位的系统比较则更佳。二是巴金"生活圈"的研究。丹麦文学史家勃兰兑斯主张研究作品应从历史的角度考虑,必须研究其中透露的作者的思想特点,"而要了解作者的思想特点,又必须对影响他发展的知识界和他周围的气氛有所了解。"①这是很有见地的。但我们这里用的是"生活圈"概念,它与社会心理学中的"小群体"概念相近,指员额不多、社会关系在其中以个人直接接触形式表现的网络联系;具体地说,巴金的"生活圈"似乎有靳以、丽尼、陆蠡、陈范予、王鲁彦、缪崇群等人。这虽然是一些不甚起眼的"小人物",但"小"与"大"也可以相通的——巴金称他们中的不少人有"黄金样的心",就说明了这一点。了解这些人的生平经历、思想、倾向、气质、性格特点、创作及他们与巴金的交往等,无疑可以深化我们对巴金个性及其作品的认识。这也许是"舍近求远",有的还须做颇费周折的史料汇集工作,但却是必须的,不然就不足以还原现代文学、文化史上的活生生的巴金。三是巴金创作及其人格在现代文学、文化史上价值、意义的研究。巴金在人生道路上跨过了八十六个界碑,他的文学生涯即使从小说写作算起也已有六十余年的历史,凸现在人们面前的不但是《灭亡》、《激流》、《寒夜》、《随想录》这样一些广为人知的作品,而且是孕育了它们的那颗一以贯之的追求真理、追求理想人生和甘愿为此放散、献身的"大心"、"燃烧的心",这是近现代文学、文化史上少数杰出的人格典型之一,对之的研究可以引发出一批富有新意的成果。而从文学史的角度说明其创作的独特内涵、美学价值等,

---

① 《十九世纪文学主流》(1),人民文学出版社 1980 年版。

也有许多可做的事。

除此以外,巴金一些最有代表性的小说——《激流》、《憩园》、《寒夜》等反映的都是四川的生活,他的整个创作也有一种显而易见的南方文化色彩,因而也可以对之作区域文化背景的研究。

可以预料,对以上各种背景的研究和在此基础上的综合,必将大大深化我们对巴金创作的个性及其意义的认识。

原载《学术界》一九九一年第一期

一个『不是文学家』的文学艺术谈

——兼谈有必要深入研究巴金文艺思想

　　如果有人要问,在巴金诸多谈自己创作及有关文学艺术问题的文字里,给人留下印象最深刻的一个观点——或者说一句话是什么? 我会毫不迟疑地回答说,那就是他说的"我不是文学家"的话。

　　"我不是文学家"这句话,巴金开始创作不久即时常说起,他有时说自己"不是文学家",有时说"我不是艺术家"、"我完全不是一个艺术家",有时甚至还说:"文学是什么? 我不知道,而且我始终就不曾想知道过。"巴金以后一直坚持着这一看法和观点——尤其晚年写作五卷《随想录》期间,类似的话说得更多。

　　一九八〇年四月,巴金率中国作家代表团访日时,曾与日本著名剧作家木下顺二有过一次"对谈"。木下顺二,因在听巴金演讲中说到他有夏目漱石等许多日本老师,就问他"怎么能同时喜欢各种流派的作家和作品"。巴金回答说:我不是文学家,不属于任何流别,所以不受限制? ——看来,对巴金了解不多的人们是会对他的这种说法感到困惑,但巴金这样说却是由来已久,也是有其特殊的理由的。

直到巴金讲话吃力、写字困难、笔在手里重如千斤的九十年代,他仍表白说:"我说过我不是文学家。今天我还是这样的认识自己。"

巴金何以一而再、再而三地作这样的申述和表白?这话说起来长了些,我们就长话短说,即:巴金早先是一个鼓吹社会革命的战士,他之从事文学创作是因为社会运动受挫而不得已为之;他也始终把写作当作早年生活目标——即本要通过社会革命实现的目标的继续。也就是说,巴金是意外地闯进文坛的,对文学有许多与其他作家不同的认识和理解。

我们所以特别强调巴金申述的"我不是文学家"的观点,是因为这实在是巴金文艺思想的最基本的出发点,也可以用来概括他文学思想的最主要的特色:一个"不是文学家"的文学艺术谈。

作为"不是文学家"的文学艺术谈,巴金谈艺有一个显著特点,那就是:朴实、通俗、亲切,绝不故弄玄虚、装腔作势,也不抽象艰涩、从概念到概念。巴金的文学艺术谈有相当一部分是谈自己各类作品的——包括作品的创作经过、人物原型、改动情况、版本演变等,它们当然实在、具体,文学思想和艺术主张只是包孕其间的。但也有许多就某些文学问题或现象发表看法、议论的,而它们也都有朴实、平易亲近的特点。如《春蚕》一文谈的是作家必须独立思考这个重要问题,而且谈得很透彻。但他却像聊家常那样地开头,又很自然地谈起小时候在老家里见到的"依照上级的指示"写文章的种种情形,然后谈到在巴黎写作时从卢梭那里学得了"讲真话,讲自己心里的话";这之后引出了"春蚕"的意象:一方面表明自己要像春蚕那样"死了丝还不断"、给人间添温暖,另一方面又过渡到照自己思考的东西写作的问题:"但是到现在为止蚕只能吐自己的丝,即使是很有本领的现代化养蚕人吧,他也不见得能叫蚕替他吐丝。"虽然是论艺之文,却有文学意象融注其间,自己的观点、主张都是在一些事实的不经意的叙说中道出的。

他还有一篇文章——《我的仓库》是谈文学作品的力量与作用的。灌注文中的是人们头脑里那个神秘的"仓库"的意象,由苏联卫国战争时期一少女靠从它那里"提取"的托尔斯泰的作品度过了恐怖的黑夜,说到自己在"文革"中及现在病中如何靠储存在内中的"别人拿不走的东西"获得生活的勇气和信仰,把文学作品这种令人难以思议的巨大力量有说服力地昭示给人们。

作为"不是文学家"的文学艺术谈，巴金谈艺的另一特点是既没有门户之见，也不循常规，而洋溢有生活、创作实践的新鲜活泼的气息和某种叛逆精神。上面巴金与木下顺二的"对谈"正可见出他不囿门户、博采众长的一面；而对于木下顺二提出的后一疑问，巴金是这样回答的："唯其不是文学家，我就不受文学规律的限制"。——当然，这是极而言之的说法，他的本意是在强调文学的创造精神。巴金还这样对青年作家说："你写创作，不要管别的，理论也好，美学也好，什么也好。你写生活中的感受，最熟悉的东西，感受最深的东西。我自己写作也是这样。反正我也不要做作家、文学家。"——这里，我们同样可以见出巴金的创造、叛逆精神；但同时也可知道，他在这样做时还是有所依傍的，他要青年作家不"管"这"管"那，但有一点却是要他们不能不"管"的，即生活及对生活的感受。这不正是在更高层次上对文学规律的认可和遵循吗？

巴金关于"艺术的最高境界是无技巧"的主张同样能说明这个问题。初看起来，巴金的这一文学主张偏激、绝对化，文学史上似也没有哪个作家郑重其事地提出过。但深入分析、思索后便可知道，这一主张的本意是在强调作家真情实感的重要。巴金晚年虽然仍说自己不是文学家，但认为根据自己数十年的写作经验对文学还是有所知的，而他所知道的文学是："讲真话，掏出自己的心"。他说这是他的"座右铭"，并希望读者通过它来"理解文学，也理解我"。此外，这一主张其实也是把对生活真实的揭示和朴素、自然的表现风格提升到了艺术的至高境界。——就这两点看，他不也是在更高层次上对"文学规律"作了某种探索吗？

除了上述两个特点，我们以为巴金的文学艺术谈虽然更多以漫谈自己创作及随想、即兴谈文学的形式出现的，但综合起来看，他广泛涉及了有关文学的各种问题，对许多问题的认识、思考也比较系统、完整；而且，由于不少认识、思考是建立在对自己创作及整个文坛七十多年——尤其建国以来这许多年正反经验总结的基础上的，因而充满了真知灼见，也具有很强的现实感和指导意义。而在这一点上，也突出表现了对巴金文艺思想的研究还存在薄弱环节乃至盲区，新世纪的巴金研究仍是可以有作为的。

对巴金关于文学创作与生活的关系、文学创作中情感的作用、文学的最高境界是无技巧这样一些命题，许多研究者都曾作过研究，但从现在看，这种研究还应很好深入。如文学创作与生活关系的命题，巴金至少涉及有以下一些命题：一、生活对于作家创作占有怎样的位置的问题；二、从生活、生活感受还是其他什么出发写作的问题；三、写熟悉的、与自己个性相适应的生活还是其他生活的问题；四、作家对生活的姿态是取体验还是根本"不脱离"的好的问题。巴金对这许多问题的深入思考是在粉碎"四人帮"之后，特别是在写作《随想录》期间，他对长期以来的许多流行的话语——如"下生活"、"熟悉生活"、"体验生活"、"走马看花"、"下马看花"等等作了辨析和质疑，并相应提出了一些很是切实而有新鲜感的提法和认识——如写与作家"生活经历、素质"等相"适应的生活"，作家"不应脱离生活"等。又如文学创作中情感作用的命题，巴金的贡献首先在于他几乎像强调生活的重要性一样强调情感的重要，"我靠的是感情"，"靠生活中的爱憎"等是他常用的说法；其次，巴金还涉及了情感如何有效地作用于创作的一些复杂问题——如对情感自身质地的要求（巴金强调的是激越、真诚、高尚这几种品格）等等。巴金的这些看法和意见无疑是很有价值的，值得总结和深入研究。

巴金文艺思想中，还有一些重要命题是以往研究中几乎不甚涉及的，而它们又恰恰是很具巴金个性特色，是他从自身的经历和创作实践里总结出来的。我们不妨举一个例子——关于作家与批评家、读者关系的命题谈谈。

对这一命题，巴金有时是两两相对谈的，有时则将三者放在一个层面论说。关于作家与批评家，巴金思考获得的主要结论是：一、作家和批评家虽然有具体职业、分工的不同，但他们之间的关系是平等的；二、做一个批评家不是容易的事，他需要许多条件，特别是要有对生活实际和作家、作品实际的深的感受和把握。关于作家与读者，巴金思考的基本结论是：一、作家是靠读者养活的；二、作家必须"把心交给读者"，只有这样，他的作品才会在读者那里引起共鸣，受到他们的欢迎和喜爱。

巴金有时又将作家、批评家和读者放在文艺批评及与之息息相关的文学繁荣这样的层面一起论说；如果我们对这些论说作些综合，便可知道他的思考是颇为系统、完整的：

一、巴金认为文学批评对于"健康的、进步的文学发展"是"不可缺少"的，批评家"有权批评每一个作家或者每一部作品，这是他的职责、他的工作，他得对人民负责，对读者负责"。

二、巴金认为要繁荣创作，首先需要作家们辛勤的劳动和不懈的努力，不能以为"只要批评家笔下留情，多讲好话"就成的。

三、巴金认为"作家对事物有自己的观点"，他可以"不接受"批评家"不了解作家的目标"的"批评"，也"有权为自己的作品辩护"。

四、巴金认为读者有时"比批评家更能够认识作品的价值"，而作为一种"健康的、进步的文学"，更应在本质上"符合广大读者的要求"；在后一意义上，"读者是最好的批评家"，"一部作品的最高裁判员还是读者"。

不难看到，巴金在这个命题上的看法是以读者、人民为最后落脚点的，但同时也对作家、批评家和读者各方在文艺批评中的职责、作用及其限制作了很好的规定和说明。应当说，它是作家几十年来探究这一命题的思想结晶。如果我们真正能那样去做，那么文艺批评一定可以走上正常、有序的轨道，文学创作的繁荣和发展也就有了一个方面的重要保证。

此外，关于独立思考对于作家在创作中的至关重要的作用、关于作家称号的本义——即关于作家性质的定位等命题，巴金也有许多独特、新鲜、精辟的意见，我们这里就不一一展开了。

以上，我们简要叙说了巴金文艺思想的几个主要特点。很显然，它们不是一般意义上的特点，而是烙有作家鲜明的人格、个性印记，且带了独创、自成一家特征的特点。在这一意义上，我们似乎有理由说：巴金"不是文学家"的文学艺术谈，不正是文学大家的文学艺术谈吗?! ——也唯因如此，我们认为到目前为止，对于巴金文艺思想的认识还是很不充分的，这方面的研究还大有文章好做。

本文系提交给一九九七年第四届巴金国际学术研讨会的论文，原载《巴金研究》二〇〇〇年第三、四期合刊

《家》的精神资源永葆活力

　　巴金的《家》于一九三一年四月至一九三二年五月在上海《时报》连载（当时书名为《激流》），于一九三三年五月由上海开明书店出版单行本，这一正式以《家》命名的著作出版已有整整七十五年。在《家》之后，巴金又写作、发表了续篇《春》、《秋》，它们前后承续、相互映照，一起被作为"激流三部曲"，对作家有着直接、鲜明感受和深切体验的，当时正在急剧瓦解中的旧家庭制度作了全面而深入的描画、透视，它们也因此成为人们认识、了解中国这一特定历史时期社会生活和文化、观念演变的最重要的作品。就这一点来说，《家》及其续作肯定会不朽的，正如一位外国学者指出的："巴金小说的价值，不只是在现时代，而特别在将来的时候要保留着，因为他的小说是代表一个时代的转变，就好似一部影片，在上面有无数的中国人所表演的悲剧。"①

---

① 〔法〕明兴礼:《巴金的生活与著作》,文风出版社 1950 年版。

但是,仅看到这种价值是不够的。在我看来,以《家》为代表的"激流三部曲"的主要价值①,在于其包孕了丰富的,虽在那个时代得到不同程度伸张,却又在以后相当一段时间里不可或缺、乃至指向未来的精神资源,而且它们本身又在作家后来的创作中得到提升,从而凝铸成了巴金之为巴金的独特的精神印记。这种精神资源,我以为特别重要的有二:一、反封建;二、一种强烈、崇高的道德力量。

所谓反封建,即是对不尊重生命,不尊重人格和个人意志,专门损害弱小者,行为和权力不受限制和监督的封建专制主义及其观念形态的否定和批判。这种否定和批判,《激流三部曲》虽然不是新文学中最早、而且也许不是最深刻的,但却如绘画中的长轴画卷和音乐中的交响曲,是宏大、磅礴、充沛淋漓的,而且由于主要围绕一般人所关心的爱情、婚姻问题展开,所以在当时社会上,尤其青年人中产生的影响是巨大、非同凡响的;其他作家很难与之匹比。这一资源后来一直为巴金所珍视并不断深化。

所谓强烈、崇高的道德力量,是指作品中强烈的道德感以及蕴含其中的巴金独特的道德理想。夏志清在《中国现代小说史》里说:巴金是一个"具有强烈道德感——甚至可以说宗教狂热——的人"②。笔者在上世纪八十年代末出版的巴金研究著作中,曾对巴金创作的情感-伦理型特征及其道德理想的内涵做过较深入的分析,认为它在本质上是一种力图统一个体利益和群体利益、协调个性发展和群体发展,最终实现"使每一个社会成员都能够完全自由地发展和发挥他的全部力量和才能"的现代的集体主义道德观;其思想渊源当为法国哲学家居友和俄国思想家、无政府主义者克鲁泡特金——尤其后者。《家》及其续作中,觉慧、觉民、琴等青年人常常感觉到自己的道德力量超过高老太爷和其他旧家庭家长,常常感到"生活力的满溢"和"散布生命"的欢乐,就因为他们拥有

---

① 由于《家》与续作《春》、《秋》在思想线索、人物、情节等方面有相当连贯性,本文对《家》精神资源的分析,其实也包括了这两部小说。

② 夏志清:《中国现代小说史》,香港友谊出版社有限公司1979年版。

这种崇高的道德精神力量。这一资源也一直为巴金保持着,并成为他晚年战胜"文革"噩梦,获得涅槃和精神升华的重要动力。

如果说《家》是巴金创作的第一个高峰,那么他在四十年代中后期写作的《憩园》、《第四病室》、《寒夜》则是第二个高峰。从《家》到这些作品,巴金的创作无疑有变化、有区别,但我以为这种变化和区别是建立在思想脉络和精神资源相承续、连贯的基础上的,不能把《憩园》、《寒夜》只是看作家庭伦理小说和探索人性复杂性的作品,更不能简单地认为从前者到后者是巴金从"家"的"出走"到"家"的"回归"。只要不是过于褊狭、而较为全面地看,人们就不难知道,对新的历史条件下蔑视生命和个体人格、剥夺"小人物"的封建专制性社会现实的批判,对封建残余意识和变形物的思考、否定,是这些作品的最重要的思想线索;而且同样没有疑问的是,这种批判和否定是更加忧愤深广、更加鞭辟入里的。

在巴金后期的这些作品中,虽然少有"生命力满溢"、"散布生命"的具有崇高道德理想的形象,但仍蕴含了很强的道德感。他那时笔下的人物,或希望"给人间多留一点温暖,揩干每只流泪的眼睛,让每个人欢笑"(《憩园》万昭华),或"努力帮助别人减轻痛苦,鼓舞别人生活的勇气,要别人'变得善良些、纯洁些,对人有用些'"(《第四病室》杨木华)等,其实都折射着作家炽热的人道主义情怀和理想。而且也许今天我们再也不能像以往那样,对这些人物在无可奈何困境下的美好愿望和善良心,对作家的人道主义理想,简单地说成是"软弱"、"缺乏力量"了。即使如《寒夜》中的汪文宣,也是一个洁身自好、是非分明、有着道德底线的近乎"外圆内方"的人物,这些年有新进学者在研究中进一步指出:他身上有"让人们肃然起敬的道德力量",一种"由崇高的信仰蜕变而来的自我道德的完善",认为其"具有安那其伦理意义上的道德特征"①。

当然,《家》的精神资源在巴金经历了新中国成立后的历次思想政治运动,尤其"文革"后,于晚年用八年时间写就的《随想录》中获得了更充分和崭新的

---

① 刘律廷:《道德的拯力:〈寒夜〉的另一种解读》,《巴金研究》2007 年第 2、3 期合刊。

提升。

中国有长达两千多年的封建专制社会历史,孙中山领导的辛亥革命结束这种历史至今才不到一百年,要想在百年不到或百来年的时间里完全清除封建主义的影响,显然不可能。人民共和国在创建过程中和创建后,都对封建主义进行了坚决、不妥协的斗争,但也不可能把一切问题都解决。而有意思的是,我们党在取得执政地位后,从五十年代初开始滋长的思想文化方面的过左偏颇及至后来发展起来的极"左"路线,其实正与旧制度的残余意识有这样或那样的联系;而当它进一步膨胀起来、占据主导地位的时候,又反过来助长封建、专制性东西——巴金称之为"披着'革命'外衣的封建主义"(《人道主义》)的泛滥。"文革"就是最明显不过的例子。巴金晚年写成的《随想录》,摆进自我,从自我清算做起,对"文革"作了认真的审视和深刻的反思,倡言建立"文革"博物馆,并对当时社会上其他一些不利于文艺、社会、人性发展的现象和做法,提出不同看法和独立意见,实在是《家》的反封建精神资源在新的历史条件下的拓展和深化。这一点想来不应该再有什么疑问吧?!

在《随想录》这部大书中,《家》的另一精神资源——道德感和道德力量也又一次焕发出夺目的光彩,并达到一种新的境界。我有时想这样两个问题:一、要是巴金不写《随想录》,巴金会是今天的这个巴金吗?二、要是巴金不写《随想录》,巴金会是当年的那个巴金吗?对这两个问题的回答,我多取否定的答案。也就是说,在我看来,巴金晚年要是不写《随想录》,就不会是今天的巴金;而巴金既然是当年那个具有强烈道德感和崇高道德理想的巴金,那他在经历了那些岁月那些事以后,必定会写《随想录》。当然,这是不具现实可证性的命题,我们现在看到的只是:巴金写了《随想录》。

深入一些谈。我对后一个问题的答案,主要基于对巴金创作中的道德感及蕴含其中的道德理想的认识。巴金道德理想中有这样两个要义:一、尊重生命,尊重每个人的自由发展,即如他说的:"我的生活的目标无一不是在:帮助人,使每个人都得着春天,每颗心都得着光明,每个人的生活都得着幸福,每个人的发展都得着自由。"(《春天里的秋天·序》)试想,当巴金经历了"文革",幡然醒悟、恢复自我之后,怎能对当时"人变成兽","人性受到这样的摧残、践踏"的历史谬误保持沉默? 二、强调个人生命应当为他人"放散",必要时还应当"放弃(牺牲)"。对他本人而言,这"放散"、"放弃(牺牲)"更是一种责无旁贷的道德义务。试想,又有哪种力量可以遏制有着这样道德义务和勇气的巴金不为他人、群体、人类的健全和发展而痛心疾首、仗义执言? 于是,此时我们又可以经常在他文章中读到"给予"、"付出"、"放散"、"生命的开花"等文字,真有一种"我不入地狱,谁入地狱"的担待。

叶圣陶在晚年写的一篇追念金仲华(原上海市副市长)的文章中有如下一段话:

> 我说"岂意斯人出此端"绝无责备仲华不够坚强的意思。我想,死是多么严肃的事,被迫害而出于一死,必然有深恶痛绝,再也不愿与共天地的理由在,我怎么敢责备他呢? 我对老舍也作这么想。我在家里常对至善满子说,十年"人祸",相识的朋友致死的有一百左右;其中交情最深的二位,一位是仲华,一位是老舍。我每当想到他们二位,总要感叹"斯人也而有斯死也!"①

套用叶圣陶的认识和文句,我们可以这样说:巴金晚年作《随想录》,实在是"斯人也而有斯文也!"就是说,是有某种历史必然性的:《家》中包孕并一以贯之的强烈、崇高的道德精神,是他写作《随想录》的原动力。

我对前一个问题的答案,主要是感到《随想录》的写作对于巴金来说,实在是太重要,也太为难他了。《家》和巴金的其他作品,主要通过构思故事、塑造人物形象来批判社会,作家对自我的解剖是比较次要和间接的,而《随想录》却直接把作家自我作为主要审视对象,以此达到批判、告诫的目的,此其为一不易。巴金原是"文革"的受害者,他完全可以堂而皇之地以这样的身份来控诉、批判这场浩劫,或者轻描淡写地否定自己几句也可,但他却动真格,作近乎"残酷"的

---

① 叶圣陶:《追念金仲华兄》,《文汇报》1983 年 4 月 4 日。

自责、自剖,对自己先是"奴在身者"、后是"奴在心者"等不堪作为和心路历程作充分的暴露和无情的针砭,此其为二不易。《随想录》中提出、涉及的问题视野宽广,涵盖了文学、历史、文化、思想等各个层面,其重要性和深刻程度不但超过了他过去的思考,而且在当代作家和整个知识者中也罕有可比的,此其为三不易①。从以上几点看,在道德精神力量方面,此时的巴金较以往有许多突破和超越。所以在我而言,很难想象没有《随想录》的巴金,也很难想象没有《随想录》的二十世纪中国文学、思想文化史——那肯定要逊色不少的。

记得有人说过这样的话:所谓伟大诗人的不朽,无非是"不断更新地产生他的活的影响",始终在"满足'当代的要求'"②。今天,中国社会跨进二十一世纪已有几年了。而不要说巴金的《家》出版已有四分之三的世纪,就是《随想录》写作、发表距今也已有二三十年了——差不多四分之一的世纪。但虽是如此,《家》、《随想录》中包孕的包括了反封建、强烈的道德力量等在内的精神资源却似乎并未过时。

《家》,特别是《随想录》以来,中国社会的发展、进步是世人有目共睹的。但同样毋庸讳言的是,转型期中国社会存在的问题也很明显和突出,需要认真对待、解决。眼下,如何进一步切实做到以人为本? 如何对生命有更多的尊重? 如何从源头上遏制官商勾结和权力伸向市场的利益之手? 如何倡扬公民社会的公共民主精神? 如何有效地建立并维护社会的诚信机制? 如何使道德教育、道德建设不流于形式和号召,让道德信仰、道德规范成为每一种社会组织和每一个公民的发乎自身和内心的自觉追求和戒律? 而在道德建设、道德理想倡扬方面,如何协调个体利益和群体利益、个性发展和社会共同发展的关系,既避免在强调了个人对于他人、社会整体利益的责任后可能发生的忽视个人生存价值、自由和权利的倾向,又防止在关注了这一点后而忽视群体利益和社会共同

---

① 这里,笔者参照、吸收了洪子诚、摩罗、陈思和、李存光等学者在《细读〈随想录〉》一书(上海社科院出版社 2008 年版)中的某些观点。

② 《卢卡契文学论文集》第 2 卷,中国社会科学出版社 1981 年版,第 524 页。

发展,陷入极端个人主义、享乐主义和拜金主义的泥潭？凡此种种,不都可以启示我们,《家》等巴金作品中的精神资源在现今仍富活力,仍可"满足'当代的要求'"吗？

唯此,我们今天纪念《家》出版七十五周年,是更有意义的。

本文系二○○八年上海纪念《家》出版七十五周年学术研讨会上的发言,原载《巴金研究集刊卷四·一股奔腾的激流》,上海三联书店二○○九年版

一

　　日本学者松井博光曾经说:"我想在描写伤感的风景方面,茅盾尤为无缘。在这一点上,可能茅盾更甚于鲁迅。"①这看法颇有道理。我们在茅盾作品里,很少见到他对伤感风景的描写,他描写风景有壮阔雄健的特点。巴金则不然,描写风景有清丽玲珑的特点。

　　茅盾与巴金描写自然环境的这一差异,对于熟悉这两位作家作品的读者说,是容易体会的。所以,在我们看来仅仅指出他们之间的差异还不够,应当进一步弄清:这种差异在哪方面表现出来? 就是说,要了解造成这种差异的描写方面的原因。

---

① 松井博光:《黎明文学——中国现实主义作家·茅盾》,高鹏译,浙江文艺出版社 1984 年版。

这种差异表现在哪些方面呢？我以为，首先表现在描写对象的偏爱选择上。

茅盾与巴金各有自己偏爱的描写对象。比如，茅盾就比较喜欢描写急雨、豪雨。这在他的处女作《幻灭》里就露出端倪。《幻灭》写北伐誓师典礼，就用满天乌云、把旗帜吹得猎猎作声的飘风以及瓢泼大雨，来与错落响着的军乐声、掌声、口号声、传令声、步伐声相呼应，从而有力地渲染出一种亢奋、庄重的气氛。以后，静与强猛在牯岭悠游，作品又以黄豆大的雨点和挟着黄土，从山上冲下来的泉水来映衬。后来，在《子夜》和《霜叶红似二月花》这两部作品里，茅盾对急雨、豪雨更是作了酣畅的描写。《子夜》第七节写奔马一样的豪雨时，合之以电闪雷鸣；第十三节，自始至终贯串了暴风雨和雷电的描写。《霜叶红似二月花》第八、第九两节的描写也这样，如第九节中有一段写道：

> 一阵急雨，打得满空中全是爆响。电光和雷声同时到了面前，房屋也好像有些震动，这一声霹雳过后，方才听到满园子的风雨呼啸，一阵紧似一阵，叫人听着心慌。

这是何等的气势！茅盾写景壮阔雄健的特点，正是跟他喜欢择取这样一些物象作为描写对象分不开的。

与茅盾不同，巴金虽然常常写雨，但很少写急雨、豪雨；偶尔写到，也不予铺张。他有一部作品叫《雷》，还有一部作品叫《电》，但这两部作品根本没有雷、电或骤雨的描写；它们只是象征着主人公的人格和崇高行为。

但巴金也有自己喜爱的描写对象，如月亮。在写于赴法途中的《海行杂记》里，巴金说："我爱月夜，但我也爱星天。"[①]以后，他又多次说到爱月光、爱月夜。他作品里的有些主人公也是爱月的，如瑞珏。古今中外，描写月亮的小说数不胜数，但是像巴金小说那样多量地描写月亮，把月光和月夜里的一切写得那么

---

① 《海行杂记·繁星》，《巴金文集》第11卷。

有风韵,不但让人体察到声、色、味,而且因写得过于柔和,不着痕迹,所以给人如梦如幻、飘飘然感觉的,却似乎不多。《家》第九章对月亮和月夜景物的描写就极具神韵。如作品写月亮冲出云围后的景象:

> ……月亮冲出了云围,把云抛在后面,直往浩大的兰空走去。湖心亭和弯曲的石桥显明地横在前面,被月光把它们的影子投在水面上,好像在画图里一般。左边是梅花,花已经谢了,枯枝带着余香骄傲地立在冷月下,还投了一些横斜的影子在水面。

冷月兰天,浅香疏影。正因为巴金常常择取这样一些物象反复描写,他的绘景便有了清丽玲珑的特点。

上述差异,也表现在灌注于相同或相近似的景物里的情绪差别。

在茅盾、巴金的作品里,有些自然环境是两人都写到的,但因为作者所要显示的情绪有差别,故绘出的景也有了壮阔雄健与清丽玲珑之分。比如,茅盾、巴金的有些作品为了渲染、衬托人物的消极心境和悲剧性格,常常以哀景写哀情,以造成情与景"妙合无垠"、"互藏其宅"的艺术效果。但同样写哀景,巴金笔下的哀是悲惨的哀,茅盾笔下的哀是悲壮的哀。巴金《激流三部曲》等作品里的哀景读者是熟悉的,无须赘举。我们看看《霜叶红似二月花》里的哀景描写:

> 园子里的秋虫们,此时正奏着繁丝急竹;忽然有浩气沛然的长吟声,起于近处的墙角,这大概是一匹白头蚯蚓,它的曲子竟有那样的悲壮。

在同一节里,白头蚯蚓和其他秋虫的悲吟声断断续续,它们成功地烘托了黄和光——一个不失某些可爱处、但已不复有生活和上进力量的旧家庭少爷的凄凉心境。巴金的许多作品,也常以秋虫的吟唱衬托人物心情,但并无茅盾这类描写里透露的悲壮情绪。

二

与上述特点相关、但又稍有不同的,是这两位作家运用笔墨方面的差异。对于茅盾来说,他似乎更喜欢用层层渍染的笔墨绘景,追求的是自然景物的逼真和丰富的色彩效果;巴金则用笔简淡,更注意意境的表达。前者酷似油画,后者更接近我国古代的文人画。

我们这样说,并非认为两位大家描绘的自然环境图画都一律如此,没有例外。事实上,茅盾、巴金绘景所用的手法不是单一的,而比较丰富;这对茅盾来说尤其如此。茅盾绘景固然多油画画面,但也有墨色轻淡的乡村风俗画,如《幻灭》关于静家乡的描绘;他的有些描写诗意盎然,如《动摇》写南风和报春燕子的那段文字。唯其如此,我们上述的概括是相对而言的,是总体上的一种描述。

茅盾喜欢用油画手法写景的特点,我们在《蚀》里就可以窥见。这一特点,在他写于一九二九年里的长篇小说《虹》里表现得更明显。《虹》有一节写梅女士和徐绮君游龙马潭,龙马潭的景就宛若一幅油画。作品先写澄碧的秋水和葱茏地披上了盛夏的绿袍的水中央小洲,并点出靠旁边的几棵枫树已转成绀黄色。接着写小洲上的庙宇:它的白墙壁被阳光射着,闪闪地耀眼,仿佛是流动的水珠。尔后,写两个细节:金色的鲤鱼,时时从舷边跃起,洒几点水到船上;近洲滩的芦苇中扑索索地飞起两三只白鸥,在水面盘旋了一会,然后斜掠过船头,投入东面正被太阳光耀成银白色的轻波中。此后,写后面静悄悄站着的慢慢吐紫烟的山峰。末了,作者又让梅女士转头看另一边景色:猛觉得跟前一亮,两边一群高低起伏的山峰正托着个火球似的落日,将这一带的山峦都染成了橙色。在这幅图画里,秋天龙马潭的景色是被置于特定的光线下表现的,阳光与秋水交相辉映,画中的景物呈现出丰富的光、色变化。在茅盾作品里,我们常常可以看到这类用油画手法描绘的自然环境图画。

巴金却不用这类手法写景。他的有些描写似乎追求着水彩画的效果:柔和，轻快，具透明感。而在更多的场合下，他喜欢像古代笔简意足的文人画那样绘景。如《憩园》的这段描写：

> 我在园子里走了十多分钟，看见夜的网慢慢地从墙上、树上撒下地来。两三只乌鸦带着疲倦的叹息飞过树梢。一只小鸟从桂花树枝上突然扑下，又穿过只剩下一树绿叶的山茶树，飞到假山那面去了。

这是一幅相当耐看的迟暮图。它选取的意象可谓少矣，在画面上留下了不少空白。但这不是作者的疏忽，而是他高明的地方：以一当十，求象外之趣。

说巴金的绘景更接近文人画，还因为他酷爱表现若隐若现，躺在半明半暗状态下的景物。这一特色，我们在《家》、《春》、《秋》三部作品里可以清楚见到。巴金所以喜欢描写月亮，似乎就与这一美学趣味相关。因为在月光下，各种景物都失去了原有的清晰感，有了明明暗暗的不同层次；加之云遮月亮，夜里又有雾气升腾，故景物更显得扑朔迷离。巴金在《家》里曾这样写月夜的景象："任是一草一木，都不是像在白天里那样地现实了，它们都有着模糊、空幻的色彩，每一样都隐藏了它的细致之点，都保守着它的秘密，使人有一种如梦如幻的感觉。"巴金描写景物，就常常致力于绘出这种轻灵迷濛、飘忽无定的美。

我国古典绘画强调意趣，推崇那些状出"雾景横披"、"山骨隐显"、"林梢出没"等明明暗暗景象的山水画。有人说："山欲高，尽出之则不高，烟霞锁其腰则高矣；水欲远，尽出之则不远，掩映断其脉则远矣。"①巴金的上述美学趣味，无疑与之相近。

这里我们要补一笔。在我们看来，巴金酷爱表现这种若隐若现、半明半暗环境的美学趣味，除了受我国古典绘画艺术的影响外，也与其深受古典诗词的熏陶有关。我国古典诗词讲究含蓄美，有作诗"妙在含糊"②，诗以"若有若无为

---

① 郭熙：《林泉高致·山水训》。
② 谢榛：《四溟诗话·卷三》。

美"①等说法。王维的"山色有无中",杜甫的"稀星乍有无",杜牧的"烟笼寒水月笼沙",林逋的"暗香浮动月黄昏",张先的"云破月来花弄影",表现的就是这种美。在巴金的绘景里,我们不是常常可以见到类似的意象与情趣吗?

三

我们知道,我国古典小说不很注重自然环境的描写。有些小说,自然环境的描写或者只是人物行动的触媒,服从于情节发展的需要,或者只是起舞台背景一样的作用:环境是环境,人物是人物,自然环境的描写不是与人物的对话、行动交融贯通的。

茅盾、巴金的小说却不是那样。在他们的小说里,自然环境的描写不再是孤立的舞台背景那样的东西,而是与人物的对话、行动交融糅合起来的。它们也不只是人物行动的触媒;在更多的情况下,起着渲染和衬托人物性格、心理状态和造成氛围气的作用。可以这样说,茅盾、巴金在这些方面有力地发展了古典长篇小说的写景艺术。

但同样以自然环境的描写渲染、衬托人物或造成氛围气,茅盾与巴金却各具特点。相对地说,茅盾的比较精细,景与情、与情节的开展被调配得错落有致,有条不紊;巴金的则比较自然,景与情、与情节的发展常常不期而然地契合,浑然成为一体。

茅盾的上述特点,在《子夜》里得到集中反映。《子夜》有不少章节,自开头至末了,贯串着一种或几种天气、天象的描写,以此与人物的心情、故事形成映照。拿第七节来说,开首写挤满了天空的灰色云块,这无疑与夹在三条火线中的吴荪甫的灰色心情相映照。随着吴荪甫心情的变化和情节的发展,作品又先后写:交织着雷电的暴风雨;把一切罩在模糊里的浓雾;暴雨过后的金黄色太阳

---

① 汤显祖:《玉茗堂文之四·如兰一集序》。

和空气。暴风雨和浓雾的描写,是为了一步深一步地渲染吴荪甫面临的深重危机和"待决的囚犯"般的暗淡心情;雨后晴空的描写则是吴荪甫突破重围、在两条战线作战取得胜利以后:"太阳斜射在他的脸上,反映出鲜艳的红光,从早晨以来时隐时现的阴沉气现在完全没有了。"此外,《子夜》第十一节贯串了狂风的描写,第十三节贯串了暴风雨和雷电的描写,第十九节先写蒙蒙细雨,以后又写细雨转为大雨后的倾盆直泻。所有这些,都不是单纯的写景,而与人物的心情、情节开展密切相关的。

茅盾还经常刻意安排一些小细节,以取得与人物心情相互映照的效果。《幻灭》写静女士,当她心神不宁、情绪烦躁时,她屋里的那头苍蝇是这样的:"一头苍蝇撞在西窗的玻璃片上,依着它的向光明的本能,固执地硬钻那不可通的路径,发出短促而焦急的嘤嘤的鸣声,"而当静女士让母爱的甜甜的回忆驱散烦闷后,作品写道:"玻璃窗上那个苍蝇,已经不再盲撞,也不着急地嘤嘤地叫,此时它静静地爬在窗角,搓着两只后脚。"《动摇》两次写尼庵里悬在梁上的那只小蜘蛛,这既暗示了方罗兰彷徨无定的性格,也为着表现方太太无所靠的孤单心理;以蜘蛛为契机,作品还深入绘出方太太分裂的精神状态。

由上述可见,茅盾作品里的自然环境描写往往是在作者对全篇或某一章节作通盘考虑后所做的精心安排,是因情设置,以景显情。茅盾绘景的这一特点,是与他的创作习惯、创作主张相联系的。我们知道,茅盾写作前往往列有详细提纲,对许多细节也有所考虑。他曾经说:"小说不能信笔挥洒就算了事的,小说必须'做',有计划地去'做'!"①加之茅盾对描写技巧比较重视,这样他作品里的各种描写便有了精细的特点。

巴金的创作习惯、创作主张与茅盾有所不同。他写作前一般不列提纲,他是按照自己的生活积累和感情一下子写出来,着眼于人物的命运,让人物自己生活。另外,如所周知,巴金恪守"艺术无技巧"的主张。由于这样的原因,巴金作品里的环境描写便有了自然的特点。

---

① 《创作与题材》,《茅盾文艺杂论集》上集,上海文艺出版社 1981 年版。

巴金作品的这一特点,我们可以从两个方面见出。

首先,巴金一般不严格运用某一章节贯串一种或几种天气、天象的描写方法,他笔下的自然环境只是在比较广泛的意义上与人物的心情、故事发生映照。我们不妨看看《雾》里的环境描写。《雾》有一章写周如水和张若兰到海滨观日出,从天还没大亮,他们踏着湿漉漉的草地出去写起,一直写到他们回旅馆。这中间,两人的心情曲曲折折、起落颇多,但作者并没有按他们变化着的情绪写景,景物只是在比较广泛的意义上与人物心情、故事相合。

其次,巴金作品里的自然环境描写往往随人物的心情、故事自然写出,是景随情生,情到景到。可以看看《子夜》与《寒夜》的雾景描写。上面说过,《子夜》第七节有一段以浓雾映衬吴荪甫的恶劣心情,像其他各段一样,这段也由自然环境写起:"雨是小些了,却变成浓雾一样的东西,天空更加灰暗。"接着写吴荪甫的灰暗心情。以后,写他一怒之下到工厂视察时,从车窗里见到的被浓雾包围的景物。

《寒夜》第十五章也以浓雾映衬人物——曾树生的心情。但《寒夜》一开始却根本不提雾,雾是在写曾树生意外地受了陈主任一吻,更因决不定大后天要不要跟他去兰州而十分惶惑的心境时,若不经意地写到的:

> 她不作声。她的脸仍然发热,左边脸颊特别烫,心不但跳得急,好像还在向左右摇来摆去。她没有一点主意,她的脑子也迟钝了。江面上横着一片白蒙蒙的雾,她也没有注意到雾是什么时候加浓的。现在却嗅到雾的气味了,那种窒息人的、烂人肺腑似的气味。……

可以想见,当江面上横起白蒙蒙的雾时,曾树生因忙于与陈主任周旋,自己内心又激烈斗争着,故不曾留意。而在意外地受到一吻后,她清醒了,但见到的却已是加浓了的雾气。在巴金的作品里,景与情就常常这样契然相合,有时简直让人不能分清到底是写景呢,抑或写情。

四

茅盾、巴金作品里的一幅幅自然环境图画,是通过一定的语言文字描绘的。在语言运用方面,这两位作家也有不同的特点。总的说来,前者绚丽,后者质朴清新。这里,我们仅从修辞的角度作一扼要考察。

从拟人手法的使用看。茅盾、巴金描写自然环境时都力求渗入作者自己的感情,他们不仅把感情的汁液灌注到有生命感觉的花鸟草木里去,而且使无生命的物体也活起来,具有人一样的情绪色彩。就是说,这两位作家写景时都注意使用拟人手法。

但是,同样使用拟人手法,茅盾与巴金在拟人化的程度上却有差别。对于巴金来说,他使用拟人手法比较节制。他往往只是把自己的感情轻轻地不着痕迹地移置到景物里去,使之具有某种淡淡的情绪色彩,如前面引的:"枯枝带着余香骄傲地立在冷月下","两三只乌鸦带着疲倦的叹息飞过树梢";又如:"两个脸盆大的红色篆体字'憩园'傲慢地从门楣上看下来"(《憩园》),"寒气凉凉地摸她的脸"(《寒夜》)。茅盾则不然。他不满足于像巴金那样只是使景物具有某种淡淡的情绪色彩,而务求情绪色彩鲜明、浓烈,有时甚至把它写得像人一样有细微的心理活动。如《动摇》写初春的那段文字,作者不仅赋予新生的绿草以"笑迷迷地软瘫在地上"的神情姿态,而且说它像是"正和低着头的蒲公英的小黄花在绵绵情话",不仅把苦闷的情绪灌注于聊为摇摆的柳条,而且模拟柳条苦闷的内心活动:"它显然是因为看见身边的桃树还只有小嫩芽,觉得太寂寞了",描写生动,比拟充分。

从比喻的使用看。与茅盾作品比起来,巴金作品里的比喻不仅要少些,而且有浑朴自然的特点。巴金一再说自己所以不能放下笔,是因为社会现象像一根鞭子在后面驱使他,是大多数人的痛苦和他自己的痛苦使他拿起笔不停地写下去。唯此,他的作品总是把倾吐感情放在主要地位,对写作修辞手法等不过分追求。但是,为要更准确、自如地倾吐感情,巴金在实际写作过程中不能不注意到文字表达。但这样形成的文字风格,与其他作家就不很一样。拿比喻说,他的比喻就往往给人"未尝不用字而未尝见其用字之迹"的感觉,如"汤匙似的白色花瓣洒满了一个墙角"(《憩园》),"鸟声像水似地在我的脑子里流过"(《第四病室》),"天色灰黑,像一块褪色的黑布"(《寒夜》),"远远地闪起一道手电的白光,像一个熟朋友眼睛的一瞬"(《寒夜》)等,不仅简洁、"切至"、自然,而且别致、富有表现力。茅盾在评巴金的《电》时说:"作者的文章是轻松的,读下去一点也不费力",又说他的笔下"没有夸张的词句。"①

茅盾作品里的比喻却要工细、丰富得多。首先,茅盾善于运用各种不同的喻体比喻同一事物。《子夜》写雷声,就先后用了三个比喻:"霹雳像沉重的罩子似的落下来","隆隆然像载重汽车驰过似的雷声","雷声在天空盘旋,比先前响些了,可是懒松松地,像早上的粪车"。《霜叶红似二月花》写雷,又用了一个比喻:"雷声还在响,老像有什么笨重的木器拖过了楼板",这四个比喻,有的是为着表现特定时候的雷响,是不能互换的,有的仅仅为着避免喻体的重复,是可以互换的。人们常用"雷同"这个词比喻一些人说话、写文章与别人没有分别,但恰恰是写"雷",茅盾用的比喻却各各不"同"。

其次,茅盾常常用一连串的比喻写景状物,给人以层层迭迭、目不暇接的印象。我们知道,我国古代有一种博喻,它的特点是:"一连串把五花八门的形象来表达一件事物的一个方面或一种状态"②,茅盾似乎受此启发,喜欢接二连三、不厌繁复地使用比喻,这些比喻表达的不是一件事物的一个方面或一种状态,而是同一幅风景画里的许多事物,故不能认为是博喻;但确能起到与博喻相近的效果,让读者应接不暇,从而心悦诚服地接受作品输送的审美信息。

《虹》开笔描写的巫峡风光的比喻可谓层出不穷,而且常常与拟人等辞格结合着使用,故艺术感染力很强。《霜叶红似二月花》描绘沐浴着东风细雨晨光的钱家村,也一连串用了许多比喻:"像一把大刀"一样劲的东风,"银鳞似的河水","一个个像眼睛"一样的小小的漩涡,被顽石撞碎的"细得像粉末"一样的水

---

① 茅盾:《〈文学季刊〉第二期内的创作》,《文学》1934 年第 3 卷第 1 期。

② 钱锺书:《宋诗选注·苏轼》,人民文学出版社 1982 年版。

星子,一夜赶成的"蠢然如一条灰色的大毛虫"的土堰……另外,好几处用了拟人手法。这段算来只有五、六百字的景物描写,几乎就是由比喻和拟人文字缀合组接的。有人说:"比喻是文字词藻的特色"①,也有人说:"文学语言必须是'比喻'"②。如果这些话不无道理,那么茅盾作品的确卓卓不凡。

茅盾、巴金写景语言的上述区别,还与其他许多因素有关:语言情绪、色彩方面的不同追求,艺术修辞语的运用,句式,节奏等。因篇幅的关系,这里不一一展开了。

以上,我们为着比较的需要,着重谈了茅盾、巴金小说里自然环境描写的差别。这种差别,实际上显示着他们作品的不同风格特征:茅盾的作品气势宏大,精于写实,巴金的作品哀婉动人,写实中又有一定的表现成分。这两位作家描写自然环境和作品整体风格的差别,是由他们不同的经历、教养、气质,特别是审美观、美学趣味造成的。一言以蔽之,是由他们不同的创作个性造成的。关于茅盾,周扬同志曾经说:"茅盾同志是一个比较深沉的作家,不那么外露,我觉得这个表现与内容是一致的。"③冷静、深沉,正是茅盾创作个性的重要特征。巴金则是一个热情、理智常常抑制不住感情奔涌的作家。热情、容易冲动,是巴金创作个性的重要特征。这两种创作个性反映到小说创作,就自然会造成描写环境和作品整体风格的差别。屠格涅夫说:在文学天才身上,"重要的是生动的、特殊的自己个人所有的音调,这些音调在其他每一个人的喉咙里是发不出来的"④。茅盾、巴金描写自然环境以及作品整体风格的差别,其可贵之处正在这里,他们虽然都是新文学史上有影响的进步作家,都自觉地把自己的创作与党和人民正在进行的新民主主义革命联系在一起,但他们的音调是"生动的、特殊的自己个人所有的",这使新文学园地呈现了绚丽多姿的美学风貌。

原载《安庆师范学院学报》一九八四年第四期

---

① 钱锺书:《读〈拉奥孔〉》,《旧文四篇》,上海古籍出版社 1979 年版。

② 〔日〕浜田正秀:《文艺学概论》,陈秋峰、杨国华译,中国戏剧出版社 1985 年版。

③ 周扬:《正确评价一位当代的伟大作家》,《文艺报》1983 年第 7 期。

④ 引自〔苏〕米·赫拉普钦科《作家的创作个性和文学发展》,上海译文出版社 1982 年版。

巴金旧家庭题材小说的时代特征

对于爱情、婚姻问题的"现代"认识,对旧式婚姻、旧礼教、旧家长的激烈抨击和批判,其实早在巴金之前,特别是"五四"前后的文学作品里就已得到多量、密集的表现。一九二一年,茅盾曾对该年三个月里发表的一百二十余篇小说进行统计,发现当时作家最有兴味描写的就是恋爱,这方面题材的作品竟占了总数的百分之九十八①。这些作品无疑与巴金的《激流三部曲》等小说有精神联系,不管巴金是否明确意识到,他的创作实践不能不受其滋润、诱发和启导。但另一方面,《激流三部曲》等毕竟是新文学在三十年代的收获,那时无论现实生活——它们必然以作家生活经验的形式积淀于创作,还是作家的思想、艺术素质都较以前有长足的发展,因而,不能忽视它们之间存在的差异。这同样镌刻着特定时空的印痕。

翻检"五四"前后那三四年里的小说创作,人们也许会对这样一个事实的发

---

① 茅盾:《评四五六月的创作》,《茅盾文艺杂论集》上集,上海文艺出版社 1981 年版。

生抱憾:虽然当时反对旧道德提倡新道德的新文化运动如火如荼,但这一切并没有在爱情题材的小说中得到正面、比较直接的反映,创作者似乎让太多的悲哀和伤感情绪压抑着,没有塑造出任何大胆、敢于抗争的青年形象。当时写得最多的,是一些初步觉醒,但缺乏反抗勇气和力量的怯弱者形象。这类形象,在罗家伦笔下有程叔平(《是爱情还是痛苦》),在冰心笔下有荧云(《秋雨秋风愁煞人》),在许地山笔下有明敏、加陵、尚洁(《命命鸟》《缀网劳蛛》)等。类似形象也出现于反映其他新旧冲突题材的作品:因参加学生运动被胁迫返家的颖铭、颖石兄弟(冰心《斯人独憔悴》),因家长的旧观念被剥夺享受学问乐处、抑郁瘦死的庄鸿姊姊(冰心《庄鸿的姊姊》)等。他们中的许多人较贾宝玉在思想上新进、明彻,对于争取自己爱情和幸福的正义性也有深一步认识,但事到临头,却都无一例外地降服了,而且几乎都是乖乖就范的。荧云"天然的有一种超群旷世的丰神",也极有志向,但父母将她聘给军阀家子弟时,虽然内心里一百个反对,但还是默默接受了。她唯一所做的"争取",就是婚后读完学业,那也是从婆婆那里近于乞讨来的:"就是去也不过是一年的功夫,毕业了中学就不再去了……我侍奉你老人家的日子还长着呢。"但荧云毕竟还是有所"争"的,另有些是更可怜的:庄鸿姊姊被迫辍学后,神情上十分失望,"但是她从来没有说出","姊姊素来是极肯听话的"。不但荧云等女性如此,男性也相差无几。程叔平作家庭改革演讲可以慷慨陈词,但面对父母对于自己婚姻的干涉却进退罔措,一筹莫展。"只当我死了,听他们摆布罢"。——这就是他几经反复所作的最后选择。颖铭兄弟在父命面前也是惶恐悚然的,在求学的希望灭绝后,只得低徊欲绝地吟叹:"……满京华,斯人独憔悴!"对于这些旧家庭青年来说,新思想似乎只是让他们有机缘瞥见光明,光明本身却与他们隔绝,新思想尚未溶进其性格,化为争得爱情和幸福的勇气、毅力。

自然,在稍后一个时期,情况有所改观。一些作家的作品——如冯沅君的《隔绝》《旅行》,杨振声的《玉君》,鲁迅的《伤逝》等,创造了缥华、玉君、子君等热烈、决绝、气概凛然的新女性形象。但鲁迅《伤逝》对于子君爱情抗争的描写是很简约的,这一小说显然另有主旨:对娜拉出走以后问题的探讨。杨振声的玉君固然卓然特立,但其并不是在充满现实感的环境、情势下得到真切描写的,带有明显的观念化倾向。相对地说,倒是冯沅君对于缨华等新女性的刻划是更真切、细致具体的。作家以惊人的坦率和女性特有的敏感、细腻,展现了觉醒了的青年义无反顾、以生命为代价争取恋爱自由的动人画面。但是,由于时代及作家思想的拘囿,这些青年的抗争仍有平和、不彻底的一面。他们渴求恋爱自由,但又害怕失却明明妨碍着恋爱的"慈母之爱",幻想求得两种爱之间的和谐齐整:在缨华等"毅然和传统战斗"的背后,正隐伏着这种"怕敢毅然和传统战斗"(鲁迅语)的观念、心理。缨华因之不能决然解除和刘家的婚约,也因之自投罗网,被其母监禁,最后殉情而死。在冯沅君小说里,另有些主人公是更见软弱的,他们在所谓"母爱"的强烈逼照下酥软忏悔了,抛弃了对曾被作家以"拔心而不死"的宿莽比喻的爱情的追求①。

要之,笔者认为:新文学最初一个时期的作品,并没有现实、充分完整地反映觉醒了的一代青年为争取"个性解放"进行的划时代的顽强卓绝的斗争。而在现实生活里——请读者想一下——早在"五四"之前,就已经有白薇那样在妹妹、同学通力相协下历尽艰险、惊心动魄出逃的实例②。因而,似乎可以说:只是由于巴金创造的觉慧、觉民、琴、淑英等"充实生命",新文学最初一个时期的缺陷才得以弥补,中国"五四"前后社会生活的重要蕴含和内在流向才愈加明晰地凸现出来。——这,当然也是与作家并不满足于表现他们为个人爱情、自由抗争,同时赋予以更激进的人生意识——为众人"放散"生命的意识分不开的。

如上所述,"五四"时期出现过不少怯弱者形象。以后还时有涌现。如张资平《梅岭之春》的吉叔,庐隐《海滨故人》的云青,张闻天《旅途》的蕴青,陈翔鹤《西风吹到了枕边》的 C 先生,等等。这些形象从另一侧面反映了"五四"前后社会生活新旧交替的历史蕴含,可以看作是巴金创造的"委顿生命"的先导。但他们大都比较单薄,决无觉新等"委顿生命"的鲜明性和厚实程度。——主要是短

---

① 　如《误点》,见再版的《卷葹》,人民文学出版社 1983 年版。

② 　白舒荣、何由的《白薇评传》(湖南人民出版社 1983 年版),对此有生动详尽的记叙。

篇的体制,固定、很少变化的叙述方式,以及局限于人物内心感受表现的特点,似乎都妨碍着当时的作家创造出鲜明生动、富有历史纵深感的艺术形象。而且以上有些形象,除人物姓名,经历的具体事件有所不同之外,既缺乏独到的思想含义,也很难从性格上将他们区分开来。而巴金的"委顿生命"家族则不然。如果说,程叔平、英云等性格几乎都是凭借某一有限的生活片断——大都是一段爱情经历得以展示的,那么巴金则一般将人物置于包括了爱情事件在内的诸种事件、场面的矛盾冲突漩涡里,多角度地反复不已地加以表现——请想想觉新这一形象的塑造;即使择选人物的某一爱情经历展示性格,也务求充分、淋漓,使之鲜明、丰满厚实——请想想周如水形象的塑造。但这还不是事情的全部。重要的是,巴金小说里的有些"委顿生命"——如觉新,具有"五四"时期怯弱者所没有的激荡、痛苦不宁的灵魂,以及承受人生重负和各种打击的巨大容量。可以说,程叔平、英云等形象的终点,还只是觉新的起点,他还要经历各种猝不可防的意外事件的袭击和琐屑的日常生活环境的煎熬,其灵魂还要一再被拷问,其内心还要一再被揉搓,其矛盾性格也还要向各方面伸展,并被推向顶峰。这一切,当是新旧嬗变时期的尖锐现实造成的:一方面,旧势力、旧观念是那样顽固,它死死缠着主人公,使之无法走新路,另一方面,毕竟出现了新的社会力量、新思想、新思潮,它们强烈、有力地冲击着觉新,使之努力摆脱昨天。惟此,觉新远比以往怯弱者深刻折射着那个半新半旧、亦新亦旧、新旧杂居时代的独特个性,压缩着时代的丰富、复杂内涵。笔者甚至感到:只是因为巴金创造的觉新等"委顿生命","五四"时期的程叔平、英云等才不致湮灭,并且获得了从"史"的角度加以考察的意义。

"委顿生命"之于以往怯弱者的又一区别,是作家浸润于两类形象身上的不完全一致的感情态度。对于程叔平、英云等形象,"五四"时期作家似乎同情就够了,同情就是一切,也有对其软弱、逆来顺受的生活态度取赞美倾向的;个别作品虽然也透露有贬抑倾向,但那也是闪忽微弱的,不易为人所觉察。而在巴金创造的"委顿生命"那里,伴随着同情,明显出现了另一具新质的情绪倾向,那就是否定、鞭笞。诚然,这种情绪倾向在不同形象那里所含的比重有差别,一般说来在男性身上更明显。巴金曾这样谈《雾》的主人公——周如水形象的塑造："我爱这个朋友(周如水是以作家的这个朋友为模特儿的——笔者),我开始写这小说时我是怀了满胸的友情,可是一写下去,那憎恶就慢慢地升了起来,写到后来,我就完全被憎恨压倒了。那样的性格我不能不憎恨。我爱这朋友,但我却不能宽恕他那性格。"①周如水的性格、恋爱经历与罗家伦笔下的程叔平颇有相近之处,但巴金对周如水投注了何等强烈的否定性感情,它甚至超过了对于他的同情。巴金固然同情觉新、梅、剑云等的不幸命运,但对其萎缩、怯懦的个性及"作揖哲学"、"无抵抗主义"的鞭笞也是毫不容情的。有人谈《家》的文章说:"二十世纪前后的中国社会同家庭里的青年要是没有牺牲精神同铁血胆识,根本就不要想有出路!柔弱或妥协的人,是'天'要毁他们。"②——这一认识,包含着当时一般人对"五四"前后及三十年代冷酷社会现实和人生的深刻感受、思索,巴金对类似怯弱者的感情倾斜当是与之相通的。

新文学最初一个时期表现爱情、婚姻问题的小说,还有一个重要特点,即不重视刻画罹难的旧家庭男女青年的对立面——封建旧式家长。他们虽然也常常在作品里出现,但极少作正面表现,许多时候只是为着交代事件的来龙去脉才写到的,因而只能认为是面影,并不是严格意义上的人物形象。作家在否定、批判他们时,也是不尽彻底的,常常一笔归咎于旧礼教而轻易宽恕之。《旅途》里蕴青的母亲一手造成了女儿的不幸,钧凯先前也是耿耿于怀的,但临别时却有了新的认识:"他看着她慈祥的容颜与果敢的态度,甚至怨念都消磨下去了。他只觉得在他前面立着的一个是他的慈母。他觉得她是数千年传下来的旧礼教的结晶,她为了旧礼教所以不自知地牺牲了她的女儿,这是她的罪过吗?不是的!"罪人,悲剧的制造者,一变成为"慈母","可怜的妇人"。这可以认为是当时某些作家一种比较典型的心态。人们在罗家伦、陈翔鹤等作家的作品里同样能发现这类描写。

① 巴金:《〈爱情的三部曲〉总序》,《巴金专集》第1卷。
② 余哲刚《家》,《中学生》1935年第51号。

这一切,到巴金写作《激流三部曲》时就有了变化。长篇小说的体制,作家独特、丰富的生活经历和体验,使巴金有可能在比较广阔的历史背景下展现"五四"前后宗法制家庭经受的冲击和解体,创造出一系列独特、性格分明的旧式家长形象。他们之中既有高老太爷、克明、周伯涛这样以专断、顽固为基本性格特征的形象,也有克安、克定这样以放浪、无耻为基本特征的形象,还有陈姨太、王氏、沈氏这样以凶悍为基本特征的形象。巴金对他们的批判也不复有"五四"时期一些作品的温情,而是充溢着彻底、不妥协的斗争精神。"我知道通过那些人物,我在生活,我在战斗。战斗的对象就是高老太爷和他所代表的制度,以及那些凭借这个制度作恶的人,对他们我太熟悉了,我的仇恨太深了。"①——巴金这种决绝、毫不妥协的反封建精神,是为"五四"时期一些爱情作品所缺乏的,他直接继承着鲁迅《狂人日记》等作品的战斗传统。但虽然如此,巴金又不屑取简化、丑化的写法,他力图展现人物性格的全部复杂性和精神世界的生动运动过程,因而他们大都是"现实的、活生生的人,是男人和女人所生的、自然的、生气勃勃的、有血有肉的人。"②

以上与"五四"时期小说的比较可以见出:《激流三部曲》等小说虽然同样反映"五四"前后的社会生活,但巴金创造的三类形象或多或少具有以往形象缺乏的新质,这些形象包含着现代作家对于一个刚刚逝去的时代的更深体识乃至反思。上述各类形象的时代精神无疑是与制约着整个作品的意识倾向密切相关的,并有一定的感性形式与之相适应,下面扼要谈谈:

个性意识在中国古典小说里还是迷惘、不自觉的,而在巴金小说里却作为意识到的历史内容贯穿始终。但这种自觉意识并非始于巴金作品,而是"五四"时期作品。尽管"五四"时期作品存在各种不足,但它们确实鲜明亮出了个性解放的旗帜。《隔绝》的主人公有一段宣言:"身命可以牺牲,意志自由不可以牺牲,不得自由我宁死。人们要不知道争恋爱自由,则所有的一切都不必提

---

① 巴金:《关于〈激流〉》,《巴金专集》第2卷。
② 《马恩论艺术》,第2卷第367页。

了。"——他们这种自觉追求个性自由和解放的观念,是为贾宝玉等形象所没有的。但虽然如此,《激流三部曲》等仍前进了一大步。这主要表现在对于蔑视个人生存价值和权利、扼杀个人生机的丑恶现实批判方面。"五四"时期作品往往局限于批判封建包办婚姻,以及与之密切相关的旧道德、旧礼教,明显带有思想启蒙的特点——前面说到一些作品在批判旧家长时表现的温情,就是与此相关的。而《激流三部曲》等小说的批判虽然以封建包办婚姻为中心,但并不以此为限,是对旧家庭制度下种种蔑视人、摧残人、不把人当人的不义行为的全面清算,而且巴金的根本着眼点既不是旧的思想关系,也不是个别的旧式家长,而是整个封建宗法制度。巴金在《家》的十版代序里说:"我要向一个垂死的制度叫出我的Jaccuse(我控诉)。"①这使巴金的批判站到了一定历史高度,具有"五四"时期作品难以比拟的容量和深度。因而,其对个性意识的肯定也是更为彻底的。

与"五四"时期的爱情小说比较,巴金小说另外两个层次意识内容的时代特征就更明显了。这就是"奋斗"意识和"放散"意识。"五四",既是一个觉醒的时代、呐喊、抗争的时代,也是一个迷惘、苦闷、伤感的时代。"五四"时期的这一特征,在当时的恋爱、婚姻小说中有集中反映,但偏重表现觉醒过程中和觉醒后男女青年的痛苦和不幸,作品总的调子较为低沉。如冰心作品中的凄凉;庐隐作品中的畏世、恨世、厌世;许地山作品中的不抗不争、忍辱负重等。总的来说,这一时期小说的基调偏于悲抑,一些作品还明显透露有悲观、宿命的思想。而洋溢于巴金小说的那种"奋斗"意识在他们那里还很淡薄。造成这种差别,关键在于这些作家缺乏巴金写作时所确认的旧家庭制度必然崩溃的"信念",他们对社会和人生,对未来的看法似乎并不乐观。

与"奋斗"意识比起来,渗透于巴金作品的为众人"放散"生命的"放散"意识在"五四"爱情小说里更稀薄。唯一的例外,是张闻天一九二四年创作的《旅途》,作品最后这样写钧凯与蕴青的分手:

---

① 《巴金选集》第1卷。

他只是不做声,他只是望着她,最后他抱着她,很久很久的吻着她。

"好,我的凯哥,你现在可以去了吗?"

"我去了,我去了,……我现在要立刻离开你吗?……是的,我要去,但是蕴妹,……我为什么不能和你永在一起呢?"

"你有了比这个更大的事业。你不是说过你已经把你的生命奉献给革命了吗"①

这无疑是富有历史意味的描写,显示了现代作家新的思想趋向。但这毕竟是稀有的特例,作家的表现也很生硬。"五四"的时代主调是个性解放,为他人、为大众谋解放的的群体意识注定只能在新文学以后一个时期才会普遍浸润。

在感性形式方面,《激流三部曲》之于以往小说也有重要发展。"五四"时期恋爱、婚姻小说的显著特色是内心感受的抒发和宣泄,对人物、事件的具体描写是被纳入到"自我表现"的基本框架的。当时,许多小说是用第一人称写的,而且"我"就是主人公,"我"边叙述自己的不幸遭遇和经历,边抒发郁积于胸的感受、印象、体验,像冯沅君、庐隐的作品,陈翔鹤的《西风吹到了枕边》等都是如此;有些小说的叙述者"我"虽然比较冷静,但他们一般是陪衬人物,作品里必有另一个"我"——真正的主人公作这样的叙述和抒发,如程叔平的《是爱情还是痛苦》、冰心的《秋风秋雨愁煞人》等。"五四"时期的爱情小说也有用第三人称写的,但形式框架方面的"自我表现"特点仍是极为明显的。像庐隐的《海滨故人》几乎就是变相的书信体小说,前后缀接了十来封信和云青所作一显示心迹的小说,感情的抒发和宣泄是这一小说的基本内容。而在许地山、杨振声那里,形式框架方面的"自我表现"具有另一种形态:通过对人物和环境的主观化处理张扬自我,用杨振声的话说就是"把天然艺术化",以"理想与意志去补天然之缺陷"②。毋庸讳言,巴金小说,特别是其早年的作品,在自我的抒发和表现这一点

---

① 《旅途》,商务印书馆 1931 年版。

② 杨振声《玉君·自序》,现代社 1925 年版。

上与上述作品有颇多相通之处。但是，必须看到：《激流三部曲》及巴金稍后一个时期的作品，基本框架是"再现"而非"表现"，自我内心感受的抒发、宣泄已经被纳入到"再现"的基本框架。

与以上变化相适应，巴金小说对于性格的刻画和典型的创造有了足够的重视，并取得了令人瞩目的成绩；情节、细节趋向丰富，并且克服了以往某些作品的"主观随意性"；结构也向复杂、恢宏发展；等等。类似的变化，也发生于当时别的作家创作的其他各种题材作品。这样的变化是有众所周知的社会历史原因在的，但就从文学本身发展考察，应该认为是现代小说已由简单趋于复杂，进一步成熟了。巴金，正是为现代小说成熟作出了重要贡献的作家之一。

原载《学术界》一九八七年第五期

巴金与二十世纪中国文学

一

　　巴金诞生于二十世纪初的头几年,可以说是本世纪和本世纪文学的同龄人;巴金又是本世纪中国文学少数几个最杰出的作家之一。研究巴金与二十世纪中国文学的关系,无疑是一个诱人的课题。为要深入展开这一课题,有两个侧面的问题是首先应当理清的:第一,二十世纪中国文学如何施惠于巴金,即巴金所受的影响、熏染;第二,二十世纪中国文学如何受惠于巴金,即巴金给予的反影响和熏染。本文主要就前一侧面的问题作某些梳理。

　　巴金与二十世纪中国文学的关系,最早应追溯到上世纪末、本世纪初晚清一些文学创作和译作的影响。巴金本人对此几乎并无直接的说明,但我们却可以通过一些材料作某种把握。黄裳《访巴金》的文章谈到巴金托他买书的事,有如下一段话:"他还托我从相熟的旧书店里买过一整套《绣像小说》。《老残游记》就是最初在它上面发表的。此外还买过全套的林译小说……这些都是他年轻时熟习并喜爱过的读物。"①

　　《绣像小说》为晚清著名谴责小说家李伯元主编,创刊于1903年,当时一些揭露黑暗现实、反映改良主义政治要求的小说即发表在这上面,如李本人的《文明小史》和《活地狱》、刘鹗的《老残游记》、蘧园的《负曝闲谈》、旅生的《痴人说梦记》等;同时刊载译作。林纾的翻译是晚清文学界的一大奇观。他首创以古文笔法译西洋小说,译书在160种以上,他的译作虽然有各种缺陷,但功不可没,"使中国知识阶级,接近了外国文学,认识了不少的第一流作家,使他们从外国文学里去学习,以促进本国文学的发展"②。巴金一生与外国文学结下难分难解的姻缘,最初似乎就是由林纾架起桥梁的。巴金关于《激流》的创作回忆录谈到对林纾译作的喜爱:"《块肉余生记》是狄更斯的长篇小说《大卫·考伯菲尔》的第一个中译本,是林琴南用文言翻译的,他(指巴金的大哥——笔者)爱读它,我在成都时也喜爱这部小说。"又说十几岁时读过林译的另一英国小说——《十字军英雄记》,他一直忘不了书中一位主人公所说"奴在身者,其人可怜;奴在心者,其人可鄙"③的话。

　　《绣像小说》上的作品和林纾的译作在今天看无疑有种种局限,但在当时却是开风气之先的,是资产阶级启蒙主义思潮在文学领域的重要收获和组成部分。巴金年轻时喜爱这些读物,是容易理解的。

　　当然,整个地来看,晚清、近代文学对于巴金的影响还是有限的。作为"五四"和五四文学的产儿,巴金主要受惠于"五四"以后的中国现、当代文学,特别是以鲁迅为代表的现代文学。无论揆诸作家自己的申述,或是考察其实际创作,都不难得出这样的结论。因此,我们的清理也就侧重于这方面的内容。

---

① 《巴金专集》第1卷。
② 阿英:《晚清小说史》,人民文学出版社1980年版。
③ 《真话集·十年一梦》。

二

二十世纪中国文学、特别是以鲁迅为代表的现代文学对巴金的影响，首先是人格、精神特质方面的。

进入二十世纪以后，中国一些进步的知识分子有感于自己国家的积贫落后，努力向西方寻找真理，学来进化论、天赋人权论等思想武器对封建主义及其意识形态进行批判。这在"五四"时达到高潮，对封建礼教和道德的批判显示了空前的广度和深度。在这过程中及之后，人们的思想、意识、价值观念、行为方式、心理等都发生急剧的变化，一些具有崭新意识倾向、性格、心理特征的人格也终于脱颖而出。

巴金无疑具有这样一种现代人格，而且可以说他民主革命时期的全部创作都表现了对这种现代人格的向往和呼唤。总观巴金的经历和思想，联系他创造的各类人物形象，我们不难对巴金人格的特征和内涵有一个大致的了解：这是一种热烈、勇敢、爱憎分明、敢于坚持真理的人格，它弃了怯懦和盲从；一种认真负责、具社会责任感、富于献身精神的人格，它弃了自私和狭隘；一种率真、表里如一、言行一致的人格，它弃了虚伪和矫饰。一言以蔽之，是一种自主、自信、开放，在个人权利与社会义务之间作了较好协调的人格。

巴金这一人格的锻造、发展固然与西方文学、西方文化思潮的影响有关，但也不应低估二十世纪中国文学所起的作用。这里，要强调指出的是现代文学的先驱——鲁迅人格及其作品的熏染和影响。

在巴金一生中，鲁迅及其作品与他的关系实在过于密切了。还在四川老家时他就读过鲁迅作品。当1925年报考北京大学未能如愿、客居苦闷寂寞的异乡公寓时，一本随身携带的《呐喊》安慰着他失望的心。此后巴金带着鲁迅的作品走了许多地方。他曾说：鲁迅的书"是我的一个指路者"①。如果说鲁迅的作品是巴金的指路者，那么鲁迅的人格就是他的楷模和精神依傍。从巴金于鲁迅逝世后写的许多纪念、回忆文章可知，他对鲁迅人格中的以下一些特质是尤为敬重的：

第一，不懈、无所畏惧地追求真理。巴金一再谈到鲁迅的这一品格，说他一生没有停止过对真理的追求，为追求真理敢于面对一切的攻击、嘲笑、诬蔑、谩骂、通缉和暗杀的威胁。《秋夜》的散文记叙了在上海迁葬鲁迅时梦见他的事，巴金似乎听到了鲁迅激动、带感情的话语：

> 难道为了你们，我还有什么顾虑？
>
> 难道我曾经在真理面前退怯？在暴力面前低头！
>
> 为了追求真理我不是敢说，敢做，敢骂，敢恨，敢爱？
>
> 我所预言的'将来的光明'不是已经出现在你们的眼前？
>
> 那么仍要记住：为了真理，要敢爱，敢恨，敢说，敢做，敢追求！

第二，于事认真负责，一丝不苟。为编《文学丛刊》巴金曾向鲁迅约稿，鲁迅都爽然答应、极认真地对待。一次因广告里有年前出齐书的泛泛话语，鲁迅怕耽误巴金的计划，竟赶写赶编将《故事新编》的集子送来。巴金进而发现鲁迅对任何事——大事、小事、自己的事、别人的事，全都认真对待，真正做到一丝不苟。

第三，忘我地助人，用燃烧的心给人们照路。巴金耳闻目睹过鲁迅助人的许多事情，也曾直接得到他的帮助、保护。在巴金的印象里，鲁迅好像是"装了满肚皮的好心好意，准备随时把自己的一切分给接近他的人"。巴金更从鲁迅及其著作里感受到一颗无私、燃烧的心，并因此得到启悟，把用燃烧的心给人们带路当作写作的最高境界。

---

① 本节巴金谈鲁迅的话分别引自《悼念鲁迅先生》、《永远不能忘记的事》、《忆鲁迅先生》、《鲁迅先生就是这样的一个人》、《秋天》、《一个秋天的早晨》、《纪念鲁迅先生》、《怀念鲁迅先生》，不再一一注明。

第四，平易、朴素，没有派头、架子和官气。巴金第一次见到鲁迅就深为这位"有笔如刀"的大作家竟然是一个善良、平易、容易接近的瘦小老人所惊骇。后来一再提到这一品格，称赞他从不曾高高坐在青年头上，从不教训别人，从来不发号施令，是一个"没有派头、没有架子、没有官气的普通人"。巴金尤其敬佩鲁迅把自己当作普通人，勇于解剖自己，勇于承认错误、改正错误的光明磊落态度和率直作风。

不难见出，巴金所敬重的鲁迅人格的上述特质其实与巴金的人格有许多相通处，这里分明存在作为现代文学第一代作家的鲁迅对第二代作家巴金的熏染、影响关系。"我常常拿他做人的态度来衡量我自己的行为"，"了解越多，我对先生的敬爱越深，我的思想、我的态度也在逐渐变化，我感受到了所谓潜移默化的力量了"。这些表白不是虚妄之言，可由巴金的为人、道德文章佐证的。

诚然，也不必讳言，在整个一生中，巴金人格的发展也是有反复、有波折的。我们这是指他在解放后的一些批判运动——包括文化大革命中，对原先人格的某种偏离和逆转。巴金像他自己后来说的那样仿佛中了催眠术，没有了主见，不再能用自己的脑子思考，不时说违心话、做违心事。这不是巴金单个人的现象，这里的教训有待深入总结，它至少说明由传统人格向现代人格的转换不是一件容易的事。但巴金毕竟是巴金，他在"文革"后几年就初步醒悟，粉碎"四人帮"不久更以率直、大无畏的勇气开始《随想录》这部大书的写作。巴金重新有了自我，并因此保持了人格的完整和统一。而在这样做时，他又记起了鲁迅，鲁迅的人格及其著作又一次照亮了他。这正如他在前些年写的一篇文章里总结的：

> ……我勉励自己讲真话，卢骚是我的第一个老师，但是几十年中间用自己的燃烧的心给我照亮道路的还是鲁迅先生。我看得很清楚：在他写作和生活是一致的，作家和人是一致的，人品和文品是分不开的。他写的全是讲真话的书。

二十世纪中国文学对于巴金人格、精神特质的熏染、影响，自然不限于鲁迅,鲁迅只是最为突出而已。除了他,其他第一代作家和后起的作家乃至当代文坛的一些作家和作品,也不能不对巴金产生这样或那样的启发、影响。即以巴金晚年写作《随想录》而言,女作家谌容等人的小说就一再引发巴金的思绪和联想,巴金高度评价他们"说真话的勇气"①,同时也受到鼓舞。

三

作家的创作从根本上说,当然取决于生活,以及特定时期的社会现实,但在它们之间,似乎还有个中介环节,即一定的文学环境、文学风气。这环境、这风气会从大的方面划定一个作家的创作面貌,因而有"风气是创作里的潜势力,是作品的背景"②的说法。就巴金而论,他那积极入世的创作态度和直面人生的现实主义创作倾向的形成、发展,就与鲁迅以及茅盾等文学研究会作家的影响分不开的,这是二十世纪中国文学施惠于巴金的又一显证。

作为小说家的巴金虽然是在一九二九年因发表《灭亡》而名闻遐迩、开始专业创作生涯的,但在此之前分明有一文学准备期,其高潮在一九二二、一九二三两年。在此准备期,巴金热心阅读文学研究会创办的一些刊物及其成员的作品,并在他们的影响下尝试文学创作。这就初步培养起他上述的创作态度和创作倾向。

先谈茅盾。茅盾自一九二一年第十二卷一号起出任《小说月报》主编,革新后的该刊以崭新的面貌出现在世人面前,充分反映了文学研究会同人为人生的文学主张及对写实主义方法的倾斜。巴金是改革后的《小说月报》的热心读者和支持者,曾明确表示对这上面的"中国现代'新小说'"的偏爱③。茅盾当时主要以一个文艺理论家的姿态活跃于文坛,发表有许多文学论文,中心内容是对为人生文学的倡导。他还积极翻译、介绍"被压迫民族"的作品,因为它们充分

---

① 巴金:《真话集·三论讲真话》。
② 钱锺书:《中国诗与中国画》,《旧文四篇》,上海古籍出版社1979年版。
③ 巴金:《致〈文学旬刊〉编者的信》,《巴金研究资料》上卷。

反映了被损害与被侮辱者的生活,对为人生文学的提倡有借鉴意义。巴金曾回忆说,《小说月报》改版后,"我特别喜欢读他翻译和介绍的'被压迫民族'的短篇小说",还说"我十几岁就读他写的文学论文和翻译的文学作品"①。可知,茅盾为人生的文学观,在那时就已进入巴金视野,熏染、影响着他。这里不妨举一例作进一步说明。一九二二年,茅盾与郭沫若曾为介绍外国文学发生争论,茅盾在《小说月报》答万良濬的信中说:"翻译《浮士德》等书,在我看来,也不是现在切要的事;因为个人研究固能唯真理是求,而介绍给群众,则应审度事势,分个缓急。"②当时的《小说月报》即那样实行,着重介绍俄国文学和被压迫民族文学。郭沫若对此有不同看法,双方撰文争执了一阵。此事、尤其茅盾的见解当为关心文坛的巴金了解,他后来说对歌德、但丁、莎士比亚几位文豪"没有好感",比较喜欢的是托尔斯泰、陀思妥也夫斯基、阿尔志跋绥夫几个③;实际创作也与歌德等少借鉴关系,不能不认为与茅盾早年文学观点的影响有关。

再看郑振铎。他是人生派文学观的又一重要倡导者,当时主编文学研究会机关刊物——《文学旬刊》,曾撰文提倡"血和泪的文学"、批评"礼拜六派"文艺观点;也写新诗。巴金对他的诗、文都较赞赏,尤其对《悲鸣之鸟》一诗:"西谛君的《悲鸣之鸟》何等沉痛呵!我读这篇时已赔了不少的眼泪了。"④巴金后来写的有些诗其实是受到郑振铎启发的。如《梦》写污泥地上昏睡的一群人,虽然他们的身体已瘦得不成样、衣服烂得不能蔽体,但"脸上仍带着欢乐的颜色"。这时来了一个穿"绿衣的人",站在他们中间焦急地叫喊"起来",却不见响应,只有一两个人翻了翻身,但"打了几个呵欠,又睡着了"。那绿衣人的声音微弱了,最后自己倒在污泥里了。这诗也极"沉痛",且主旨与《悲鸣之鸟》相同。郑诗表现一只悲鸣之鸟,在"寂沉沉的墟墓的人间"企图唤醒众人,它反复地唱、唱了一个又一个悲惨的故事,但仍是徒劳,"没有一个灵魂在听它"。终于"心之琴弦断了,

① 《真话集·悼念茅盾同志》。
② 《小说月报》第13卷第7号。
③ 见《忆·片断的纪录》。
④ 巴金:《致〈文学旬刊〉编者的信》。

再也唱不下去了"①。两诗都对民众的麻木不仁、不觉悟有钻心之痛,显示了直面人生的现实主义创作倾向。

巴金在一九二三年还写有一首《报复》的长诗,纪念被湖南军阀赵恒惕杀害一年的黄爱、庞人铨烈士。诗说"我们是量小的人",不能忘记被冤杀的兄弟,要人们"以自己的血"与恶魔决一死战,因为"杀兄弟的仇人是必须报复的"。这诗也受到郑振铎诗的启示。郑在一年前有感于黄、庞的被害写过《死者》一诗,主要内容为:不能宽恕"杀了我们的兄弟"的人,我们"没有这样的大量",必须"以眼还眼,以牙还牙","我们的血"多着呢! 都是传达复仇的主题,也都是直抒胸臆的激愤之作。

还应提到冰心。巴金那时也是冰心作品的爱读者,他和大家庭里的几个兄弟从她的作品里得到不少的温暖和安慰。对冰心那些只两三句,捕捉刹那间感受的小诗,巴金尤为喜欢。如果说巴金早年那些长诗更多受郑振铎启迪,那么一些小诗就烙有冰心的痕迹。如都写母爱,冰心为:"母亲呵! //撇开你的忧愁,//容我沉酣在你的怀里,//只有你是我灵魂的安顿。"②巴金为:"母亲呵! //每当忍受人们的冷酷的待遇时;//便自然忆起了亡故的母亲呵!"都写创造,冰心为:"青年人! //信你自己罢! //只有你自己是真实的,//也只有你能创造你自己。"巴金为:"青年人! //要想美丽世界的实现,//除非你自己创造罢!"都感叹飞逝的童年,冰心为:"儿时的朋友://海波呵,//山影呵,//灿烂的晚霞呵,//悲壮的喇叭呵;//我们如今是疏远了么?"巴金为:"小孩时代的光阴如梦如烟地便过去了,//只剩下如今的几声长叹了。"前者对后者的影响是显而易见的。但也应指出,巴金那些写乞丐,写被虐待者的哭声,写过早凋残的花儿等内容的诗却难以在冰心那里见到;与她相比,巴金的小诗现实性更强,而且多了一份凄凉感。这与巴金早年特殊的旧家庭生活有关;进一步说,也许正是这样的经历使他"天然"地接近文学研究会为人生、改造人生的文学潮流。

---

① 本节郑振铎诗的引文均见《郑振铎文集》第 2 卷,人民文学出版社 1985 年版。

② 本节冰心诗的引文均见《冰心文集》第 2 卷,上海文艺出版社 1983 年版。

　　除了文学研究会诸同人的熏染,还应充分考虑到鲁迅的影响。鲁迅也主张"为人生"的文学,有人甚至以为他在这方面"所建理论较通顺,影响也广大",是实际上的"旗手"①。鲁迅的小说、文章都是积极入世、执著于现实人生的,并表现出强劲的思想批判锋芒。巴金说读《呐喊》和《彷徨》,使他"第一次感到了,相信了艺术的力量",又说"没有他的《呐喊》和《彷徨》,我也许不会写出小说"②。可以想见,它们对巴金的创作——尤其创作态度,创作倾向的形成具重要意义。

　　可见,巴金正是在文学准备期初步形成了积极入世的创作态度和直面人生的现实主义创作倾向,而这是与"文研会"同人和鲁迅的影响密切相关的;也可以说,是一种文学环境、"时风"使然。我们所以花较多篇幅展开这一点,因为这虽然仅仅是一个开端,但却是具有决定意义的开端,这样的创作态度和创作倾向以后始终为巴金所坚持。

　　当然,从巴金民主革命时期的整个创作看,其创作态度、创作倾向也是有发展、变化的。他前期的《灭亡》、"爱情三部曲"等小说,虽然也是积极入世的,也表现出直面人生的现实主义创作倾向——如结局很少亮色,并不将美满、乐观的幻景示人等,但难以认为是严格意义上的现实主义作品,它们提供给读者的更多是作家热烈,充满矛盾的精神世界图像。而稍后写作的"激流三部曲",尤其后期的《第四病室》、《寒夜》等作品,才是现实主义较为充分的。因此,若严格就创作方法考察,巴金创作中的现实主义倾向经由了一个从不充分到充分的发展过程。而这一发展过程,也是与鲁迅、茅盾等作家,与当时现实主义文学主潮的影响有关系的。二十年代末、三十年代初,由于《灭亡》的发表,巴金与文学研究会的另一重要作家——叶圣陶结识;此后不久与茅盾、鲁迅也由"文"的认识进到"人"的认识,并由于杂志、出版社的媒介发生日益密切的联系,巴金终于进入了进步的、以现实主义创作方法为主要风格特色的主流文学圈。毫无疑问,这对加强巴金创作中的现实主义倾向是起到作用的。

---

① 　司马长风:《中国新文学史》,昭明出版社有限公司1978年版。

② 　《忆鲁迅先生》。

但也应指出,同是现实主义,巴金与鲁迅、茅盾及至老舍、沙汀等的现实主义还是有差别的。上述作家的大部分作品都取客观、不动声色的写法,巴金却不能,如他所说"是直接诉于读者的"①。他的小说常常更直接写进自己的经历、亲身见闻、感受和思想波澜,而且有一股震撼人心的情感力量。这是一种更富主观色彩的现实主义。由此可见巴金接受"时风"影响的另一面:并没有去勉强适应、赶潮流,而是从自己的创作个性出发的,走的是具个人特色的通向现实主义方法之路。

四

二十世纪文学环境、"时风"在具体创作上也必然给巴金以影响,现在我们深入做些考察。

先看主题、创作内容。

在巴金创作中,审美价值更高、更富生命力的是从《家》开始,包括《春》、《秋》及至后期的《憩园》、《第四病室》、《寒夜》在内的那些作品;我们甚至可以把"爱情三部曲"之一的《雾》和《火》第三部《田惠世》也划进这一系列。这系列的作品侧重表现两层相联系的思想意蕴:一是对旧家庭制度及其继起的仍具"封建"味的黑暗社会势力作毫不妥协的斗争;一是以既同情又深为不满的态度否定"觉新——周如水——汪文宣"这样以柔顺、懦怯为主要性格特征的"自我萎缩型人格",其在根本上也是对着长期的封建专制统治及其文化形态的。很容易见出,这样的思想主题是直接从鲁迅那里继承来的。作为中国现代文学的第一声,鲁迅的第一篇白话小说《狂人日记》即是"意在暴露家族制度和礼教的弊害"②,他此后"一发不可收拾"写下的小说也都贯穿了彻底、不妥协的反封建斗

---

① 《灵魂的呼号》。

② 鲁迅:《且介亭杂文二集·〈中国新文学大系〉小说二集》。

争精神。在鲁迅的许多作品里,反封建是与"改造国民性"的主题交融在一起的,他努力描画着"沉默的国民的魂灵"①,以"哀其不幸,怒其不争"的沉痛心情揭发阿Q等下层民众麻木、愚昧的病态性格和心理。尽管这两个作家的创作内容不尽相同,批判的侧重点、表现角度也有差别,但在彻底、持久地反封建这一点上却是一脉相承的。

如果说巴金与鲁迅的关系主要是一方对另一方的影响关系,那么巴金与另一些作家的关系却是相互影响、相互渗透的。如与曹禺即是。虽然巴金主要是小说作家,曹禺是剧作家,但他俩的创作在题材、主题、人物和情节等方面有许多相通、相近点。何以出现这种情况呢?我们以为除了相接近的家庭环境、经历和创作个性,除了共同受到以鲁迅为代表的五四文学熏陶,也与他们之间相互吸引,接受启发、熏染有关。曹禺的《雷雨》虽然很早就开始酝酿,但大体成形是在一九三二年,在此前一年巴金的《家》已在《时报》连载并产生较大反响,它难道对《雷雨》的写作不发生影响?巴金以后又写了《春》、《秋》,这整个"激流三部曲"难道对曹禺后来的《北京人》等剧作不会发生影响?在高老太爷与周朴园,觉新与周萍、曾文清,梅、瑞珏与愫方之间,难道不存在启发关系?反过来看也一样。关于《雷雨》,巴金曾说:"不管它有着一些缺点,我爱它,我了解它,这并不是因为我认识那作者,事实上我自己就是中国的旧家庭里面长大的。倘使我把我的见闻全部写出来,我在出版了《家》以后也还可以写出一本《雷雨》。"②说这话的一年后,巴金开笔写起《春》来;当时,曹禺的另一杰作——《日出》已在写作中。别林斯基谈到过作家之间的这样一种影响关系:"并不是见之于他的诗反映在后者的笔下,而是见之于他的诗在后者身上激起了他们固有的力量;就像阳光照在大地上的时候,并不曾把自己的力量给予大地,而只是激起了潜藏在大地内部的力量。"③曹禺的《雷雨》、《日出》对巴金不正有这样的激发力量?

曹禺对巴金的影响也见之于他剧作中的某些东西"反映在后者的笔下"。

---

① 鲁迅:《我怎么做起小说来》。

② 《短简〈雷雨〉在东京》。

③ 引自〔苏〕贝奇科夫《托尔斯泰评传》,人民文学出版社1959年版。

最明显的莫过于《寒夜》某些人物关系与《原野》相像。《原野》写农民仇虎向焦家地主报仇的事。其中焦家几个人物是这样的关系：善良、懦弱的焦大星爱他的妻子金子,但又惧怕专横的母亲,不敢对虐待妻子的焦母置词,因而又被妻子看作窝囊废,他被夹在两头中间,妻与母不断为他而尖锐争斗。《寒夜》里汪文宣、他的妻子曾树生和汪母也是那样一种纠葛关系。小说还直接写了树生见到《原野》剧本引发的内心波澜:"偏偏是这个戏,多么巧! 戏里也有一个母亲憎恨自己的儿媳妇。那个丈夫永远夹在中间,两种爱的中间受苦。结果呢? 结果太可怕了!"应该说,焦家的人物关系曾给巴金以震动并对他写《寒夜》有启发的。

类似的相像还有:人物如《蜕变》的主角是一正直、富于牺牲精神的女医生丁大夫,《第四病室》写有一个善良、最后为抢救别人牺牲的女医生杨木华,人物精神境界如《北京人》的愫方和《田惠世》的主人公都奉行这一生活信条:"我们不是单靠吃米活着的",重要细节如曾文清的父亲竟向当儿子的跪下磕头,求他不抽鸦片,《憩园》里寒儿的母亲为劝转丈夫先是让两个儿子下跪磕头,继而自己也向他下跪。在巴金、曹禺的创作中,我们常常能见到这样你中有我,我中有你,相互交融、渗透的情形,这些并不全然是影响关系,但也确实存在影响关系,虽然作家本人不一定明白意识到。

巴金与靳以的情况也是如此。他们自《小说月报》第二十一卷第十二号同时发表短篇小说——《爱的摧残》和《变》而认识,以后因办《文学季刊》等杂志成了过从甚密的朋友。虽然靳以的文学成就不及巴金,但他们在创作倾向上甚为接近;靳以说他"开始写作就是投在五四以来文学工作者现实主义的主流","不曾从人生游离过"[①],这是确实的。靳以的长篇小说《前夕》描写抗战爆发前几年一个旧官僚家庭的分化、溃灭及其子女所走的不同人生道路,巴金的《家》等小说显然对之有启发、影响。在三四十年代,靳以还写有《秋花》、《春草》两个中篇:前者写一个"不仅为着自己的幸福,也为着他人的幸福"生活的革命者——明生出狱后的死及其爱情纠葛,后者写几年后他的精神复活在他妹妹、恋人等

---

① 靳以:《从个人到众人》,《靳以选集》第5卷,四川人民出版社1984年版。

一些青年身上,他们历尽艰险,终于奔向抗日根据地。由这两个中篇,我们很容易发现巴金《电》的影子,尤其前者几乎就是从《电》中明的死演化、改编的。

要说靳以对巴金的影响,得提到前者作于三十年代中期的那几篇写小公务员的短篇小说。第一篇是《雪朝》。写一个五十岁不到的公司职员在大雪天早晨诚惶诚恐地赶去上班,才在办公桌坐定,副经理却让仆役请他去,以年岁已高、"人道"的理由把他辞了。小说着力表现他迟疑、犹豫、胆怯、敢怒不敢言的个性,是"一个可怜的小物件"。第二篇是《早春的寒雨》。写一对曾经过患难的年轻夫妻在丈夫被公司辞退后的拮据生活及冲突。丈夫瘦弱、背有些弯,穿一件肥大的棉袍,常常咳嗽、吐血,害着当时常见的"富贵病"。又因工作无着落,心情更坏,总疑心别人背后说他"依赖老婆吃饭",妻子也看他不起。这使他无端责备妻子,但事后又无限悔恨,承认"都是我不好!"小说对他们相互关心、体谅,深相爱恋的一面也多有描写。第三篇是《泥路》。主人公是某公司的抄写员,二十来岁就已是严重的肺病患者,但为了生活仍忘命地抄呀抄,"挨一天算一天"。作品主要表现在他病重时与厮守的母亲相怜相慰的生活场景,给人一种欲哭不能的苦涩味。三篇小说的背景也相近:头篇是雪天,后两篇是阴雨天——"像是一世也落不完似的"。这既是对时代背景的暗示,也映衬了主人公及其家庭的灰色生活和情绪。由以上梗概介绍,人们会很自然地联想起《寒夜》。的确,巴金的这一长篇与靳以的几个短篇无论就题材、人物、性格和生活场景等看都有相近之处,应当认为是有影响关系的。但也不难见出,《雪朝》等三篇互有联系的作品只是一座别致的四合院,而《寒夜》却是结实、精致的高层建筑,其力度、容量、感染力都是甚有差别的。

巴金另一系列的作品——《灭亡》等虽然更多从外国文学吸取灵感和创作内容,但写革命者的生活、爱情、献身精神,在当时也是一种风气:在巴金之前有蒋光慈等人的小说,几乎同时的有茅盾的《蚀》、叶圣陶的《倪焕之》等。可见在大的题材上,仍受到文坛风气的制约。巴金三十年代还写过一些表现农民抗争的短篇,写过一些历史小说,它们也都与"时风"的影响分不开的;当然,内容、意蕴、情趣等大有差异。

再谈谈风格和艺术表现。

在这方面,鲁迅对巴金也有影响。鲁迅小说虽然大都取客观、冷静的写法,但也有一些抒情味较浓的,它们都是用第一人称写的。巴金更喜欢的也是这类作品,他说:"那篇《孔乙己》写得多么好!不过两千几百字。还有《故乡》和《祝福》,都是用第一人称写的。"①他早先能熟背的也是这些作品,如《故乡》、《伤逝》。巴金许多小说取第一人称写法,尤其早期的短篇,这除了屠格涅夫等外国作家的启发,也与鲁迅小说的影响有关。在阅读鲁迅这些小说的过程中,他还"有意识和无意识地学到了一点驾驭文字的方法"②。这可以从他写得较早的短篇作品里感觉到,如《父与女》结尾就沿用《伤逝》篇末"我活着,我总得向着新的生活跨出去,那第一步,——却不过是写下我的悔恨和悲哀,为子君,为自己"的倒装结构。在构思上,鲁迅一些小说也曾给他以启示,如《苏堤》同《一件小事》相近:通过一件日常小事,在与下层劳动者的鲜明对比中剖解自己的灵魂。

巴金还很喜爱鲁迅的散文诗集《野草》,常常背诵该书"题辞"中的一句名言:"当我沉默着的时候,我觉得充实;我将开口,同时感到空虚。"他一些散文的构思、表现手法明显受了影响。《野草》艺术构思的一个重要特色是给现实感情披上梦境的面纱,在幻想的梦境里抒发感受和情怀。这一集子中,《死火》、《失掉的好地狱》等七篇都是写梦。巴金一些散文也那样构思,如《木乃伊》、《龙》、《寻梦》等。成于五十年代的《秋夜》尤其饶有兴味,写伏在《野草》书上所做见到鲁迅、听他谈话的梦,可谓用鲁迅技法忆鲁迅。《野草》中《影的告别》用另一种非现实的手法展示作家情怀:人的"影"向人告别。巴金《撇弃》也写"我的影"弃"我"而去。"影"本老跟着他,但听说他要去"寻找光明",威逼利诱都无法使他放弃这种追求,就"一晃"走了:"没有黑暗,我怎么能够生存?"《野草》有些篇章十分注重写对话,语言精美、诗意盎然,如此富于层次地展示作者的精神境界,如《过客》、《死火》。《龙》等散文与之酷似,《龙》通篇几乎就是由诗情与哲理交

---

① 《谈我的短篇小说》。

② 《忆鲁迅先生》。

融在一起的对话营造而成。可以明确地说,《野草》是巴金散文的一个重要
源头。

曹禺、靳以的艺术风格、表现特色也对巴金产生了影响。但是,由于它们之
间是相互熏染、相互渗透,所以很难截然说清究竟谁在先、谁在后、是谁影响了
谁,我们也没有必要去作太明确的判定。但他们在较长时间的相互作用中,确
实形成了一些相通、相近的风格、表现特点,如抒情性、诗意、长于人物灵魂和内
心世界的剖示等;因而不妨说,巴金在这些方面曾得益于他的那两位朋友,如同
他们也得益于他一样。

五

以上对巴金与二十世纪中国文学关系的几个方面及受某些主要作家影响
的情况的描述是不尽充分的。如,我们就基本上未涉及"五四"以来文学翻译对
巴金的影响。这虽然主要应归功于外国文学,但从文学环境、"时风"等考虑,也
有当时中国文学的一份功绩。而我们知道,鲁迅翻译的《工人绥惠略夫》、茅盾
翻译的"被压迫民族"短篇小说、郑振铎翻译的《灰色马》等都曾给巴金以深的印
象,并一再使之受惠。

尽管有各种的不充分,但有一点却已明晰,即:巴金创作作为二十世纪中国
文学的一部分,与其母体有密不可分的联系。这也有助于对巴金创作的文学渊
源作出更准确和全面的评估。诚然,巴金深受外国文学影响,也与中国传统文
学有"剪不断,理还乱"的关联;而同时又受到同时代中国文学的重要熏染。也
就是说,巴金的创作同时接受三大渠道的影响,是多种文学因素的交融渗透,多
元的汇通和重铸。而且,我们还可发见,同时代中国文学往往像桥梁和触媒那
样,起着沟通、化合巴金与外国文学、中国传统文学间关系的作用。如关于《寒
夜》,我们过去仅看到俄国文学中"小人物"传统的影响,但从前面对巴金、靳以
的比较看,同时代中国文学的影响是更明显的。当然,靳以《雪朝》等写小公务

员的作品也曾受惠于果戈理、契诃夫等作家。这样,他的作品就在无形中起了沟通、化合巴金与俄国"小人物"文学传统的作用(这不妨碍我们承认巴金也直接受惠于这一文学传统)。又如巴金《龙》等一批审美价值较高的散文,它们既受到屠格涅夫散文诗的影响,更受到鲁迅《野草》的影响。但由于鲁迅的这一散文诗集亦曾从屠氏那里吸取灵感、诗情,因而《野草》同样起到了桥梁、触媒的作用。至于文学翻译的这种作用是不待言说的了。同时代中国文学对巴金与中国传统文学间关系的沟通、化合是同样道理。应当肯定地说,有没有这样的桥梁、触媒是大不一样的。巴金创作的成熟乃至整个二十世纪中国文学的演进、蜕旧变新,难道不就是在这样无数次的沟通、化合中实现的吗?

本文系提交给一九九二年第二届巴金国际学术研讨会的论文,原载《文艺研究》一九九二年第二期在四川成都召开的巴金国际学术讨论会上，笔者提供过一篇《巴金与二十世纪中国文学》的论文，梳理、论析了二十世纪中国文学施惠于巴金，即巴金所受同时代文学熏染、影响的问题。对于"巴金与二十世纪中国文学"这样一个课题来说，这种梳理、论析显然只是涉及了一个侧面，还有另一侧面的问题需要梳理，那就是：二十世纪中国文学如何受惠于巴金，即巴金及其创作对于同时代文学的反熏染、反影响。本文意在弥补前文的不足，对后一侧面的问题作些探讨。

一

在中外文学史上，卢梭、托尔斯泰、鲁迅等是少数几个极具人格光彩、文与人相得益彰的伟大作家，在他们所处的时代以及后世都产生了巨大影响。笔者以为,巴金由于所处的时代以及生活、创作道路的独特性——尤其由于《随想录》的创作,使他成为继他们之后,又一具有强大、坚韧人格力量的作家。我们这样说,是基于如下两点认识:一,巴金终其一生都竭力站在正义、真理和人民一边,是那种努力实现"终极关怀"的作家;二,在巴金那里,有一种一般作家不易达到的高尚纯洁的道德力量,就是努力追求做人与为文统一的崇高境界。

巴金这种高洁的人格在本世纪文学史上对许多作家产生有影响,这些年还影响到整个文坛的习尚和风气。即以他近年倡导"说真话"这点言,受到震惊、启迪、感悟或鼓舞的就绝不在少数。刘心武、赵丽宏在给巴金赠书时分别写道:"我要像您一样一辈子说真话";"您使我懂得了——真,是为人为文的生命,没有真就没有一切"①。如果说这两位中、青年作家主要是受了启迪、感悟,那么像冰心、萧乾这些老作家在这些年写了不少锋利、不无辣味的文章可以认为是受了鼓舞(当然是相互的)。似乎可以说,"说真话"已逐渐成为文坛的一种风气,成了许多作家和知识分子的努力追求。这一切,是与巴金的大声疾呼和努力身体力行分不开的。

巴金的文学观、文艺思想对二十世纪中国文学也有重要影响。他这方面的思想颇丰富,主要散见于众多谈创作的文字,也体现于实际创作之中,扼要概括之,主要有这样几点:一,对于文学功利目的和社会作用的强调;二,对于文学情感性特征的强调;三,对于文学无技巧境界的强调。这些主张和思想作为特定时代的产物,自然不无局限——在最初孕育、萌芽阶段尤其如此。但从总体上和最后完成阶段看,他的文艺思想却具有开放、包容广阔的特点。巴金同时喜欢各种流派的作家、作品,自己的创作也兼有现实主义和浪漫主义两种风格倾向,他认为创作应有自己独特的东西,每个人都应用不同的形式不同的语言来表达,又说他不受文学规律限制、不怕被人赶出文坛等,都说明开放、包容广阔是他文艺思想最本质的特征。

巴金这种独特、自成一体的文艺思想,也广泛影响了他同时代的作家。对

---

① 徐开垒:《巴金对青年一代作家的期望》,《巴金与中西文化》,四川大学出版社 1992 年版。

萧乾的启迪、帮助是突出的例子。萧乾创作的起步阶段,巴金常对他说这一句话:"写吧,写吧,只有写,你才会写。"这种强调艺术锻炼、鼓励大胆去闯的开放思想,使萧乾受益非浅。巴金反对"为艺术而艺术",强调文学应关心社会和人生、有益于人的思想,更对萧乾有积极影响。巴金十分欣赏他的短篇小说《邮票》,但同时指出:应把视野放开、把心放宽,不要把自己关在个人的小天地里,应该更多地关心同胞以至人类。这样,作品才有力量。在读过他的《矮檐》后,又劝其写点更有时代感的东西。萧乾后来回忆说:"我初期的小说,写的大都局限于我早年的个人生活以及童年的一些见闻。结识他之后,我一直努力冲破那个小天地。在带有象征意味的《道傍》中,我又反过来劝读者,不要沉醉于安乐窝中而忘记世界的危境。我还写过几篇揭露教会学校小说。后来在《答辞》中,我曾不厌烦地提醒比我更年轻的朋友们'不要只考虑个人的出路',而忘记大时代。"[①]巴金熏染了萧乾,萧乾又影响着比之更年轻的朋友,他的文学主张、见解就这样像被震荡的水波那样,一层层、一圈圈地扩散开来。

一度与巴金接触颇多的田一文,也曾受到许多教益。他很早就从巴金作品里吸取营养,理解前进的人生和奋斗的生活。巴金创作的情感性特色及其主张,使他"领悟到作家自己要有那种燃烧的激情才能点燃读者的感情"[②]。解放后巴金给其看稿,曾针对他感情表达的缺陷指出:"你自己受到感动,却不能通过人物、通过具体事件,来感动读者。只说自己如何感动(我也常常犯这个毛病),却忘了如何使别人感动。"还批评说:不能说这些文章没有感情,但感情不深,你只触到很表面的东西,有些地方只是在堆砌漂亮的文字"[③]。这些看法是上述文艺思想的体现和深化,由此可见作家文艺思想的连贯性,也可见出它们对后来者的熏染、影响。

巴金近年提出的"无技巧"主张,更在文坛引起关注和热烈讨论,并成为

---

① 萧乾:《他写,他也鼓励大家写》,《巴金与中西文化》,四川大学出版社 1992 年版。

② 田一文:《我忆巴金》,四川文艺出版社 1989 年版。

③ 《巴金书简》,四川文艺出版社,1987 年版。

许多作家的共识。张贤亮就很赞同这一艺术见解,曾用自己的创作实践印证说:"恰恰在我写到我不熟悉的生活时,才最需要我们所说的技巧,以一般的技巧来掩盖生活的不足。在我写到熟悉生活的那部分,丰富多彩的形象竞相奔来,甚至在视觉、听觉、嗅觉几种感觉形式上都同时重现过去的记忆,这时,我根本不考虑、也无法考虑技巧。而最后的效果证明,这样的部分却是读者认为我表现了自己'艺术功力'的地方。"①诗人公刘谈到对朴素美境界的追求时也说:"我非常信服巴老的一句名言:无技巧是最高的技巧。我相信巴金同志不只单指小说而言,他指的是整个的文学领域。"②巴金通过几十年艺术实践归纳、总结的这一新鲜、富有辩证法的艺术主张,已经、也必将在文学界产生深远的影响。

二

现在对作家的实际创作作一考察。

对于封建制度及其观念形态的否定、批判是贯穿巴金整个创作的最重要、最鲜明的思想线索。这其实是历史赋予二十世纪中国先进分子的最重要的使命,也是二十世纪中国历史上最为激动人心和悲壮的景观。作为一个作家,巴金当然主要通过文学作品,在思想、观念形态方面对封建主义展开斗争。他是继鲁迅之后,又一个具有彻底反封建精神的作家,一个在二十世纪中国文学史上与封建的东西进行了坚决、持久斗争的战士。无论《家》、《春》、《秋》还是《雾》、《雨》、《电》,无论《憩园》、《寒夜》还是晚年的《随想录》,人们都可以读出反封建三个大字。

这一思想主题以及采用来表现的独特的题材和视角,对后来的写作者产生

---

① 张贤亮:《写小说的辩证法》,上海文艺出版社 1987 年版。
② 公刘:《谈谈我自己》,《公刘诗选》,江西人民出版社 1987 年版。

很大影响。《家》、《春》、《秋》——尤其是《家》,主要通过"家"的框架来透视二十世纪中国社会,进行反封建的启蒙和呼唤。这一点在现代剧作家曹禺那里有直接而鲜明的表现。曹的《雷雨》虽然很早就在构思、酝酿中,但大体成形是在《家》于《时报》连载的一年之后。剧本描写一个有浓厚封建色彩的资产阶级家庭的罪恶、危机和它的崩溃,成功塑造起繁漪、周萍、周朴园等艺术形象,通过各种矛盾纠葛和冲突对压抑、摧残人性的旧家庭和封建制度进行严正的控诉、批判。写于四十年代的《北京人》是前一作品主题的发展、深化,表现曾家这个士大夫家庭内部的各种矛盾,通过塑造曾文清、愫文、曾皓等艺术形象,揭露封建统治对于人性、人的灵魂的戕害、吞噬,展示其必然崩溃的命运。贯穿这两个剧作的主题是:"摧毁黑暗社会吧,让人成为人!"我们的研究者以往更多注意曹禺作品受到《打出幽灵塔》等二十年代剧作的影响,有意无意地忽视了与巴金旧家庭题材小说的联系。实际上小说和戏剧两种不同体裁的文学类型也是相互渗透、影响的,巴金和曹禺由于相近的出身、创作个性以及相互间的密切关系,使得这种影响变得更为可能。

这样的思想主题及透视视角在靳以的长篇小说《前夕》里也有反映。这部长六十万言的长篇描写抗战爆发前几年的动荡生活,主旨除了表现中国人民——尤其青年知识者在国家、民族危亡关头的振作、奋起外,对封建家庭腐败的揭发也是重要内容。它集中写一个黄姓的大家庭,写了他家众多人员在封建重负下的各种不幸和痛苦。作品在表现振作、奋起主题上确实存在一些研究者说的"反映生活比较浮面,艺术上缺乏感染力量"的不足,但是在传达后一主题时却是相对成功,它所塑造的静宜、菁姑等人物也因个性的独特和发掘的深入让人难以忘怀。除了题旨、表现视角的接近,《前夕》在人物塑造、情节和细节组织等方面也受到巴金作品启发。不妨举一例,《前夕》开篇不久即写二女静茵为反抗包办婚姻出走,之后小说就常通过她与家里姐妹的通信交代各自方面的情况、表现人物内心世界,这与觉慧出走后与觉新信件交流的处理是一样的。

还应提到路翎《财主的儿女们》。这部小说主要探索中国特定历史条件下青年知识者的精神世界,同时表现旧家庭的没落。后一主题在小说上部得到充分展开,它以"一·二八"事变后激烈动荡的社会生活为背景,全面描写苏州巨富蒋捷三家的衰败、分崩离析:二子的叛逆出走,长媳的弄权,全家入不敷出,蒋捷三无可奈何的死,对家产的争夺和诉讼,长子的沦为乞丐和亡命……作为一部表现中国家族生活及其子女命运的长篇小说,《财主的儿女们》既烙有《红楼梦》的痕迹,也可见出巴金作品对之的熏染。这种熏染也不但是主题、题材方面的,同时包括了形象创造、情节处理等。如两部小说在写曾经不可一世的旧家长死亡时,都安排了与"家"的叛逆者——一是高觉慧,一是蒋少祖——会面的情节,写了前者的颓唐、慈爱和相互之间的某种谅解;都安排了他们尸骨未寒,子女们就为家产哄闹的情节,写了相互之间的攻讦和明争暗斗。对于这种相似性,似乎只能从影响角度加以解释。

　　以上是从主题和题材、视角的连接上汲取巴金旧家庭小说的创作经验。但文学创作的影响关系错综复杂,更多情况下后来者只是从某一方面、某一点上受到既有作品的启迪和感悟。他们有时主要在题材、视角上接受启发,如《四世同堂》。这部同样反映抗战期间社会生活的小说选择来透视的是北平一个下层市民家庭以及所生活的那条小胡同里的一些人家,作者主观上又要更多展示传统文化、民族性格中正面因素上扬,因而作品并不必然包含反封建主题。但巴金的影响还是显而易见的,主要是:以一个祖孙几代的大家为中心,以他家与其他一些人家及社会的连结来观照特定时代的社会生活。再推广些说,像赵树理这样的作家也不能撇清与巴金小说的关联,只是赵树理写的是小家,如《小二黑结婚》、《孟祥英翻身》、《传家宝》、《登记》等。虽然巴金是写大家、封建地主的家,赵树理是写小家、农民的家,但都以家庭为立足点,以家庭生活为基本内容则是一致的。赵树理解放后谈到受巴金启发准备写《户》的打算:尽管劳动工分是按人记的,但到了分配时,仍然是以户为单位的。所以,巴金写了一部《家》,反映封建官僚地主家庭的问题;我们也可以写一部《户》,反映农民的问题[①]。赵

---

① 　引自黄修己《赵树理评传》,江苏人民出版社1982年版。

树理后来没有写《户》，但在业已写成的《小二黑结婚》等作品里，不也已经部分实现了"以户为单应""反映农民问题"的意图吗？

如果单把主题抽出来考察，则巴金许多作品贯穿的反对封建婚姻和旧道德的思想蕴含甚至也影响了新时期创作。在现代作家中，同是反封建，巴金更侧重批判封建婚姻制度和旧礼教，正如他所说："为了反对买卖婚姻，为了反对重男轻女，为了抗议'父母之命，媒妁之言'，我用笔整整战斗了六十年。"①他小说的这一特点与鲁迅不尽相同，也是其他现代作家难以比拟的。而在新时期文学创作中，表现这一思想主题的作品仍有一个相当的数量。在《未亡人》、《挣不断的红丝线》里，我们可以看到现实生活中由权力、金钱、政治偏见和旧伦理习俗织成的线和网既可以剥夺妇女改嫁、追求爱情的正当权利，也可以使许多没有爱情作基础的婚姻变成"天作之合"；在《天云山传奇》、《杨月月与萨特之研究》里，可以看到包办婚姻也在"革命"的名义下进行，只是说辞已不是"门当户对"，而是"报答救命之恩，服从革命安排"；在《爱情被遗忘的角落》、《远村》里，可以看到贫困和愚昧是如何纽结在一起制造出一幕幕新的爱情悲剧……自然，这些作品对新式包办婚姻和旧意识的批判具有新的视角和艺术追求，但在大的方面说却无疑继承、借鉴了巴金等作家的反封建传统和特色。

在角色设置和形象创造方面，后起作品也曾从巴金那里受益。上面几部描写大家庭生活的作品，都不约而同地用力塑造起长子长孙的形象（也有长女的），写了他们在对立力量之间的逡巡徘徊，他们的复杂性格和痛苦内心。这在曹禺那里是周萍、曾文清，在靳以那里是黄静宜，在路翎那里是蒋蔚祖，在老舍那里是祁瑞宣。这些形象既有可厌可恶的一面，也有善良可爱的一面，作者所取的态度也是既憎又爱，颇为矛盾。这种设置、表现模式，与巴金对觉新的处理是一脉相承的。

静宜、瑞宣的情况与觉新尤其相近。静宜早年也有舒适的家和快乐的少女生活，有理想，甚至有幸读完了大学。但因为可怜正在衰败的整个家，她决定像

---

① 《病中集·买卖婚姻》。

男子那样挑起支撑门户的责任。她整天陷入琐碎、烦人的事务中,渴望摆脱,却不能。她还常常像夹在风箱里的老鼠两头受气。母亲为治病,请来和尚做佛事,受过高等教育的她依从了,并代母亲磕头长跪。明知道这无用,只是为了母亲心安、自己心安,就违心行事。事后受到弟妹们的责备,她感到无限委屈。虽然巴金写的是长子长孙,靳以写的是长女,但可以肯定说后者的塑造受了前者的启发。顺便说一下,做佛事也与《家》里捉鬼的情节相似。但二者也有区别,静宜决定牺牲自己一切去维持败落的家时更为主动,不像觉新迫不得已,这削弱了人们对她的同情和好感。

瑞宣是出身于下层市民家庭的长子长孙,他也早早挑起全家的担子,也像觉新那样常常委曲求全——用小说里的话说是"求全盘的体谅"。他早知道恋爱神圣、结婚自由,但仍违心娶了父亲给他定的亲,因不忍看祖父、父母的泪眼。他也常陷入到左右为难的境地,精神上十分痛苦,只是让他不易作出抉择的是究竟"尽忠"还是"尽孝"。日本人占领北平后,老三劝他一同出走,他不能。他支持弟弟去"尽忠",自己留下来"尽孝"。但他是"有思想有本事"的人,这样的选择让他感到沮丧、惭愧、不甘,常常自责。老三瑞全要走时,瑞宣最先劝他等一阵,但看他决心已定,就帮着出主意混出城,为他筹钱。不难看到,这与《家》里觉新的性格,他在觉慧出走事上的态度、做法是相近的。

巴金作品里的女性形象,似也影响了后来者。在曹禺剧作中,愫方是一个更具民族性格的女性。她温和大方,逆来顺受,善待一切人,是个具有黄金般内心的女子。由她,人们自然会想到瑞珏。尤其善良这点上,她们对自己所爱的男子都有一种完全忘我的境界。瑞珏得知觉新与梅深心相爱的隐情后,一无嫉妒或责备,倒设身处地为他俩着想:"我真想走开,让你们幸福地过日子。"愫方更痴心,文清离家时,替他侍候上人,为他保管字画、喂鸽子,甚至连他不喜欢的人都觉得应该体贴、喜欢和爱。有人问这是为哪般,她敞开了心扉:"为着他所不爱的也都还是亲近过他的!"在这两个女性身上,都有某种理想主义色彩。而在路翎的蒋淑华、靳以的黄静婉那里,又可多少见出梅的影子,她们全都青春早逝,婚姻不尽如人意,性格内向、忧郁、多愁善感等。

三

再对风格、艺术表现作些分析。

巴金说他是中国作家中受西方作品影响较深的一个，是照西方小说的形式写处女作，以后也顺着这条路走去。这在很大程度上指对人物内心世界描写的注重，尤其直接描写方法的大量、广泛使用。以《家》描写鸣凤知道要嫁给冯老太爷"做小"一直到她跳湖自尽看，作家着眼于人物内心世界的各个时刻，主要采用直接描写方法（辅以某些必要的动作、环境描写），淋漓尽致地展现了这一不幸女性在人生最后关头丰富、复杂的内心世界。类似的描写在巴金小说里时有所见。即使一些小的情节、场面展开，巴金也喜欢将各别人物做某件事、说某句话后面的内心想法和情绪变化交代清楚。说到巴金小说的风格、艺术特色，这是不能不提的。这一表现特点，也有人认为是缺乏民族特色。这显然是片面的。道理很简单：民族的东西不是一成不变的，也要发展、丰富。从中国文学日后演进的趋势看，这样的写法还是被普遍认可、接受了，而且有新的发展。中国文学描写、表现手段的这种进步，是与新文学众多作家对外国文学的大胆借鉴、实践分不开的，巴金是其中突出的一个。

上面谈及的靳以、路翎的创作似乎就承袭了巴金的路子。《财主的儿女们》艺术上最大的特点，就是注重人物内心世界的描写，时时注意揭发人物言语、行动背后细微、复杂的内心活动，不厌其烦地一一写出；也长于展现人物内心情绪的激烈冲突和急剧变化，绘出人物特定时刻的心理过程。如描写王桂英亲手掐死自己与蒋少祖生的私生女。虽然她是一个与鸣凤出身、经历、个性都不同的女性，但由于两位作者都笔墨淋漓地展现了她们在特定瞬间的丰富、完整的心理过程，具有震撼人心的艺术力量，笔者还是把她们联系起来，而且感到后一描写似乎受到前者的滋润。

巴金后期心理描写更趋圆熟，减少了静止的剖析，增加了人物各种感受和细微、隐秘内心活动的揭示和描绘,对人物心理过程也有更细致、完整的展示。《寒夜》尤为突出,可说是一部"准意识流"小说。笔者当年读王蒙的《春之声》,感到它与《寒夜》颇有相通之处,后来见到他谈应注重写人物感受的文字,禁不住发出感叹:这简直就是对着《寒夜》说的!王蒙原话的大意是:在写作时不但要求助于自己的头脑、心灵,而且要求助于自己的皮肤、眼睛、耳朵、鼻子、舌头和每一个神经末梢。如果写到冬天,写到寒夜,如果只是情节发展的需要或是展示人物性格的需要使你决定去写寒冷,而不去动员你的皮肤去感受这记忆中的冷,如果你的皮肤不起鸡皮疙瘩,如果你的毛孔不收缩,如果你的脊背不冒凉气,你能写得好这个冷吗[①]? 人们如果从这样的角度重读《寒夜》,相信会发现王蒙一些小说与它的联系。同时代的中国文学往往像桥梁那样,起着沟通、化合中国作家与外国文学间关系的作用。

抒情,是巴金风格、艺术表现的又一重要特点。巴金是一个敏感、长于感受和体验、具有诗人气质的小说作家,他的大部分作品流贯有一种细腻哀婉的抒情调子。有些中短篇小说简直就是诗,整个故事被消融于诗的结构和氛围里,如《春天里的秋天》等。《激流》等长篇虽以叙事为主,但诗一般的人物情怀抒写和环境、氛围描写比比皆是。这种风格在《前夕》、《财主的儿女们》里也有不同程度的反映,限于篇幅这里不一一列举。《四世同堂》虽然与这种风格异趣,但巴金的这一风格似乎在更大范围里激发、影响过老舍。我们知道,老舍创作中有两种几乎相反的风格:"或者极俗、白,不点染一点'风月',或者诗情浓郁,甚至采用'诗'的形式,如《月牙儿》、《微神》。"[②]短篇《微神》是这种风格的发端,它纤柔、精美、洋溢诗的色彩和调子,揭载于一九三三年十月的《文学》杂志。之后便是篇幅较大的散文诗式的中篇——《月牙儿》和《阳光》,分别载于一九三五年的《国闻周报》和《文学》。而巴金早期创作中堪称诗体小说的《春天里的秋天》在一九三二年即发表了,另一抒情气息甚浓的短篇《月夜》载于一九三三年九月

---

① 引自陈望衡《以形写神》,《文艺理论研究》1982 年第 4 期。

② 赵园:《谈老舍〈微神〉》。

的《文学》。老舍何以会在三十年代用另一副笔墨写小说？除了有些研究者指出的"他的创作转为以悲剧为基调"的自身原因外①，是否也与同时代创作、尤其巴金类似作品的激发有关呢？我们以为是那样。巴金和老舍都在《小说月报》同一卷同一号发表各自的处女作成名，三十年代前期又由文的认识进到人的认识，老舍还写过巴金作品的评论——《读巴金的〈电〉》，这些都为这种激发、影响的可能存在提供了信息依据。

本文系提交给一九九四年第三届巴金国际学术研讨会的论文，原载《世纪的良心》，上海文艺出版社一九九六年版

---

① 范亦豪：《论〈月牙儿〉及其在老舍创作中的地位》。

巴金的《激流》和靳以的《前夕》

在二十世纪中国文学史上，巴金与靳以是两位有着特殊、不寻常的友谊，而又具有相近创作态度和风格倾向的重要作家。但是，对这两位作家作较为系统的比较研究文章却似乎还付阙如。本文拟就他俩创作中占重要地位的长篇小说——《激流三部曲》(《家》、《春》、《秋》，以下简称《激流》)和《前夕》，作初步的比较研究。

一

提起靳以总计四部的长篇小说《前夕》，人们自然会想到巴金的连续性长篇《激流》。所以如此，似乎有两方面的原因：一、虽然《家》写得比较早，但《春》、《秋》却与《前夕》的写作时间较为接近，它们的创作都有民族矛盾空前尖锐及抗战的时代大背景；二、两部作品确实有不少相近的地方，如有的学者就指出，《前夕》"是一部与《激流》构思相近的书,两书的部分人物,也似有'对应'关系"①。

《前夕》与《激流》的相近之处,首先正表现在构思——或者说故事大体框架和情节主要线索方面。具体而言,以下两点值得注意:一、它们都主要写了一个旧式大家庭,以这个家庭为中心串起社会上方方面面的人与事,并写了这个家庭日趋衰落的过程和最终的解体。——《激流》中是成都的高家,《前夕》中是北平的黄家。二、它们都有两条互为关联、促进的情节主线,一为旧家庭的日常生活、家庭成员间的矛盾纠葛及冲突,一为不甘随旧家庭沉落的青年人在社会上的正义、进步活动和抗争。——《激流》中是觉慧、觉民、琴他们,《前夕》中是静玲、静茵他们。通过对这两条情节主线的交织描写,两位作家既揭示了这样的家庭无法存在下去的客观命运,也展示了纯正,不自私,勇于为民族、人类担当的年青一代的可贵品格和光明前途。

唯其如此,读过《激流》的人们再读《前夕》,就会产生"似曾相识"的感觉。

但是如果人们作进一步的阅读和深究的话,是不难觉察它们之间其实存在着重要差别,即:《激流》以第一条情节线索为主,重心在家庭;《前夕》以第二条情节线索为主,重心在外部、在青年——"时代的儿女们"。上述表现侧重点的不同,也在很大程度上影响到并规定了两部小说题旨的差异——我们放在后面谈。

《激流》三部作品的故事情节人们是熟悉的,可以说它们从头至尾都以写旧家庭的人与事为主,外部、社会上人事的描写虽然也有,但是所占的篇幅却十分有限。而《前夕》不同,从第一部到第四部,小说经由了以写家庭为主到写外部、社会为主的重要变化:

《前夕》第一部是较充分的写"家"的作品,与《激流》也最为接近。它虽然也写了静玲在学校参与"三·一八"纪念活动并受处分等情节,但更多、更主要的篇幅却用来表现没落官僚黄俭之家的各色人等和他们的日常生活及冲突。小说由描写"武进黄寓"的地理位置、环境陈设开篇,以黄家唯一的儿子静纯的妻

---

① 赵园:《艰难的选择》,上海文艺出版社 1986 年版。

子——青芬即将临产终卷,可谓从"家"写起、以"家"收尾。贯穿作品的主要人物是这个家庭的长女静宜——一个与《激流》中的长孙觉新不无相通处的人物,次于她的是小女儿静玲。

到了《前夕》第二部,上述情况就有了变化。作为变化的标志,是一个外来人物——李大岳的介入。李大岳是静玲他们的么舅,他是一位有血性的军人,曾做到上校团长,还参加过淞沪抗战,因避难投奔到黄家。诚如作品写的:"李大岳的到来,使这个家有一番不同的空气。"①他不仅带来了外部、社会上的许多信息——特别是关于抗战的,还因此引起静玲的好感、敬仰,与静玲在家里形成配合默契的"搭档"。也是在第二部里,静玲开始取代静宜,成为小说主要的贯穿人物。同时,还需要指出:在这一部里,对静玲他们为反对华北自治举行游行集会等外部、社会上人事的描写已占到相当的篇幅,可以说已与对'家'的描写不相上下。

虽是如此,但第二部与第一部有一点还是相同的,即:从"家"写起:静玲、静宜春日里的感受;以"家"收尾:黄家的辞旧迎新酒筵。

到《前夕》第三部,情况有了进一步发展。一是静玲此时已完全取代静宜成为小说的贯穿人物。有一个细节值得一提:小说开始不久即离家远走的二女静茵,在先只是与静宜通信,而到这一部里却主要与静玲鸿雁频传;她们所沟通、交流的,也主要是外部、社会上抗日救亡的事。二是小说对静玲等青年学生的爱国抗敌活动有了更充分、多量的描写。最后,有一点也是与以往迥异的,即:不再从"家"写起、以"家"收尾,而是由"外部"写起:静玲在社会上的活动,也归于"外部":学生们针对日本驻屯军演习的抗议行动及中国军人的"对抗大演习"。

而在《前夕》第四部里,对"家"与对"外部"描写的比重有了更进一步的倾斜,以至我们可以说:这一部对"家"的描写已完全受着"外部"的左右和制约,"家"在

---

① 《靳以选集》,四川人民出版社 1983 年版。(凡本文中有关《前夕》的引文,均出自该社的这套"选集",下面不一一注明。

很大程度上已成为"外部"、"社会"的载体;作品里即使是写"家"的文字和篇幅,其实写的也是"外部"、"社会"。自然,这部小说的贯穿人物只能是静玲;其开篇、终卷也不会是"家",而从"外部"写起:静玲们为前线将士募捐,也以"外部"——更远的"外部"——收尾:北平陷落后,静玲历经艰险去上海与静茵汇合。

《前夕》最后的结局十分悲惨:黄俭之带一家三代人从死城逃出的路上,汽车竟开到河心去了。除了静玲、静茵和跟李大岳去打游击的静纯,以及嫁了汉奸的静珠,静宜他们全都活活淹死了。我们知道,《激流》的大结局是分家、卖公馆,高老太爷一手创立的家业完结了,家散了。与之比起来,《前夕》当是更凄惨的:家不只散了,而且彻底完了。

这里有必要提一下两部小说结尾时的一个细节处理。凑巧得很,《激流》和《前夕》都以书信告知的形式,交代"家"最后的一些人与事——前者是觉新给觉慧、淑英的信,后者是静珠给静茵、静玲的信。但它们的落脚点却不同:前者是在成都"家"里,是发信人觉新;后者是在"外部"上海,是收信人静茵、静玲。这一同中有异的处理方式,显然是不应当被忽视的,它在不经意中昭示了两位作家各自不同的表现重心:一是家庭,一是外部、"时代的儿女们"。

现在来谈两部小说题旨上的差异。前面说到,《激流》中的《春》、《秋》和《前夕》的创作都有日本入侵和抗战的时代大背景,也可以说两位作家的写作有时就是"冒着敌人的炮火"进行的。[①] 但大致相同的创作背景,并不妨碍巴金和靳以从不同的视角和立足点来描绘、展开具有"共相"的生活画面和社会众生态。从两位作家的创作谈里,人们不难窥见他们不尽相同的写作衷肠。

巴金《关于〈激流〉》的创作谈里有一段很著名的话:"人们说,一切为了抗战。我想得更多,抗战以后怎样?抗战中要反封建,抗战以后也要反封建。这

---

① 巴金在《秋》的序中写道:"……在广州的轰炸中,我和几个朋友蹲在旧层洋房的骑楼下听到炸弹的爆炸,机关枪的扫射,飞机的俯冲,在等死的时候还想到几件未了的事……《秋》的写作便是其中的一件。"靳以在《我怎样写〈前夕〉的》中说:"于是我就开始了,那正是敌人用威猛的火力和我们的军队在上海作战的时候。天空被远程炮和飞机搅得昏乱了,地面被炸弹和排炮震得战抖着,而人们的心却在无比的狂热之中。"

些年高老太爷的鬼魂就常常在我的四周徘徊,我写《秋》的时候,感觉到我在跟那个腐烂的制度作拼死的斗争。"①所以,重心偏于家庭的《激流》,其主旨在于对封建礼教和旧家庭制度的否定和批判。

关于《前夕》,靳以这样写道:"我也是被一时的激情所使,看到全面的抗战开始了,就想建筑一座小小的里程碑,纪念这么多年来挣扎奋斗的青年们。"还说:"如果不是坚强地站在中国人民的立场上,描画出多少年来和敌人的斗争,多少青年人牺牲了他们的生命,我实在没有写作的必要。"②显然,靳以作品的重心是在外部和"时代的儿女们",其主旨似可概括为:唤醒民众——尤其青年——的民族意识和爱国热忱,要他们担当起抗敌救亡的责任。

二

在人物形象方面,《前夕》也有与《激流》接近、相近的。比如,《激流》先后塑造了高老太爷、克明、克定等旧家庭家长的形象,《前夕》也有黄俭之这一"严厉"、有"刚愎的个性"的父亲形象;《激流》塑造了高家长孙觉新的形象,《前夕》也有静宜这一夹在"父亲和姐妹们中间"的长姊形象;《激流》塑造了为反抗不自主的婚姻而离家出走的淑英形象,《前夕》也有静茵这一"为了我自己的幸福"而与相爱的人双双远走的叛逆者形象。此外,也有些完全不是一种类型的人物,却由于某一点比较相像而让人们将之联想起来,如都因生产而死亡的瑞珏和青芬,性格都多愁善感的梅和静婉等。

如何看待两部小说人物之间的这种接近、相近?我以为,一方面应看到他们之间的影响关系——《激流》对于靳以写作《前夕》的启发、影响。这种启发、影响有可能是自觉、作家意识到的,但更多的时候则是不自觉、无意识中发生

---

① 《关于〈激流〉》,《巴金选集》第 10 卷,四川人民出版社 1982 年版。
② 《忆陆蠡》,《靳以选集》第 2 卷,四川人民出版社 1983 年版。

的。——为此,就要说到另一方面:更应看到这些人物之间的同中有异之处和他们各自的本质规定,还应看到作品中其他具独特个性的人物。

《激流》与《前夕》主要有两大辈分的人物形象序列——一为"长辈",一为"小辈"。① 我们现在就按这样的顺序,对两部小说中的主要人物作些比较,以揭示他们之间的差异和独特的本质规定。由于人们对《激流》较为熟知、笔者以往也作过较多分析,这里论说时也就以《前夕》为主展开。

先谈"长辈"的。

作为现代文学史上一部影响巨大的表现旧家庭制度没落和反封建的作品,《激流》塑造了众多的旧家庭"长辈"形象,他们中既有祖父辈的——如高老太爷,也有父亲辈的——如克明、克安、克定;既有男性家长,也有他们的女眷——如陈姨太、张氏、王氏、沈氏;既有高家的,也有周家等的——如周伯涛(觉新他们的舅父)、钱太太(梅的母亲)、张太太(琴的母亲)等。在这些人物中,高老太爷、克明、克定、周伯涛几个是刻画得更成功的,可谓戛戛独造,让人读过作品后难以忘怀。

与《激流》比起来,《前夕》的人物关系和情节要单纯不少,作品中的"长辈"形象也不多,总共四人:黄俭之,他的妻子、静玲他们的母亲李氏,他的妹妹、静玲他们的姑妈菁姑,静玲他们的幺舅李大岳。在这些人物中,黄俭之、菁姑和李大岳都以独特的内涵和个性给读者留下很深的印象。

作为"武进黄寓"的主人、曾在仕途上颇风光过一阵的一家之长,黄俭之无疑是靳以着力描写的一个人物。但至作品写到的那个年月,黄俭之已经风光不再、赋闲在家了,如他自己所说"像一枝过时的花朵,被人丢在墙角那里"。为此,他愤愤不平,抱怨怀才不遇,感叹世事炎凉。但渐渐地他平静了,因为找到了摆脱烦恼的方法:纵酒,在醉中过日月。他把书房"俭斋"变成了卧室兼酒窖,把许多陈酿藏在书架成套大书的背后,一有机会就饮起来,喝个酩酊大醉。

在治家和教育子女方面,黄俭之自认为是勤勉的。他觉得他是读书人家,

① 为了叙述的方便,我把《激流》中的高老太爷一辈人和克明一辈人都放在"长辈"里论述。

"礼教总是要保持的",因而对儿女们总是管得很严。他把一本《曾文正公家书》读了又读,开口闭口就是"子弟骄怠者败"这样的话。但他又染了一点自由思想的影响,以为时代不同了,有些事也得与儿女"商量办"。——其实却是说说而已,或如静玲所说"有自由的形式,无自由的实际"。似乎也是为了他们好,他早早就为头上几个孩子订了亲。但出乎意料,他们全都不领情。静纯算是好的,能照他的意志结婚了,但他看出他们夫妻"冷淡",怕这"像是什么不幸的兆头"。静宜则公开站出来说"不"了,他虽然勃然大怒,但听到她说的"我什么也没有,我是为了家",也不好再说什么。最令其恼怒的是静茵,竟然跟一个在他看来是"野男人"的人出走了,让他觉得简直无法在社会上为人。于是,伴随着巨大的孤独、幻灭感,他取出藏匿好的正汾酒喝起来,一醉方休。

显而易见,黄俭之是一个有着独特思维、行为逻辑和癖好的旧式家长。我们如果把他与《激流》中的那几个家长作对比的话,可获得两个结论:一、他和他们一样,都固执、严厉,漠视子女的感受和幸福,唯自己的意志是从;二、他不同于荒唐、荡检逾闲的克安、克定,也有别于低能、昏蒙无知的周伯涛,而更与事业上有所成就、也有某种信仰归属的高老太爷、克明接近。

但以上只是《前夕》第一部中的黄俭之。随着后几部情节的展开,这一形象中的另一种内涵、特质得以逐渐、充分地呈现出来,他也得以与高老太爷、克明等旧式家长鲜明区别开来。那就是他的民族意识和立场。尽管黄俭之不尽赞成静玲参与学生游行集会等爱国活动,尽管他对中国能否打败日本缺乏信心——他的"日本不敌论",但他在内心和骨子里却是与侵犯自己国家和民族的日本人水火不相容的。人们在后面看到,他先是原封退回亲日派市长送来的聘书和干薪,再是严词申斥要与汉奸杨凤洲结婚的四女静珠,末了,在他居住的城市陷落、日本方面逼迫他"出山共维大局"时,他毅然决然地带了残余的家人逃走,却不幸遇难。至此,我们看到了黄俭之性格中闪光的一面——他的良心、他的气节,看到了一个完全独特的旧家长形象。

菁姑,也许是读过《前夕》的人都很难忘却的一个人物。她是黄俭之最小的妹妹,因早早死了丈夫(她嫁过去时他已害着重病,本想藉迎娶的喜气冲去病魔,不想不过两年就死了)、在婆家受无尽止的气,哥哥好意接她住到自己家,一待就是近二十年。不幸的婚姻,常年孤寂、不协调的生活,造成了她刁怪乖僻、非常人可以理喻的个性。她敏感,多疑,总是从坏处打量人与事;内心阴暗,行动诡秘,喜欢探听别人的隐私、看到别人的不幸;还好饶舌,一有机会就播弄是非,唯恐天下无事。诚如静纯说的,她简直是他们家的"不祥之鸟",不断搅局,时时制造麻烦和不快。像菁姑这样不知好歹,"由于自己的恶运,她几乎是祈求着恶运降到每个人的身上"——甚至是"对她极好的哥哥"的人,在现实生活中并不多见。这实在是一种变态人格,突出反映了不合理的婚姻制度和旧礼教的非人性。这样的"长辈"形象,我们在《激流》中不曾看到,在其他现代作家那里也难得一见。吴组缃倒写过一个《箓竹山房》的短篇,主人公也是一个"孤寂了一辈子"的姑姑——叙述者"我"的二姑姑,写了她生理、心理上的变态,当"我"带了新婚妻子到箓竹山房小住时,她压抑不住地在夜里偷窥房事。如果说吴组缃笔下的二姑姑主要是性变态的话,那么靳以那里的菁姑则是更可怕的整个人格的变态,足可引起人们对人和人性的深长反思。

李大岳,也是《前夕》中属"长辈"的形象。但他年纪颇轻,更重要的是有一颗青春、炽热滚烫的报国心。当年他曾在淞沪战场与日本人英勇作战,被打掉两个手指,但不久就无奈地陷入到"自己人打自己人"的怪圈,为此悔恨不已。在黄家避难的日子里,他天天盼着当局对日开战,但现实却一次又一次地让他失望,于是经常靠遛鸟、钓鱼,甚至蹲在地上看结群而斗的蚂蚁来排遣郁闷。一次,他去舞场打发无聊时认识了一个叫 Lily 的女子,差点陷入情网,但"你是一个军人,你该随时以身报国"的内心声音让他警醒了。由于静玲的影响、鼓动,他参加了学生的抗日救国活动,并在重要关头救援学生和静玲。在全面抗战的日子到来时,他终于有了归队的机会,以后又带走静纯等青年去打游击。

显然,无论对《激流》还是《前夕》中的"长辈"来说,李大岳都是一个"另类"。这不但因为他是一个军人,更因为他在思想倾向和行动上能与"小辈"站到一起。靳以创造这一形象,既是小说情节发展的需要,更是所表现的特定生活内容和题旨的要求。《前夕》着重描写中日大战"前夕"的社会众生态和人们的精神、心理状况,军人作为一个与战争密切相关的特定群体,他们自然是人们特别关注的。通过李大岳,作家集中、典型地写出了当时中国一般军人不凡的精神世界和他们焦灼、郁闷、痛苦难耐的复杂情绪及心境,也有力地表达了呼唤国人民族意识和爱国心的主旨。

再看"小辈"的。

由于巴金的《激流》写的高家是一个"四世同堂"的大家庭,高家又有许多门亲戚,所以这一小说中的"小辈"形象也十分丰富。他们的主要代表当然是高氏三兄弟,此外还有淑英、淑贞、梅、琴、蕙、剑云、枚等,这些形象——尤其是觉新、觉慧、瑞珏和梅等,以各自独特的命运遭际和鲜明的个性刻印在人们脑海里,撼动了一代又一代读者的心。

相比而言,《前夕》中的"小辈"也较为单纯,主要是黄俭之的几个子女:儿子静纯、媳妇青芬,女儿静宜、静茵、静琬、静珠、静玲。黄家的这几个孩子年龄差距不算大,又常年在同一屋檐下生活,但他们的性格反差颇大、个性各执一端,人们读过后都会留下深的印象。下面选择几个主要的作些分析。

静宜一度是《前夕》的主要贯穿人物。这位黄家的长女三十岁不到,早年的生活也很快乐。其心情、性格的逆转,是在进入大学以后,那时父亲失去了高位,母亲的病转成为十分严重,守寡的姑姑又时不时闹上一出,黄家整个包在凄惨的空气里。"长姊若母"。静宜这时挺身而出了,主动要求担起管理、振兴家的责任。她从此陷入到琐碎、烦人的事务之中,身体也一天一天坏下去。虽说静宜一心为家、希望这个家好起来,但无论从当时大的国家风雨飘摇的情势、还是小的黄家每况愈下的景象看,她家的衰败都是无可改变的事实,这也注定静宜只能成为旧家庭灭亡过程中的殉葬品。

将静宜与《激流》中的觉新作比较,很容易发现他们之间有许多相近之处。首先,在家庭中所处的地位相近:一为长子长孙,一为长女。这样的地位需要他们在必要时顶替父母挑起家庭的担子,觉新和静宜都那样做了。其次,不上不下、半新半旧的思想、精神状态相近。觉新是那种"两重人格"的人,在旧家庭里是一个暮气十足的少爷,在跟两个兄弟在一起时又是一个新青年。静宜一方面不赞成父亲的包办婚姻和固执专制,另一方面又毫不犹豫地把自己的一切交给这个家,像父亲一样守着一个空梦。再次,两头不想得罪、却两头都不落好的尴尬处境相近。觉新对来自"长辈"的无理要求几乎"照单全收",甚至想方设法敷衍、讨好他们,这自然会遭到觉民、觉慧的反对、指责,于是,他感到里外不是人,哀叹"没有一个人谅解我"。静宜也常像夹在风箱里的老鼠两头受气。母亲为治病要请和尚做佛事,受过高等教育的她明知无用却唯心依从,并且代母亲磕头长跪;事后受到弟妹们责备,她深感委屈,报怨"谁都不关心这个破败的家"。

但静宜毕竟是靳以独立、完整的创作。比较两部作品可以看到,同样是担起家的责任,在觉新是被动、不得已的,在静宜却是主动、自告奋勇的——小说写她"像男子一样地挺身而出了";在笔者看来,甚至有一种"我不入地狱,谁入地狱"的怀抱和气概。就在她为此事向父亲请缨时,又态度坚决地要求父亲把早年订的亲事回了。不但如此,她还大力支持妹妹静菌与所爱的人离家出走。当静菌在最后关头迟疑不决时,她给予了强有力的鼓励:"二妹,不要这样,向前才是路。"总观静宜的一生,她有一个始终无法解开的心结,即:虽然明察家的种种不是,也明知它走在灭亡的路上,但因为太爱这个家了,仍不能自己地去维护它,甚至愿意为之牺牲自己的一切。"我爱母亲父亲和妹妹们,我不记得我自己","只要你们都快乐,我也就快乐了。"她所以一直不肯答应梁道明的求婚,在很大程度上也是为了这个家。不难见出,静宜的主导性格是与觉新大相异趣的。如果说觉新性格的主要特点是柔弱、懦怯,迟疑犹豫、患得患失,惯于奉行"无抵抗主义"和"作揖哲学",那么静宜性格的主要特点则是明敏、果断,有主见、有定力,敢作敢为,光明坦荡。这俩人最后的归宿也大相径庭:前者依了三叔的遗命将翠环收房、得着很大的安慰,并且"上进之心并未死去";后者却随父母亲等一起落水亡故——这时候,我们还仿佛依稀听到她发出的"妹妹们,我爱你们"的声音。所以总起来说,静宜是旧家庭中一个与其他"小辈"差异颇大、也颇具复杂性的形象:一个既对抗家、又维护家,最后随这个家一同消逝的果决而温情的女子。

静菌无疑是《前夕》中一个很有亮点和光彩的人物。如果说在黄家静宜是处在中轴线上的话,那么一端的头是黄俭之,另一端的头便是静茵了——她早早就做了家的"叛徒",也是"小辈"中思想、行为最为激进和成熟的一个。静茵早些时也是稚嫩的,晚上就要与她爱的男子坐船逃离家了,当天早上却突然犹豫起来,不知该怎样才好,怕让父母太过伤心。从离家不久写回的长信看,更可知她柔弱、胆怯、依赖性等弱点,也可知她对当时贫富差别等社会真实情况几乎完全茫然。但静茵踏入社会后却进步迅疾,不久就有了忘我,为他人、人类幸福奋斗的思想。均因为正义事业而无端失踪,孩子早亡……这些都没有让她却步,反而使她变得更为坚强。她后来到上海落下脚来,参与了妇女救国会等抗日救亡工作,并对静玲他们的学生运动提供建议,显示了她的成熟老练。小说最后,当静玲辗转到上海与静茵汇合时,妹妹问了一句:

"二姊,你离开家的这几年里,你不想家么?"

她的回答是:

"我有时候也想起来的,不过我一想到更大的更重要的国,我就把家忘了。"

《前夕》主要表现静茵从家走向社会后的变化和成长,写她的坚强和为民族、国家奋斗的精神。因而,如果将静茵与《激流》中也离家出走的淑英作比较的话,那么她们之间的相近就只是局部、有限的,而差别是主要的。这是两个有着不同思想范畴和性格特征的女子;也可以这样说:淑英在作品最后所到达的终点,还只是静茵的起点,她还有很长的路要走。

静茵固然是黄家子女中最为激进和成熟的一个,但由于她很早就已从家出走、以后的成长又主要是通过写给家里的信呈现的,这不能不影响到这一形象的丰满度和感染力。因而,这一小说中真正鲜活可爱、饱满生动的人物,就非静玲莫属了。

这位才十七八岁的黄家小女,有着圆圆的红润的脸和一双明亮的眼睛。她稚气未脱,睡觉时枕上总要放个洋囡囡,不高兴时喜欢咬自己的手指,日常生活中还会丢三落四。但她却活泼开朗、聪颖机灵、胆大自信,更可贵的是有一种纯正、火热,要为大众和国家活着的胸怀。与静茵是由争取个人自由进到为他人、国家奋斗不同,静玲一开始就认为人不应该只是为自己活着,因而对于二姊出走的事简直不感兴趣,认为"静茵不该这样离开家,父亲也不必这样气愤"。对自己感情上的事,她更压根儿没想过。特殊的时代教育了静玲这样的热血青年,使其很早就把注意力放到抚育了他们的又亲切又苦难深重的国家上。小说真切、笔墨淋漓地展现了静玲和她的同学赵刚等一群人为唤醒国民、"引起一般民众不甘做奴隶的心"所做的各种工作和付出的代价。华北增兵事件,驻屯军万人大演习,卢沟桥事变,北平陷落……这有时简直就是在近乎绝望的环境下作近乎绝望的抗争。但静玲他们仍坚持、努力,不泄气、不放弃。也不是说静玲没有消极、悲观的时候。一次,她问及静婉对当前大局有何意见,静婉竟回答说:"我对于这个问题没有兴趣。"真如当头浇下一盆冷水,静玲凉透了。但这只是很短时间的事,当转念想到这些时间来的奋斗毕竟遏制了败类的某些行径,也在大众那里留下印象时,她立时振作了,情不自禁地勉励自己:"只有不断的努力","只有努力,努力"。作品最后,她已是一个脱去了稚气,也克服了好冲动、喜欢争执和空发议论等缺点的比较健全而稳重的女子。

就静玲不囿于"家"的范围、积极投身社会上的进步活动这一点言,她与《激流》中的觉慧颇为相像,他俩的思想、性格也有相通的地方。但区别也是明显的。《前夕》对静玲这方面的描写远较觉慧的具体、充分:而且,《激流》对觉慧的性格强调的是热情、激越和意气风发,《前夕》对静玲的性格突出的是坚持、执著和不屈不挠。这是不同时代的环境和具体情势对人物的特定铸塑。加之,靳以赋予了这个少女以活泼、乖巧、颖慧等气质,更使静玲成为一个赢得众多人喜爱的立体饱满的新时代女性形象。

在《前夕》中,静纯等其他"小辈"也各有自己独特的个性和社会本质规定,限于篇幅就不一一展开了。

三

在这一部分里,再就两部长篇小说总体的创作特点、风格倾向做些比较。

　　作为新文学的第二代作家,巴金和靳以都主要继承了以鲁迅和文学研究会为代表的"五四"现实主义文学传统,其创作贴近现实,关注社会、人生问题,看重文学的启蒙、醒世作用和战斗精神。巴金创作的这种特点是人们熟知的,靳以其实也那样,他在《从个人到众人》一文里曾这样概括自己的创作:"我的创作态度一贯是严肃的,我开始写作就是投在五四以来文学工作者现实主义的主流中。我不曾从人生游离过"①。这里,要强调的是,曾对巴金有重要影响的鲁迅,也深深影响了靳以。靳以在中学的时候,就是鲁迅先生的热心读者,他的处女作、第一首诗就经先生过目、发表在先生主编的《语丝》上,后来在主编《文学月刊》、与鲁迅的直接交往过程中,更真切地感受到先生那"热爱祖国,热爱人民,热爱下一代,是非分明,爱憎强烈,对真理的执著和百折不挠坚韧的战斗精神"②,受到潜移默化的影响。

　　上述创作特色和风格倾向,在《激流》、《前夕》中都有充分的表现。众所周知,《激流》是现代文学史上的一部现实主义杰作,书中的人物和故事都是建立在巴金最初生活的基础上的,他是为了倾吐对那些熟悉的人与事的爱憎和不合理社会制度的积愤,也是为了唤醒、挽救他大哥(觉新的原型)那样的青年,才拿起笔写作的。《激流》也因此具有鲜明的时代感和战斗气息,正如作家说:"对封建制度我有无比的憎恨,我这三本小说都是控诉揭露这个制度的罪恶的。我写他们,就好像对着面前的敌人开枪。"③

　　《前夕》也是一部有丰富的生活、感情积累作基础,感应着时代脉搏,具明显的启蒙意识和强烈的战斗精神的现实主义作品。在国家、民族的生死存亡关头,静玲那群青年学生不屈不挠所做的,就是启蒙、唤醒的工作,"唤醒蒙在鼓里的民众","引起一般民众不甘做奴隶的心"。——这也是这部小说贯穿始终的一条主要思想线索。在这一小说里,还不时写到这个或那个人物对落后、不曾觉悟的民众和国民性积弊的各种感叹和愤激之辞——包括对伪善、口是心非的

---

① 《从个人到众人》,《靳以选集》第5卷,四川人民出版社1984年版。
② 《回忆鲁迅先生》,《靳以选集》第5卷,四川人民出版社1984年版。
③ 《关于〈激流〉》,《巴金选集》第10卷,四川人民出版社1982年版。

知识者的讥讽。在这些地方，都可以见出鲁迅改造国民性思想和彻底、不妥协的斗争精神对于这一作品的影响。

但巴金和靳以这两位作家，无论是他们出身的家庭、早年生活环境，还是气质、性格和所接受的教育，都是颇有差别的；两部小说侧重的内容和题旨也不尽相同。这决定了它们必然会以独自的美学面貌和风格特点吸引、打动读者。

《激流》主要写旧家庭里青年男女的爱情、婚姻伤痛，写一个又一个可爱生命横遭摧残、以至于无声无息死去的悲惨故事，作家又擅长用具抒情诗意味的、伤感的叙述调子去表现，因而整个作品幽怨凄恻，呈现出一种温婉阴柔之美。这在《家》中尤为突出，人们只要回想一下其中的有些片段——如觉新和梅在花园假山意外相逢时的内心对白、梅与瑞珏在淑华屋里的倾心交谈等，就不难对这种美有具体、深切的感受。

《激流》中呈现的温婉阴柔之美，也与作家喜欢写进某些特定的景观、物象，并且像中国文人写意画那样创造诗画一般的意境有关。如月色、月夜就是《家》和整个《激流》一再、反复写到的。《家》第十九章里，既有无遮无拦、像玉盘一样嵌在蓝色天幕里的月亮，也有让云遮得一时透不出光、但终于又冲出重围的月亮，还有水面起了淡淡的雾气、一切都在朦胧中的月亮……小说这样写月亮冲破云围后的情景："月亮冲出了云围，把云抛在后面，直往浩大的蓝空走去。湖心亭和弯曲的石桥显明地横在前面，被月光把它们的影子投在水面上，好像在图画里一般。左边是梅花，花已经谢了，枯枝带着余香骄傲地立在冷月下，还投了一些横斜的影子在水面。"这不啻是一幅用笔简淡却出神入化的写意画。而这些描写又是与小说中人物的心情、境遇乃至命运遭际相映衬的，景语其实也是情语，作家以此勾连、黏合人物、事件，造成横贯全篇的氛围，从而构筑起一个十分幽美却又有侵骨凉意的艺术世界。

靳以的《前夕》所呈现的，却是另一种美。

《前夕》虽然也写青年人的感情伤痛乃至死亡，但伤痛的程度、成因及可以唤起人们同情心的情况等感情因素，却是与《激流》有区别的。静宜、静茵和静纯早时都由父亲包办定亲，他们的感情、心理不同程度受到伤害。但总体来说，静宜、静茵受到的伤害并不大,她俩奋力一反也就自由了。静宜本也可像妹妹一样自己的婚姻自己作主的——梁道明一度也等着她,但她却主动放弃了这种选择;就是说,她的悲剧命运在相当程度上是自己选择的结果。静纯和青芬的结合倒甚是不幸,青芬也是小说里唯一因不合适的婚姻而郁郁以殁的女子。但从作品的实际描写看,除黄俭之应对他们的家庭悲剧负责外,静纯自己也不能辞其咎,是他学哲学后生成的孤僻、冷漠、自私性格一步步将青芬推向深渊。上述种种,决定了《前夕》中一些人物的悲剧,不可能有《激流》那样哀婉不胜、打动人心的审美效果。

而更重要的——如我们前面指出的,《前夕》的表现重心是在外部,是深重的国难和静玲他们在极为艰难环境下所做的启蒙、救亡工作。这后一方面的情节线索,越到后来越成为整个小说的主要贯穿线索。与这样更凝重的生活内容和题旨相适应,小说也主要呈现了一种峻急刚烈之美。

这种美在第一部里还不明显。这一部主要写家——也即家事,作者有条不紊地展开黄家各人的面貌、个性、经历及当下的境况、苦恼等,叙述中有一种哀伤凄凉、黯然茫然的情绪,但还是舒徐从容的。尤其开头一长段雨后春色的描绘,虽然透着"春天不应有的寒冷",却也不乏"温煦",这是整个作品中篇幅最大、笔墨也最为疏放的写景文字。

在第二部,小说由以写家事为主逐渐过渡到以写外部——也即国事为主;第三、第四部更主要是写国事的。——这时,家事其实也已被赋予了国事的内涵。于是,读者看到,一方面是动荡不安、凶险叵测、"一天比一天恶化的局势",另一方面是"感到更大的悲哀更大的痛苦,度着悲惨而强硬的日子"的有血气的青年们。作者的叙述调子也一下变得峻急起来,且有一种悲苍、刚烈,有时近于绝望的情绪弥漫期间;而结尾时,又转化为悲壮、绝望中透出希望的情绪。这样的叙述调子,也在作品的景物描写中有集中的体现。

在《前夕》后几部中,写得最多、也留给人印象最深刻的自然景观,莫过于北方特有的冷及与之相伴的劲厉的风和风沙。这种特殊的气象,在秋天就已崭露头角:"这已经是深秋,在北方,树木间漂浮着的绿色的海早就消灭了,只留下干枯的枝干,在劲厉的冷风中抖索着。风是从塞北的大沙漠吹来的,夹着细沙,有时候盖了满天,千万里的路程过去了,那些细小的沙粒把自己落在陌生的土地上,僻静的角落里,还有许多地方原来是不容有什么钻得进去的;又卷起地上的落叶,打着旋,发出飒飒的声音,不知道要带到什么地方去。"到了冬天,则是真正的肃杀一片:"秋风虽然把枝枝间的叶子吹得无影无踪了,可是寒冷的气候把霜挂装点了秃秃的乔木。那已经是初冬,只是一夜的凛冽,第二天宇宙好像就改了样子,枯枝上缀满了洁白的霜花,还有那像玉石的细线,在小枝间垂挂着。再走近些,就看到那伸出来的一支支微细的小枝,像触角似的伸在空中。清早起,连牲口的嘴边和鼻孔边都存留着,不久太阳出来了,虽有一阵辉耀;可是天气却愈发显得寒冷了。"如果是有雨雪助虐,就更甚:"风和雪像泄愤似的击打着大地,扫荡着这个城市,没有一夜是恬静的,没有一天空中不挤着狞恶的黑云。地裂开了缝,好像它要张开大嘴把一切都吞噬下去,在路边,每一夜总有几十个倒毙的人。"即使春天已经莅临,那里弥天的风沙依旧:"从遥远的北方卷来了弥天的黄风,老树连根被拔起了,在空中旋着,又落下去打破别人家的屋瓦,凡是可以吹动的,都上了天,不定的移动,然后又落下。细小的黄沙萧萧地降下……从窗里望出去,挡住眼睛的无非是那黄茫茫的天色、竹竿、树枝,——都惊人地叫着,在牙齿间,细砂使牙齿磨得响。"

对凛冽肃杀、暴戾惨烈的大自然景象的这些描绘,其实是与当时恶劣凶险的社会、政治环境呼应互动的,蕴含了作者的大悲愤、大痛苦。整个小说,也因此呈现了与巴金《激流》温婉阴柔之美不同的峻急刚烈之美。

本文系提交给上海"二〇一〇·巴金论坛"的论文,原载《美与时代》二〇一〇年第十期

再版后记

我的《巴金小说的生命体系》一九八九年由上海文艺出版社出版,迄今已有二十多年时间。这次承巴金故居、巴金研究会美意,将其列为"巴金研究丛书"之一重印出版。

撰写这一书稿的前后,我还写了其他一些关于巴金小说及其创作的研究文章,分别发表于几次巴金学术研讨会和一些文学、理论研究刊物,现也选其主要的归并一处作为本书的下编印出。

为保存原貌,对原书稿未作任何改动;作为下编收入的文章,除对极个别的地方稍有删改外,其余都一仍其旧①。

翻查、检点旧稿,思绪如潮,感触良多:

一是深感时光流逝的迅疾和自己学术成绩的菲薄。我于上世纪八十年代

---

① 在最后通读书稿清样时,对原稿中一些误植、有讹的文字作了校改,并对书中的注做了某些统一、整理工作。

初开始研究巴金,第一篇论文《巴金〈激流三部曲〉中的反面人物及其塑造》发表于一九八三年第五期《社会科学研究》杂志,自那以来已有近三十年时间。二三十年,弹指一挥间,真可谓似水流年。而自己在这许多年里写下的巴金评说文字,却主要只有这一些,这是让我感觉惭愧的。

二是庆幸遇上了一个适宜生长的社会、文化环境。上世纪八十年代——尤其前五六年,也许是一个值得人们好好体会、追忆的年代。那时拨乱反正、万象更新,那时思想活跃、言论开放,那时为人有准则、办事有方圆,那时人际关系和谐、好人多,那时刊文出书重质量、更无收取费用一说……现在想来,我在巴金研究方面虽然起步不算早,却还能做出一些成绩,正是与这样宜人的环境相关的。

三是感念巴金研究同仁间那种讲真话、重友情、彼此尊重、相互提携的良好风气和氛围。如果要对巴金的一生和整个人格作某种概括,我以为有两点不能不提到,即:讲真话,重友情。这种人格力量也在一定程度上影响到巴金研究界的同仁,大家有意无意地努力那样去做。唯此,这一群体的讨论会上常有直言不讳和惊骇、悖逆之论,也比较能包容不同意见;相互间也能敞开心扉、以诚相待,并惺惺相惜,乐于彼此伸以援手。这样的风气,对陆续加入进来的研究者无疑是有利的,自己也颇受益于此。

最后,我想借本书再版的机会,对那些在自己学术成长道路上给予过支持、帮助的师长和朋友致以深切的谢意。他们是:苏中、万本根、王信、汤学智、许志英、吴福辉、郝铭鉴、周天、林爰莲、孙逊、卢大中、于志斌、方宁等,以及李济生、李存光、汪应果、陈思和、李辉、艾晓明、周立民等。

是为后记。

张民权

二〇一〇年七月二十六日

巴金研究丛书出版说明

一、巴金研究丛书是一套巴金研究资料的汇编,它体现了巴金研究的历史成果和最新趋向,既是总结性的汇编,又是开放性的文丛。期望通过十年或者更长一段时间的努力,在本丛书内汇集海内外最优秀的各类巴金研究成果。丛书根据内容主要从三部分分别推进:

1. 文献、资料汇编;

2. 专著、论文集;

3. 传记、纪实类作品。

二、丛书的稿件来源:

1. 重刊有影响的既往巴金研究成果;

2. 新编各种专题资料;

3. 译介海外研究成果；

4. 推出最新的学术专著及其他研究成果。

丛书的选稿采取开放性原则，接受海内外学者自由申报的选题，公开资助优秀硕士、博士论文的出版。

丛书每年推出三至五部著作。

三、丛书的编辑由巴金研究会下设巴金研究丛书编委会主持，编委会确定丛书书目、出版计划和承担前期编辑工作。

四、欢迎与以上内容相关的课题、图书申报，欢迎提供相关稿件。

网络支持：www.bjwxg.cn；联系信箱：6487979@sina.com。

图书在版编目(CIP)数据

巴金小说的生命体系/张民权著. —上海:复旦大学出版社,2012.1
(巴金研究丛书)
ISBN 978-7-309-08352-1

Ⅰ.巴… Ⅱ.张… Ⅲ.巴金(1904~2005)-小说研究 Ⅳ.I207.42

中国版本图书馆 CIP 数据核字(2011)第 158390 号

巴金小说的生命体系
张民权 著
责任编辑/孙 晶

复旦大学出版社有限公司出版发行
上海市国权路 579 号 邮编:200433
网址:fupnet@ fudanpress. com http://www. fudanpress. com
门市零售:86-21-65642857 团体订购:86-21-65118853
外埠邮购:86-21-65109143
上海第二教育学院印刷厂

开本 787×960 1/16 印张 20 字数 276 千
2012 年 1 月第 1 版第 1 次印刷

ISBN 978-7-309-08352-1/I·631
定价:32.00 元